Les Barricades Mystérieuses

Récit

Jean-Ba Coüasnon

Introduction

Ecrire, transcrire, relire, quand je suis paysan ou forestier, j'y consacre les jours de pluie. Quand je suis du bâtiment ou mécanicien, j'y suis s'il fait trop froid ou trop chaud, et puis le silence de la nuit est riche de libertés pour écrire...

C'est un collage, un livre où s'empilent les étages d'un étrange édifice. Les cloisons sont de papier, les portes des enveloppes timbrées. Dans l'espace central se déroule un escalier fait de lettres, de courriers... Des petites lettres immobiles, à la fois marches et fondations qui se déroulent et nous surprennent tout à coup, poussant un cri comme une de langue de belle mère, un genre de Turlututu ridicule qui dit « Nous sommes toujours là. » 831 lettres ! Chacune, comme un éclat de lumière, part du vide central à sa hauteur propre et va se ficher dans une cloison, passe sous une porte ou rentre directement dans une boite à lettres. Une porte ouverte ?... la lettre éclaire tout un espace et file à l'extérieur par une fenêtre. Les répétitions, les souvenirs, usent les cloisons opaques, les habitants apparaissent, ahuris qu'on les sollicite encore, eux qui se croyaient morts.
J'ai tourné et retourné ces illisibles lettres, fragiles, légères comme des plumes. J'ai balayé sans saisir, l'œil a son intelligence quand il erre sans chercher à comprendre... L'odeur de la forêt parfume ma paléographie, la musique baroque allonge la focale, fait taire le jugement. Pauvres ! Il en a fallu de la méthode pour mettre en boites mes grands oncles diserts, mes aïeux babillards ou sentencieux... Je leur ai fait huit jolies boites avec des restes de sapin!

A mi hauteur de notre escalier s'étagent les années vingt, très sages années folles, les écritures sont plus faciles, finie la plume d'oie, on perd en caractère, on gagne en compréhension. La ligne de foulée se déroule sans heurt. Parmi toutes ces figures disparues, chacun met sa marque, signe de son nom.

En 1976 quand la dernière volte s'achève sous la verrière, je m'affiche à la marge, je reviens d'Afrique avec une mentalité survivaliste, croyant m'être construit en toute indépendance une singularité que je vais pouvoir cultiver! Mai 68 m'avait déjà propulsé dans des expériences qu'on qualifiait avec gourmandise d'alternatives, j'en ai gardé le goût du dilettantisme. A Paris je ne me suis fait ni aux rituels de la fac de Vincennes, ni à ceux des studios de télé. J'avais mon exil favori dans les branches d'un grand orme tortueux au parc des Buttes Chaumont. J'ai voyagé un peu, oui, je me suis cru nomade et en apesanteur alors que je m'enracinais dans le terroir périgourdin.

Maintenant légataire d'intimités familiales, je discerne où mes racines ont poussé et puisé leur essence. Bien que prenant refuge en d'autres vues, je respecte les héritiers d'Abraham comme de toutes les traditions qui devraient être un soutien, un viatique et pacifier le monde. Je ne puis prendre ni au premier ni au deuxième degré les émerveillements de mes ancêtres à propos du Bon Dieu, des saintes reliques ou de Vatican II... ni prise ni saisie, juste une rencontre que je voudrais équanime avec des grenouilles de bénitier ou avec d'exigeants chercheurs de vérité. Je trouve dans leurs témoignages, prétexte à un peu de saine autodérision, mais certaines pages suscitent des images qui font lever la présence d'un vieillard au nom oublié qu'on visitait, et l'amour de ma grand-mère dans une haute maison fleurie.

Ce sont les Barricades Mystérieuses de François Couperin, une articulation bien huilée de ritournelles, petite mécanique incessante, chant linéaire au charme humble et pénétrant. Sur le clavier, les doigts ne s'éloignent jamais beaucoup les uns des autres, les sommets comme les tréfonds sont gommés. Houle lente d'une berceuse recommencée en rondeau. On dit que ce titre figure l'huis interdit et désiré, refusant et désirant, de la femme. Barricades d'apparence anodine aux confins sacramentels.

1

Une personne ? ... « Oui. » Fumeur ? Non fumeur ?... « Non fumeur. » Par ici s'il vous plait... C'était écrit en rouge et en grand : « Restaurant ». Il faisait doux, la nuit tombait c'était le premier jour à l'heure d'été, je trouvais là exactement ce qu'il me fallait pour terminer la route avec sérénité. Dès que je fus assis, j'ouvrais une lettre tirée au hasard dans le lot que j'apportais de Rennes. Une petite enveloppe cernée de bleu roi, avec un timbre inhabituel collé bien dans l'angle et une longue écriture couchée : *Monsieur du Saint propriétaire Guémené Penfao Loire inférieure*. La lettre commençait ainsi. « *Corps-Nuds Samedi 25 avril 1868. 9h. du matin. Mon cher ami Dieu soit béni...* » Et moi j'étais à l'entrée d'Angoulême, dans ce Resto que j'aurais plutôt appelé bouffo-drôme, en 2006, avec ça entre les mains : une petite lettre admirablement conservée écrite par mon arrière-arrière grand-mère Génie du Saint, née Crépon des Varennes. « *Mon cher ami* », elle écrit à son mari Aristide. « *Dieu soit béni. Hier soir vendredi 24 à 10 heures précises, est tombé du ciel le petit Charles la fleur des poupons, gras, potelé, blanc, peau de satin mais un bon nez. Marie va aussi bien que nos cœurs peuvent le désirer. Nos saintes reliques, le chapelet de Ste Emilie, l'agnus Dei de Pie IX, ont donné à notre petite chérie la plus merveilleuse assistance. De l'avis du médecin il est impossible de voir une couche plus heureuse et plus active pour un premier enfant. La chère enfant s'est montrée bien courageuse et bien patiente, elle levait les yeux au ciel et demandait son fils avec tant de calme que le Bon Dieu s'est empressé de nous tirer tous de la torture. Georges à manqué la fête de douze heures seulement. Marie souffrait déjà en lui donnant le baiser d'adieu. J'écris à Nantes, à Angers, à Marseille, de toute parts au pays qu'on nous aide à remercier Dieu. Marie cause au près de nous comme une pie et me charge de te dire qu'elle a le bonheur*

de posséder un petit zouave. » ...A partir de là, elle a pris la feuille dans l'autre sens et continue à allonger ses pleins et ses déliés en travers de l'écrit. « *Allons grand père grison, prends tes lunettes et fait pousser tes favoris. Ceci est de la part d'Auguste qui part pour Janzé...* » Effectivement, j'avais vu sur les photos Aristide arborant ses superbes favoris ! ...
Je ne sais pas très bien ce que j'ai mangé dans ce bouffodrôme mais après j'étais calme, très calme... J'ai suivi de loin les feux d'un poids lourd qui roulait devant moi, complètement fasciné par l'étirement du monde à travers les cent trente huit ans de mon grand père. Tenant sa plume d'oie, cette trisaïeule, née quand Napoléon partait à Ste Hélène, pointait dans le crépuscule ce qui n'en finit pas de toujours se transformer à travers nous, comme le retour d'une mélodie que l'on croyait inconnue vient s'imposer son air familier. J'allais continuer de découvrir ces tournures au fil de mes lectures...

De Corps-Nuds le 27 avril 1868 Génie écrit à son mari.
Mon cher ami
Je comprends comme bien vive doit être ton impatience d'avoir des nouvelles de notre chère enfant et de son bébé. Tout va bien jusqu'ici grâce à Dieu. Marie mange, elle nourrit ça n'est pas sans quelques difficultés et misères mais enfin je pense qu'elle pourra continuer.
Le petit est une vraie miniature de bébé. Ses petites joues sont fraîches et rebondies, il boit à la tasse comme un chat il en convainc que c'est un enfant charmant sous tous les rapports. Le père, la mère, la grand-mère, le chien, sont sous le charme. Je t'assure qu'il y aurait de quoi faire un tableau de genre. Les nuits ne sont pas trop pénibles.
Le berceau est fini mais il sent trop la peinture pour oser s'en servir, du reste le petit semble se trouver à merveille dans son berceau improvisé. On a écrit à Euphémie et à Caroline.
Marie vous embrasse tous, j'espère qu'elle va continuer de se bien comporter. Nous sommes sans médecin il est parti ce matin après nous avoir donné ses instructions et ne revient que jeudi soir. Les grandes douleurs ont duré 2 heures, heures cruelles Oh mon Dieu quel martyr je souffrais avec ma fille. Elle sentait déjà les premières dans la nuit qui a précédé le départ de Georges.
Etait-il grand temps d'arriver, pauvre petite dans quelle position elle se serait trouvée car tu ne te figures pas tout ce qu'il faut, tout ce qu'il a fallu que la vieille mère arrange. Même vendredi entre chacune des douleurs de ma fille il fallait se remuer.

Auguste vous embrasse il est gentil pour moi j'ai toutes les clefs. Priez pour nous, vous tous qui n'avez que cela à faire. Pour moi j'offre au Bon Dieu la tâche de mes jours et de mes nuits c'est toute la méditation que je puis faire.
Comment as tu le courage de me parler déjà du retour ?
Comment imagines tu que ma fille puisse se passer de moi Sa couche dont le travail a été plus prompt que de coutume, pour le dernier assaut n'en demandera que plus de précautions. Il faudra le lit plus longtemps par suite d'une petite déchirure sans gravité mais qui la fait souffrir et demandera du temps. Je tâcherai d'ailleurs de lui éviter les misères que j'ai acquises dans ces circonstances et que je porte toujours.
Adieu je crains de te donner rien de plus inquiétant.

Génie, a toutes les clés ! Et je m'en rendrai compte assez vite à la lecture des lettres, elle est la clé. Elle pacifie, désamorce les drames, tout gravite autour d'elle. Sa fille et ses petits enfants s'en remettent régulièrement à elle. C'est grâce à elle que le premier né ira étudier à Paris. De ses sept petits-enfants à naître, l'unique petite fille entrera-t-elle en religion, abandonnant la maman à sa mâle progéniture ? Génie supervisera l'affaire depuis le « Manoir du Grand Logis ». Elle a les pieds sur terre et de plus, la haute main sur les finances de sa paroisse. Avec la venue du bébé, son absence se prolonge, elle avertit son époux « *Comment se gouverne mon établissement, veilles tu un peu de ton côté pendant que je veille ici ? Que tout ne soit pas au pillage et à la merci de l'honnêteté du public.* » La sagesse de son gouvernement s'applique aussi aux œuvres de bienfaisance, « *l'autre jour avec d'autres dames j'ai détaillé une centaine de mètres d'étoffe mis à destination de 40 familles et plus, avec leurs étiquettes.* » Service public dit-elle dans une autre lettre.
Pour cette naissance, Auguste, le père, laisse les rênes à sa belle-mère, sa présence est à peine mentionnée dans la lettre que celle ci envoie à son mari : « *Auguste est gentil pour moi* ». Quant au frère d'Auguste, l'oncle Adrien, « *Il nous amène sa mère pour l'après-midi* ». Jeune fille, cette grand-mère paternelle se nommait Marie Sainte Pélagie Corbeau du Bourg, tandis que notre grand-mère maternelle à la plume véloce se nommait Génie Charlotte Victoire Crépon des Varennes.

Deux semaines ont passé, Génie écrit une nouvelle lettre au grand-père grison qui caresse ses favoris à Guémené.

Corps-Nuds 12 mai 1868
Mon cher ami
Je crois qu'il est temps de te dire ce qu'on devient ici père mères et fanfant. Ce dernier notre petite fleur de mai continue de s'épanouir de jour en jour... Il vient à ravir mais aussi Marie observe que son fils n'a pas trop de misère, il dort, il mange, il tète, se chauffe, ne pourrit point dans la confiture. Il nous fait bien quelques petites braillées, pour s'habiller surtout, mais cela ne compte pas. Elle continue à avoir du lait en masse et le petit n'aura pas tant de misère que mon pauvre Georges obligé de téter dix fois pour attirer une goutte. Il y a une telle avalanche de lait qu'il n'avance pas assez et s'engoue. La petite mère a aussi très bon appétit et avec l'aide de Dieu j'espère que vous nous trouverez tous en bon état de prospérité.
Il est donc décidé que le baptême sera la dernière semaine de mai ou les premiers jours de juin. J'attends une lettre de mon père qui va fixer cela, je lui redis que vous y viendrez ensemble. Marie se pâme de rire devant le nez de son moutard et dit : C'est par trop fort, à un an on te passerait un nez pareil, mais à 15 jours... !
Nous n'avons pas encor fait nos relevailles ce sera pour jeudi si le temps devient meilleur, ou samedi au plus tard. Ta fille en songeant à cette cérémonie prétend qu'elle aura honte de se trouver à la porte un cierge à la main. Elle me demande quelle contenance faire et s'il faut avoir les yeux modestement baissés.» Les relevailles de nos aïeules ! On n'y pense pas assez !

En 1870 nait le second : Joseph. Et puis en novembre 1872, c'est la fille, on la prénomme Marie, comme sa mère. Bien sûr Génie est encor là... Sa lettre d'une écriture souple et couchée, lui vient à la lueur d'une chandelle, du fond de la nuit, de derrière les volets clos... Une heure après la naissance, les deux petits ainés passent la tête «Les *deux gamins si tu avais vu ces deux têtes là cette nuit à 4 heures, réveillés par les cris de l'enfant, ils ont voulu voir la sœur, c'était à peindre.»* Renoir ! Renoir avec nous ! Le papa, a un visage doux, de petits yeux sombres et perçants, un nez fort et des sourcils fournis, il porte moustaches et favoris qui donnent un début d'autorité quand on a fonction de notaire dans les campagnes de haute Bretagne. La mère se nomme Marie, on a l'impression que toutes les femmes se nomment Marie dans cette sainte Bretagne, elle est brune, porte chignon, a les pommettes hautes et un regard un peu mélancolique.

Quelques années plus tard, Henri, le sixième enfant, en culottes courtes, est assis à même les tomettes octogonales de terre cuite dans la cuisine. C'est un garnement d'un roux flamboyant, tapageur et assommant autant que ses frères, qui reçoit son lot de calottes. Ce n'est pas lui le plus jeune, il y a encore René, le septième. Henri est assis sur le carrelage et regarde attentivement le nouvel almanach des postes et télégraphes qu'il a entre les mains. Sur le mur vert pâle du vestibule, chaque année au même clou, on accroche un nouvel almanach illustré. Le précédent représente un garde champêtre dans une campagne hivernale, son chien derrière lui, un épagneul breton. L'épagneul a une grande importance pour Henri peut-être parce qu'il est roux comme lui. L'almanach nouveau figure la « Reconnaissance d'un officier ». Des soldats au garde-à-vous et plein de baïonnettes dressées vers le ciel... Henri aime bien celui de 78, l'année de sa naissance, avec le palais du Trocadéro apprêté pour une exposition : un bâtiment noble et symétrique avec des petits personnages disséminés un peu partout et sur les toits des sortes d'oriflammes flasques uniformément poussés par un vent improbable.

Une dizaine de calendriers se balancent au même clou, mais la mère a décidé de ne plus garder que celui de l'année. Charles, l'aîné, les a dépendus et ils sont passés de mains en mains, suscitant divers commentaires des frères et de la sœur. Tous détestent celui de 88 parce que cette année là le père est mort et on y a inscrit des choses, et noirci des dates. Leur favori est celui du paquebot en couleur... Avec un vague regret on a remisé tout ça dans un profond tiroir... Grâce aux almanachs on peut fêter tous les saints du calendrier, connaître les phases de la lune et encore les jours d'éclipse. Henri comprend la nostalgie qu'il discerne sur le doux visage de sa grande sœur, lui aussi aimait bien ces cartons à ficelle, témoins du temps qui passe. Il les connaissait tous, le paquebot, les officiers à table... Il en avait gribouillé quelques uns. Celui des montagnards en train de pelleter la neige dans la rue de leur village lui plaisait parce qu'ils portent des grands bérets et des ceintures colorées. Ce sont des mondes inconnus dont l'almanach suffit à attester l'existence. Et puis il y a tous ces saints dont on leur rabat les oreilles, qu'on prie plus ou moins et dont les noms servent à forger des comptines irrévérencieuses. Leurs noms sont là inscrits en tout petit, ce qui les remet à leur place. Un monde magique et dangereux, peuplé d'anges gardiens et ponctué d'interminables processions. Un monde avec des élus, les gens comme nous, et des damnés, une cohorte floue et misérable de charretiers, de lavandières aux mains rouges d'avoir travaillé et donné trop de fessées, de chiffonniers noirauds et de marchands de ficelle.

Le père, pensant à l'éducation de ses enfants avait acquis une maison à Rennes, puis il était mort, jeune encore, un triste jour de décembre... Une maison haute et symétrique située à deux pas de l'institution St Vincent, au fond d'une impasse donnant sur le faubourg de Fougères. La réputation de l'institution a attiré la famille - sept mouflets à éduquer... Six car la sœur apprendrait vite la gestion domestique et la bonne économie ménagère, avec sa mère ses tantes et sa grand-mère, ça va de soi. Et puis si on change d'avis, si elle montre des dispositions, on a aussi pour les jeunes filles, l'école de la Providence. En tous cas pour St Vincent on est sur le bon format, l'institution a fait ses preuves. Alternant grande pompe et claquement de soutane, coups de règle et tableaux d'honneur, vêpres et cours de rhétorique, on y a déjà victorieusement éduqué plusieurs générations de petits Bretons.

Ils habitent donc Rennes maintenant, faubourg de Fougères, mais leur base est une bourgade située à trois lieues de Rennes : Janzé est le repère, le terroir qui les a marqués et dont ils ont le parler. Ils y ont une belle maison carrée, flanquée d'une écurie, avec un poulailler, des clapiers et un jardin qui domine le champ de foire. A Janzé, la famille et ses domestiques veillent au grain. Depuis leurs nombreuses terres alentour, les fermiers approvisionnent la nichée... De la denrée rustique, choux et carottes, le beurre, les patates et les petits pois, les lapins et les poules, et puis trois charrettes de bois pour l'hiver. Le jour où l'on a décroché les vieux almanachs arrive, tirée par une jument blanche, la première charrette de bois, surmontée de la famille des métayers et d'un large panier d'osier plein de poules.
C'est tout à fait la jument blanche et la carriole de la chanson des Frères Jacques, celle avec laquelle on était allé au marché pour acheter un général « on était arrivés tard mais il en restait encore un, tout au fond du champ de foire, il n'était pas couvert de gloire avec un peu de Ripolin il pouvait faire encore très bien... » Les fermiers, avec leur bas de laine, ils auraient tout à fait pu acheter un général... Pas le Général Boulanger, celui là s'était déjà vendu dans les cafés-concerts parisiens. Les enfants avaient beaucoup entendu parler du Général Boulanger par leur oncle Adrien qui n'évoquait les ministres et généraux de la République qu'en crachant par terre... Sous leur regard espiègle et sous celui de leur mère dont la figure ronde souvent fronçait des petits sourcils anxieux on a

déchargé toute la charrette de bois bien sec et coupé court. Et puis on s'est assis dans le vestibule. La mère a demandé à la bonne d'apporter du cidre. Il n'y eut pas beaucoup de conversation mais on se souvient que quand le petit des fermiers sur les genoux de sa mère a lâché un pet, la fermière a dit « Excusez-le notre maîtresse, il n'est pas sûr du cul »... Ça, tout le monde s'en est longtemps souvenu... Après quelques petites bolées, la jument soulagée et le gamin aussi (la jument avait laissé un gros tas fumant qui valait bien plus que les molécules instables de la digestion infantile), la fermière et le fermier, leurs gamins et la charrette ont quitté le faubourg de Fougères pour quelques parcimonieuses emplettes longuement méditées. Henri, la tête rousse, et son frère Auguste, deux trublions le nez en l'air, accoudés à la trop haute fenêtre de la cuisine comme des angelots de Michel-Ange les regardent s'éloigner. Le pas de la jument, claque sur le pavé de la rue Lesage. Henri et Auguste sont assez croquignolets, de cette fratrie, Auguste est le quatrième, c'est un beau petit garçon qui a quelque chose de spécial, peut-être un petit retard mental, un grain, on ne sait pas... La consanguinité peut-être ? Tout ce petit monde là, ensemble, ne se tient pas avec la distance qu'on garde dans le beau monde... On se parle sous le nez, se touchant presque, on s'assied les uns contre les autres, ça tient chaud, tellement chaud qu'on s'engueule volontiers, on dort à deux par lit, sauf bien sûr la demoiselle...

Autour de Toussaint viennent quelques jours de vacance encore ensoleillés, par le train, tous se rendent à Guémené chez leur grand-mère Génie ... Guémené est l'octave supérieure de Janzé, les enfants sont priés de s'y bien tenir. Henri, Théo et Auguste aident à descendre le linge sale au bord du Don. C'est là, sur une plage de sable piquée de branches de saule que les lavandières tournent et retournent le linge dans de grandes poteries sphériques. Les enfants regardent avec une fascination gourmande la mousse s'échapper de ces fragiles lessiveuses. Comme le soir vient, la lune est dans les arbres, une lune, deux lunes, un reflet de lune. Les femmes s'interpellent comme en chantant... Armés de joncs et s'encourageant l'un l'autre, les garçons fouettent les reflets et inventent de décrocher toutes les vieilles lunes. Grimpant dans un saule qui penche sur l'eau, ils en décrochent une douzaine, mais toutes petites, pas plus grosses qu'une nèfle, puis ils remontent avec la bonne... La brouette de bois grince dans le froid silence du soir.

Au nombre des saints du calendrier, saint Yves avait une importance spéciale, c'est ce saint là qui depuis trois générations avait fait la famille. Le saint patron des Notaires, car il y en avait des notaires... Des moustachus, des sévères ou un peu patelin comme savait l'être feu leur père. Saint Yves avait veillé aussi sur le grand-père maternel, Aristide, notaire de Guémené, C'étaient des notaires de petits pays où tout le monde se connaît... Il y en eut même un qui était notaire royal, mais on l'avait oublié celui-là. Lors de la prise de la Bastille il avait cinquante ans, ça lui a fichu la diarrhée pendant une semaine !... Un notaire royal... quand même ! Saint Yves veillait aussi sur le très respectable oncle Théophile, frère de Génie qui avait des favoris beaucoup plus fournis que ceux d'Auguste et était avocat à Paris. Il semble que ce sont surtout les avocats qui occupaient le saint. Dieu sait pourquoi... Toujours est il que peu à peu ces hommes là ont bâti des fortunes, ils les auraient voulues invisibles : de la terre, des fermes, des bâtiments avec des métayers, qui eux-mêmes logeaient à côté de la basse cour leur propre valetaille souillonne et ébouriffée. Ces petites fortunes ne dépassaient pas du paysage et avaient une production régulière, abondante même, mais discrète, toujours réinvestie dans le foncier. Fortune qui ne se voit ni ne se dit mais se laisse entendre... Cruciale pour les mariages réussis... Et les Coüasnon étaient sept ! Leur lot de richesses et de biens était entraîné dans un mouvement giratoire qui revenait toujours fidèlement creuser le même sillon. Quand l'un prenait de la distance, allait quérir une épouse aux confins du pays, un flux centripète ramenait rapidement le couple vers le centre. Il y avait pourtant aussi des forces centrifuges : l'attrait du sacerdoce, incarné par des personnages qui rayonnaient d'un prestige public, de saintes personnes titrées, comme l'oncle Hévin qui était protonotaire apostolique... Sévissait aussi l'exotique attrait des missions lointaines, dans des pays d'almanach où des sauvages vivent nus et chassent à l'arc.

Quand Henri plus tard devient séminariste à Quimper, une douzaine de nouveaux calendriers sont à nouveau superposés sur le clou. Henri va devenir prêtre. « *Dieu a exercé envers moi sa miséricorde au-delà de toutes mes espérances* » écrit-il à sa tante. Sans doute n'a-t-il pas l'espoir de tutoyer tous les saints du paradis, mais certainement celui d'en finir avec les vexations, les jalousies et des rancœurs. Il laisse ça à ses frères et à sa sœur dont ce furent encore longtemps les affligeants travers. Car si Charles, l'aîné, est plutôt pacifique, les quatre autres continuent occasionnellement de se donner des coups, de s'empoigner et de rouler à terre dans de ridicules pugilats. Quant à leur douce sœur, elle s'aigrit tant que les voisins la disent vexée de naissance... En 1902 une de leurs tantes, bienveillante, prévient ainsi la future épouse de Charles. *« Votre douce présence dans ce milieu de jeunesse au cœur chaud, va y jeter son charme tout nouveau, votre gaîté sera un lien de plus entre les frères et la sœur dont l'union est très chaude. »*

Le père de ces sept enfants est absent, comme une ombre claire... De sa belle écriture subsistent maints écrits officiels dans les archives de son petit territoire au parler gallo. Le peu que ses enfants ont conservé de lui relate des faits d'armes comme le fameux combat de St Cast que tout le monde a oublié. Nostalgique de l'ancien régime et de l'antique duché d'Anne de Bretagne, le père avait entendu et colportait l'histoire véritable d'une compagnie de bas-Bretons, des gars de St Paul de Léon... Ceux-là marchaient pour en découdre à la rencontre d'un bataillon de montagnards Gallois de l'armée anglaise. Les Anglais à cette époque empêchaient la flotte française de partir à la conquête des riches territoires d'outre-mer, en menant constamment escarmouches et opérations humiliantes sur les côtes françaises. Les Gallois du roi d'Angleterre, mousquet chargé, avançaient donc sur les gars de chez nous en chantant pour donner du cœur à la tuerie. A portée de voix, les Bretons distinguent un chant à eux, un air martial que tous connaissaient. Les Bretons s'arrêtent, les Gallois aussi, le silence se fait. Chacun de son bord, les officiers commandent de faire feu dans la même langue ! Un moment personne ne bouge ; et tout à coup dans un bruyant désordre, les fantassins des deux camps ennemis mettent les armes en bandoulière et fraternisent. On échange les gourdes de cidre... Ensemble ils festoient tout le reste de la sainte journée, se tapant fraternellement sur le ventre jusque tard dans la nuit !...

Le père parlait gallo pour se bien faire entendre, il ignorait le breton qui était parlé plus à l'ouest, on trouve de lui des notes en latin. On aimerait en faire un antimilitariste avant l'heure, chantant dans la lande des refrains libertaires. Il est plus probable que le jeune homme, fut sujet à la mystification nationaliste bretonnante que les élites montaient en épingle autour de batailles contre l'Anglais au demeurant très secondaire. Pieusement copiée pendant la guerre de 70, nous reste de sa main une ode à Jeanne d'Arc : *Dans les temps douloureux où la France meurtrie – Allait subir le joug de l'Anglais détesté – Votre voix éveilla l'âme de la patrie – Divin Palladium votre glaive est resté. La cendre de Rouen, merveilleuse semence – abandonnée au vent par de lâches bourreaux – ardente retombe sur la terre de France – en y faisant germer la moisson des héros. Comme en ces jours lointains la patrie est en larmes – Le Germain a souillé la terre des aïeux – Et les voix qui jadis nous appelaient aux armes – acclament en nos cœurs votre nom glo-ri-eux...*

Auguste porte-t-il en lui un désir d'élévation sociale ? Son père déjà était notaire, il est de ces hobereaux qui se distinguent peu d'entre les forts paysans et les maquignons. Il se donne belle allure avec ses chaussures à boucle d'argent et son large col de velours et fait un mariage avantageux. Son nom n'a pas de particule mais un tréma, c'est juste le nom d'une rivière voisine, d'un petit fleuve côtier - soyons justes. Comment le tréma avait il poussé là ? On peut se le demander... A mon sens, au commencement il y a un Couesnon tout bête, analphabète même, au cul terreux, qui une fois, une seule dans sa vie doit produire un précieux parchemin. Il espère le trouver au fond de sa malle, derrière les fagots. Il va avec ses sabots dans un recoin humide et extirpe le papier d'un petit coffre moisi, le seul papier de la chaumière, celui qui porte son nom, le nom de son grand père qui venait de la région de Pontorson... Parce que c'est un immigré notre Couesnon, il s'en est allé du côté de Guémené-Penfao pour labourer chez un monsieur à perruque poudrée... C'est l'ancien régime mais il ne sait même pas! Le parchemin est en piteux état. Il l'apporte au curé qui va le marier. Il va se marier le Couesnon, et son nom comment cela s'épèle? Il ne sait pas... C'est sur le papier, là, en haut, non en bas... enfin quelque-part. Le curé, lui, sait lire, même le latin, mais là le papier est trop moche, tavelé, racorni, jaune, à croire qu'on s'est torché avec... Il a un peu honte, un peu seulement, l'animal, il sait bien qu'il va marier la fille, parce que, attention, c'est notre ancêtre quand même... Allez, mettons que ce soit le grand père de René Jean Coüasnon, celui-là qui mourut le 14 février 1813. Le curé, moins fort en géographie qu'en latin de cuisine, ne sait pas qu'il y a une rivière au nord, là-bas, qui s'appelle le Couesnon, c'est loin comme la Laponie pour lui! Le *e* a disparu... Il voit bien qu'il y avait quelque chose. Il met un *a*. Pour les escarres douteuses là, au dessus du *u*, il invente, il se lâche. Il sait bien que ce n'est pas ça mais ça lui plait bien, ça fait aisé, un peu grec, un tréma... Il en a déjà vu, ça classe tout de suite le glaiseux... Oh oui, un tréma ! Allez les bans sont publiés, au diable l'avarice, nous voila affublés d'un tréma et le noirâtre est ravi d'avoir marqué ses ouailles.

Pour l'heure, ce père à la figure pâlotte a deux sœurs confites en dévotion et son frère Adrien. Adrien est un petit homme colérique et plein de conviction, un barbu à la figure ronde, portant au cha-

peau une plume de coucou. Il est fort apprécié de ses neveux et nièces et aussi de la population de Saint Cast. Il a le verbe haut et tonne contre la république, contre tout ce qui est anglais, contre les buveurs d'eau ; car selon lui l'eau ne se doit utiliser qu'en usage externe. Durant son enfance, à l'époque d'un empire qu'il n'appréciait guère non plus, les Anglais firent pourrir sur les vasières de leurs estuaires, prisonniers dans de vieilles coques de navires, des dizaines de milliers de soldats et de marins français. Tous les gosses de Saint Cast avaient disparu là-bas, les poumons et les os rongés par l'humidité... Adrien vous faisait revivre toutes les batailles navales du monde en roulant les yeux et en frappant du talon... Mais s'il fut marin, Adrien fut surtout zouave. Son régiment de Zouaves Pontificaux naquit d'un bel élan qui rassemblait les vexés des républiques naissantes et les royalistes revanchards émus par l'appel solennel des églises. Ce fut un corps de sauvegarde tardif qui arriva à l'heure où jonction est faite entre Piémontais et Garibaldiens, où le Royaume d'Italie est déjà fondé et le descendant de Saint Pierre dépossédé de ses états. On va tout de même défendre Rome et on prête serment d'obéissance. Mais l'orgueilleuse troupe qui porte pantalon bouffant et large ceinture rouge, en fait de mission sacrée n'a que les brigands des montagnes à soumettre ! L'oncle Adrien avec de grands gestes, raconte l'artillerie et les charges furieuses contre les Chemises Rouges de Guiseppe Garibaldi, les fusils qu'on charge par la gueule, les grenades jetées par-dessus le mur et les baïonnettes sanglantes. Il parle avec admiration de ses héros : le Marquis de Quatrebarbes et le Colonel de Becdelièvre. Il vous peint la vieille muraille romaine d'Aurélien qui s'écroule en poussière et les soldats italiens de malheur qui s'engouffrent dans la brèche comme à travers une toile d'Eugène Delacroix.
Les propos enflammés de l'oncle Adrien façonnent l'imaginaire de ses neveux à l'époque où ils usent leurs culottes sur les bancs de l'institution St Vincent et brandissent des épées de bois.

Ce petit monde là grandit comme s'avance la dernière décennie du dix-neuvième siècle, le nid familial du faubourg de Fougères subit les errances d'une veuve débordée, on s'en inquiète à Guémené. Les succès scolaires n'y sont pas non plus. A dix neuf ans, Joseph qui n'est pas bien malin va d'échec en échec. Il vient de rater le concours de sous-officier. Le premier à quitter le nid est naturellement l'aîné, Charles. En 91 il s'en va étudier à Paris, son oncle Théophile Crépon l'héberge mais très vite il prend une chambre rue Madame. Génie l'approvisionne régulièrement en linge propre et en recommandations ménagères...

« *Le ballot de literie est tout prêt depuis vendredi mais il fait un temps atroce ; je crains de l'exposer à mouiller ce qui serait un désastre. Tout est bien et propre. Le matelas neuf absolument, 4 draps, 6 serviettes, 2 taies, un oreiller un traversin. Je pense que tu as dû t'installer au provisoire avec l'obligeance de ta tante en attendant mon envoi. Je tâcherai demain lundi de le conduire en gare – petite vitesse - Il mettra quelques jours mais devra parvenir dans la semaine je pense. J'ai mis l'adresse 32 rue Madame. Je ne paierai pas le port parce que je crois qu'il arrivera plus sûrement et plus vite.* » Et plus loin « *Tu découdras avec soin, sans couper la toile qui enveloppe le paquet parce qu'elle m'est très utile à toutes choses et couvrir la voiture. Mets la à l'abri des rats et des souris d'ailleurs elle pèse trois livres tu pourras la mettre au fond d'un panier avec 7 livres pesant pour faire 10 et je te retournerai le linge propre.* »

Il fait nuit noire, Génie referme derrière elle la lourde porte de bois à panneaux losangés, une porte presque aussi large que haute, encadrée par ses montants et son linteau de pierre moulurées. On n'y voit goutte, ni le ciel ni les arbres ni la tour hexagonale du manoir, rien, juste du noir... Quelques pas dans l'allée humide, la porte de fer, elle sort du jardin. Sur la place éventée Génie se dirige au jugé, elle connait le pavé, se repère au bruit du vent dans les arbres... La rue s'emplit de bourrasques. Elle va buter dans les coins de maisons, se trompe de rue... Six heures du matin le 21 janvier 1893... Messe pour le Roi-martyr ! Même si à cette heure le bedeau carillonneur manque d'entrain, rien ne lui fera manquer ça. *Pour l'expiation du forfait*, dit-elle... Ça a été publiquement annoncé mais Amory Du Halgouet l'en a personnellement prévenue... Dans le noir complet, elle rejoint d'autres fervents qui s'avancent à l'aveugle. Il y a cent ans Louis fut décapité ! Depuis ont passé Napoléon, les premières républiques et la restauration. Génie a vécu sa jeunesse sous le Second Empire. Aristide, feu son mari, fut même procureur impérial avec ses avantageuses rouflaquettes. Hélas maintenant c'est la troisième république, unanimement conspuée par les gens, par les gens bien, par les gens comme nous !...

A soixante-dix sept ans, avec son sens de la gouverne et une foi construite, avec une ferveur issue de son observation du monde, Génie prie. Elle se rappelle la mission du mois d'octobre qu'elle décrivait à son petit fils...
Trois semaines de vrai bonheur surtout en voyant l'entrain de

la population entière – sauf quelques messieurs ou jeunes esprits forts du bourg – tous les hommes ont fait la mission et la journée de Dimanche a été d'un magnifique achevé. Rien n'y a manqué. Le Bon Dieu était d'avec nous un temps inespéré. Les pauvres missionnaires s'en vont bien fatigués mais contents quand même et nous laissant de riches souvenirs : un calvaire et un superbe tableau travaillé à Rome et béni exprès pour nous par Léon XIII. C'est là au pied de cette vierge modeste de perpétuel secours que je priais souvent pour vous les enfants, j'aurai encore plus de ferveur puisque c'est la vraie copie du tableau Miraculeux de chez les Rédemptionnistes de Rome.

Ce matin-là Génie prie pour expier le forfait de ses semblables, pour laver la marque fatale qui s'étend sur le monde de ses enfants et petits-enfants. Qu'elle dise « ils ont » (ces affreux) ou « nous avons (pauvres de nous) décapité celui qui par la grâce de Dieu était notre roi, » elle expose, elle affiche, confesse, regrette. Elle regrette comme nous regrettons aujourd'hui la prolifération des armes et les pollutions mortifères. Elle craint pour l'avenir et dans son monde sacré, s'efforce devant la vierge de perpétuel secours. Elle transforme en son esprit et rend propice le cours des jours et des nuits, des années qui passent et des générations. Enfants de tous âges, père et mère, grand-mère bien sûr, oncles et tantes comme bien d'autres, vivent dans un monde enchanté, un monde où par la force de l'intention et du verbe, la chose sacrée revêt une puissance qui imprègne le quotidien. C'est un monde où le symbole, l'image, le récit d'un miracle ont toute la puissance de ce qu'ils représentent.
Il se trouve pourtant, même au fin fond des campagnes bretonnes, de ces « esprits forts » pour lesquels le Bon-Dieu ne vaut pas. Peut-être ce « Bon-Dieu » figure enfantine objet d'invocations ou de blasphèmes, qui menace, prend soin ou punit a t'il démit le Tout Puissant. Les penseurs libres et rustiques se gaussent quand la volonté du Bon-Dieu sert d'explication aux petits soucis comme aux grandes catastrophes et justifie l'état du monde, coupant court à toute innovation ou volonté de progrès.

Quelques soirs plus tard la lettre de Génie et son enveloppe sont sur la commode au troisième étage du numéro 32 rue Madame. Vêtu de l'épaisse robe de chambre de feu son père, Charles retire de sur son poêle à charbon une petite casserole où du lait commence à monter. Il ressent comme une sorte de fièvre d'indépendance et de modernité. Il plonge sa cuiller dans une boite en fer

blanc « Chocolat Van Houten », en verse le contenu dans son bol, y ajoute le lait chaud puis remue avec satisfaction. De la rue montent le grincement des essieux et le bruit du pas des chevaux. Il loge dans une pension tout confort, où chaque palier a une fontaine de faïence... Quand soudainement quelqu'un ouvre un robinet, toute la tuyauterie de l'immeuble se secoue et se met à chanter à travers les étages... Il écoute avec intérêt, le son complexe, la grosse et longue note qui ébranle l'immeuble. Propulsé étudiant en architecture, Charles n'est pas pressé de gratter le papier, il arrive, il écoute et regarde le monde. Il se demande comment les tuyaux peuvent faire un tel raffut et boit son chocolat. Pour ses premiers jours, être arrivé à Paris lui tient lieu d'activité. Pour autant il ne faut pas « berdiner » c'est le mot qu'emploie sa grand-mère, et bien vite, à l'école des Beaux-arts il se met au travail.
La ville crépusculaire est mystérieuse, Paris est inquiétant, on l'a mis en garde. Tous les dangers sont là, il est bon garçon et s'en veut bien convaincre. On lui a même confié un pistolet, il le laisse dans le tiroir de sa commode. A la fois Investi et propulsé par la famille, par elle il est aussi entravé. Passé quelques mois, Charles a eu l'imprudence de parler de ses cours de danse...

Autre chose, mon cher ami, qui me vient en pensée ; Ne te jette pas trop fort non plus dans cette légion de jeunes Américaines. Tiens toi sur la réserve et pas enlacé... L'éducation des jeunes filles Américaines comme des Anglaises est très large et leur laisse des allures fort indépendantes. Ce Monsieur et ses leçons de valse par les jeunes filles, cela me donne, je te l'avoue, un peu d'inquiétude et d'étonnement.

Certes ce n'est pas mauvais d'avoir un peu de distraction pour soutenir l'aridité et perpétuité du travail, et puis, cela forme les jeunes hommes pour les usages, la conversation. Seulement mon cher ami, laisse grand-mère te donner ses menus avis qui ne sont peut-être pas inutiles. D'abord ne pas t'y jeter trop fort, ni trop souvent pour ne pas nuire à ton travail, à ton repos, par le manque de nuits tranquilles. Ensuite faire bien attention, mon cher ami, à ne pas gagner de refroidissement en sortant de ces réunions transpirantes. Il n'en faut qu'un, tu sais bien, un seul à tué ton condisciple F. Moyat à la sortie d'une soirée de noces. Et puis prends garde à tous ces rôdeurs, soutireurs, cambrioleurs qui vous assomment d'un coup dans l'ombre et vous dépouillent avant qu'on ait l'instant de se garer et défendre. Tu sais cela se voit tous les jours et se lit dans les colonnes des journaux et on ne dit pas toutes les histoires du genre.

La bonne-grand-mère est plus inquiète que lui, alors Charles lisse ses réponses...

Paris le 5 Févier 92. Ma chère grand'mère
Vos lettres me font toujours le plus grand plaisir, surtout quand j'y trouve vos sages conseils. Mais chez mes amis j'ai la réputation de tout discuter à tel point qu'il est rare de me voir admettre des torts ; j'arrive toujours à confondre mes interlocuteurs.
Vos bonnes remarques au sujet de mes derniers bals ne sont pas dans ce cas, car nous sommes absolument du même avis ; seulement votre inquiétude vient comme souvent d'un malentendu. J'explique avec ordre ma conduite. La première invitation m'a été faite par un de mes camarades d'atelier qui est en même temps professeur de dessin dans une école de la ville de Paris ; cela ne m'a donc pas coûté un sou. J'ai accepté parce que c'était la première occasion de l'année que j'avais de danser ; je voulais me dérouiller les jambes avant ma rentrée dans mon monde qui se compose exclusivement des familles parentes ou amis de mes meilleurs amis. J'ai trouvé à ce bal une très nombreuse réunion, on m'a présenté à quelques personnes, et j'ai aussitôt commencé à danser. A la troisième ou quatrième valse, le hasard m'a fait tomber sur une excellente valseuse. Je suis allé saluer sa famille avec qui j'ai causé un peu ; Son père, décoré, était professeur de dessin dans des grands collèges de la ville de Paris. Ils m'ont avoué que le bal les intéressait médiocrement ; ils avaient accepté pour ne pas déplaire aux collègues, et que sans moi, ils ne seraient pas restés longtemps ; C'est à croire que j'exagère, eh bien ! Pas du tout. La fille en effet avait vanté à son père mon soit disant talent de valseur, et avait si bien fait qu'ils sont restés ; Mais le comble de la chose la voici ; après ma polka dansée avec une jeune fille quelconque, je reviens près de ma valseuse, qui je vous prie de croire était, de beaucoup et aux dires de tous, la plus jolie fille de la société, une belle brune exactement de ma taille. A peine arrivé près d'elle, elle m'a dit d'un air malin : « monsieur, je suis retenue pour toutes les valses » je fais alors la tête du monsieur ennuyé, et je l'étais d'autant plus que le papa la maman et la fille elle même se tordaient. Si c'était vrai lui dis-je vous ne ririez pas ainsi de ma déception. - Ah ! dit elle vous ne voulez pas me croire ? Non Mademoiselle – Eh bien regardez. Elle me montre son carnet, elle avait inscrit mon nom à la suite de toutes les valses. - Eh bien vous me croyez maintenant – Je suis bien obligé Mademoiselle mais je pense que c'est avec l'autorisation de votre famille que vous avez pris cette décision – Parfaitement Monsieur répond

le papa – Alors je suis très honoré et vous remercie beaucoup. Cela s'est passé comme je vous le dit. Mes camarades d'atelier qui se trouvaient là au nombre de trois enviaient mon sort. Et se contentaient de danser avec elle polkas quadrilles et autres danses inférieures. L'un d'eux cependant m'a témoigné le désir de valser avec mon joli bleuet comme il l'appelait (elle avait une charmante toilette bleue) Je l'ai présenté et on substitua son nom au mien pour quelques valses.
Comme vous le voyez j'étais très agréablement « entortillé ». Seulement cela n'a pas duré, je n'ai même pas su son nom ; J'ai appris seulement par elle même qu'elle donnait des leçons d'aquarelle pour grossir un peu le traitement de son père. J'ai remarqué en outre que c'était une très bonne fille. Elle avait une petite croix d'or au cou ; Je me suis appuyé sur ce bijou pour sonder délicatement ses opinions qui étaient très bonnes nous nous sommes quittés à six heures du matin, deux jours après je n'y pensais plus ; Je crois même que je serais incapable de la reconnaître. Voyez l'entortillage n'a pas été long. Voilà le premier bal.

C'est toujours à Génie qu'il écrit mais les lettres circulent, elles repartent pour Rennes, pour Janzé, que chacun les lise... Un siècle plus tard elles circulent encore.
Hier j'ai envoyé ta lettre à Maman pensant l'intéresser par ton récit de noce. Prends bien soin de ton habillement de cérémonie, que ce soit bien plié. As-tu seulement où ramasser tout cela n'ayant qu'une pauvre commode pour tout serrer ? Il faut pourtant aviser à garder tout dans sa fraîcheur.

Quand Charles la prie de venir faire un saut à Paris pour voir son installation, nul doute que Génie en meurt d'envie, elle se fait une joie de loger chez son fils Georges. Mais la belle-mère de Georges ayant été souffrante chez ce dernier, les miasmes de la grippe, tout comme aujourd'hui, douchent l'ardeur des retrouvailles entre générations.
Un mot particulier entre nous deux. Sais-tu l'état sanitaire de chez ton oncle ? Madame Gasne est elle toujours chez eux et malade encore de l'influenza ?
J'ai besoin de ces renseignements pour arrêter mon voyage au oui ou non. Je t'avoue bien mon enfant que cela me fait un peu d'impression et de peur d'aller prendre le lit qu'elle n'a pas encore quitté – où elle a été malade presque tout l'hiver – J'ai peur de prendre moi aussi l'influenza qui spécialement à Paris fait disparaître en masse des vieillards.

Si tu peux savoir cela et me renseigner tu me rendras service. J'aimerais mieux rester ici ou attendre meilleure hygiène à Paris.

Etudiant en architecture! Pour la famille, le voilà proprement aiguillé, en attendant qu'on le marie ! Plus tard, l'une de ses filles regrettera qu'il n'ait pas acheté quelque toile d'Albert Marquet ou de Maurice de Vlaminck qui s'échangeaient alors pour un sac de charbon, mais il aurait fallu du pif, du pif et pas trop de concepts. Plutôt que la passion des avant-gardes et de l'invention, Charles a tété au sein force concepts de bon-goût et de chic provincial. Du reste je ne sais si c'est pour l'art ou pour l'argent que sa fille formulait ce regret à une époque où elle avait bien du mal à joindre les deux bouts. Quoi qu'il en soit les xylographies d'Henri Rivière qu'il acheta plus tard ne furent jamais monnayés ni pour payer le couvreur ni pour satisfaire le percepteur.
Paris à la fin du XIXe offrait beaucoup de liberté. Il fallait avoir connu l'étroitesse coincée des Berlinois disait Stefan Zweig pour apprécier cette liberté qu'il supposait issue de la révolution, et permettait aux ouvriers en blouse bleue, aux patrons en frac, aux militaires, aux bonnes portant coiffe bretonne, aux cafetiers, aux prostituées même, de se saluer avec franchise, sans orgueil ni honte, simplement comme des citoyens d'une même cité. De Montparnasse au Quartier Latin et à Montmartre souffle un vent de liberté. Charles se retourne avec curiosité sur les chapeaux géants et les longues vestes romantiques en velours noir des artistes, et passe son chemin, il a son cap et entend s'y tenir.

Chez ceux auxquels l'état civil accorde la profession de « propriétaire », Architecte signifie cheville ouvrière, gestion du bâti. Ils savent ce que ça coûte... Une ferme mal gérée, une grange qui s'écroule, un poêle qui met le feu, c'est comme cela que nos notaires se trouvent à vendre pour rien des vallons fertiles au bord de la Seiche ou du Semnon. Des biens pour ainsi dire abandonnés, qu'aucun fermier ne prendra tant que les murs et le toit n'y seront pas. Charles a entendu, vu, tout cela. Combien de fermes les Coüasnon possèdent-ils ? Combien le père, le grand-père en ont-ils ramassé dans leur escarcelle ? Et plus tard nul doute que le futur beau-père de Charles, Henri Porteu, maire de Noyal sur Seiche qui habite le château de Mouillemuse sera sensible à cette capacité de déceler les vices du bâti avant qu'aucune pierre ne tombe, à cette qualification : « Architecte diplômé par le gouvernement ». Je me souviens qu'un jour dans le vestibule de sa maison de Mouillemuse on me montra l'ancien cadastre pour que j'y puisse considérer la quantité de terres et de fermes qui avaient appartenues à Henri Porteu. Bientôt d'un seul coup d'œil, Charles saura ce qu'il faut faire et ne pas faire, ses premiers chantiers seront pour cette maison de Rennes où l'on livre le bois en charrette. Son chemin de terre battue cisaillé d'ornières sera bientôt habillé de schiste, la facture est restée!... Les nouveautés, il saura les proposer aux clients, telles ces lucarnes de zinc toutes prêtes qui encadrent de petites fenêtres ovales. Il en ajoutera dans beaucoup de toitures pour faire entrer dans l'air poussiéreux des greniers des raies de soleil qui continuent de donner envie de s'asseoir là, pour méditer dans un fauteuil crevé.

Charles travaille, une première année, une deuxième année. Sa vie parisienne s'organise...Il gratte, gomme, calcule... Quand on échafaude un projet, il faut commencer par choisir son parti : le nombre d'étages, la forme des charpentes, opter pour des couloirs centraux ou latéraux... Ce sont des projets de bureaux, de salle de sport, d'habitations, qu'il faut rendre en date et en heure... Ah ! le rendu ! On est en charrette quand il faut rendre, on croirait que c'est gorge qu'il faut rendre. Les jours où on monte en loge pour un travail solitaire et ininterrompu, c'est l'angoisse... Au cours de sa troisième année, un certain rendu devait avoir lieu le 23 octobre...

Paris 29 octobre Ma chère grand-mère
Votre dernière lettre est demeurée bien longtemps sans réponse : C'est d'hier seulement que je suis débarrassé de la première partie de cet examen que j'ébauchais à Guémené.
Ce rendu devait avoir lieu le 23 mais par suite des distractions de la mémorable semaine dernière il a été reculé de quelques jours. Il me reste encore l'oral et ma journée de loge ; cette dernière pour le 11 novembre.
Comme vous l'avez lu, pendant huit jours Paris a vécu au milieu d'un rêve. Tout ce que votre journal a pu vous montré comme inoubliable, émouvant et grandiose est absolument réel. Jamais de mémoire de vieillard on n'a vu pareille réception. Comme aspect Paris était indéfinissable. Les rues garnies de mats de navires avec des cordages et pavillons multicolores, toutes les fenêtres littéralement encombrées de drapeaux Français et Russes. La place de l'Hôtel de Ville était féerique. Votre journal a dû vous raconter et vous décrire tout ce qui a pu se voir : mais ce qu'il ne vous a peut-être pas donné, ce sont de petits faits à mon avis plus admirables que les grandes manifestations. Je vous en citerai quelques uns.
Me trouvant un matin sur la place de l'Opéra, sous les fenêtres du

cercle militaire au milieu d'une foule totalement impénétrable, je vis l'amiral Avellan [Amiral de la flotte Russe de Méditerranée] paraître à son balcon et crier d'une voix tonnante « Vive la France » Cri répété par les officiers Russes à leurs fenêtres. Voyez d'ici l'effet produit... Vive la Russie, vive le Czar etc... Quelques minutes après l'amiral revient à son balcon tenant deux drapeaux : Russe et Français. Il les noue et au milieu d'un silence profond il crie, toujours avec sa voix de stentor Vive le Czar ! Hourra pour la France ! ... Ce fut du délire, j'en ai pleuré.
A l'Opéra Comique ; quelques officiers Russes demandent une loge ; Carvalho le directeur met la sienne à leur disposition. A leur arrivée, ils étaient en civil, l'orchestre joue l'hymne russe puis Mlle Sanderson le chante en Russe. Après les applaudissements et les cris des spectateurs un des officiers, qui avait une voix superbe, de sa loge chante la Marseillaise et l'orchestre l'accompagne, on s'est demandé comment la salle n'a pas croulé.
On raconte qu'un officier Russe en civil, étant venu, en fiacre, au Bon marché, pour faire des emplettes, a été reconnu, à la caisse ou il s'est présenté pour payer ; on l'a remercié en criant vive la Russie, et on lui a fait une ovation. Quand il a voulu payer son cocher à la porte du cercle militaire, celui-ci l'a salué du cri de vive la Russie et a fouetté son cheval. Voilà qui est superbe.
L'enterrement de Mac Mahon est venu jeter dans cet enthousiasme une note sublime qui a ébahi les marins. Ils avaient vu la veille une foule absolument folle, et ils la retrouvaient dans le calme le plus profond et le plus respectueux.
Jamais on ne reverra pareille chose.
Ces fêtes étaient vraiment dignes de ceux à qui elles étaient données, et de ce qu'elles représentaient : La glorification de la Paix et de ce qui s'y rattache, de tout ce que l'esprit peut concevoir de grand et de noble.
Le fait est que la guerre est ajournée et pour longtemps.
Ma chère grand-mère votre petit fils était absolument emballé.
J'enverrai mon premier panier à Rennes parce que j'ai oublié différentes choses.
J'ai ma bicyclette et ne compte pas me faire écraser.
Je vous embrasse bien tendrement.
Charles.

Vélocité oblige, la bicyclette devient indispensable... A la charnière du siècle tout le monde s'y met et se casse qui un bras, qui une jambe, les moins chanceux la mâchoire ! On invente les freins mais le diable est dans les détails : les câbles sont fragiles...

Charles, esprit technique, se targue de gérer à merveille la sustentation des corps en mouvement. Les vacances venues, avec un ami, les machines en « bagage accompagné », il prend le train pour Orléans et de là revient, humant l'air et les foins, jusqu'en Bretagne à la force du jarret...

Dans ses mémoires, qu'elle consigna beaucoup plus tard, Geneviève, la future épouse de ce fier jeune homme, rapporte ainsi...

Un Rennais, ami de la famille de mon beau-frère, épousa à cette époque une Cancalaise, fille d'officier de marine, très belle et très sportive. Ils vinrent tous deux à bicyclette un après-midi nous voir à Mouillemuse. Dix kilomètres, c'était facile. Cette visite a marqué dans mes souvenirs car Madame portait un costume de bicyclette. C'était une nouveauté que nous n'avions jamais vu. Ce costume se composait d'une culotte courte, serrée au-dessous des genoux par des bandes enroulées sur les mollets et descendant sur les chaussures jusqu'aux chevilles. Les souliers étaient montants et boutonnés ou lacés. On ne voyait jamais de culottes sur les femmes à cette époque. A cheval, les amazones avaient, au contraire, de longues traines qu'elles tenaient sur le bras quand elles devaient marcher à pied. Je vous assure que nous avons beaucoup ri de voir cette jeune femme équipée de la sorte. Elle était très jolie, je l'ai dit, mais assez ronde dans l'épanouissement de ses 18 ans ce qui fait que la bicyclette était surmontée de trois ballons qui se rebondissaient et balançaient, diminuant ou s'élargissant. Le corset baleiné était, à l' époque, de son grand succès. Gagner un ou deux centimètres sur son tour de taille était une gloire qu'on ne craignait pas de payer de beaucoup de gêne.

Il était coutume dans le pays de dire que pour être bon, un cidre devait avoir trois qualités : être gouleyant, dret-en-goule, et justificatif... Au fil des lettres de 1894 on comprend que dans la famille Coüasnon, la mère éprouve un innocent penchant pour le bon cidre. Génie, notre épistolière qu'on appelle maintenant Bonne-maman, s'en alarme et en tient son petit fils informé. Durant l'été tout son monde est près d'elle au Vieux Logis de Guémené...

Ta maman a eu quelques tendances à syncope et divagations mais cela ne dure pas ; heureusement car cela nous impressionnait beaucoup. Je crois qu'elle se remettrait n'était-ce cette exaltation nerveuse lors de querelles toujours avec René [son plus jeune fils]. Quoi qu'on l'implore, on ne peut éviter les explosions, ce qui lui est fatal et fait du mal aux autres aussi. J'en suis, moi, profondément triste parce que dans l'avenir je crains que cet enfant ne fasse misère et discorde dans la famille. Il a un ton, une arrogance que je n'ai jamais vu, même avec sa mère qui souffre tout cela, continue son idolâtrie, et la paiera cher peut-être. J'avais besoin de te dire cela mon enfant parce que parfois je me sens à bout de courage et de forces. Pourvoir à tout ce ménage ! Ce combat fut un supplément fâcheux alors que nous étions onze dans la maison.

Avec le mois de septembre, la clémente tiédeur du bon temps, le calme revient sur le Vieux-Logis de Guémené. Marie, un peu austère et filiforme, reste encore quelques semaines auprès de Bonne-maman.
Nous sommes heureuses et tranquilles ensemble, elle se promène, travaille, mange, boit et dort très bien. Elle chante, donne libre cours à ses gouts de piété, trouve ici un Père qui l'arrange et s'intéresse à son salut. Je voudrais bien la garder longtemps et ce serait tout le meilleur pour elle. Je t'assure que pour sa santé, son caractère, c'est beaucoup à désirer. Elle avait grand besoin de cette passée de repos. De retour à Rennes elle va retomber dans son anémie, vivre sans sommeil, sans manger. Et cette maison de glace ! Le cathare qui finira mal. Dis moi là-dessus si tu le penses raisonnable et possible. Moi je juge que si vous voulez conserver votre sœur, la voir un jour ou l'autre capable d'être mariée et de tenir un ménage, il faudrait me la laisser et que Joseph après trois ans pour la patrie en consacre autant à se transformer un peu en fille et à veiller sur sa mère, la soutenir de son mieux, l'aider dans les affaires. On a défendu à votre maman de sortir seule ! Car tout ce qu'elle a dans la tête, elle le fait. S'ensuivent des discussions et querelles qui aigrissent cette pauvre enfant, lui abiment le caractère, nous en avons vu le genre pendant les vacances. Et puis une maison où jamais on ne demande pardon...

Fin septembre, cédant à son inclination pour l'idéal de pureté que sa grand-mère appelle le cathare et qui est si loin de son ordinaire, la petite retourne à Rennes pour une retraite dont restent quelques pieuses images annotées avec soin. Bonne-maman avait bien senti quelque chose, elle avait essayé de temporiser : *N'as-tu pas ici les messes et les saluts ?* Elle sentait les ficelles... Il y avait eu des échanges épistolaires avec des dames de « L'Immaculée » et avec un Révérend Père sans doute admirable. A cette époque on avait son directeur de conscience !... Marie a bientôt 22 ans. Au terme de la retraite tombe la sentence : « *Ma fille, Dieu vous veut.* » Quelques jours après, elle envoie huit pages calmes, pieuses et tendres à sa chère Grand-mère désemparée qui à son tour écrit à Charles: *Je ne sais pas comment ma pauvre tête n'en craque point. Il faut que Dieu tienne encore bien à sa vieille pour qu'elle résiste.* Pendant ce temps le bon Joseph tente de se faire garde-malade, mais son caractère triste et plaintif l'emporte dans un puits sans fond...

Charles qui à Paris se débat entre ses esquisses et ses rendus, revient à des fondamentaux... *Une mère souffrante qui a élevé sept enfants a bien le droit d'avoir près d'elle quelqu'un pour la soigner. Sur les sept il y a une fille. C'est assez indiqué : si elle veut être bonne-sœur qu'elle se contente pour l'instant d'être garde-malade...* Bonne-maman est au désespoir: *Est-ce que je ne devais pas un peu compter sur ma petite fille pour consoler mes derniers jours, quand l'heure aura sonné pour la séparation. Car qui sinon elle, fermera les yeux de sa vieille grand-mère qu'elle aime tant.*

Dans le long couloir blanc, Marie, le voile sur la tête, tâche d'étouffer ses pleurs : *J'avais le cœur broyé quand j'ai vu la porte se refermer sur Maman, je pris ma petite statuette de ND de Lourdes, je la serrais bien fort dans ma main en lui disant : Mère à vous maintenant appartient de soigner Maman, vous en prendrez bien soin. Quant à moi je suis votre fille pour jamais !* Elle dit avoir choisi une vie de *sacrifice et de souffrance* et va tant prier pour Maman et pour Grand-mère que tout ira bien. Son sacrifice *obligera le Bon Dieu à libérer Papa* des flammes expiatrices dans lesquelles il purge sa peine. C'est ce qu'elle s'est laissé dire.

Avec le Bon-dieu, la Vierge et tous les saints, avec le confesseur, le directeur de conscience, avec l'ange gardien et les indulgences, ce monde orné de rouge Sacré-Cœur et de crucifix d'or, n'avait guère besoin d'être ré-enchanté. En revanche entre leurs murailles d'obligations et d'interdits sacrés, nos bonnes gens étaient en train de se transformer en statue de sel. Le ciel était peuplé de sublimes avec lesquels on négociait son quotidien, ses émotions, et ultimement son salut. Ceux de là-haut, comme jadis les humanoïdes de l'Olympe, étaient pétris des mêmes affects que nous. Mais libérer papa de ces flammes ?... Etait-ce une figure rhétorique pour incliner la blanche novice à la prière ? Les descendants, sont tout de même en droit de se demander du rachat de quelles turpitudes cet aïeul oublié, notre ombre claire d'un notaire de campagne, avait à s'acquitter dans les flammes !

Grand-mère ne répond pas aux lettres de Marie qui, prise d'un étourdissement spécifique, est incapable de comprendre ce silence. Son grand oncle parisien Théophile Crépon, magistrat à la Cour de cassation se mêle de lui écrire et enfonce le clou : *Je persiste à penser que ta place est près de ta mère que tu me dis aimer beaucoup et à laquelle tu viens d'en donner une si étrange preuve... Je considère ton départ comme une désertion.* La pauvrette pleure comme seules savent le faire les novices... Sa grâce devient disgrâce ? A nouveau elle met la plume à l'encrier pour Bonne-maman. Il est assez étrange, un peu troublant, de lire aujourd'hui son injonction à tenir secrètes ses huit pages mouillées de larmes : *Gardez mon secret à cause de la famille...* Le secret n'aura tenu que 120 ans !
Quand pour Noël, Charles débarqué de son train remonte à grandes enjambées de la gare de Rennes jusqu'au faubourg de Fougères, il se promet de rester calme, d'argumenter clair, d'être poli avec la Mère Supérieure et de ramener sa sœur au foyer... Et il réussit.

2

A Mouillemuse, la maison de sa future épouse que Charles ne connaît pas encore, l'hédonisme de la belle époque est à son zénith. Henri Porteu, maire du village, gouverne ses forêts et ses fermes en bon père de famille. Mouillemuse est une grande maison au corps principal flanqué de deux tours rectangulaires bien proportionnées, les pavillons nord et sud. Au rez-de-chaussée du pavillon nord chauffent les fourneaux. Les élégantes petites filles Porteu, pour s'y introduire, trouvent toujours quelque moyen dérisoire et feignent de s'y affairer entre les tabliers de cuisinières faussement sourcilleuses.
J'étais muette d'admiration devant la cheminée quand je la voyais pleine de bûches et de braises. Elle avait tout l'attrait des lieux interdits. A côté de la cheminée, le tournebroche était mis en marche par une grosse pierre dont le poids entrainait une roue dentée. Face à la cheminée, entre les deux fenêtres était un fourneau en maçonnerie. Cela s'appelait un «potager». Sous l'une des fenêtres, un évier fait d'une large pierre d'ardoise. L'angle de ce côté de la cuisine était occupé par la réserve de bois cassé et de fagot. Près de la porte, un filtre pour l'eau de consommation. Deux grands seaux contenaient la réserve d'eau. Elle était apportée à la cuisine par le jardinier trois fois par jour: le matin, le midi et le soir. Pour transporter les seaux d'eau, le jardinier avait un grand cercle que chacune de ses mains maintenait uni avec l'anse du seau, ce qui empêchait l'eau de déborder. Le cercle était toujours pendu à 1' extérieur de la porte de la cuisine, au-dessous de la cloche.
Le potager massif et carrelé en faïence de Delft, comprenait un grand nombre de fourneaux de différentes dimensions, quelques-uns construits en longueur pour les daubières et les poissonnières. Chaque fourneau correspondant à une dimension de casserole, se garnissait de braise et de charbon. Chacun possédait une évacua-

tion pour les cendres. La cuisinière allumait le nombre de fourneaux voulu en prélevant dans la cheminée des braises incandescentes avec une longue pelle et des pinces; sur ces braises on posait quelques charbons de bois qui s'enflammaient rapidement.

Devant les façades, à l'est comme à l'ouest, dès que les gelées ne sont plus à craindre, on aligne une quinzaine d'orangers dans leurs caisses de bois blanchies. La douve qui borde l'aile sud du bâtiment se prolonge le long du parc. Un belvédère, « le bastion » planté en son centre d'un grand châtaigner, fait une saillie en demi-cercle au-dessus de l'eau profonde. C'est là que les dames font leurs ouvrages et les hommes leurs conversations tout au long des après-midi. Les dimanches ensoleillés du petit printemps et des fraiches arrière-saisons, c'est à l'orangerie que l'on s'attarde après déjeuner pour le café. Geneviève dans ses mémoires nous décrit aussi le rez-de-chaussée du pavillon sud...

Cette grande salle possède au près de la cheminée un four à pain. On l'appelait la basse-cour. Tous les quinze jours et quelquefois toutes les semaines, la femme de basse-cour faisait du pain pour le personnel, tandis que le boulanger fournissait le pain de table. Mon père qui ne supportait de nous voir un balai en main nous voyait avec plaisir faire de la pâtisserie. Quand le four était chaud et que le pain permettait d'ouvrir le four, la femme de basse-cour y plaçait nos plaques de tôle et nos moules à gâteaux.

Au mois d'août, quand ma mère recevait sa famille, les séances de pâtisserie étaient une grande distraction. Il y avait tant à faire. Il fallait mettre le pain de sucre en morceaux, avec un vieux couteau, une grosse pointe et un marteau. Dans un grand mortier, on le pilait, il fallait ensuite le passer. Il fallait éplucher et piler les amandes, éplucher les raisins secs, les mettre à tremper dans le rhum, peser la farine, le beurre, battre les œufs, râper les citrons puis disposer sur les moules beurrés ou les plaques de tôle les gâteaux préparés. Tout le monde s'y mettait. Il y avait du travail pour toutes les compétences. Même nos grands cousins, élèves de Saint Cyr, de la rue des Postes ou de Sainte Geneviève, y prenaient plaisir.

Chaque pavillon comportait un escalier, sous l'escalier côté cuisine, un caveau garde-manger. Sous l'autre escalier, côté basse-cour, ce caveau servait de laiterie. Deux petites pièces donnent accès au jardin: l'une, près de la cuisine, appelé décrotterie où se rangeaient bottes et sabots et l'autre, près de la basse-cour, cabinet aux bains car il y avait une baignoire où l'on prenait quelquefois des douches avec une grosse éponge.

Dans la salle de la basse-cour, la grande cheminée était l'accessoire indispensable du lavoir. Le linge prêt à bouillir était rangé dans une grande cuve en bois placée en avant de la cheminée sur un large trépied fait de bois très épais. Dans la cheminée, se tenait un trépied en fer sous lequel on pouvait mettre un fagot tout entier, on y plaçait une grande bassine en cuivre où l'on versait de l'eau sur un mélange de cendres de foyer tamisées avec un peu de soude. Lorsque le tout avait bien bouilli, une des laveuses venait de temps en temps arroser le linge jetant sur le dessus de la cuve l'eau qui, petit à petit, redescendait prendre ébullition dans la bassine, car la cuve de bois s'y déversait par une gouttière faite de deux planchettes de bois. L'arrosage auquel s'employait la laveuse se faisait avec une sorte de cuillère en bois contenant peut-être un peu plus de deux litres.
Les draps qui, à cette époque, ne se vendaient pas par paire mais par douzaine étaient l'objet d'une lessive spéciale et plus rare. Sur de grands supports dans le grenier, les draps sales étaient déposés à l'air pour attendre la lessive qui se faisait deux fois par an. Celle de chaque semaine, déjà importante avec neuf enfants et souvent des nourrissons plus le personnel, se faisait donc à la cheminée de basse-cour et une laveuse venait chaque semaine aider la femme de basse-cour. Pour les grandes lessives, elles étaient au moins quatre et je me rappelle avoir essayé de les comprendre quand elles caquetaient sans pouvoir y réussir; elles patoisaient tellement que je n'y comprenais rien.

La courte avenue du château de Mouillemuse est bordée par une étroite bande de terre. Adossés au mur de la ferme, des poiriers palissés s'épanouissent au soleil avec quelques primeurs. C'est là que se trouvent aussi les clapiers des malheureux lapins, exposés à l'affection effrayante des enfants capricieux et à portée de la gent assassine des cuisinières. De l'autre côté de l'avenue, le gazon parfois sert de terrain de tennis, derrière une ligne de précieuses agapanthes qui fleurissent en une rare pyrotechnie bleue pour fêter juillet. Derrière la maison les allées, entre séquoias thuyas et autres essences recherchées, se prolongent jusqu'à une source délicieusement ombragée.
La mendicité était autorisée. Les pauvres gens passaient à Mouillemuse le mardi dans la matinée. Mon père remettait à la femme de basse-cour deux francs, le montant d'une journée de travail d'un homme, qu'elle distribuait. Elle était gaie et bonne, nous aimions aller, quand elle nous le permettait, l'assister dans son travail. Elle connaissait tous les bonshommes et toutes les bonnes

femmes du pays. Les femmes étaient peu nombreuses et recevaient quelquefois deux sous. Julie donnait les aumônes à bon escient et se faisait quelquefois rendre les centimes sur un sou dont d'autres devaient se contenter.

A cette époque on ne craignait ni d'encombrer la planète, ni de voir celle-ci devenir inhospitalière à notre progéniture. Pauline, l'épouse d'Henri Porteu met au monde dix enfants entre 1872 et 1884, deux garçons et huit filles. Elles posent, toutes de blanc vêtues, regards paisibles, sourires mesurés, le cadet habillé en petit marin, le tableau est parfait. Prendre une photo était l'affaire d'une journée, d'une semaine même s'il fallait la coiffeuse, s'il fallait tailler les fleurs du massif de fond et encore coudre des finitions infinies... Il faut bien réaliser que nous sommes la postérité à qui cette mise en scène était destinée... Des huit jeunes filles Lucie mourut dans sa deuxième année, Henriette devint Mère Saint Paul des Augustines hospitalières de la Miséricorde de Jésus, tandis qu'Amélie, Amélie Joséphine Gaëtane Marie Porteu, devint Sœur Marie de St Ambroise, Hospitalière Augustine de la Miséricorde de Jésus, elle aussi, avant de décéder à l'âge de vingt-quatre ans. Le père doit donc assortir cinq gendres convenables, dignes et beaux ; à moins que ses filles les trouvent elles mêmes. Le pater familias qui se disait libéral eut pourtant une grave déconvenue, Marie, l'une des plus jeunes, une artiste dont le regard tantôt espiègle tantôt absent dénote une certaine originalité, au terme de quelques esclandres, fut confiée par lui à un couvent de Morlaix. Il fallut donc quatre gendres, cela se fit comme cela se doit dans les bonnes familles. A vrai dire deux seulement dont Charles, furent de vraies pièces rapportées, les deux autres partageaient des ancêtres communs avec les jeunes femmes.

La lettre la plus ancienne adressée à Geneviève Porteu date de juillet 1886, sa sœur Marguerite lui écrit des Sables d'Olonne...
Ma chère petite Geneviève Tu es très gentille de m'avoir écrit, ta lettre m'a fait bien plaisir et je t'en remercie beaucoup. La procession de la fête Dieu à été très jolie, il y avait des petits enfants en saint, il y avait Ste Madeleine Ste Agnès St Germain St Philomène St Jean, et N.S. en bon pasteur et portant sa croix. Chaque Saint était entouré d'un petit groupe d'anges. J'ai ramassé pour vous beaucoup de coquillages et tu en auras – malheureusement pour en trouver il faut aller un peu loin sur la plage alors je ne peux pas y aller tous les jours. Je m'amuse beaucoup je vais souvent à âne ou en voiture à âne me promener. Jeanne est très gentille

elle aime beaucoup faire des petites farces elle est très drôle elle a encore sa poupée Lili de Mouillemuse seulement à force de l'embrasser elle lui a mangé le nez de sorte qu'elle a un trou à la place du nez on l'avait rempli de sable et sitôt qu'on la pressait un peu le sable coulait par son nez et Jeanne se cachait, elle avait bien envie de pleurer, elle disait que sa poupée avait du bobo.

Les premiers échanges de la fin du XIXe siècle proviennent d'adolescentes qui s'ennuient dans des grands châteaux, regardent tomber la pluie et mêlent déclarations d'amour éperdu et culpabilité de polichinelle à propos de leur retard à envoyer des nouvelles... A 18 ans, entre cousines, les lettres sont plus enlevées...

Ma chère Armelle
Si tu me voyais tu croirais que je viens de prendre un bain ! Je suis trempée ! Ce matin la neige tombait encore, voilà deux jours que cela ne cesse pas, il y en a 30 cm. Je me morfondais dans ma chambre, sur des problèmes d'y et z quand les Mellor passent sous nos fenêtres avec des petits traîneaux et nous ont dit d'aller « luger » avec elles Tu ne peux pas te figurer comme c'est amusant ! On se met à cheval sur cette espèce de petit traîneau, on monte au haut d'une pente et on dégringole jusqu'en bas, en soulevant un nuage tout blanc. On se dirige au moyen d'une corde. Ce qui était surtout amusant c'était lorsque j'avais de l'élan, alors je montais les côtes, je descendais sans m'arrêter. C'est vertigineux ! Lundi nous avons fait une très belle promenade, mais par une chaleur étouffante, nous sommes allés à Veyges un petit village situé plus haut que Leysin. Il est délicieux et rappelle la Bretagne. Le chemin est bordé de haies et de cerisiers en fleurs, beaucoup de verdure... Aujourd'hui je ne sais trop ce que nous ferons...
Si on monte sur une hauteur, la vue est superbe. On voit les montagnes se resserrer pour former la gorge de Saint Maurice Puis elles s'élargissent, entourent la plaine du Rhône, le lac de Genève et se réunissent à Lausanne avec le Jura dont on voit briller les neiges.
Voilà un long récit qui va t'assommer, pardonne moi je deviens blackboulante vois-tu, c'est le chagrin qui me tourne la tête, le chagrin de ne plus te voir. Comme dans la chanson je te disais : « Si tu savais ma toute belle, le chagrin que j'ai dans le cœur, tu répondrais quand je t'appelle » etc. Le reste n'est pas convenable pour une jeune fille...
... Au revoir mon lapin rose, je t'embrasse comme je t'aime, ce qui veut dire tellement fort que tu en deviens cramoisie garde mon souvenir !

,,,,,,,, *voici des larmes et des baisers pour toutes vos sœurs et vous ,, et deux plus grosses pour toi et Geneviève. Ta cousine toujours Chabrak   Paule*

9 mai 1896
Mes chères cousines
Bonjour ! Comment ça va-t-il ? Je suis bien triste d'être loin de vous j'embrasse souvent vos photographies ! Quelle tristesse de ne plus se voir ! Maman vient d'arriver à Leysin nous y sommes depuis deux jours.
Il y a beaucoup de malades ici, on les soigne tous par le repos et la fenêtre ouverte toujours. Hier on nous a présenté un Hercule qui était très malade en janvier, de la poitrine. Il court les montagnes maintenant.
C'est un drôle de pays tout de même ici : on patine en hiver avec des chapeaux de paille et on a 35° au dessus de zéro sur les balcons ! Qu'en dites-vous ? Le matin nous voyons les nuages sous nos pieds, on ne voit plus rien des vallées, mais le sommet des montagnes qui dépasse est couvert de neige... Nous avons pour voisin des Anglais catholiques. L'aînée des filles a 12 ans. Pierre Burnier, le fils du médecin à 14 ans, il est passable. Germaine est plus amusante. Maurice a pour amis la petite Jacqueline Mellor, sœur de Germaine et Jean Burnier qui a 8 ans. Madame Mellor est une parisienne toute jeune et charmante ; je vais étudier mon piano chez elle.
Je n'aime pas beaucoup ce pays qui est trop loin de la France. Je vous assure qu'en passant la frontière à Vallorbe j'avais le cœur gros et la dernière ville française Pontarlier est si vilaine ! La neige y tombait quand nous avons passé. Les maisons sont grises, il n'y a pas d'arbres dans le pays. La Suisse est bien plus jolie...
Le lac de Genève est de toute beauté, il ne ressemble pas à la mer, les eaux sont lourdes et vertes, mais il est large et entouré de grandes montagnes couronnées de neige dont les côtés sont couverts de forêts de sapins. Ce qui est très laid, c'est la culture des vignes qui occupe un grand terrain dans le pays. On voit alors la terre toute nue, divisée par des talus de pierre, et là dedans il y a des ceps de vigne mais sans feuilles. De loin il semble qu'on a gratté la terre pour enlever les arbres et l'herbe. Mais on regarde au dessus et les montagnes sont si belles. Enfin tout cela est beau mais d'un beau triste, j'aime mieux Roscoff !
Je suis étourdie, je ne vous parlais pas de notre passage à Paris ! J'ai vu les Deffosses : Madeleine toujours en l'air, André toujours le même, plus gai que *jamais*, a tellement grandi qu'il

doit être plus grand que Louis Giraud. Pas changé du tout, je lui ai promis de lui ramener un ours pour lui tenir compagnie. Et vous que devenez vous... pensez vous encore à moi, qui vous aime tant, donnez moi beaucoup de détails, vous voyez que je ne vous épargne rien, je vous embrasse toutes, ce serait trop long de vous nommer mais Geneviève et Armelle plus fort que les autres, puis admiration la coiffeuse et perfection la perversion. Je rabats les oreilles de mes Anglais du récit de vos vertus, ils n'avaient jamais rien entendu de pareil.
Mon respectueux et affectueux souvenir à ma tante un bon baiser à Anne de Coatgouredeu.
Votre cousine demi-sœur qui vous aime autant de Leysin que de Roscoff.
Paule.

Ma chère Geneviève
Maintenant causons un peu. Tu sais je n'aime pas du tout ce pays-ci. Devine un peu ce que je vois ce matin par la fenêtre... ... De la neige...
Je me dis « Allons il faut sortir tout de même. » J'ai pris mon chapeau de paille, celui que tu m'as fait (et qui fait sensation) un vêtement d'été et des gants d'été. Jamais ça ne m'était encore arrivé de m'habiller ainsi pour aller dans la neige. Eh bien crois moi si tu veux, mais j'ai eu tellement chaud que j'ai enlevé mon vêtement, et me voilà comme toi par 28° au dessus de zéro, paraît il que vous avez à Rennes...
Madeleine Desfossés m'écrit de Paris qu'elle a envie de sortir en chemise, il paraît qu'elle a aussi chaud que vous. Mais je t'en supplie ma petite Geneviève ne suis pas cette inspiration, ce serait peu convenable et je n'oserai plus t'appeler 'ma cousine et vrille de mon cœur'.
Je ne m'ennuie pas mais je ne m'amuse pas non plus ! Je travaille beaucoup à mes devoirs, je pense à vous toute la journée et à tous mes amis...
Maman va beaucoup mieux. Les médecins sont étonnés...
Grand-mère est fatiguée mais nous ne pouvons pas avoir de bonnes-sœurs, celle qui était ici est partie. Papa et tante Andrée sèment des fleurs et des légumes, on a beaucoup de peine à en trouver ici, et ils sont très chers ; toute la vie du reste est très chère, dit grand-mère. Quant à Maurice il surveille nos huit poulets et deux lapins maigres.
Dans le moment il y a peu de monde ici car la saison d'été n'est

pas encore commencée. Les petites Anglaises sont gentilles, quoi que l'aînée ait 12 ans, elle est plutôt de l'âge de Maurice. J'aime mieux courir toute seule dans la montagne qu'avec une remorque de poupons. Les garçons Bournier ne sont pas du tout amusants. Vlan voilà ce que je pense de ce pays et de ses habitants...
Quand tu iras te promener avec Marguerite aie l'air bien sérieuse, n'est-ce pas, attends à être sous une porte cochère ou dans un magasin pour l'embrasser très fort de ma part...
Ta cousine qui te pleure.
Ecoute un peu, Vrille de mon cœur, j'ai trouvé des trèfles à quatre feuilles. Je vous en envoie un que vous vous passerez pour vos examens ; il paraît que c'est très rare et précieux. Qu'il vous porte bonheur jusqu'au jour où nous nous réunirons dans l'éternité bienheureuse, c'est ce que je vous souhaite. A-a-a-amen.
J'ai oublié de te dire que 'case en moins' siffle toute la journée venetia, lis entre les lignes.

Durant l'année scolaire, la famille Porteu habite rue de la Psalette, à l'ombre de la cathédrale, dans une haute maison éclairée par des lustres et des candélabres qu'allument les domestiques dès que baisse le jour. Le jeudi après midi Monsieur Barguiller vient avec son violon donner un cours de danse. Geneviève s'en souvient...
Mes sœurs ainées eurent aussi des leçons de danse qu'elles prenaient dans le salon de la rue de la Psalette avec le Père Barguiller. Il était leste et petit et avait toujours sur son bras son melon.
... On n'avait jamais chaud en hiver à moins de se mettre tout près du feu et la température demandée par les médecins pour une chambre de malade était 15 degrés. C'était difficile à obtenir. Pour cela, il fallait sans cesse ranimer le feu et remettre du bois. La température normale n'était habituellement que de onze à treize degrés. ...
Il y avait dans la cour un très bon puits couvert avec une pompe et une énorme pierre de granit creusée pour recevoir l'eau et faire boire les chevaux. Elle occupe l'angle de la cour, près de l'écurie. L'écurie avec la remise ferme la cour du côté Nord. Le puits de la rue de la Psalette, quoique privé, servait à beaucoup de nos voisins. L'hiver, quand les gens du quartier venaient avec une lampe chercher de l'eau traversant la cour sous nos fenêtres depuis le portail jusqu'à la pompe, c'était notre joie de voir la lumière dessinée sur le plafond de notre chambre les raies lumineuses de nos persiennes qui passaient plus ou moins vite selon le pas du porteur: joie de la lumière, si rare à cette époque.

Les caves de la maison communiquent, dit-on, avec l'hôtel Blossac, et mènent par des passages secrets, jusque sous l'église Saint-Sauveur. Ces profondeurs obscures permirent de dissimuler les ors les plus précieux quand le méchant petit Père Combe, président du Conseil radicalement anticlérical, soumit les biens d'église à l'inventaire. Quand viennent les beaux jours, les Porteu s'installent à Mouillemuse.

Les déplacements saisonniers de la famille se faisaient en voiture, une américaine à quatre roues; large phaéton auquel mon père avait fait mettre un strapontin face à la banquette arrière sur lequel nous nous tenions quatre ou cinq, bien serrées. Nous partions trainés par une forte jument qui mettait facilement une bonne heure pour faire les dix kilomètres du trajet. La veille une charrette emportait les bagages, chacune d'entre nous avait droit à deux colis. Nous descendions à la charrette nos cages à serins, poissons rouges vers à soie et paniers.

Pour revenir à la famille de Charles, Génie décède fin 1895. Son ultime lettre est adressée à sa petite fille Marie et date du 12 novembre 1895. Son écriture est pleine d'à-coups, sa vue n'y suffit plus. *Tout est ébranlé, même ces pauvres doigts qui ont tant écrit ne peuvent plus... Oh oui je serais bien contente de t'avoir de temps en temps 15 jours, 3 semaines, enfin ce qu'il se peut pour faire du bien, ranimer, consoler, soutenir cette vieille grand-mère dont la vie s'étiole et s'affaiblit de jour en jour et n'a plus longtemps à vivre... Tous ici disent « Il faudrait sa petite fille »*. De fait, un mois plus tard, faisant preuve d'un savoir vivre enviable, elle décède sans plus d'histoire.

Sa fille, la mère de famille, décède cinq ans plus tard. Au deuil de sa mère, Charles pour décourager toute manigance, prétend ne se jamais vouloir marier, ce qui chagrine sa bien crédule sœur. Voyant midi à sa porte, elle prie secrètement pour qu'une belle-sœur vienne adoucir ses épreuves. La maison où l'on accrochait les almanachs année après année n'entend plus ni les pas des galoches ni le claquement des taloches, les volets sont fermés, on la vendra bientôt. Chacun prend sa destinée en main, René, le plus jeune va sur ses vingt ans.

C'est un siècle nouveau, Charles, déjà conseiller municipal à Rennes, croise Geneviève dans un salon à l'automne 1900... Il a une silhouette élégante et porte de fines moustaches. Peu après, passant avec un ami près de la place du Champ-Jaquet, ils sont arrêtés par une charrette en travers du chemin. Des porteurs d'eau en blouse bleue se donnent le tour pour remplir de grosses cruches de fer blanc à un tonneau badigeonné de bleu et les monter dans l'étage d'une maison. Immobilisés là un instant, Charles se penche vers son ami pour lui faire à mi voix cette confidence : « Il n'y a à Rennes qu'une jeune fille que je désire, c'est Geneviève Porteu. » Les portefaix juchent les jarres sur leurs chapeaux de cuir bouilli et laissent le passage... Geneviève a dix ans de moins que Charles. Ils se rencontrent grâce à Pierre Porteu, cousin de l'une, ami de l'autre, l'entremise formalise la demande... Il est resté dans l'histoire que le vénéré père demanda bientôt à Geneviève. « *Alors... C'est oui ou c'est non ?* » – « *Bien... Ce n'est pas non...* » Dit-elle – « *Alors c'est oui !* » Rétorque le père...

De fait les fiançailles suivent, puis le mariage, puis les enfants... Toujours Geneviève assurait être très heureuse de ce mariage qu'elle prétendait arrangé et se prévalait de cette tromperie pour concocter des rencontres bienveillantes et hasardeuses pleines de sous-entendus. Ses velléités faisaient fuir instantanément toute sa jeune descendance féminine. Dès qu'une conversation faussement innocente s'attardait sur quelque charmant jeune homme de bonne famille, elles se chuchotaient leur mot de passe « *Aux abris !* » et disparaissaient.
Fiançailles, mariage... les oncles à besicles et les tantes gantées, arborant des sourires empressés, rivalisent de générosité pour tout offrir au jeune couple. Commence alors un fiévreux festival de catalogues, d'échantillons, de commandes, et d'essayages. Les Rennais, les cousins Parisiens, le Bon Marché, le Gagne-Petit, les couturières du quartier, même les faïenceries de Sarreguemines sont sollicitées. L'oncle Léon Hardoin offre un miroir Louis XVI surmonté d'un trumeau.
Quand ils le mettent en place, Charles et Geneviève glissent la lettre qui l'accompagne dans la boiserie derrière le cadre, on l'y retrouve intacte soixante-quatre ans plus tard.

9 rue Boissy d'Anglas VIII° Le 24 Mars 1902
Ma chère Geneviève,
Je te fais expédier après demain mercredi, un petit souvenir ; c'est un vieil objet comme il convient à un vieil oncle, il est même plus vieux que moi car il doit avoir plus d'un siècle, et j'aurais beau faire, je n'irai pas jusque là. Ce n'est pas non plus un bien bel objet, c'est un vieux cadre de glace dont la dorure est passablement effacée ; je n'ai cependant pas osé la faire remettre à neuf parce que beaucoup de personnes la préféraient dans son

vieux et considéraient une restauration comme une profanation. Je l'envoie donc tel quel avec son vieil or du temps du pauvre Roy Louis XVI. A vrai dire c'est ce cadre sculpté qui m'a séduit, le reste est fort laid. La glace est surmontée d'un compartiment de ce qu'on appelait autrefois un Fixé ; c'est une peinture à l'huile sur soie, faisant corps avec une glace qui lui sert de vernis. Ce fixé est malheureusement très bien conservé car il est horrible. On n'ose cependant pas l'enlever de crainte de détruire ce que les raffixés de ce monde et les curiositaires maniaques appellent le cachet du meuble.

Le sujet de cette peinture de l'école de Prudhon mais qui a eu la mauvaise chance de n'être pas faite par lui, représente de vilaines créatures qui je crois ont la prétention d'être des femmes et qui portent la ceinture au milieu de l'estomac selon la mode du temps afin de singer le sexe gracieux ; Singer est le mot propre car jamais plus hideuses guenons n'ont revêtu la robe de cette fausse antiquité chère aux artistes du directoire ; le plus étrange dans cette composition, c'est que ces affreuses personnes ont l'impudence de lutiner un pauvre petit amour qui ne leur a rien fait et qui est bien incapable de leur jamais rien faire.

Toutefois j'ai bien longtemps hésité, le cadre m'attirait tandis que la peinture me repoussait mais voila qui est fait, n'en parlons plus, d'autant que tu seras toujours à même de détruire cet ornement ridicule et de le faire remplacer par quelque chose d'agréable. En attendant fais en ce que tu voudras et mets le où tu voudras ; mais là encore je me trompe et je devrais dire où tu pourras car un surcroit de chagrin pour moi est que ce malheureux objet est tout ce qu'il y a de plus difficile à placer. Figure toi que c'est un trumeau, si tu ne sais pas ce que c'est qu'un trumeau, demande à un architecte ce que c'est que cet homme là. Ce diable de cadre a en effet 1, 60m de haut sur 0,63 de large. Ce n'est vraiment pas commode à mettre dans la poche, ni sur une cheminée car c'est bien étroit, ni entre deux fenêtres quand on n'en a qu'une ; il tiendrait certainement à plat par terre mais on marcherait dessus et la glace ne le supporterait pas. Alors comment faire ? Un pan coupé peut-être ? Demande encore à un architecte si c'est possible ; quant à moi je me suis donné assez de mal, je ne m'en mêle plus, tirez-vous en comme vous pourrez.

Seulement une petite recommandation pour le recevoir : Je crois que l'emballage sera bien fait et que tout arrivera en bon état. Néanmoins bien que le port soit payé, il sera peut-être prudent de ne pas laisser repartir les camionneurs qui livreront avant

d'avoir levé le couvercle et de s'être assuré qu'il n'y a point d'avarie. Ensuite voudras-tu bien lorsque l'objet sera déballé chez toi, faire retourner la caisse par le chemin de fer en port-dû, en faisant clouer le couvercle en dessous pour bien faire voir que la caisse est vide. Il a été convenu avec le marchand qu'il me reprendrait cette caisse si on la lui retournait ; voici l'adresse : M G Camate 210 Boulevard St Germain.
Cette affaire une fois réglée, il me reste bien peu de place ma chère nièce pour te dire tous les bons souhaits que je voudrais t'envoyer dans ce moment où l'on a tant à dire et tant à souhaiter à ceux pour lesquels on se sent une tendre affection et dont l'avenir définitif va se fonder ; si je considère tout ce que j'ai à dire la place est bien trop courte, mais si tu veux être bien persuadée de la profonde sincérité avec laquelle je demande pour toi ce qui peut se renfermer en un mot, c'est-à-dire un bonheur aussi entier, aussi complet et sans mélange qu'il est permis de le goûter dans cette vie, cette petite place suffira pour t'assurer que personne plus que moi n'est en ce moment n'est avec toi de cœur et d'amitié et pour me dire une fois de plus ton oncle tendrement affectionné.
Léon Hardoin

L'oncle Léon était avocat à Paris... Une photo de lui à Mouillemuse le montre assis, corpulent, une légère canne de jonc à la main. Son regard et son visage placide laisse penser qu'il a abandonné les vanités de ce monde et qu'il a déjà son ticket en poche, ayant obtenu par avance, directement auprès de Saint Pierre, sa place au paradis.

Il reste quelques traces des grandes journées du mariage de Charles et Geneviève, peu de lettres puisque tout le monde était là. Pourtant les deux familles ayant eut des deuils dans l'année 1900 le faste reste mesuré... Ce ne sera qu'un lunch sans excès. Cependant dans la cuisine et la souillarde on épluche, on pile, on désosse, on touille et on hache, on pétrit, on souffle sur la braise et on récure sous l'œil attentif de la maitresse de maison. Certains petits préparatifs se font dans la cuisine de Mouillemuse, la denrée viendra avec une voiture de louage. Les dames en catimini sont aux essayages : *Marie Hardoin en gris : très bien. Edmée aussi. Mais Lucie qui prend du beige, quelle idée malheureuse ! On n'assortit pas sa robe à son teint ! Le bleu lui va si bien... Pour Gabrielle et Marie on avait parlé de drap blanc... que le ciel inspire les indécis. C'est ici Marguerite, l'ainée qui donne sa très estimable opinion, elle qui est enceinte et dont on n'a pris les mesures qu'au dernier*

moment afin de dissimuler sous *le satin blanc et les dentelles noires sa vaste ampleur*. Les costumes de ces messieurs pour ne point être mités sont ordinairement passés au poivre, au sortir des placards s'ils sont encore seyants on les donne à brosser. Auprès des garçons d'honneur égrillards, les parents anxieux s'épuisent en recommandations. Les charmantes demoiselles paradent dans leur blancheur, il faut en remplacer une au pied levé, ses dévots parents n'ont pas voulu *la distraire aussi violemment des pieuses pensées dans lesquelles il faut l'entretenir six semaines avant sa première communion.*
Le mariage a lieu le mardi huit avril 1902. Les cloches de l'église Saint Sauveur sonnent et carillonnent au dessus de la ville.
Geneviève est conduite à l'église dans un landau à deux chevaux, robe à longue traine, front couronné de fleurs d'oranger, elle y pénètre au bras de son père en haut-de-forme et costume noir, son petit foulard de surah blanc serré d'un joli nœud. Le marié marche au bras de sa tante. Au sortir, le Cortège est d'une grande dignité, chapeaux haute forme, grandes toilettes, échafaudages de chapeaux à plume et à fleurs… Une cérémonie parfaite, la mariée ravissante, toilettes, ah les toilettes de ces dames !…
La célébration accomplie, la maison de la rue de la Psalette se remplit, bruissements, froufroutement des robes, congratulations de plus en plus bruyantes, vin du muscadet… Sur le coup de midi et demi arrivent les télégrammes porteurs de la vive émotion des chers absents. Cela vous arrive sur papier bleu, et comme de nos jours les tweet, ça va à l'essentiel. Le télégraphe électrique, qui balance la ponctuation par-dessus les moulins et jette ce qui est accessoire aux orties, fut le premier fossoyeur des syntaxes. On paye au nombre de mots et c'est cher ! Tout est en majuscule : Affectueuses félicitations souhaits de bonheur aux nouveaux mariés Amiral et madame de la Maisonneuve. C'est craché sur une étroite bande de papier que l'employé en blouse grise détache et colle sur le pli bleu ciel immédiatement confié au coursier, « Mandez-moi ça de suite mon bon ! » Qui d'un pas alerte va le porter au huit de la rue de la Psalette, à peine sorti du bureau de poste on le rappelle : la machine a craché un autre texte, il portera les deux. D'autres arrivent vingt minutes puis une demi-heure après ; facteur des télégrammes, c'est un sport !
Dans une joyeuse cacophonie, les convives circulent. Chacun en grignotant conte des exploits, narre quelque récente aventure rustique… Pierre Porteu, grâce à qui les mariés firent connaissance, décrit la filature de son ancêtre qui jadis fournissait les voiles de la

marine nationale et reçoit maintenant des commandes de partout. On répète avec gourmandise son orgueilleuse devise : « *Nos voiles ne percent pas au vent et peu aux boulets.* »
Le père de Pierre, qui est député d'Ille-et-Vilaine depuis une douzaine d'années parle cuisine puis arthrite avec le père de la mariée, ni l'un ni l'autre n'ont la moindre notion de diététique. Mais ils sont tous deux maires de leurs communes et savent se faire écouter... Les loups à Laillé ont encore mangé un chien de garde, les fermiers n'ont pas osé sortir, on n'a retrouvé que la chaine et le collier ensanglanté. Henri Porteu raconte encore que dans sa ferme des Gourdelles, l'autre hiver, un grand loup est venu appuyer ses pattes au rebord de la fenêtre et regarder dans la salle... Les frissons donnent de l'élan aux réjouissances... Une feuille volante nous est restée, elle porte un petit texte qui moque les poires, ces bonnes poires qui se font avoir par les escrocs mondains. On demande le silence, Charles sort de sa poche la feuille qui porte ses rimes de mirliton, les lit en ménageant ses effets... De nos jours tout le monde a oublié l'affaire Thérèse Humbert, mais dans notre bon monde rural d'alors, où l'on ne connait d'autre fortune que foncière, contre vents et marées politiques, on se garde des affaires et des affairistes... Charles énumère ceux qui se sont fait berner par l'épouse du ministre sénateur de la gauche radicale: *des bourgeois, des socialos, des cléricaux, des francs-maçons et même des bouddhistes et des youpins*. Monsieur Humbert était ministre de la justice et des cultes .... Ce genre d'allocution du marié sonne un peu comme un manifeste à l'usage de la belle famille. Ici il termine : *Ah les bonnes poires on n'en a vu pareille sélection qu'aux dernières élections*... Rires et applaudissements... Jamais Charles n'aurait imaginé avoir un jour des petits enfants Bouddhistes !...
Les parents Coüasnon sont déjà tous au tombeau, mais pour pallier leur absence, une tante paternelle de Charles, la sévère Louisa, et le jovial oncle maternel Georges du Saint, sont là, ce dernier, fils ainé de Génie, est un petit personnage rond et sympathique, il travaille à un registre de jurisprudence, et converse agréablement avec Didier Delaunay professeur de droit qui sera le seul dreyfusard de la famille...
La lumière dans le cœur des époux fait briller les yeux... Des petits groupes se forment... Sur le marbre de la cheminée, Marie, la sœur de Charles regarde les télégrammes : *Peste ! Un Amiral !* fait-elle en aparté. De son côté elle a bien des notaires, mais un amiral... « Peste ! », ça sonne bien, c'est un mot qui éclate. Jeanne Cordier cousine si chère à Geneviève, de ne pouvoir être là le fait

éclater aussi : *Je t'assure que je peste joliment contre la grippe...* Les tables sont repoussées pour laisser la place aux danseurs... Les cadeaux sont exposés au salon de l'étage. Et Geneviève dans ses mémoires: « *après le lunch, quelques tours de valse permettent aux mariés de partir à l'anglaise* ».La fortune des mots change avec les générations, tous ces braves gens pressent innocemment Charles et Geneviève de jouir : *Jouissez bien l'un de l'autre* ou : *Jouis bien de ton bonheur.*

Marie et son frère Joseph ont trouvé à se reposer de feindre la liesse dans un angle du salon. Joseph est trop pompeux en société et Marie malhabile, elle se tord les mains tant elle souhaite que ce soit bientôt son tour, non pas son tour à elle de se marier ! Jésus ! Elle n'ose y penser, mais le tour de Joseph. Elle sait qu'il en pince pour Lili Barial, Joseph n'a pas de hautes ambitions mais ferait un bon mari ! Marie sans se l'avouer, se glisse dans le rôle un peu masochiste d'ange gardien de ses six frères... Autre frère, Théo, s'entretient respectueusement avec le père de la mariée, canne de bambou clair à la main, qui peine un peu dès qu'il reste debout. Théo, étudiant en médecine, constate qu'il est loin de convaincre le pater familias de laisser ses pots, ses rots et le bon beurre de ses fermiers pour contrer son diabète. Il n'est pas né celui qui en remontrera à cet homme fait, qui a ses convictions ; sévère mais juste, jusque dans ses erreurs.

Les premières nuits du couple baignent dans le bienheureux silence de Mouillemuse, dans la chambre du milieu le lit est profond. Une amoureuse retraite, ils s'occupent le jour à semer, planter et sarcler autour du château, c'est un hommage au printemps, un symbole de leur future destinée. Quelques jours après c'est chez son oncle Georges à Pont-Veix que Charles emmène sa jeune épouse. Là encore ils restent seuls. Il avait été question d'un voyage de noces à Rome mais c'est dans la fraicheur parfumée du printemps breton qu'ils s'épanouissent. Arzon les ajoncs, Ste Anne d'Auray les violettes, Suscinio pervenches entre les vieilles pierres, Quimperlé, les narcisses et les giroflées qu'ils s'amusent de nommer ramoneurs. Les abers et puis le Finisterre... Le bonheur ! Nul doute que la passion du jardinage que Geneviève gardera jusqu'après les guerres, après la mort de son mari et jusqu'à la toute fin de sa vie, portera toujours en elle l'écho des fleurs et des jardinages de leur prime amour. Ils arrivent ensuite à Paris, on leur fait fête, ils sont invités tous les soirs. Ivresse de liberté, ils vont voir le salon des indépendants et achètent deux xylographies d'Henri Rivière figurant un lever de pleine lune entre les grands pins maritimes de la lande bretonne et une aube brumeuse sur un petit port de pêche qui resteront toujours auprès d'eux.

Les lettres qui précèdent le mariage, ces doux et précieux papiers parfumés, tant de fois portés aux lèvres, ils les conserveront dans un placard de leur chambre, dissimulé derrière un rideau. Au milieu des années soixante, alors que l'un comme l'autre ont disparu ; Armelle leur fille qui continue d'habiter la maison a soin de toute la vider avant qu'elle soit livrée aux démolisseurs. Outre un joli porte-monnaie oublié contenant quelques pièces d'or, et d'autres choses précieuses, elle trouve dans ce placard les brulants témoignages. L'intimité d'une génération a du mal à trouver sa place chez la suivante, celle qui en est directement issue ! La troisième génération en revanche possède souvent à la fois l'intérêt et la distance qui permettent d'explorer, d'être touché, de comprendre sans éprouver de gêne les épanchements amoureux de la première. Armelle mit donc au feu ce lot précieux. Cette lacune ne retire pourtant rien à l'image qui nous reste du couple que formèrent Geneviève et Charles. Leurs témoignages abondent au long de feuilles peut-être moins brulantes mais tout aussi vraies qui furent conservées ailleurs dans d'ordinaires petits cartons ficelés.
Ainsi le 26 juin 1902 : *Je t'aime à en pleurer*, et plus loin on croit lire : *Ton sourire débordait de mon esprit.*
Un autre jour : *J'oubliais ma chérie de te remercier de ta lettre trouvée ici à mon arrivée ; je l'ai embrassée cette lettre, ce papier sur lequel ta petite main s'est promenée pour tracer ce que ton grand cœur lui commandait d'écrire. Ma chère petite femme tu rêves à ton mari parti, lui ne sait pas ou ne peut malheureusement pas rêver mais il pense bien à toi en toute circonstance. Quand je fais quelque chose d'intéressant, je me prends à causer tout seul, comme un fou, fou du désir de t'avoir près de moi comme en Bretagne pour te faire part de mes impressions.*

Tout de suite après le voyage de noces, avec ce qui semble être une bande de chouettes copains, Charles s'en va visiter Paray-le-Monial, Lyon, Fourvière et Grenoble, le groupe de jeunes architectes voyage en première classe et loge dans des grands hôtels, mais Charles est ailleurs... Ses amis lui demandent à quoi il rêve... Car dès les premiers tours de roue il additionne les hectomètres qui l'éloignent de Geneviève. Au retour l'impatience le tenaille. Il voudrait à Paris, sauter d'un train dans l'autre pour être enfin dans

leur nid d'amour, dans la chambre du milieu à Mouillemuse, avant que la période de fertilité de son épouse ne s'achève. Il fallait à l'époque une détermination indécente pour percer les secrets de l'enfantement, tout ce qui s'en disait était confus et contradictoire, l'enfant, seule justification d'un acte caché qui ne porte pas de nom, était pourtant réputé don de Dieu ! « *Crois tu que jeudi soit trop tard car je t'assure, le bonheur de te rendre mère passe bien avant tout voyage.* »
Une chose que je fais souvent : je tire mon alliance pour voir ton nom ; il paraît que St Louis faisait cela, il avait fait graver sur sa bague : Dieu France Margueritte et disait à tous ceux à qui il la montrait : Hormis cet anel point d'est d'amour. Je comprends cela maintenant mon amour ; sans toi il n'est rien ici de bon pour moi. Je suis ici dans un pays charmant, il lui manque quelque chose cependant, celle qui serait pour moi son plus bel ornement. C'est un cadre doré, il ne manque que la toile, c'est bien quelque chose j'imagine.
Je n'ai pas eu froid ma chérie et la chaleur est supportable rassure toi donc sur les conditions physiques dans lesquelles vit celui que tu aimes tant. J'ai trouvé l'adresse de René ainsi qu'une invitation à dîner en même temps que ta lettre, c'est 17 rue Pierre Cornille, à 20 minutes à pied de mon hôtel.
A demain petite femme adorée. Charles qui t'aime.

L'accélération des communications modernes leur autorise une proximité consolante, même si le lendemain de l'un est devenu la veille quand la missive parvient à l'autre. Entre les feuillets demeurent encore des fleurs sèches centenaires !
Mardi 24 juin
Mon petit mari chéri
Je ne te mets qu'un mot avant le départ de monsieur Delaunay. Je t'écrirai plus longuement tout à l'heure mais je veux te dire tout de suite combien ta lettre m'a fait plaisir. Ta lettre je l'ai guettée, je l'ai reçue avec bonheur, je l'ai dévorée puis embrassée avec amour ; parce que c'est un peu de ton cœur qui s'y trouve. Elle est si affectueuse, si gentille. Je t'embrasse mon bien aimé, comme je voudrais le faire, avec ardeur. Tu recevras je l'espère une lettre de moi ce soir.
Ta petite Geneviève chérie qui ne te quitte pas par le cœur.
Un autre jour...
Ma lettre est bien mal écrite mais j'écris sur mes genoux. Je t'embrasse avec ardeur ; et brûle du désir de te revoir je t'aime, je t'aime énormément il n'y a d'égal à mon amour que le tien.

Ma famille spécialement Marguerite et Marie qui m'embête me chargent pour toi de toutes sortes d'amitiés, elles t'embrassent même, vu que la distance ne gêne pas leur timidité.

La volonté est très présente chez Charles, lui qui se plaint de ne pas savoir rêver. Plus tard il fera souvent à ses enfants, l'éloge de la volonté dont il parle comme un muscle précieux qu'il faut entraîner. Mais la plus forte volonté comme la science la plus exacte, il en est persuadé, ne sont rien sans le secours de Dieu. Les moyens pour arriver à leurs fins sont de deux ordres : l'observation des périodes qu'ils pensent être celles de fertilité, et les ferventes prières qu'ils ne manquent de former, en 1902 nait Marie-Thérèse.

C'est aussi l'époque où nait la laïcité, la troisième république tranche dans le vif pour séparer l'église de l'état...
Paris 31 décembre 1902
Mon cher Charles
A mon tour je tiens à te dire tous les vœux que ta tante et moi formons pour votre jeune ménage, pour l'heureuse venue au monde du cher bébé que vous attendez et pour la santé de sa bonne petite mère. Nous avons partagé de grand cœur les inquiétudes qu'elle t'a causée et nous nous associons aussi à la paix que tu éprouves à la voir si bien rétablie et si forte.
J'espère que l'année qui va commencer ne ressemblera pas à celle qui va se terminer dans quelques heures, et cependant comme ne cesse de me le dire ma bonne Catherine nous y avons reçu de grandes grâces, presque miraculeuses. N'empêche que l'on sort bien meurtri de toutes ces secousses et qu'il ferait bon goûter un brin de repos.
Pierre n'est point un grand élève de seconde comme tu lui fais l'honneur de le supposer mais un modeste potache de 4ᵉ. Nous avons de grandes craintes pour son collège où il a quelques succès en littérature française. Nous laissera-t-on Stanislas ? Si on nous prend nos collèges, on ne nous prendra pas l'âme et la vertu de nos fils ; cela je le promets à l'ignoble Combes.
Mille sentiments affectueux.
Joseph Crépon des Varennes

Il n'est peut-être pas indispensable de situer précisément ce Joseph Crépon, on se souviendra seulement que Génie était née Crépon. Leurs racines sont en Anjou, une branche parisienne porte des juristes, une autre, plus rustique, a poussé vers Janzé et porte ceux qui font métier d'être propriétaires terriens.

A Janzé, Marie jouit maintenant du bonheur d'avoir une belle-sœur. Dans la cuisine encore fraiche où bourdonnent les mouches, alors que le soleil écrase la campagne, elle écrit...
Janzé Mardi 2 Août 1902
Ma chère Geneviève
J'ai plusieurs commissions à te donner voudrais tu me les faire ? 1° Ne pas oublier le vin pour Théophile. 2° Son panama – 3° Demander à Charles si, il ne pourrait pas me donner de vieux petits bouts d'encre de chine. Des petits bouts qui ne lui serviraient pas et tu me les réserverais – J'aimerais bien les avoir le plus tôt possible. C'est pour faire du ponçage. Un petit coussin.
Henri nous écrit qu'hier lundi ils sont allés à Guérande, Le Croisic, Saint Nazaire etc. en auto, de Guémené. Il y avait mon oncle Georges, ma tante. Jean, Joseph de Boisfleury et deux demoiselles de Boisfleury. Un notaire de là-bas voulait leur faire acheter des terres au bord de la mer, à Escoublac... Aucun intérêt, ce ne sont que des dunes de sable, ont-ils conclu. Je n'ai pas le temps de t'en écrire long, je suis à déménager deux chambres pour en donner une à Henri – Dépendre les rideaux, démonter les lits, et faire un branle-bas, ce n'est pas petite chose de cette chaleur. 30° à l'ombre à trois heures ! Aussi on n'a pas grand courage.
Je t'écrirai pour te rafraichir la mémoire pour les commissions.
Je termine donc en te disant bien des choses, en te chargeant d'en dire un peu pour moi à ton mari, et d'embrasser tes enfants.
Ta sœur dévouée.   Marie C.

Une belle-sœur fière de sa nièce Marie-Thérèse et qui propose à Geneviève d'embrasser son enfant à naître car Geneviève est sur le point de mettre au monde un fils, Charles qu'on appellera d'abord Charlot, et puis le *ch* difficile, se transformera en *n*, ce sera Nalo En effet, quinze jours après, Théophile qui termine ses études de médecine...
Mon cher Charles
Un garçon quelle veine !
Le nom n'est pas près de s'éteindre
Quel joli couple vous aurez près de vous dans quelques années. Le tonton est enchanté, enthousiasmé !
Donne-moi des détails. Combien pèse t'il est il gros ? bien fait ? Quelle particularité présente t'il ? Regarde le bien avant de parler et dit merci à Geneviève.
Surtout, qu'elle soit bien sage et bon appétit au bébé, c'est tout ce que je puis souhaiter de mieux pour l'instant.   Théo.

Tout le monde est en vacances, ce sont des cartes postales qui viennent féliciter la jeune maman. La France depuis le passage du Tzar à Paris est en pleine euphorie russophile et justement leur Charlot de fils naît le même jour que le fils du Tzar...

St Cast 14 Août 1904
Pendant que tu télégraphiais pour nous annoncer la bonne nouvelle (à Auguste et à moi) Que nous étions oncles pour la seconde fois, mais d'un neveu cette fois-ci. Nous étions ici à voir Jersey Chausey et Granville. Bien des choses à Geneviève, bonne fête à Marie. Bonne santé à toute la petite famille. Un tonton heureux.
René   Bonne santé au petit « Russophile » jour pour jour !

Samedi 13 Août
Le fort Lalatte et la pierre de Gargantua
Nous revenions de cet endroit lorsque le soir nous avons appris la bonne nouvelle. Toutes nos plus sincères félicitations ! Nous attendons quelques détails donnés soit par le papa ou un des oncles. J'espère que l'heureuse mère est bien. Nous lui souhaitons à elle et au bébé une parfaite santé. Amitiés   Marie.
Notre domestique est malade et couchée avec un peu de fièvre, je suppose que ce n'est qu'une légère indisposition.

Quiberon Villa Kermignon 13 Août 1904
Mes chers amis, très heureux tous de la bonne nouvelle, et de « l'avènement » du dauphin. Très satisfait de savoir que Geneviève va très bien et que Bébé pèse près de 7 livres. Félicitations aux parents et aux grands parents.
Charles (m'a-t-on dit) Karlovitch sera contemporain, du Tsarewitz Alexis Nikolaïëvitch dont nous apprenons la naissance – par le même courrier – mais il ne participera pas à la dotation !!! Des « frères de lait d'Alexis »
Mais il aura la bonne santé de ses parents. Je lui souhaite toutes leurs aimables qualités.
Affectueusement vôtre.   Paul Cordier

Paul Cordier a été secrétaire à l'ambassade de France en Russie... le rapprochement va de soi. *Il habite rue de Londres, un hôtel avec une écurie à plusieurs chevaux car il a apporté à sa femme une grosse fortune héritée d'un oncle de Périgueux, ingénieur hydraulique. Ce dernier, au service du Bey de Tunis avait été créé Bey, on l'appelait Cordier Bey. Paul Cordier ne sut point garder sa fortune qu'il gaspilla dans des placements hasardeux mais conserva tout de même une honnête aisance, à ce qu'en dit Gene-*

viève dans ses mémoires... Adèle, son épouse, ajoute quelques nouvelles la semaine suivante.

Je n'aurais pas attendu jusqu'à aujourd'hui pour te féliciter de la naissance de ton fils si ton oncle n'avait déjà été au près de ton mari et de toi-même, l'interprète de nos chaudes et affectueuses félicitations... ...Ton oncle Georges a passé la semaine dernière à Quiberon, nous en avons profité pour faire quelques excursions. Nous sommes allés à la Trinité sur Mer et à Carnac. Nous avons vu les fameux alignements de Carnac et un tumulus très intéressant.
L'Escadre du Nord est ici en station pour quelques temps. Nous avons été visiter un superbe cuirassé : 'La Gloire'. J'en conserverais un souvenir excellent si je n'avais pas eu la malchance de couvrir de peinture la robe que je portais. Il n'y a pas de dégraisseur ici et mes efforts pour le remplacer n'ont pas été couronnés d'un franc succès.
Jeanne et Pierre s'amusent beaucoup, ils ont trouvé des amis et font des partis de toutes sortes.
Samedi on est allé à Belle-Ile mais je n'étais pas de l'expédition. J'ai craint bien à tort le mal de mer ! Je le regrette car le beau temps qu'il faisait semble se gâter un peu. J'espère ma chère Geneviève que mon bavardage ne t'aura pas trop fatiguée, je t'embrasse bien affectueusement ainsi que tes enfants, nos affectueux souvenirs pour ton mari.
Ta tante Adèle

Une lettre datée du 9 mars 1906 à Janzé nous fait entrevoir la vielle génération. C'est une petite lettre admirablement calligraphiée, dès le premier mot : Madame, le *d* s'envole et revient en spirale au dessus du *a* qui le précède sans toucher l'élégante remontée qui finit le M initial. *Madame* (c'est destiné à Geneviève) *Mademoiselle me charge...* pleins et déliés sans ostentation, oblique absolument régulière de bout en bout... *Mademoiselle me charge de vous dire que la fermière a apporté le beurre. Si vous voulez on vous l'enverra mardi prochain. Au cas où vous viendriez, je vous envoie une ordonnance. Monsieur Divet croit qu'à Janzé on ne trouverait pas cela. Mademoiselle préfère qu'il vienne de la pharmacie Bigeot...* La fin de certains mots se continue par une petite sinusoïde descendante... *Elle aimerait bien aussi que vous lui apportiez des boulettes de chocolat, une demi-livre, une boite de papier à lettre ordinaire et d'enveloppes...* Dès le premier coup d'œil, la gouvernante nous place sa maitresse au sommet de l'élite Janzéenne. Un papier jaune point trop grand, ne pas gaspiller... *Mademoiselle est à peu près toujours la même, vu le beau temps nous l'avons conduite à la messe de 7h ½ dimanche dernier. Recevez Madame les amitiés de Mademoiselle et mon respect.* signé *Reine Richard.* Ponctuation sans faille, les p descendent loin sous la ligne où une légère brise de travers les balaie sur la droite, une mise en page musicale.

Henri le trublion, a affermi sa vocation de chahuteur au collège Saint Vincent. Il est passé chahuteur chevronné au séminaire de Rennes. A 28 ans il se destine à la prêtrise et orphelin qu'il est, en avise respectueusement sa tante Louisa, la susnommée demoiselle aux boulettes de chocolat, celle là même au bras de qui Charles entrait à Saint Sauveur le jour de son mariage. Elle sera, avant même les frères et sœur, la première informée, Henri termine ainsi : *...Allons ma chère tante je suis obligé de clore ma lettre, je vous demande de temps en temps une petite prière pour que je sois un saint, et que je me prépare bien à mon ordination. J'entre en retraite le lundi de la Pentecôte et serai ordonné par Sa Grandeur Monseigneur Gourand Evêque de Vannes le samedi 9 juin, veille de la trinité, dans la Métropole de Rennes. De mon côté je ne vous oublierai point. Bien affectueusement à vous ma chère tante. Votre neveu Henri.* « *Je me suis réjoui de cette parole qui m'a été dite : Nous irons dans la maison du Seigneur* ». (psaume 121)

En juin 1906, après les nouvelles importantes, celles des frères des sœurs, des enfants et des grands-mères, après les projets de vacances, Marie Hardoin, fille de l'oncle qui a déjà son ticket chez Saint Pierre, ose une timide allusion à l'actualité, l'affaire Dreyfus... « *La ville de Rennes est elle bien occupée du fameux prisonnier qui va être jugé dans ses murs ! Nous sommes bien contents de ne pas l'avoir à Paris et de vous le laisser, ce triste personnage qui fait tant parler de lui en ce moment.* »

Par un beau jour ensoleillé Henri se joint à ses frères ... « *...pour me revivifier le sang. Joseph et René étaient en tandem. Nous sommes allés à Poligné, Pancé, Tertre gris, Bourg des Comptes, Laillé, Rennes. Départ à 1h.45 Retour à 7h. 45 nous avons fait 63 kilomètres. Je n'avais pas pédalé sérieusement depuis 3 ans.* » Dans l'air léger d'avril, ils parlent de San Francisco, de la Palestine où chaque année se rendent des pèlerins. Ils parlent de Charles qui est à Paris avec son épouse, laissant Marie-Thérèse et Nalo aux bons soins d'une sœur de Geneviève, ils craignent qu'il tue Geneviève en la trimbalant de théâtre en concert, de salon en musée... *Il n'y a rien de dur comme la visite de Paris...* Conversation de cyclistes qui s'interrompent dans les côtes... San Francisco a été détruite par un tremblement de terre, Henri tente un instant de faire croire à ses frères que Charles va s'y installer, comme il le lui avait écrit... « *Voilà San Francisco détruit. Déjà les riches Américains parlent de le reconstruire. A ta place je partirais avec Geneviève dresser ma tente à San Francisco, il va y avoir beaucoup de travail pour les architectes !! Cependant si tu pars attend que l'incendie soit éteint. Avant de partir repasse par Rennes pour qu'on puisse te dire au revoir et bon voyage.* » ... Poursuivis par un chien crasseux devant une ferme ils forcent l'allure, puis pour reprendre haleine, s'arrêtent boire une bolée de cidre à Laillé chez un tavernier rubicond qui leur conseille d'avoir toujours un pistolet pour tuer les chiens ! Une fois désaltérés, ils enfourchent à nouveau leurs mécaniques. C'est de Palestine qu'il est alors question. Vélo et tandem roulent de front levant la poussière de l'étroite route... Ils conversent à loisir, chacun évoque son désir de pèlerinage, Henri semble déterminé... Ils ne seront à Rennes qu'à la tombée de la nuit.

Sa bicyclette est d'un usage quotidien pour l'architecte, Charles la met souvent dans le train avec lui, alliant le rail et la route pour les longues distances.

12 sept 1906   Ma chère petite femme
Ma journée terminée je me mets à te dire que j'ai pensé à toi aujourd'hui comme toujours. Ce matin j'ai travaillé sur le devis Oberthür et j'ai vue Anne Abrand venue avec ma tante entre deux trains, elle venait voir ce que devenait le dispensaire qui ne peut coûter moins de 6000,00 francs. Cet après midi je suis allé à Nouvoitou à bicyclette et revenu de même tout est terminé et les classes commencent demain. J'ai trouvé tante Odile sur la route et nous avons naturellement parlé de toi, elle allait voir tante Valentine, elle ira savoir de vos nouvelles demain à Mouillemuse. Je ne t'ai pas dit hier que Veron n'était pas emballé par sa maison, il n'en veut même plus du tout, c'est trop petit et trop en hauteur ; c'est très mal distribué avec un tas de coins et de recoins. Etant sur le chantier Tiercelin j'ai vu madame Veron qui revenait des 3 croix avec sa fillette, c'est en revenant ensemble quelle m'a dit ne plus vouloir de la maison. Je crois qu'ils feront bâtir. Elle regrette de ne pas avoir acheté de terrain sur la place Hoche.
Demain après midi j'ai deux réunions de commissions du conseil municipal : Travaux publics et hygiène. Je comptais aller à Gaël mais je ne peux pas être prêt avant quatre heures.

Marie-Joseph me soigne très bien. Je dors très bien mais bien tristement sans ma compagne chérie. Je n'ai pas chaud ici, je ne sais pas à quoi tenait ma transpiration des nuits précédentes, c'était peut-être dû au cidre nouveau dont je buvais trop, et aussi que nous étions bien près l'un de l'autre dans ce petit lit. Toi tu transpires peu alors tu ne sentais pas l'inconvénient de notre rapprochement… J'ai dit inconvénient ! C'est abominable, c'est le petit inconvénient du bonheur.
Je suis bien perdu dans notre grand lit et je trouve que ce serait bien difficile pour moi d'être marin ou commis voyageur. C'est si bon d'être enlacés tous les deux pendant toutes nos nuits et c'est si bien dans mes habitudes que je ne sais comment me tourner sans toi dans mes bras.
Je me demande comment on peut coucher tout le monde à Pont Musard, il me semble qu'avec nous c'est plein, ou y a-t-il donc une autre chambre, à moins que Didier cède son lit à Armelle et Pierre, et Marie Hardoin ?
J'irai te chercher dimanche et te ramènerai lundi, cela te va-t-il mon bon chéri ; tu es certainement bien là, avec nos chérubins mignons ; mais il ne faut pas abuser des meilleures choses, même de l'hospitalité si cordiale de ton excellente sœur.
Tâche de la seconder de ton mieux pour lui éviter toute fatigue et lui faire bien profiter de son séjour au bon air de ce beau pays.
Bien des choses à tous et à Dimanche à la même heure. Je compte sur Didier pour dîner samedi et aussi pour le petit déjeuner à son arrivée le matin ainsi qu'au départ Dimanche. Je n'insiste pas pour les déjeuners car je sais qu'il ne veut rien savoir pour quitter son bureau.
Toi je t'aime de tout mon cœur de toute mon âme de toutes mes forces selon l'évangile et je te bisotte avec frénésie.
Charles

3

Henri Coüasnon poursuit sa voie sans coup férir, pour septembre 1906 il soumet à son supérieur avec succès son désir de visiter les lieux saints de Judée et de Galilée. Il devra être de retour en octobre pour suivre les cours au séminaire français de Rome, et en janvier au noviciat des Jésuites.
Avec la séparation des l'église et de l'Etat, dans tout notre petit monde breton les calotins s'affrontent aux laïcards, aux apaches. Par chez nous on est très attachée à l'église et aux congrégations, les gendarmes peinent à protéger les affreux fonctionnaires qui font l'inventaire des biens d'église.
Jamais Henri n'aurait rencontré en Bretagne l'apache qui l'insulta à Marseille et lui jeta un œuf. Il faut dire que pour les excités du parti adverse, le départ d'un pèlerinage est une trop belle occasion d'en découdre, on les attend ! Le Rendez-vous est donné à Notre-Dame de la Garde, où un organisateur en soutane s'époumone à dispenser de puissantes paroles. C'est un grand pèlerinage de pénitence. L'Etoile part du Cap Pinède... Le long du quai se forme une pieuse cohue. Cette année ils sont 250, venus de toutes les régions et de tous les pays. A 17 heures, l'Etoile quitte le quai... On agite mouchoirs et ombrelles, malgré la cloche et les avertissements répétés, trois accompagnateurs affairés dans leurs adieux sont restés à bord... On arrête les machines... Un pécheur dans sa barque vient reprendre les étourdis... Rires et lazzis, mouchoirs et ombrelles à nouveau... A l'extrémité du quai une quinzaine d'apaches crient à pleins poumons « A bas la calotte, à bas les calotins ! »
La mer est bleue... l'Etoile s'éloigne de Marseille... C'est un vapeur de 105 mètres qui faisait Londres Madagascar avant d'être acheté par les Assomptionnistes tout spécialement pour ces joyeux pèlerinages de pénitence. Les troisièmes classes sont empilées dans

des cabines affreusement petites et mal ventilées, mais Henri en partage une de première avec un camarade du séminaire. Explorant le navire, ils découvrent que le pont supérieur est intelligemment cloisonné pour que de nombreux prêtres y puissent dire leurs messes quotidiennes... On longe la Corse... On voit le Stromboli postillonnant ses laves... On passe le détroit de Messine...

Après cinq jours de mer, nuit à l'ancre près du Pirée. Au matin on commence à dire des messes à deux heures, et avant le jour, par le train électrique on rejoint Athènes où une cinquantaine de voitures et de cochers sont mobilisés. Henri peut voir l'Agora où prêcha Saint Paul, l'Acropole, les stades, les boulevards... Il gardera d'Athènes le souvenir d'une belle ville traversée à toute vitesse... Après-midi l'Etoile met force vapeur pour faire étape la nuit même au pied du mont Athos. L'accueil des moines schismatiques grecs est chaleureux. On ne s'attarde pas. Le bateau file vers le détroit des Dardanelles. C'est là qu'officiait entre 1838 et 1873 mon trisaïeul, côté paternel, Pierre Battus, un Levantin qui fut tout à la fois responsable des postes françaises et des remorqueurs du détroit, gestionnaire d'un hôpital durant la guerre de Crimée, Vice Consul de France et père de sept enfants.
Dans le port de Constantinople, le Commandant de l'Etoile évite de peu la collision avec un gros navire marchand. Là encore, en quelques heures, on visite avec une frénétique voracité tout ce qui se peut voir. Le pèlerin, ailleurs plein de retenue et de componction, méprise un peu les Turcs et leur Sultan. Leur ville, depuis qu'elle a été reprise aux Chrétiens, est hantée la nuit par des meutes de chiens qu'on dit à la fois sacrés et croisés de chacals.
Au sortir de la merveilleuse mer Egée, le bateau fait encore une courte pause sous les remparts de Rhodes et après treize jours de voyage, mouille enfin l'ancre dans la baie d'Haïfa qu'à cette époque on appelait Caïfa.

Durant ce voyage Henri envoya sans doute de nombreuses lettres mais hélas aucune ne nous est parvenue. Restent en revanche quelques petites photos sépia prises avec un gros appareil en bois vissé sur un élégant trépied d'acajou et muni d'un voile de toile noire. L'une des photos, carrioles alignées entre le Carmel et Nazareth, montre la dévote troupe : Jupes longues, redingotes sombres, chapeaux blancs et ombrelles, près d'un pauvre puits dans un paysage desséché. La mise en place de l'appareil avait dû être si longue que la plupart des personnages s'en sont détournés et vaquent à leur désordre.

Les déplacements de la troupe soulèvent une poussière éblouissante. Depuis les aires de battage où les paysans s'activent en cette saison, le vent lève aussi des débris de paille en immenses tourbillons où Henri voit ...*comme Job l'avait vu, la puissance de Dieu balayant les impies*. Des impies il n'y en a guère par ici, se dit Henri qui s'émerveille de fouler une terre sacrée, où semblent vivre fraternellement des Druzes, des Musulmans, des Ismaéliens, des Grecs et des Juifs, des Syriaques, des Romains, et même des Protestants, tous regroupés sous la férule des Turcs. Déo gratias !
A Nazareth une procession s'organise rapidement pour l'entrée triomphale dans la basilique de l'Annonciation. En tête marchent les frères des écoles chrétiennes avec leur fanfare, vient ensuite la bannière du pèlerinage, puis le groupe des dames, celui des messieurs laïques, enfin celui des prêtres avec notre évêque, sa Grandeur Monseigneur Archambault. Sur tout le parcours se presse une foule sympathique. Les terrasses des maisons sont garnies d'indigènes qui nous regardent passer, curieux peut-être, mais respectueux. Quelques enfants qui suivent la procession ne cessant de crier bakchich, finissent par devenir importuns. Des agents de police se chargent de les chasser à coups de cravache.
Ce n'est pas au courrier des ancêtres que je puise ces détails. Quelques recherches algorithmiques m'ont permis de trouver le récit de ce voyage écrit par un certain Abbé Bels, de Carcassonne. Le document est précédé de la liste des participants, et parmi eux, au département d'Ille et Vilaine on trouve Henri François Xavier Coüasnon, l'oncle abbé lui-même. Il est donc là, Tibériade, Capharnaüm, Nazareth, épris d'une dévote ardeur, sous un ciel fulgurant, avec son mètre soixante, sa robe de séminariste, sa forte barbe rousse, son chapelet et son appareil photographique...
Réembarqués à Haïfa, les pèlerins arrivent bientôt à Jaffa, à Jaffa il n'y a pas de port, par petits groupes ils vont à terre dans des barques tirées par des rameurs. Jérusalem sera bien sûr le lieu le plus marquant de l'itinéraire. A l'époque Jaffa et Jérusalem sont reliés par un petit train, lors de l'ascension vers la ville sainte, la machine à vapeur s'époumone et doit s'arrêter à chaque instant. A Pâques comme en automne, le ballet des pèlerinages est incessant. L'abbé Bels nous fait remarquer que le train qui les amène, repart aussitôt vers la plaine côtière chargé d'un autre pèlerinage, 560 personnes, des Autrichiens, sous la direction d'un colonel.
Nos pèlerins ne sont arrivés qu'en milieu d'après-midi. Dans la liesse la sueur et la poussière, on descend des wagons et on sort de la gare en chantant des cantiques. Spontanément se forme un large

cortège. *Vers les 5 heures, s'organise une magnifique procession composée des Pèlerins et de toutes les communautés françaises de Jérusalem. Au chant des cantiques populaires, bannières et drapeaux déployés, la procession s'avance lentement vers le Saint Sépulcre. La foule très respectueuse se presse à nos côtés. Ici on a du respect pour ceux qui respectent Dieu. Après plus d'une heure de marche dans les rues de la ville nous faisons une entrée solennelle au Saint-Sépulcre. Qui pourrait décrire l'émotion sacrée qui étreint nos cœurs ?*

A son retour et jusqu'à ce qu'arrive la guerre de 14, pour ses neveux et nièces, l'oncle abbé, donna vie à toutes sortes de lieux et de scènes bibliques. Avec une verve toute pastorale, jamais il ne manquait de conter son pèlerinage. On aurait du mal à filer une causalité entre l'œuvre que Nalo accomplit dans les années soixante, et le pèlerinage de son oncle un demi-siècle plus tôt. Nalo fut envoyé à Jérusalem sans qu'il en ait exprimé le désir, par décision de son supérieur, non pour restaurer le Saint Sépulcre mais pour dessiner les tessons des archéologues de l'Ecole Biblique. Pourtant on peut être sûr que là bas, l'oncle abbé fit des vœux pour que la jeune génération trouve un jour en ces lieux une féconde inspiration. Je me suis laissé dire que des vœux purs et intenses, surtout formés en certains lieux, portent leurs fruits ...

Entre 1808 date de l'incendie, 1906 la visite de notre pèlerin, et 1954 les premiers relevés que fera son neveu Nalo, la vieille basilique n'a guère changé : les arcades étayées et les colonnes byzantines délitées par le feu portent de profondes balafres. Soutenue par 18 gros piliers dépareillés, la coupole de la rotonde menace de s'écrouler. Durant tout ce temps, les rivalités entre communautés chrétiennes plombent l'ambiance et gèlent toute initiative. C'est une tare récurrente puisqu'encore en novembre 2008, la police israélienne fut obligée de séparer popes orthodoxes et tenants de l'église arméniens qui se battaient comme des chiffonniers.

En 1906 le pays n'est pas très peuplé, les habitants se groupent par affinités, à Bethlehem beaucoup de Palestiniens sont chrétiens et les musulmans sont fiers d'habiter le lieu où Myriam donna naissance à un prophète.

Partout, en Galilée comme en Samarie, les Maisons sont de modestes proportions. On entre par une petite cour flanquée d'une galerie intérieure tout à fait rudimentaire où logent quelques bêtes et diverses provisions. La porte de l'unique salle est l'ouverture, non pas seulement principale mais unique, par où pénètre le jour. Une petite fenêtre sert à l'aération, mais ne donne presque pas de lumière, l'obscurité semble complète dans ce réduit plus long que large ; peu à peu les yeux s'habituent à ce demi-jour qui a l'avantage de déplaire aux mouches et de donner quelque fraîcheur aux habitants. L'appendice traditionnel est la terrasse, qu'on aborde par un escalier intérieur ou extérieur. C'est un toit plat fait de terre glaise ou de mortier.

Dans la nuit bleue de ces terrasses, Henri et l'abbé Bels passent sous les étoiles des heures précieuses. Ils respirent l'air frais, et conversent dans l'intimité des Arabes, des Palestiniens catholiques de Bethlehem. Ils évoquent des choses simples, dans un sabir levantin qui ramasse les mots de toutes langues comme on fait, sans y penser, un bouquet sauvage en se promenant dans un pays inconnu.

Sur ces terrasses pendant le jour, les femmes lavent et font sécher le linge et même les graines récoltées à la belle saison. Si la famille est nombreuse, largement apparentée, dans une aisance relative et désireuse de faire l'hospitalité, elle se construit presque toujours une chambre sur cette terrasse... On y installe les hôtes pour leur laisser plus de liberté.

A Nazareth, à Tibériade ou à Béthanie, Henri scrute les modes de vie d'un autre peuple, simplement autre, et confirme au regard des gens et des choses sa vocation : devenir Jésuite et aller prêcher la bonne parole au Madurai, au pays Tamoul.

Dans la salle obscure, à droite et à gauche, deux grandes niches cintrées, celle de droite, dans sa partie basse, est avantageusement occupée par une grande jarre d'eau, qu'accostent quelques cruches plus légères, celles-là même qu'on va, deux fois par jour, remplir à la fontaine, pour alimenter le récipient principal. Sur quelques planches de sycomore, disposées par étage dans l'embrasure de la niche, les burettes de l'huile et du vinaigre, la gargoulette que l'on passera pour boire pendant le repas, quelques écuelles de bois, dont une assez grande est destinée à servir le lait aigre, assaisonnement régulier de tout mets offert à l'assistance et puis quelques gâteaux suintants et dorés. Un chandelier patriarcal, s'élargissant et creusé au sommet qui reçoit une petite lampe d'argile à trois becs, garnie d'huile et de tresses de coton et qui souvent brûle toute la nuit.

Le dédale serré de la vieille ville de Jérusalem est ceint de murs hauts de treize mètres et percés de sept portes. La porte Dorée, envahie par le lentisque et le chêne vert a été murée par les Turcs car les textes disent que c'est par cette porte que reviendront un jour les Croisés. Vendredi, dans ce maillage anarchique de ruelles pavées et d'escaliers encombrés par les tréteaux des boutiquiers, le groupe des pèlerins, station après station, parcourt le chemin de croix. L'original peut-on dire. La première station se trouve dans la cour de la caserne d'infanterie turque, c'est là que siégeait le tribunal de Ponce-Pilate. La deuxième juste à l'extérieur de la caserne, la troisième à un carrefour devant l'hospice autrichien. Un père Franciscain dans sa bure sombre, une corde à trois nœuds autour des reins et chaussé de sandales grossières, se tient debout sur une chaise pour donner un sermon à chaque station. Un garçonnet, se charge de la précieuse chaise. Arrivant à la septième station on est à un carrefour très fréquenté du bazar. La neuvième est au fond d'une impasse près de la porte du couvent Copte, les dernières sont dans la basilique du Saint Sépulcre. Mais ce n'est pas le seul chemin de croix que suivent nos pèlerins, ils iront en parcourir un deuxième, plus calme, au jardin de Gethsémani, un haut penchant boisé, de l'autre côté du Cédron. Un éden fleuri avec des oliviers énormes qu'entretiennent les Franciscains, le plus vénérable de ces arbres fait plus de huit mètres de circonférence. Ce lieu appartenait semble-t'il à quelque disciple fortuné du Christ qui s'y rendait souvent pour goûter le calme et la solitude. Jusqu'à ce qu'une nuit, accompagné de malveillants armés, munis de quelques falots, dans l'obscurité de ce sous-bois, Judas en vint à trahir son maitre.

Dans les lieux célèbres ou hasardeux qu'ils visitent, il arrive que les pèlerins rencontrent des obstacles. Tantôt la police turque les empêche d'entrer dans un sanctuaire, tantôt les musulmans tenant le site exigent bakchich de chaque visiteur. Tandis que parfois c'est le silence, le ravissement, l'air pur et le parfum entêtant des maigres plantes du désert, les grenadiers chargés de fruits qui balancent dans le vent. Tantôt une nuée de marchands d'objets de piété s'accroche à leurs basques... Tantôt à genoux ils baisent la sainte terre... Tantôt la désolation brulante du paysage leur donne la douloureuse impression de fouler un pays maudit. Intenses contrastes et déchirements, à l'image des trois branches antagonistes de la tradition d'Abraham.

L'abbé Bels note : *Ce jour-là, pendant qu'une grande partie des pèlerins va à Jéricho et à la Mer Morte ; j'éprouve la nécessité de me reposer un peu. Je profite de la journée libre pour venir souvent au Saint-Sépulcre prier et méditer... Mais comment prier ?... Comment méditer ?...On est trop saisi, trop ému par le souvenir du lieu où l'on se trouve... En somme, on est dans une méditation continuelle.*

Saisi, ému, bombardé par les significations héritées de si puissantes traditions, comment méditer dans ce tissage de représentations, dans cet emportement émerveillé ? On aspire à une méditation qui éteint l'incessant discours intérieur, qui va décrocher l'esprit de son perchoir et le laisse au repos dans la conscience de lui-même.
Quant aux manifestations extérieures de la foi, Henri en découvre une toute particulière à l'endroit de la colonne de la flagellation qui est protégée par une lourde grille. Les Grecs passent un gros bâton entre les barreaux pour toucher la colonne, après quoi ils baisent le bâton et continuent leur chemin. Nos pèlerins, ne manquent pas de déposer leurs précieux objets à « indulgencier » sur la dalle de marbre blanc du tombeau que tous baisent avec dévotion.
Le programme spécial marquait : 6 h.1/2 Messe solennelle au Saint Sépulcre, Mais cette partie du programme dût être changée à cause des moines grecs schismatiques qui avaient ce jour-là, comme par hasard, grande fête au Saint Sépulcre. Fort étonnés de ce contre temps, nous demandons pourquoi nous catholiques, ne pouvons fixer à notre gré l'heure et le jour des cérémonies ? C'est révoltant ; mais c'est ainsi et il n'y a qu'à se résigner...
La communauté juive a toujours été plus nombreuse que les communautés arméniennes chrétiennes ou musulmanes avec lesquelles elle partage la vieille ville, mais c'est avec une sourde défiance que l'on s'engage dans le quartier juif. La police turque y accompagne les pèlerins. Les Français sont particulièrement à vif à propos de tout ce qui est juif. Trois mois auparavant le Commandant Alfred Dreyfus à été réhabilité ; or une grosse majorité sinon tous ici, sont antidreyfusards. Nous avons vu que dans la famille, seul un beau frère de Geneviève, Didier Delaunay, avait osé sous entendre dès le début de l'affaire que le procès du Commandant Dreyfus ne réunissait pas les conditions d'un jugement équitable. Encore dix ans plus tard, quand les filles de Geneviève disaient : *Il est gentil l'oncle Didier Delaunay il joue avec nous...* Cela ne suscitait qu'un silence gêné, les parents ne partageaient pas les opinions de cet honnête professeur de droit... On fantasmait une « juiverie internationale » une « république maçonnique ». C'est du reste la formule de l'abbé Bels quand, ayant chanté des cantiques à plein poumons dans les rues de La Valette il s'écrie :
Quelle joie de pouvoir chanter en toute liberté, des cantiques de chez nous !... En France, de pareilles processions ne sont pas permises dans les villes ni dans la plupart des villages, en vertu de la liberté absolue dont jouissent tous les citoyens, excepté bien

entendu, les catholiques ! Vous pouvez chanter l'Internationale, la Carmagnole ou d'autres chants du même cru, sortis de l'enfer, mais des cantiques à la Vierge, au Saint Sacrement ? Ah ! Non ! Mais vous n'y pensez pas ? Il y aurait là complot contre la République Maçonnique.

Nos pèlerins accompagnés de gendarmes moustachus portant fez et rompus à la brimade du Juif descendent les ruelles du quartier obscur et sacré. Pour pallier au surpeuplement de ce ghetto, à l'extérieur des murs le nouveau quartier juif de Méa Shéarim prend déjà son essor, s'organise et se protège.

Le vendredi soir c'est... *le moment ou les Juifs vont pleurer sur une petite place étroite, là accroupis ou debout, les yeux tournés vers un pan de mur, ils couvrent de baisers et de larmes les pierres colossales de ce mur. J'aperçois et j'entends deux ou trois juifs qui psalmodient à haute voix sur un ton monotone, dans de vieux livres. Selon la coutume orientale, ils ne manquent pas de balancer la tête par un mouvement cadencé. J'avais déjà constaté cette coutume dans la mosquée de Sainte Sophie à Constantinople.*

Les Ashkénazes sont vêtus de fourrure, les Sépharades portent le tarbouch et certains sont habillés à l'européenne. Le jour tombe, on continue d'explorer le ghetto, contournant des tas d'ordure. Arrivant à la synagogue où prient les fidèles, on entre, sans gêner semble-il, mais après que le rabbin ait frappé un grand coup sonore... *il se fait un bruit assourdissant et nous avons cru, un moment que notre présence avait exaspéré ces Juifs et qu'ils allaient nous passer à tabac... Il n'en est rien! Sur un autre signal, le silence se fait tout à coup et les juifs continuent à prier, sans même nous regarder...*

De retour à l'hôtellerie, dans les discussions on évoque et on brasse exil, pogroms, et lumière persuasive des évangiles. Henri se questionne sur l'obstination mortifère du peuple déicide...

Le 29 septembre à Jaffa, l'Etoile a mouillé l'ancre au large car la mer est mauvaise. Les pèlerins hautement sanctifiés, mais néanmoins terrorisés, se cramponnent sur les bancs des barques menées par les hardis rameurs qui font la navette. Arrivant au navire chacun à son tour se trouve saisi comme un gros ballot par *les matelots hilares qui vous déversent à moitié évanouis et tout trempés sur le pont.*

A huit heures le lendemain le bateau accoste devant la magnifique capitainerie verte et blanche de Port-Saïd et le périple continue par le train. On longe le canal, on traverse une portion du désert de sable pour arriver à la verte plaine alluviale et au Caire... *La ville est très animée. Quel contraste ! Ce n'est plus une ville d'Orient avec les rues malpropres. Ici, les rues principales sont macadamisées. La balayeuse mécanique qui y passe à tout instant les tient dans un état de grande propreté...*

Le programme du premier jour va de soi : les pyramides et le sphinx... Le lendemain on se rend chez les Jésuites de Matarièh où Henri peut se rendre compte de ce qu'est la vie qu'il aura aux colonies. Les Jésuites entretiennent une église là où s'était réfugiée la Sainte Famille. Après la messe, le petit déjeuner est servi sous les hibiscus arborescents, enviable raffinement. Quelques serviteurs s'activent discrètement autour du potager et d'une pépinière de fruitiers. De retour au Caire, dans un quartier misérable infesté de mouches et balayé par des charges de poussière, on visite la maison de la Sainte Famille. Elle est délabrée, au dessous se cache une crypte peu engageante. En sueur et agitant son mouchoir, Henri irrévérencieux, cite le dictionnaire philologique de Migne qui affirme que les Egyptiens sont marqués par la mouche, à cause de leur nombre et de leur voix discordante. L'abbé Bels ajoute que chez Isaïe, alors que les Egyptiens sont comparés à un essaim de mouches, les Assyriens sont comparés à un essaim d'abeilles. Ces assaillants bourdonnants leur rappellent avec impudence qu'ils ne sont qu'en pèlerinage de pénitence, et assez chanceux de ne pas être né là ou d'y devoir rester pour vivre sous leur funeste dictature.

Le lendemain le temps se gâte, quittant Port Saïd, l'Etoile met le cap sur Malte... La mer commence à mugir... Ça n'a pas été long. Dès le tout début il y eut une trentaine de vomisseurs au bastingage sous le vent. On se tord en s'excusant. C'est fouetté par les embruns et ça vous revient... Le déjeuner vous fiche la nausée, ne passe ni dans un sens ni dans l'autre... Nos petits curés cherchent à tâtons un coin pour se caler, pas moyen de dire la messe... Henri fort de son pied marin demande à un jeune Breton de la lui servir, un grand costaud du Guilvinec qui aura aussi pour mission de retenir notre bonhomme si le tangage veut le jeter bas. A l'élévation, le petit Coüasnon danse encore d'un pied sur l'autre tandis que le costaud glisse à plat ventre tentant d'éviter une molle collision avec un dévot tonsuré tombé à genoux qui s'essore puissamment l'abdomen. Henri parvient à achever la sainte eucharistie. Au moment de prendre l'escalier de fer, fouetté par une rafale, il est projeté sur une grosse dame vêtue de rose. Sur le pont inférieur on s'efforce et se chiffonne avec des pleurs et des sourires sublimes. Les yeux mouillés de bave en regardant le ciel : « Qu'il soit fait selon ta volonté ! » Même au moment où l'étrave après s'être cabrée plonge à nouveau, la meilleure volonté ne suffit pas à faire rendre leurs entrailles à nos braves pénitents. On aurait voulu vomir ses deux yeux... Jusqu'à Malte !... Une légère accalmie le deuxième jour mais ça reprend le soir. On continue de se tordre et de gémir... Entrant enfin dans les eaux calmes du port de La Valette, la branloire tout à coup cesse... Les mourants reviennent d'une sorte de coma, peu à peu chacun émerge dans le soulagement épuisé d'une conscience neuve et silencieuse... un ici et maintenant libre et dessoûlé, la méditation d'après la tempête.

4

Gaëtan Porteu a deux ans de différence avec sa sœur Geneviève, après ses études il devient directeur de haras. A l'époque où Henri Coüasnon se dessèche en Palestine, lui macère en Normandie ...

Saint Lô 29 Octobre 1906 Ma chère Geneviève
... Rien de nouveau à St Lô, il pleut, la boue et l'humidité ont repris, aussi pour le début à partir de 3 heures de l'après midi, je mets mes souliers de chasse et dans quinze jours je mets mes sabots. Je vais tâcher de me défendre de l'humidité ahurissante du pays le mieux possible car la première année je me suis contenté de pester toutes les fois que j'avais les pieds mouillés, mais cette année je vais prendre des mesures énergiques pour ne plus me les mouiller. Je suis pourtant assez bien portant.
Cependant j'avais une dent qui s'était en partie cassée et qui me gênait, je vais chez le dentiste, il me déclare que c'est la dernière molaire à droite, qu'elle est cassée à la partie postérieure externe et qu'il aura beaucoup de peine à introduire sa meule pour la limer ; Cependant il veut tenter l'expérience, premier coup de meule, sa meule s'introduit en tournant à toute vitesse dans la gencive, il déclare avoir mal réussi, mais il veut recommencer, cette fois c'est la langue qui est atteinte – ah zut alors !! Il est tenace et cette fois touche la dent de l'autre côté je crois – Triomphant il se relève et me demande si je sens quelque chose – Naturellement je crachais du sang des morceaux de gencive et de langue et déclare ne plus rien sentir, alors il me dit – « C'est pour le mieux. Passez à la caisse... Si dans quelque temps vous souffrez encore je vous l'arracherai, c'est une dent de sagesse, et la sagesse ça ne dure pas, il vaut mieux l'arracher le plus tôt possible. » J'en souffre toujours et irai demain me la faire extirper, mais j'ai peur qu'il se trompe de dent ou me coupe la langue !!.

La vie à St Lô est toujours la même : tranquille. Je chasse une fois par semaine, par hygiène car on ne voit jamais de gibier – Mes soirées sont folichonnes, je me couche à 9h ½ toujours hygiéniques.
Des soirées mondaines il y en a une par an, jusqu'à présent elle a toujours été décommandée la veille ; quant au théâtre il doit jouer une fois par semaine mais quand il n'y a pas assez de monde dans la salle, à 9heures on fait évacuer le théâtre et la troupe ne joue pas, inutile de te dire que cela arrive 2 fois sur 3. Enfin on voit tout cela à travers une brume ou une pluie perpétuelle qui rend tout gris, sauf les gens car alors ce serait le paradis des pochards. Je t'embrasse bien affectueusement ainsi que Marie-Thérèse et Nalot. Mille bonnes amitiés à Charles. Bien à toi.
Gaëtan
J'ai la flemme de relire, tu excuseras les fautes d'orthographe.

En novembre 1906, Henri fait retour un instant au pays du bon cidre dret-en-goule et des galettes de sarrasin. On le fête, il conte ses aventures palestiniennes dans les soirées, puis d'une volte de soutane, rejoint le séminaire français de Rome. Au passage il voit Venise, une après-midi - Padoue, à tomber à genoux - Bologne, une nuit - Lorette où il se fait gruger par un cocher qui le mène dans un bouiboui plein de punaises : colère, dispute puis journée de prière dans la basilique - Ancône - Assise bien sûr, *où satisfaire ma piété*, écrit-il - Enfin Rome...
A 3heures du soir samedi dernier j'arrivais au séminaire. Je fais une visite au R. P. Supérieur qui me reçoit bien. Le soir je couche dans ma cellule. Ma cellule est plutôt une chambre, située au 3° étage, elle mesure 7 m. de large sur 6 m. de long, 4 m. de hauteur. J'éclaire à la lumière électrique, dallée, meublée. J'y suis très bien, mais quand j'y rentre je souffle un peu car j'ai 100 marches à monter pour y arriver.
Le séminaire est une « *pépinière d'évêques* ». Les cours sont en latin, il prépare son ordination et sollicite une entrevue avec le Pape. Un jour...
... L'abbé Pirotain du diocèse de Rennes entre brusquement dans ma chambre et en se frottant les mains me dit : Chez le Pape ce soir, rendez vous à la porte de bronze à 6 heures moins le quart. Après les vêpres du séminaire je sors en ville acheter une photo du St Père pour la porter avec moi et la faire signer. J'en trouve une. Je rentre dans ma chambre et j'écris au bas (rapidement car je n'avais pas le temps) –Très saint Père V. H... Coüasnon

diacre très humblement prosterné aux pieds de votre Sainteté. Lui demande pour lui et ses parents jusqu'au troisième degré la bénédiction apostolique et l'indulgence plénière in articulo mortis. Je roule la photo tant bien que mal pour la dissimuler le mieux possible car on n'a pas le droit de passer dans les appartements du pape avec un paquet. Je mets ma mantilleta de cérémonie, je me brosse, je m'astique et je pars. A six heures moins vingt j'étais au rendez-vous. A six heures moins le quart une voiture arrive, c'était Monseigneur Dubourg. Nous passons la porte de bronze. La sentinelle présente les armes, le poste sort pour rendre les honneurs à l'Archevêque de Rennes. Nous gravissons les escaliers, traversons la cour et reprenons des escaliers qui n'en finissent plus, à chaque palier une sentinelle en uniforme rouge et jaune bariolé présente les armes... ... Une porte vitrée et nous entrons dans une grande salle, il y avait 5 larbins en culotte courte, en soie rouge écarlate, depuis le col jusqu'à la cheville, ils étaient épatants, c'était de mieux en mieux. Je dépose mon parapluie et mon chapeau... ... A l'autre bout de cette grande salle un garçon en habit se présente. Monseigneur donne la lettre d'audience et nous pénétrons dans les appartements de Pie X.

Somptueux. Merveilleux, d'un riche plus que royal, plus qu'impérial, d'un riche papal. Nous marchons sur du velours rouge au milieu de vestibules éclairés à l'électricité. Les tapis des Gobelins étouffent nos pas, nous marchons dans le silence et la lumière. Je me disais – Nous voilà qui allons entrer chez le Pape, dans son cabinet de travail, mon cœur battait fort...... Nous attendons, heureusement car j'ai pu ainsi ralentir l'accumulation de l'émotion. Enfin on vient nous chercher. Nous passons dans 1, 2, 3, 4, 5 ou 6 chambres, toutes plus riches les unes que les autres, toujours sur du velours rouge, et là nous trouvons un Monseigneur, c'est Monseigneur le maître de chambre. Je vois que je vais entrer chez un grand prince. En effet c'est le plus grand de tous les souverains, il doit avoir le plus beau palais du monde. Je reste 5 minutes ou 10 avec le Monseigneur, je regarde la porte par où je vais entrer, je n'ai plus que 3 antichambres à traverser. Enfin un coup de sonnette électrique puis un second. Messieurs si vous voulez me suivre nous dit Monseigneur, et il part devant, nous le suivons : cette fois ci ça y est me dis-je, c'est pour de bon, ce n'est plus dans un vestibule que je vais entrer mais dans le cabinet de travail du pape. J'étais ému. Monseigneur ouvre la porte et entre le premier, puis nous entrons, aussitôt entré, je regarde le pape, il était debout, tout blanc, souriant, la

main droite sur sa table. Monseigneur Dubourg à côté de lui. – Très Saint Père dit Monseigneur Dubourg je vous présente mon secrétaire, je ne sais pas ce que le Père dit au secrétaire parce que pendant ce temps je faisais mes génuflexions et je regardais le pape qui me regardait parce que j'avais de la barbe, alors tout en souriant mais en fronçant les sourcils il me fait signe en portant sa main au menton comme pour me dire pourquoi cette barbe. Le secrétaire qui pendant ce temps avait [?] la main du Saint Père se relève alors Monseigneur Dubourg continue : Je vous présente trois de mes diocésains élèves au séminaire français, deux futurs et un diacre. Le premier s'agenouille reçoit la bénédiction du St Père, le second également et je m'approche moi aussi. Le Père me demande alors en italien pourquoi j'avais de la barbe. Je réponds en français – Très saint Père je garde ma barbe parce que je me fais missionnaire. – Missionnaire au Maduré. Lui dit Monseigneur. – Ah ! dit le saint père, en latin cette fois – Je vous bénis, je bénis votre mission, je bénis votre apostolat, je bénis votre ministère et toutes vos œuvres. – Quand partez-vous ? me demande le Saint Père – Dans deux mois Très Saint Père. Alors je n'ai pas compris ce qu'il a dit parce qu'il parlait à voix très basse. Pendant ce temps je lui serrais la main que j'embrassais. Je me relève, Monseigneur Dubourg fait un bout de conversation. Etant debout, je dis au Saint Père – Très Saint Père je demande aussi votre bénédiction pour ma famille, alors Pie X en me regardant, en souriant, me tape sur la joue en me disant – Oui toute la famille et toutes les personnes qui vous sont le plus chères ou que vous avez dans le cœur. – Je vous demande votre bénédiction pour ma première messe que je dois célébrer bientôt Très Saint Père. – Oui, oui, je bénis tout, tout.
Monseigneur Dubourg s'agenouille alors pour lever l'audience en demandant une dernière bénédiction puis se dispose à partir. J'avais toujours ma photo, et quelle photo ! Plus grande que la malle de Marie, elle n'entre pas dedans ! Et elle était dans ma poche. Mon confrère lui en avait deux de même [?] les montre au St père qui lui dit – Hum hum qu'est-ce que vous avez là ? Alors il attire, moi aussi j'attire, Monseigneur alors reste. Pie X s'assied dans son fauteuil à sa table de travail, prend ses lunettes et sa plume, alors je lui déroule ma photo sur la table, il lit tout et signe Pie X juste sur la prière « In Dominus » prend du sable dans un cendrier, et verse sur ce qu'il venait d'écrire, remet le sable dans le cendrier et me rend la photo en me disant – Voilà très cher fils. Mon confrère arrive à son tour et lui en fait signer deux.

Pie X a tout fait avec une complaisance charmante, très content de nous rendre heureux. J'ai regardé une dernière fois le Saint Père. L'abbé Pirotain dit avant de s'en aller – Très Saint Père, je demande votre bénédiction pour un vieux prêtre Breton qui tous les jours dit son rosaire pour vous. Pie X alors change de tête, a fermé les yeux et très touché a dit bénédicimus.
Pie X a une tête de vieillard et en somme tout en lui dénote un vieillard, un vieillard ferme, énergique mais bon, il a l'air bon mais aussi sévère… … Je repasse par tous les salons, antichambres vestibules rouges… Sentinelles… Corps de garde, honneurs et … et… et puis nous sortons. [?] prend sa voiture et nous la nôtre, mais nous avons soin de laisser filer l'archevêque pour ne pas nous retrouver ensemble à la porte du séminaire français. Et voilà, voilà l'audience. J'ai été bien heureux d'embrasser la main du Souverain Pontife… … Voilà beaucoup de temps que je cause, je m'arrête car il faut que cette lettre parte pour que vous l'ayez samedi matin, et que vous répondiez samedi soir. Je suis en bonne santé et me recommande à vos prières.
Henri Coüasnon

Les Coüasnon restés au terroir sont unanimes, il faut aller à Rome ! Sa première messe, pensez donc ! Et puisqu'il le propose… La lettre demande une réponse immédiate ! … Ça va coûter cher. Par le tunnel du Saint Gothard, un seul billet, aller-retour en seconde c'est 189f. En troisième classe par Gènes 148f. On tient conseil, Geneviève s'assoit sur son tabouret, Charles regarde par la fenêtre la pluie qui tombe dans la rue de la Monnaie, René se gratte la tête… Qui viendra ?... Combien de temps s'absentera-t-on ? Qui gardera Marie-Thérèse et Nalo ? Ces jours-ci, malchance, dans les toux et les larmes, le merveilleux sourire enjoué de Marie-Thérèse se flétrit, elle et son frère font leur coqueluche… La clé de la situation comme à l'accoutumée – cela n'a pas changé depuis – ce sont les grands-parents, la rue de la Psalette…
Quelques jours après, la décision prise, dates et détails arrêtés, Geneviève retrouve pour les montrer à son mari, deux lettres postées à Rome… Le récit que leur cousine Paule faisait aux deux sœurs Porteu de son voyage à Rome cinq ans auparavant…
Ma chère Geneviève
Pour toi il n'y a aujourd'hui qu'un petit mot. Nous allons partir à l'instant pour St Jean de Latran où nous monterons la scala à genoux. C'est notre jour de dévotions car nous en avons fait bien peu jusqu'ici. C'est à grand peine que nous faisons maigre le

vendredi seulement. Je suis étonnée combien peu il y a de ferveur en Italie par ce que j'en vois. A Naples je changerai probablement d'avis. Jusqu'ici ce sont des besogneux qui exploitent le plus possible les étrangers. A Venise surtout personne ne travaille. Tout le devant des magasins dans les rues sur les places, fourmille des oisifs qui cherchent à gripper dans les étrangers pour leur vendre et se faire leurs cicérones. C'est une vilaine race celle des vénitiens : Marchands, juifs, fourbes, hypocrites, on sent partout la défiance de cette ville qui fut la ville de la dénonciation au moyen-âge. Mais c'est très beau et très intéressant, le ciel, la mer, des couleurs vives, des maisons orientales, bizarres, des galeries, des dômes, des dorures et un soleil superbe. Ici à Rome nous avons très chaud. Je serai jeudi à Naples écris-moi-là.
Je t'embrasse mon pigeon chéri.   Paule

Rome 16 mars 1901
Ma chère Armelle
Il y a longtemps que je voulais vous écrire car tu penses bien que ce que je t'adresse est aussi pour Geneviève mais je n'ai pas eu le temps. Ceci ne t'étonne pas. Je ne te parlerai pas de Milan, Pavie, Venise ni même Florence qui a gagné mon admiration entière. C'est la patrie de l'art, il y a de l'art partout, on le respire dans l'air et tous les habitants sont des artistes. Ils chantent sculptent dans tous les coins de rue. Ils vendent des fruits, des fleurs avec des regards et des sourires si séduisants. Et puis l'abondance de musées, de chefs d'œuvre. Michel-Ange est un géant, Véronèse le plus suave, les primitifs sont charmeurs enfin je suis dans l'enthousiasme.
Et moi qui ne voulais pas te parler de Florence parce que je suis à Rome ! Je serais entraînée malgré moi. Donc nous sommes à Rome n'est ce pas, je te garde mes descriptions et points d'exclamations pour plus tard car Rome ne m'en a pas encore arrachée. Hier à minuit nous arrivions dans un hôtel très désagréable dont il nous a fallu déménager ce matin. Nous sommes pour le moment installées dans une pension très, trop comme il faut. Notre voisine de table est une poétesse Hongroise parlant français et férue de la Bretagne. Le temps est chaud, le soleil est un peu adouci par les chênes verts. Il y a des temples et des ruines romaines de tous côtés. Après une promenade délicieuse, respirant un air tiède et rempli de l'odeur des violettes, une voiture nous a emmenées par le Colysée, aux petites sœurs des pauvres où nous avons vu Mlle Saulnier qui est jolie à ravir dans le moment et qui nous a fait visiter l'établissement où elle soigne 210 vieillards.

Je t'embrasse ma chérie, mille et mille fois me rappelant avec délices la journée passée avec vous. Mes amitiés à ton mari. Amitiés à Mlle Edmée.   Paule.

Du reste Paule cette année là finissait son été en Bretagne et sa lettre de Roscoff ne peut être omise...
Roscoff 26 août 1901
Ma chère Jeu.
*Je voulais t'écrire de Quimper et je n'ai pas pu trouver une minute à moi. Je viens vite causer avec toi avant de m'habiller de façon qu'on ne puisse pas me faire sortir de force. J'entends déjà des allées et venues dans le jardin mais je reste sourde. A nous deux ma vieille branche. Je te dirai en deux mots que je me suis beaucoup amusé à Quimper où cependant le sort s'est plu tout le temps à contrarier nos projets : Ainsi Denise a été souffrante, elle n'a pu aller à la kermesse ni chanter dans le concert de charité. Tu penses bien que cette indisposition nous a gâté tous nos plaisirs car j'ai été faire acte de présence à la kermesse mais sans jouer le rôle que j'avais proposé c'est-à-d sans révéler la bonne aventure. Nous sommes rentrés au Vouërec le samedi soir et Denise étant guérie, il y a eu pic-nique promenade et encore un fort beau bal du château de Manduist au près des Perrotin. Le jeune de Kergost conduisait le cotillon avec son cousin de Jaquelot un grand diable de chasseur à pied avec des renversements de torse des ploiements de jambe, des culottes larges comme des jupons un sourire de satisfaction un air de conquérant. Il y avait là toute la vieille noblesse Bretonne : les de Fleuc, de Peufeutant, de Lège, de Cornouaille de Combourg , les de Chabre parents des Coatgourden. Ce n'était pas un bal très gai mais c'était pour moi une sorte de spectacle, j'écoutait, je regardais et j'ai un peu dansé. Le retour surtout a été amusant, par une nuit claire dans un vieux véhicule qui nous secouait à travers les landes et les chemins creux et puis des rires et des potins de bal avec les cousins des Perrotins qui venaient coucher au Vouërec.
J'ai retrouvé papa à Roscoff. Il était très fatigué par ses audiences mais déjà il reprend appétit et sommeil, il lui faudrait rester encore 15 jours au bon air de Roscoff qui répare si vite les forces, malheureusement il repart jeudi pour Bourg des Comptes et viendra nous chercher dans le courant de 7bre pour passer quelques jours seulement à Bourg des Comptes. Octavie Plaine Lejeune est ici elle gagne beaucoup à être connue, son frère Raoul va venir à la fin de la semaine, il a beaucoup de gaieté, on compte sur lui pour les charades et les promenades, Grand-*

mère ne nous accompagne pas. Elle a trop à faire à la maison. Cependant cette année elle est gaie, bien portante et de bons domestiques la déchargent de tous soucis. On attend mon oncle Félix pour le commencement d'octobre. Maurice envoie tous ses souvenirs à Mouillemuse. Il est en plein dans l'age ingrat ! : Il grandit, grogne, paresse, se fortifie et taquine. Donne-moi de longues nouvelles de toute la famille. René Henri est promu au 2°chasseur d'Afrique. Je n'ai pas de nouvelles de Rennes, donne m'en. Que devient Armelle ! Mes respectueux souvenirs à mon oncle et à ma tante. Pour toi ma vieille Jeun, de bons baisers très affectueux.
Paule.
(Je suis très sage !... A peine quelques petites folies qui ne prêtent pas à conséquence)

En ce début d'après-midi de novembre 1906, Charles et Geneviève se rendent donc rue de la Psalette. Ils s'arrêtent un instant chez Bétin pour s'assurer que le travail sur les chasubles de soie demandées par Henri avance, il a choisi *la forme moyenâgeuse, qui est de beaucoup la plus jolie, la plus élégante, la plus liturgique et la plus conforme aux primitifs ornements.* écrivait-il. On lui expédiera ça bientôt.
Les chasubles bien sûr ont une grande importance mais ce sont surtout les toilettes des dames qui tiennent une place démesurée dans les conversations. Alors que je peine à déchiffrer les écritures de Charles, d'Henri ou de Génie, les propos chiffon de Geneviève et d'Armelle sa sœur parisienne qui lui fait régulièrement passer des instructions cruciales sont d'une lecture aisée.
*Ma chère Geneviève
Je reçois ce matin un mot de Paule qui m'annonce ses fiançailles et qui a l'air transportée de joie, j'en suis bien heureuse pour elle, il est certain que son mariage était bien désirable, mais cela parait encore bien près de son grand deuil.
Tu es bien gentille de m'avoir écrit l'autre jour et je regrette de ne t'avoir pas répondu plus tôt je suis comme toi très occupée par les travaux d'aiguille : réparation de vêtements d'hiver et je voudrais bien en avoir fini.
Tu me demandes un avis, j'en suis très flattée ! Il est certain que les costumes tailleur à Jaquette longue sont très en vogue en drap uni ou étoffe mélangée. Je préfère le drap uni ouvert sur gilet ou fermé au milieu ou croisé, tous les genres se font et c'est très chic, mais cela va peut-être mieux aux personnes grandes. On mettra*

certainement des jaquettes d'astrakan cet hiver et si la tienne te va bien avec n'importe quelle jupe habillée c'est très joli.
A Paris on porte plutôt du drap que de la soie comme robe de visite, cependant le taffetas est très à la mode.
Tu me demandes si j'engraisse et je puis t'assurer que Oui ! Et de partout, mon ambition est même un peu dépassée, car je ne souhaitais pas recommencer aussitôt. Le petit frère sera pour la fin de juin je pense. Yvonne se débrouille beaucoup, trotte partout et est très mignonne.
A propos de toilette je me suis commandé un costume jaquette ajusté avant de rien savoir, quand je m'en suis aperçu il était en train et avec ma couturière inexacte, je n'ai pas encore la jaquette, je finirai par ne plus pouvoir la mettre, aussi je fais faire un gilet et je laisserai ma jaquette ouverte dessus.
Au revoir ma chère Geneviève je t'embrasse de tout mon cœur, ainsi que tes enfants, je suis content de savoir qu'ils sont aussi sage, mais tu dois avoir bien à faire avec eux.
Amitiés à Charles.
Ta sœur bien affectionnée.
Armelle

Le couple se dirige vers la rue de la Psalette. Devant l'église Saint Sauveur le pavé humide est encore jonché de chaises cassées et de débris, une odeur malsaine traine à mi-hauteur. Deux portes de cuir capitonné à demi calcinées sont appuyées de travers contre un mur. Les gendarmes avant-hier soir ont forcé l'entrée pour l'inventaire. Les cléricaux avaient barricadé la grande porte et bourré le tambour d'entrée avec toutes les chaises qu'ils avaient pu y fourrer, liées entre elles par des « ronces artificielles ». Ils faisaient bruler du soufre pour faire fuir les démons et tout le temps du siège des gars se donnaient le tour pour faire sonner le bourdon. Les Rennais l'ont entendu jusque tard dans la nuit. Les gendarmes ont fini par entrer mais sans pouvoir arrêter aucun contrevenant car d'un balcon de l'hôtel Blossac, un obligeant voisin avait indiqué aux assiégés une issue de secours un peu acrobatique, par les toits, les gouttières, et la lucarne d'un particulier. Tout cela René le raconte dans une de ses lettres à l'encre violette, mais celle-ci récemment à disparu. Toujours est-il que les commissaires de la république en chapeau noir étaient bel et bien entrés, et que l'inventaire avait eu lieu.
Charles, à la fois conseillé municipal et neveu du curé de Saint-Sauveur, connaît les gens des deux bords... quoi qu'à la mairie

il n'y ait point de ces gens là. Cela intéresse fort Monsieur son beau-père qui profite de sa visite pour lui soutirer quelque détail croustillant. Pour sa part, il cache deux lourds ostensoirs d'or apportés nuitamment par un séminariste. On est en plein conflit et se rendre à Rome, au moment où la république tente de laïciser la Bretagne tient du militantisme. Leur milieu ne peut que faire l'éloge d'une telle initiative ! Les deux petits coquelucheux resteront dans l'appartement avec les bonnes, Grand-mère Pauline passera chaque jour, le matin ou le soir, ou bien les deux, pour surveiller. Et on prendra le tunnel du Saint Gothard...

Aussitôt après avoir lu ta lettre mon cher Charles, j'ai été quoi que joyeux fort inquiet car du moment que j'étais ordonné à Rome il fallait que je passe mon examen d'ordination à Rome et comme mercredi dernier j'étais allé en vain au palais de l'éminentissime et révérentissime Cardinal Vicaire pour être interrogé, il fallait que je recommence ... Mais mon inquiétude tenait à ce que depuis le 28 novembre je n'avais plus ouvert un livre et comme ta lettre m'est parvenue mardi après dîner et que les examens n'ont lieu que le mercredi matin, je n'avais plus qu'une demi-journée pour me préparer. Cet examen est très sérieux et beaucoup échouent la 1° fois, c'est un oral qui dure 40 minutes, on a le temps de sécher d'autant plus que souvent les bureaux sont maussades.
Si je venais à échouer me disais-je ce sera une catastrophe !! Un désastre !! Toute l'après midi d'hier mardi j'ai bûché comme 36 scieurs de long. A en être abruti, sans sortir... Mais je n'avais aucune confiance en moi ... Ce matin à 5h j'ai recommencé à bûcher jusqu'à 8h45.
A 8h45 j'ai pris mon chapeau et après une dernière prière à N. D. du bon Conseil, je me suis dirigé vers le vicariat.
Si je suis collé quel sale coup me disais-je tout le long de la route ! Et eux qui viennent ! Je me suis voué à tous les saints du paradis et pas fier, je rentre dans la salle. Boum. Le Bidélou se lève :Nominus Henricus Coüasnon . Et là jé mé soui lévé et après une invocation à N.D. du Bon Conseil, je me suis présenté à mes examinateurs. Ils étaient 3. Un Dominicain, un Bénédictin et un autre moine. Pendant ¾ d'heure il a fallu que je résiste à un feu roulant d'adjution.
N.D. du Bon Conseil est si bonne, si puissante que jamais je n'avais si bien réussi. A la fin on me dit en souriant : Bené. J'aurais bien sauté au plafond de joie, je venais d'échapper à une sale histoire. Il était temps d'arrêter car je commençais à avoir la gorge à sec

et si j'avais continué j'aurais craché le sang ... Maintenant c'est fini, j'ai écrit au supérieur du séminaire pour qu'il envoie mes lettres, j'ai commandé un faire-part, j'ai acheté des images etc.

Il faudra, dit-il, être à Rome le 21 décembre au soir, Henri prend une réservation à un tarif honnête pour ses frères et sœurs dans un hôtel en face du séminaire... *Une chambre à trois lits au cas où Théophile viendrait : 2,25 par jour et par lit. Une chambre à un lit à deux pour Charles et Geneviève à 2,75 par personne et par jour. Une chambre à un lit pour Marie, 2,75 par jour. Vous mangerez au restaurant car cet hôtel ne tient pas restaurant.*
... Evidemment je ne pourrai pas aller vous chercher à la gare car à Rome la retraite d'ordination est très sévère : 10 jours, sans sortir, sans causer, sans récréation. Mais puisque je ne peux pas aller au devant de vous, j'enverrai mes deux confrères prêtres du diocèse de Rennes. Deux jeunes prêtres : Helleu et Pirotais, ils vous connaissent et vous trouveront à la sortie de la gare. Ils se chargeront de vous conduire à l'hôtel. Ils auront le journal La Croix à la main.
Eh bien maintenant j'ai le regret de vous dire de cesser toute correspondance avec moi. A partir de mercredi je ne veux plus appartenir à la terre mais au ciel. ... Allons au revoir, à bientôt et merci beaucoup à tous de venir ici.
... J'ai écrit ces jours derniers plusieurs cartes postales et lettres, je pense que le sale cochon de gouvernement français, cet infecte voleur, qui lit les lettres et les barbote, n'aura pas eu l'impertinence de prendre les miennes. Avec ces saligauds de fonctionnaires il faut se méfier.
Voila qui est clair ! Et qui montre les opinions partagées par la famille à l'époque ; des sentiments qui pourraient passer inaperçus, car ces amères imprécations sont généralement tues. Elles sont implicites dès que certains mots comme république ou fonctionnaire sont employés. Du reste ne colle t'on pas consciencieusement le timbre figurant Marianne bien à l'envers sur l'enveloppe ?
Après l'église Saint Sauveur, quand c'est à la cathédrale qu'a lieu l'inventaire, on le cache à Monsieur Delaunay, le père du dreyfusard, vieux magistrat et professeur émérite au visage carré, raide comme la justice et doté d'une superbe voix de basse. ...
Je reviens de Vern, écrit Pauline à Geneviève, *je suis allée chez Valentine qui met sa maison à la disposition du curé dans le cas où celui-ci serait chassé de son presbytère* (presbiterre selon l'orthographe de Pauline !) *Hier la déclaration pour la cathédrale*

a été faite par M Dottin, à notre grand scandale à tous ! Cependant on le cache à M Delaunay pour lequel c'est une grande peine. Je te recommande de lui donner un souvenir de la 1° messe de ton beau-frère, car j'ai pour M Delaunay une sympathie toute particulière qui me fait partager les sentiments cruels qui l'agitent.
Quant à Armelle la sœur chérie de Geneviève, depuis Paris elle s'enquiert... *J'ai été désolée d'apprendre que tes enfants avaient la coqueluche et cela doit terriblement t'ennuyer au moment de ton grand voyage. Vas-tu le faire quand même ? J'ai envie d'envoyer dès maintenant à tes enfants leurs étrennes pour qu'ils en jouissent pendant leur réclusion. J'avais pensé envoyer à Marie-Thérèse un alphabet en image et à Nalo une ménagerie ou un jeu analogue, qu'en penses-tu ?*
Ils sont cinq à partir... Lucerne, Venise, Naples... Le grand voyage... A Lucerne ils quittent le dur pour traverser le lac dans une grosse pinasse à vapeur. Ciel pur, crêtes déchiquetées, eaux profondes et mystérieuses... Bonheur... Ils rient, en relisant la lettre que leur écrivait Henri quelques semaines plus tôt.
A Lucerne au lieu de continuer en chemin de fer je m'arrête pour continuer en bateau sur le lac des quatre cantons... ... Je traverse le lac enchanteur... ... Je risque quelques photos mais par un temps détestable, la pluie vient et gâche tout. J'arrive à Flüchelin et je reprends le train avec l'intention d'aller jusqu'à Chiasso où m'attend ma malle... ... Mais voilà que le brouillard vient, puis la pluie c'est à peine si je pouvais distinguer les poteaux de télégraphe. C'est bisquant dans un si beau pays. Que faire ? Mon parti est pris : à la gare suivante je regarde si c'est un peu conséquent et s'il y a un hôtel. Je (?) ma valise et je descend. C'était à Goshaen, à l'entré du st Gothard . Je passe la soirée dans un très bon hôtel et le lendemain je ne me presse pas mais me hâte quand même, et j'arrive à temps. À 8 h. 25 je m'installe dans mon train partant à 8 h. 30 J'avais fort bien fait d'attendre car un soleil radieux à remplacé la vilaine bruine et aujourd'hui je peux voir quelque chose. J'entre sous le tunnel du St Gothard 14 à 15 km. de long à 1200 m. au dessous du sol. Le trajet dure 30 à 35 minutes. Après le St Gothard je jouis de spectacles à chaque détour plus beaux...
Le soleil de décembre détaille ombres noires et pans éclatants de lumière sur les versants des montagnes. Charles sourit encore en pensant au voyage d'étude qui l'emmena si loin, si loin de sa Geneviève chérie quelques mois après leur mariage... Les yeux baissés, Ils se répètent à l'oreille, les tendresses qu'ils échangeaient

à l'époque. Le monde extérieur, clair et ciselé dans cette froide journée est d'une précision infinie. En leur monde intérieur les pensées vont et viennent, leurs enfants, leurs parents, tous, chacun, jusqu'au couple de chamois entrevus hier par la fenêtre du wagon... Ce voyage restera un soupir de bonheur dans la secrète continuité de leur vie. L'atmosphère un peu fébrile du voyage autour de l'ordination d'Henri, Charles et Geneviève l'accueillent avec une sérénité telle qu'ils apportent une sorte d'équilibre, d'unité paisible à leur petit groupe. Joseph, Marie et René bien sûr mais aussi leur frère Théophile et l'oncle Georges du Saint qui les ont rejoints par un autre train pour partager cette fameuse première messe et caressent l'espoir d'une entrevue avec Pie X.

A Rennes, la grand-mère et les bonnes sont à la manœuvre, ainsi que le fidèle Destaix qui commence toujours ses lettres à Charles par « Cher Maître ». Il veille à la continuité du service : les permis de construire, le chantier Oberthür, prendre ou reporter les rendez-vous. Il conclut avec quelques mots rassurants sur la bonne santé des enfants. Depuis la stratosphère de la ville éternelle, on ne manque pas de lui envoyer des cartes postales, à lui aussi.

René piaffe, à 25 ans, les déjeuners de l'hôtel l'agacent, le petit vin italien passablement justificatif l'énerve, il n'est pas à Rome pour faire la sieste entre les plats... ... Rome appartient à ceux qui se lèvent tôt de table... Aiguillonné par l'impatience il laisse frères et sœurs attendre leur dessert. Avide de dévorer du monde, il quitte la table et d'un pas vif, sous une pluie fine, s'en va découvrir la gigantesque dentelle de pierre élevée au très haut : St Jean de Latran, le pinacle de la folie baroque, l'explosion, le banquet délire de la foi. Des plafonds entiers de vertiges mystiques. Il se sent scruté jusqu'au fond de l'âme par les figures qui s'arrachent des retables et se figent... Ça terrasse depuis là-haut autant que ça bénit son monde, les médaillons, les chapiteaux... Innombrables extases, tous les saints du paradis, béats, avides ou en tourment, déversent leurs assommants regards dans un silence angoissant. Il semble tout à coup à René que leurs visages ont une beauté affreuse. Toutes ces chapelles, ces absides, fermées par les grilles de laiton et de bronze sont comme des pavillons de fous, des salles de torture... Des artistes en blouse blanche munis d'outils tranchants restaurent un autel d'or et de palissandre... Folie fossile, démence inquisitoire, cruel équilibre de merveilleuse souffrance... De cette ivresse René ne dessoûlera guère durant le séjour.

Nous n'avons pas d'écho de la première messe, pas trace non plus de l'entrevue collective auprès du Souverain Pontife, René, Marie,

Théophile et leur oncle Georges rentrent en France tandis que Charles et Geneviève continuent leur voyage. Ils ont pris un « billet circulaire » qui leur permet, de s'arrêter où bon leur semble. Une lettre du paterfamilias le confirme...

23 Xbre 1906 Ma chère Geneviève
Nous suivons avec intérêt votre voyage en Suisse et en Italie. Nous avons vu par les deux lettres que tu étais ravie de ce voyage qui est véritablement très intéressant ; Lucerne, le Gothard, Milan, Venise et Rome. Tu dois rester à Rome quelques jours et partir pour Naples où tu trouveras probablement le beau temps. Cette lettre ne t'arrivera qu'à ton retour de Naples. Je t'envoie tous mes souhaits de bonne année pour toi et Charles car en quittant Rome, tu ne séjourneras pas longtemps à Florence et les lettres se suivraient sans t'attendre. Tes enfants sont très bien et paraissent avoir une coqueluche aussi anodine que possible. Ils sont bien soignés et tu peux voyager en tous repos d'esprit. Il fait très froid à Rennes ces jours ci. Nous n'avons que de bonnes nouvelles à te donner de tout le monde.
Toutes mes amitiés à Charles. Ton père qui t'embrasse.
Henri Porteu.

5

Diable ! Mais d'où sortent donc toutes ces histoires, d'où proviennent toutes ces lettres ? Ces phrases tracées à la plume ou au crayon sur un beau papier portant chiffre, ou-bien sur ce qui reste vierge au bas d'une autre lettre, sur l'envers d'un faire-part ou au crayon de bois sur un quelconque papier d'emballage. Sous enveloppe timbrée chacune a fait son chemin dans un sac, sur les rails, derrière une machine à vapeur, a fait sonner le battant de laiton de la boite à lettre, est passée ensuite au fil du coupe papier pour être lue, parfois laborieusement déchiffrée, et remise dans son enveloppe puis laissée de côté sur un coin de table, éventuellement dressée en évidence sur la cheminée. Certaines ont trouvé quelques occasions d'être relues, comme on partageait les nouvelles avant que n'apparaisse l'onglet « partager » au coin de nos pages contemporaines. On recopia parfois celles qui rapportaient des événements importants... Chacune, croyant avoir achevé sa tâche, a un jour rejoint la pile de ses congénères qui fut mise de côté, ficelée. Petits paquets, serrées dans des cartons poussiéreux, elles dormaient toutes, les unes sur les autres dans le désordre de l'inattention, oublieuses du dernier regard et de la dernière main qui les avaient pliées, rassemblées avec un vague d'intention. Elles ne se savaient pas le précieux pointillé, l'éclairage premier des mémoires endormies, le tissu fragile qui joint entre elles les histoires colportées par les générations. Dans un oubli salutaire, elles furent conservées, comme faisant partie des murs.
Conservateurs ! Ma mère, qui ne l'était pas du tout au sens politique du terme, disait toujours que nous étions des conservateurs. Elle n'avait pas honte de l'être dans l'optique du recyclage des vieilleries. Moi si, un peu... forcément ! Elle mettait en œuvre son génie de la transformation et du recyclage d'une façon tellement jubilatoire qu'un terme approprié s'est forgé sur son nom :

la « tantarméllisation » En 1967 la maison de famille fut vouée à la démolition, tout un invraisemblable capharnaüm de vieux tissus, d'ustensiles, de vieux cadres, de faïences ébréchées, de livres, de meubles, lui passa entre les mains. Les lettres dans leurs cartons, transitèrent avec les autres précieusetés à travers le jardin, jusque dans la maison voisine où nous emménagions provisoirement. Elles furent ensuite poussées dans un coin de l'appartement du nouvel immeuble, et une une nouvelle fois oubliées.

Ces tendres cartons, arrondis, disjoints, et noués d'une petite ficelle de sisal ou d'un cordon fantaisie dont on peine à deviner l'âge, sont restés sans un regard jusqu'au milieu des années 90. A l'époque, j'étais attentif aux rares partages que je pouvais inventer avec ma vieille mère. La bonne affaire... Nous nous sommes intéressés tout d'abord aux photos que j'agrandissais à l'écran, puis aux courriers. J'ai progressé dans ces lectures paléographiques aux chronologies hasardeuses, nanti (il était temps), des instructions orales essentielles.

Oncles et tantes, aïeuls bisaïeuls et trisaïeuls ont alors repris vie, alimentant l'imagination de leurs descendants... Les morts ont besoin du souvenir des vivants faute de quoi ils ne sont plus. L'idée que nous nous faisons d'eux, porte le besoin d'anecdotes de narrations et de lien. Ainsi, cousins et amis purent commenter ce que ceux là avaient bien voulu nous laisser. Moqueries, égards affectueux ou respect, c'est toujours comme parlant d'une part de soi-même qu'on évoque leurs ombres et leurs lumières, jouant avec légèreté un rituel d'interdépendance, une sorte de regard biais, un refrain des origines...

Il est un village au sud de l'Ille et Vilaine qui porte le nom de Marcillé-Robert, Henri qui n'est parti ni pour prêcher au Kérala ni pour convertir au Madurai, y est maintenant vicaire. Il a un poêle à charbon pour se chauffer. On ne peut pas non plus rester toute sa vie à parler latin dans une pépinière d'évêques ! Un certain jour de mars, sous un ciel menaçant, son frère René arrive en bicyclette, curieux de découvrir la nouvelle vie de son frère... Ils font le tour du pays, sont salués par quelques paysannes aux démarches pesantes. Lumières et contrastes glissent sur les prairies mouillés et sur le vaste étang avec le vent d'ouest. Dans l'après midi ils prennent une barque et passent deux heures sur l'eau, entourés par les canards, les poules d'eau et les petits passereaux... Ils rentrent ensuite au presbytère. Consoline leur ouvre la porte. Au matin, quand il était arrivé René avait sonné mais la porte était restée close. Peu après Henri était arrivé, empochant son bré-

viaire comme un cow-boy remet son colt au holster, il avait lui-même sonné carillonné à plusieurs reprises pour enfin obtenir un résultat. « *Consoline, il faut ouvrir quand on sonne à la porte !* » et Consoline avait répondu : « *Damme ma foué, je n'avions pas houuuui, j'étions jusque dans le guerrrnié... Monsieur le Recteur est à voir des malades* ».
Le recteur est un bonhomme rougeaud, rayonnant d'une bonne humeur enjouée. « *Il faut ça pour garder le moral quand on habite Marcillé-Robert,* dit-il roulant puissamment les r. *Notez qu'auparavant j'étais à Martingné-Ferchaud et c'était bien pire. Ces vieux murs de schiste et de granite me donnent la sciatique.* » Il va chercher une bouteille et fait déchausser René. « Oh ! » lui fait-il, « dis donc tu sais tu va rester ici, je ne veux pas que tu t'en ailles, tiens voilà des chaussons. Maintenant, *Consoline allez vite me faire le lit de... hum !... ce second vicaire* »
Henri espère bientôt partir au-delà des mers. Sa barbe rousse est taillée en carré, par la fenêtre il regarde un gros pommier dénudé que secoue le vent d'ouest. Un café bien chaud, quelques gouttes de la réserve, le curé s'adresse encore à René: « *Et puis tu sais tu vas me rester ici, maintenant que j'ai tes souliers, je me moque du reste, je sais bien que tu ne vas pas partir les pieds nus.* » René se tord de rire, même si ça le chagrine un peu que leur sœur Marie l'attende près du fourneau, à Janzé. « *Inutile d'essayer de partir, à présent tu es muré !* » Sur ce, le recteur finaud envoie le jardinier chez sa sœur en haut du bourg afin de transmettre une invitation pour le souper... Et la pluie commence à tomber.
Sœur et nièce invitées, arrivèrent pour se mettre à table, le curé place sa nièce en face de René. Pour le ragout, Consoline sait y faire, on en reprend. Et puis une fois les plats retirés, on reste autour de la table à bavarder, à grignoter distraitement des châtaignes, et des pommes fripées. Le fourneau dégage une saine chaleur. Henri, plein de belle humeur raconte Bethlehem, et puis ses histoires du séminaire... Est-ce la tempête qui l'inspire, est-ce la présence des deux femmes ? A Rome il s'était fait un ami d'un frère franciscain nommé Eusèbe qui revenait d'Albanie et lui avait conté ses aventures au Dukagjin. Dans ces montagnes, les peuples Albanais ont pour passion l'art de l'offense et de la vengeance. Ils y excellent, la vendetta est le sport régional et n'a d'autre frein qu'une loi édictée au XVe siècle qui avait parait-il notablement adoucit les meurs. Dans un village où le Frère Eusèbe avait charge d'âmes, un homme nommé Zef avait, chose ordinaire, enlevé et épousé une jeune femme d'une autre tribu. Mais il l'avait ainsi soustraite à

celui qui l'avait achetée lorsqu'elle n'était encore âgée que de huit ans. Le temps passa, le couple eut quatre enfants. Le père de la femme et l'époux dépossédé, avaient donc envers le couple une offense à purger, une dette de sang. Depuis son mariage, jamais Zef ne sortait sans être accompagné de trois ou quatre personnes et ses enfants ne sortaient pas du tout. Un beau jour toute la famille émigra en Italie. La haine pourtant continua de sévir à leur endroit. Sept personnes, en fonction du parti qu'elles avaient pris ou d'un lien de parenté avec le Zef, avaient déjà été occises sans que l'offense finisse d'être purgée.
La tendre nièce du recteur fait une mine perplexe, Henri, après une pause, ajoute que son ami se vit exposer cette situation par le père lui-même qui concluait en disant de sa fille : « Ce n'est pas une femme, c'est un démon, voyez ce qu'elle a causé : sept morts… » Quand Eusèbe suggéra qu'on pouvait aussi blâmer ceux qui fusillent à vue les parents d'un coupable comme ceux qui vendent ou achètent les enfants, cela ne suscita chez le montagnard qu'un regard vide et un silence d'incompréhension.
Le recteur ravi du succès de sa petite réunion offre aux hommes de petits verres d'un alcool de prune venu tout droit du Périgord… Henri connait une autre histoire véritable, croustillante celle-là… Consoline sert aux dames des tisanes, et ajoute quelques bûches dans le fourneau.
Frère Eusèbe avait passé plus d'un an à Shlaku, gros village perdu dans les montagnes derrière Shkodër quand il fut rappelé par son évêque. Là haut, chez les zélateurs de la vendetta, une sorte de haine cordiale, d'émulation sanglante, est généreusement répandue entre les bonnes-gens, mais aussi entre villages et entre vallées. Dans le village voisin, un homme facétieux et inventif nommé Rrok avait acquis par quelque moyen inavouable un habit de prêtre complet. Chez son cousin barbier il se fit faire la tonsure et se rendit à Shlaku, annonça aux émules d'Eusèbe que celui-ci était malade et que lui, Père Rrokof, s'il vous plait, était là pour le remplacer. Il s'installa, prétendit être Russe, il lisait assis devant sa porte des journaux en cyrillique qui faisaient partie de sa panoplie. Il parlait peu, écorchait les mots et affectait un accent étrange… Les villageois firent honneur à leur nouveau prêtre qui célébrait la messe dans un latin qui aurait aussi bien pu être de l'hébreu. Cela dura deux mois. L'imposteur prit soin de disparaître avant le retour d'Eusèbe. Ayant entendu les confessions, quand il fut de retour chez lui il se fit une gloire de tout divulguer! On fit parvenir par pigeon voyageur aux pauvres dupes, quelques moqueries bien

senties et de brûlants outrages. Le tort était fatal et génial à la fois, Rrok risquait maintenant d'être tiré comme un lapin ou égorgé au coin d'un bois, c'était clair, mais il s'en jouait, on ne l'aurait pas ! Ça faisait partie de la farce ! Entre les deux villages la guerre était déclarée... C'est qu'on sait rire au Dukagjin !
Il n'est qu'à Rome qu'on peut entendre ces choses là concluait Henri... René avoue préférer les querelles de Janzé à celles de là-bas... Et, bon chrétien, ajoute que pour frère Eusèbe il devait être acrobatique d'entretenir l'émerveillement devant les œuvres du Bon Dieu... Le chat descend des genoux du recteur et s'étire. René et le recteur ajoutent quelques histoires de notaires, de marchands de patates et de garde champêtre... On baille... Au moment de s'en aller, la nièce et sa mère sont comme emportées par une bourrasque dès qu'elles passent la porte.

Le lendemain, premier vendredi du mois, Marcillé-Robert se réveille sous la tornade... « *Toute la journée du vendredi pluie, repluie, rerepluie. La nuit je n'ai pas fermé l'œil, il a fait une tempête, un vrai cyclone. Je croyais que mon lit allait partir dans l'étang de Marcillé.* » écrit René. « *A onze heures, Henri et moi partons en voiture découverte !!! (Pas trop de pluie heureusement) pour Retiers, quelle route ; quelle route !!! Ma bicyclette est restée au presbytère de Marcillé pour me forcer à revenir.* »
Pour l'été, René achète une moto...

La bâtisse s'appelle Villa Robinson, elle se tient toute seule sur une sorte de promontoire à trois cents mètres de la mer. En arrière un bosquet de noisetiers et quelques ormes tordus par le vent abritent une vieille écurie dont la porte est sommairement barrée de planches, on y loge les poules de madame Cordier. René arrête le moteur, il arrive directement de Janzé avec sa bécane neuve... Après avoir laborieusement retiré ses lunettes de pilote et son casque de cuir, il vérifie le conduit d'essence, et la dynamo de sa forte machine, ôte sa veste de pilote, la remise dans l'une des sacoches dont il a extrait une petite valise. Il refait sa coiffure, se passant aussi le peigne dans les moustaches. De l'autre sacoche il sort avec précaution un canotier. Les poules longtemps silencieuses, interdites par l'arrivée du motard, recommencent à caqueter. René s'avance vers la grande bâtisse.
Charles et Geneviève avaient proposé de partager leur location d'été avec Adèle et son mari. Adèle et Paul ont un fils et une fille un peu plus âgés que Marie-Thérèse et Nalo, ils viendraient avec la mère de Paul. Charles sur une lettre avait esquissé rapidement un

plan de chaque étage, pour qu'ils comprennent bien la disposition de la maison mais Adèle, au début, n'avait pas voulu fixer l'installation de chacun…

Le 15 juillet 1908 Ma chère Geneviève
Merci pour ta lettre que nous avons reçue ce matin contenant les nombreuses explications que toi et ton mari vous avez bien voulu nous donner sur Rothéneuf et l'habitation que vous y avez trouvée pour notre colonie.
D'après ce que vous nous en dîtes, il n'y a pas d'autres choses à chercher, et c'est ce qui nous a décidés à vous envoyer une dépêche pour ne pas manquer cette location qui est dans nos prix.
La situation de la maison semble très bien, près de la mer et de la campagne. Je crains que ce ne soit un peu exigu comme dimension de pièces et dépendances, mais on ira beaucoup dehors et cela vaudra mieux que de rester enfermés.
D'après le plan très clair joint à la lettre, nous comprenons bien la disposition de la maison.
Malgré cela nous ne pouvons tout de suite fixer définitivement l'installation de chacun.
La chambre de Mme Cordier au premier est bien une chose décidée, mais pour les autres il faudra que nous en causions ensemble. Il me semble que la pièce que vous occuperez doit être choisie bien à ta convenance. Est-ce qu'un second étage ne sera pas trop fatiguant pour toi intéressante personne. Si l'autre chambre du premier te convient mieux prends là sans crainte. Quand vous aurez décidé cette question nous verrons nous-mêmes comment nous préférons nous installer.
Qu'est-ce qu'on fourni dans cette location. A-t'on le linge c'est-à-dire les draps. Je le désirerais bien car c'est une affaire de transporter si loin les couvertures de lits.
Y aura-t-il moyen de loger ailleurs que dans le sous-sol les poules de Madame Cordier ?
A quelle date penses-tu pouvoir t'installer à Rothéneuf ?
Voilà bien des questions, j'espère que tu pourras bientôt m'y répondre.
Je t'embrasse bien tendrement en te remerciant encore ainsi que ton mari auquel tu transmettras toutes mes amitiés. Ta tante Adèle

Portes et fenêtres de la villa Robinson sont ouvertes, la maison vide, le vestibule sent la confiture et le granit humide. Une bonne, portant la coiffe du pays de Paimpol indique la direction de la grève à René, un sentier dans les ajoncs. L'air est clair, le vent léger, le monde est sur la plage. Les enfants courent à lui. Les bruyantes effusions de Nalo et les embrassades de Marie-Thérèse lui laissent du sable dans la moustache. Geneviève précautionneuse esquisse de se lever, René ne réussit pas à l'en dissuader. Madame Cordier lui donne sa main, elle reste dans son fauteuil-parasol haut comme une guérite, avec un ouvrage d'aiguille qui semble totalement l'accaparer. René lui fait un baisemain puis s'assied sur le sable pour causer et jouer avec Marie-Thérèse et Nalo. De son canotier qui fait leur admiration, ils prétendent un moment faire un bateau, et traverser la mer en péchant des baleines. La famille a loué deux cabines pour la commodité. Les dames y enfilent pour le bain un costume extrêmement décent, une culotte descendant aux genoux et une veste presqu'aussi longue que la culotte, en flanelle ou en lainage, bleu foncé et garnie de ganses claires qui se détachent sur l'étoffe. Même les hommes portent culotte et veste. Les maillots d'une seule pièce sont réservés aux jeunes, assez courts sur les jambes, échancrés pour les bras et le cou, boutonnés du cou jusqu'au milieu de la poitrine. Une demi-douzaine de maisons à étage sont dispersées sur le pourtour du havre de Rothéneuf, des familles sont groupées en divers endroits, on voit leurs ombrelles s'agiter. Sur un promontoire rocheux sont juchés des observateurs hardis qui surveillent trois petits voiliers et chantent des chansons... Les nôtres se baignent un peu, jouent beaucoup et vers six heures remontent le sentier dans des ajoncs.

Après souper, Jeanne Cordier, celle qui bébé avait troué à force de le sucer le nez de sa poupée, et pleurait que sa poupée avait du bobo, travaille son piano. Les contrechants rapides de la Truite lui font bien du souci. Voyant le peu d'inspiration que suscite Schubert, René se met en tête d'apprendre aux petits une chanson à la mode qui conte l'histoire d'une bonne de curé : « Perrine était servan-teu, Perrine était servan-teu, chez monsieur le curé diguedon la dondaine, chez monsieur le curé diguedon la dondé. » Il y met tout son cœur et les enfants ont tôt fait de claironner ça dans toute la maison... Le bon ami de la bonne était venu en douce mais le curé arrivait, on cache le gars dans la huche et « Il y resta six s'mai-neu, Il y resta six s'mai-neu » et puis comble du surréalisme rural, quand on veut l'en sortir « Les rats l'avaient rouché diguedon la dondaine, Les rats l'avaient rouché diguedon la dondé. » Et les enfants se tordent de rire...

Après le souper, une fois les petits couchés, on se cale dans les fauteuils pour parler de tout, de rien, des Rennais, de Janzé, de la mer, des haricots. Charles s'enflamme à propos du sillon de

Paramé où se construisent des villas absolument ridicules couronnées de clochetons grotesques qui ne résisteront pas longtemps aux assauts des tempêtes. Une fois Madame Cordier dans sa chambre, Pierre, le fils de tante Adèle, pose une question à propos de l'attentat dont Henri vient de faire l'objet. Qu'avait-il dit dans son sermon pour se faire ainsi poignarder à la sortie ? De Rome à Jérusalem, tout lui avait réussi. Il a fallu que ce soit chez lui que ça arrive! Henri qu'on appelle déjà oncle abbé a trente ans à peine, comme ses frères et amis il est résolument clérical et nostalgique de la royauté... Et voila qu'en chaire il dérape, il s'emporte... Des paroles trop vraies dirent ses partisans... De son portefeuille Charles qui avait assisté à la scène sort un précieux bout de papier crayonné rapidement pour son épouse au soir de l'incident... *Ma chère Geneviève je viens d'assister au pansement fait par Théo, tout va pour le mieux sans aucune infection, à demain. Charles.* Et en travers, de la main de la victime et précédé de la petite croix rituelle *: Ils ont voulu m'assassiner pardon pour l'émotion que je vous ai donnée, j'ai bien pensé à vous, je vous embrasse. Henri.* Il a ajouté entre les deux premières lignes comme un clin d'œil vainqueur : *Mais ils m'ont raté !* Les chroniqueurs s'étaient saisis de l'affaire : un petit prêtre trapu et fougueux avec une barbe rousse, qui veut en remontrer aux laïcards et se fait suriner sur le parvis de l'église : hémoglobine et soutane, ça marche, ça fait pleurer dans les chaumières... On jeta un flou sur les paroles incriminées... Celles précisément sur lesquelles se questionne le jeune Pierre Cordier, il interprète l'émotion dont veut s'excuser Henri comme celle d'un prêtre qui a le tort de se mêler de politique. Souvent on se souvient des détails, des circonstances mais pas de ce qui en fut la cause... René et Charles parlent de défendre la sainte église contre la république... Le père de Pierre, coutumier d'une certaine réserve puisqu'il est rédacteur aux Affaires Etrangères, porte ostensiblement plus d'intérêt à ses cigares et à l'horaire des marées qu'à la tentative d'assassinat.

Pour René on a déplié un lit-cage dans la soupente. Au matin un généreux soleil fait briller l'argenterie des Cordier sur la nappe blanche. Tout a suivi la famille, par le train puis par un lourd charroi malouin : le personnel, la literie, l'argenterie et les poules... On a aussi loué un piano... Madame Cordier a tout de même laissé à Versailles sa pendule et ses lapins. Dimanche à l'heure du départ, elle reste dans la maison, invoquant son dégout des gaz d'échappement quand tous accompagnent René et Charles pour les adieux, ils repartent ensemble. René emmène son frère sur le siège passa-

ger jusqu'à la gare. Charles appréhende un peu, il n'a pas grande confiance dans la mécanique mais puisque son petit frère insiste... Ils disparaissent dans un nuage de poussière sur la formidable moto qui roule à plus de quarante à l'heure.
René est un dilettante à la santé fragile, à Janzé ses frères le saoulent de recommandations, il aimerait prendre une chambre à Rennes, avec un atelier, il charge Charles de lui trouver ça... Dans le train Charles pense à son troisième bébé à venir, pour décembre. Tout se présente bien avec Geneviève, qualifiée d'intéressante personne. Elle a l'expérience des deux premiers et prépare son bébé avec confiance... tendrement, ils l'appellent le polichinelle... Charles tout à son bonheur, continue bercé par le balancement du wagon, de caresser des espoirs et des projets qui lui font endurer avec sérénité le labeur quotidien.
Dans la semaine le ciel se charge de nuages. Le vendredi, Charles s'en va visiter deux chantiers à bicyclette, il descend à la gare en pédalant, prend un billet pour Monfort sur Meu, enregistre sa bicyclette et s'assied dans un compartiment de seconde classe. Une fois rendu, il reprend sa monture pour rejoindre Talensac. Il a été recommandé au curé pour une reprise de maçonnerie sur le presbytère... Un petit relevé et une entrevue avec le maçon puis d'aimables discussions avec le curé... Après avoir fort agréablement dîné au presbytère, bien que le saint homme en soutane se récrie, il reprend le vélo et dans l'après-midi gagne Mordelles, sept kilomètres sous une pluie battante. Là un couvreur ébouriffé ronchonne à propos d'une charpente menaçant ruine, le propriétaire qui ne veut plus engager aucun frais attend sans doute un miracle de Monsieur Coüasnon qui doit s'improviser conciliateur. Il donne de bonnes paroles à chacun et réussit même à recevoir une partie de ce qui lui restait dû. Cela étant fait, il se hâte de reprendre la route pour rentrer chez lui. Ça tonne encore au loin mais la pluie est devenue intermittente ; il lui tombe dans les yeux des grosses gouttes rondes et le vent d'ouest pousse derrière lui. Quinze kilomètres plus tard, trempé, il met enfin pied à terre, retire son caoutchouc et rentre à l'appartement.
Le lendemain soir, le quatre septembre il écrit à Geneviève : *Le résultat de ma saucée d'hier à été une névralgie qui a durée de minuit jusqu'à quatre heure du soir. Maintenant je ne souffre presque plus. Quand je dis que je déteste la pluie c'est que je sens bien que ça ne me vaut rien. J'ai beau avoir un caoutchouc ; ce que je déteste c'est cette humidité prolongée qui pénètre partout et couvre le corps, la figure surtout, d'une espèce de sueur froide.*

Cette nuit j'ai été réveillé presqu'en sursaut et pendant quatre heures c'était à crier... il me semble que quelque chose me ronge la cervelle. Enfin j'espère que ça ne reviendra pas et que nous passerons ensemble une bonne journée sans nuage à s'aimer tendrement. C'est en effet demain, La Truite. Vous vous la coulez douce à Robinson ; on y danse c'est parfait. Le piano au moins aura servi à quelque chose et n'aura pas fait que nous encombrer. Et toi ma chérie au son de la musique tu pensais à moi, tu es bien gentille et je te remercie. ... Bien des choses affectueuses à tous, je suis bien content que vous soyez satisfait de Robinson. Baisers très tendres aux petits, ceux que je t'envoie sont passionnés. Ton mari.

Durant les vacances, saison des récoltes et des conserves, il en fut ainsi chaque année, du samedi midi au lundi soir la famille se trouvait réunie. Rothéneuf, Damgan, Le Roaliguen, Geneviève et Charles partagent une villa avec un autre couple. Parents et beaux parents, oncles et tantes y viennent une semaine, ils pèchent la crevette, font des photos et des promenades. Charles, le reste de la semaine, a tendance à broyer du noir en gérant ses chantiers. Cet été là il achète un baromètre cylindrique en laiton ...

Aujourd'hui il fait un froid d'hiver ici, je ne sais pas s'il en est de même à Rothéneuf. Le baromètre a baissé d'un centimètre dans la journée d'hier, mais a monté de quatre millimètres depuis hier soir ; le vent étant bien tourné je compte sur une reprise du beau temps, tu verras si mes pronostics sont bons. C'est très amusant d'examiner attentivement et d'enregistrer les mouvements de cet instrument, on a des émotions comme à la roulette.

Pas de pression atmosphérique, des millimètres... On ne s'encombre pas de concepts météorologiques, on navigue à vue avec des dictons et si le vent est bien tourné, on sait, on croit savoir, ce que le ciel vous réserve...

En 1909 le couple emprunte dans la famille pour acheter une grande maison à l'angle de la rue de Fougères et de la rue Lesage... Une maison de campagne du XVIIIe avec un deuxième étage mansardé, des grosses cheminées et un solide escalier classique en son milieu. La maison avait été allongée au XIXe par une aile neuve bâtie sur une cave. On avait alors percé dans l'épaisseur considérable des murs un passage entre les deux corps de bâtiment. Un grand jardin s'étend au nord entre des murs de schiste grenat, il est à l'abandon, les martinets dans leur ronde criarde tournent au dessus. Charles et Geneviève se réjouissent de dessiner de tracer les allées et de planter ensemble. Le jardin s'ouvre faubourg de Fougères par un porche qui abrite un épais portail, ses pesants vantaux vert wagon portent des heurtoirs en bronze et sont surmontés d'un imposte en plein cintre rythmé par des barreaux de fer. Jouxtant ce portail, l'un des pignons domine une maison basse coiffée d'une charpente évasée avec un large capuchon d'ardoise qui s'avance sur le carrefour et fut une chapelle dans une époque très reculée. Ils l'achètent aussi. Au sud, la maison donne sur une rue pavée, et au delà sur des prairies et des terres en labour qui s'étendent jusqu'aux maisons de la rue Saint Melaine où fleurissent des pommiers. La large rampe de l'escalier couleur terre brulée est portée par des balustres qui brillent dans la pénombre, à partir du premier étage on est moins exigeant sur l'encaustique et au dessus du dernier palier un appendice plus raide où les balustres et la rampe sont d'un sombre ocre mat, grimpe jusqu'à un réduit que Charles transforme en cabinet de photo.

René désirait un pied à terre rennais, il est comblé, Charles et Geneviève lui offrent la première chambre à droite au second étage. Sa fenêtre domine le jardin et dans le couloir devant sa porte, une fenêtre au sud éclaire d'une belle lumière sa table de bricolage, une table Louis Philippe sur laquelle il a serré un étau, et dont la marqueterie souffre les débordements chroniques de quelques inévitables pots de fleurs. René exerce là ses talents de céramiste, de sculpteur sur cuir ou de dinandier. En août 1910 il écrit...

Mon cher Charles Ma chère Geneviève
Depuis que nous sommes à St Cast nous avons un temps magnifique, pas trop chaud pas trop froid.
Notre petite installation est très bien, un peu petit mais... cela ne fait rien. Il y a tout ce qu'il faut. Il faut tirer vingt fois sur la porte de la salle à manger avant de la fermer mais à part ça c'est très agréable. Je suis complètement défatigué puisque à 5h½ je suis debout.
Que-dis-tu de ma tournée en moto – en partant de Rennes un nuage d'orage m'est tombé sur le dos surtout avant Tinténiac cela ne m'empêchait pas de rudement filer – à Pleugueneuc pluie également mais cela ne durait pas. C'est une moto absolument merveilleuse – détonations formidables tout le long de la route – aucune côte à m'arrêter et si tu voyais ces côtes... jusqu'à Pleugueneuc la route est splendide, pas beaucoup de côtes jusque-là. J'ai trouvé les 80NP six cylindres me rasant à toute vitesse c'est à ce moment là qu'il faut avoir l'œil ouvert. J'étais à Dinan à 10h½ je suis parti de Janzé à 8h moins un quart. Passage à Plancoët à midi et à 2h½ j'arrivais à St Cast enthousiasmé de ma ballade de 109 kilomètres mon réservoir est encore à la moitié.

J'ai été sur le point d'avoir un accident qui aurait pu me coûter cher. Après Dinan à 3km après, j'ai été attaqué d'un seul trait par un molosse de chien qui s'est jeté de côté dans mon moteur en plein virage – je filais à ce moment là à 40 à l'heure par la vitesse acquise la pédale de droite l'a empoigné en pleine tête.

A Plancoët ils me l'ont arrangé admirablement pour 0f 75 on ne s'en aperçoit plus du tout. Ma moto par le choc a chassé de l'arrière et si je n'étais pas sauté lestement pour la retenir par le guidon qui a tourné un peu à ce moment ma machine serait en miettes et peut-être moi aussi. Elle n'a rien attrapé par ailleurs absolument rien, je l'ai fait visiter en ma présence partout. Le chien paraît-il d'après quelques gens qui ont vu le coup est un chien qui devait être enragé - au fait il avait très mauvaise mine – pas de collier et la queue entre les pattes il a foncé sur moi absolument comme une trombe. Il était blotti auprès d'un talus et m'a surpris d'un seul coup. Je ne le voyais pas du tout. Je devais être blanc comme un mort après cette brutale émotion. Enfin il y a un ange gardien pour les chauffeurs. Mais le chien est massacré par la pédale (tant mieux.) il a gagné un champ voisin en rampant comme une vipère le côté défoncé. C'est la pédale et le bout de mon soulier qui l'ont presque tué. J'aurais eu un revolver je le tuais sur place. Il faut absolument que j'en ai un. Les gens n'en revenaient pas de m'en être tiré sans rien, pas une égratignure. Pas de plaisir sans le revers de la médaille. Jamais.

St Cast a beaucoup changé, cela se construit partout – il y a des villas qui sont absolument ravissantes. Un petit tramway comme celui de Rennes traverse la petite route qui mène à la Fresnaye pour aller jusqu'à l'île débarquer les Parigots – il siffle plusieurs fois par jour comme une sirène de bateau. L'électricité sera dans tout St Cast avant 8 jours. Devant la villa où nous sommes il y a actuellement 24 fils téléphoniques se rendant aux différents hôtels – des autobus couleur diligence jaune et noir faisant un service régulier entre Plancoët Lamballe et le Val André.

Il y a beaucoup de monde ici. L'église est trop petite pour contenir tout le monde. La tenue anglaise est – manteau en tricot et boléro également en tricot absolument comme pour aller en ski ils nagent dans la perfection et pratiquent tous les sports vont en périssoires chavirent exprès et reviennent à la nage. Très calées pour le tennis toilettes en flanelle col velours vert et poignets des manches verts, dentelle au fuseau (écharpes).

A bientôt mon cher Charles. Que Théo pour venir ne prenne pas la route de Matignon à St Cast elle est impraticable Qu'il vienne

par Pludanô St Jaguel, c'est le Recteur qui m'a dit que la route était bien meilleure.
Au revoir.
Quand tu auras moins d'occupation viens voir les villas à St Cast cela t'intéressera.
Mille choses à Geneviève et à tous.
Ton frère qui t'affectionne.
René.
Les Porteu, famille de Geneviève, ne sont nulle part aussi bien portraiturés que sur une photo prise par Charles où toute la famille pause sur et autour d'une calèche devant la maison de Mouillemuse... Quatorze juillet 1913 'Saint Pierre et Paul', est-il inscrit au dos d'un tirage cartonné dont les blancs ont viré au gris perle ; exit la Bastille, ils fêtent les saints patrons des parents, et le monde n'est qu'amusement, épanouissement... *Nous fêtions ensemble les fêtes de mon père et de ma mère, celle de mon père arrivant le 15 Juillet, mais de les réunir leur donnait plus d'éclat. Nous préparions pour cette date, quand nous fûmes plus grandes, de jolies comédies de salon, une distraction très en vogue à cette époque, qui demandait de longs préparatifs pour les répétitions et les costumes.* 1913, en plus de jouer la comédie au salon, la famille s'est mise en scène pour une photo qui fera date... Une grappe de frères, de cousins et d'oncles insouciants se tient grimpée sur la calèche, les dames serrées debout alentour. Au second plan, les orangers bien alignés dans leurs caisses blanches. La porte d'entrée avec son imposte ovale partagé par des carreaux en diagonales est ouverte. Comme sur la plupart de ses photos, Charles, c'est sa signature, porte son regard au loin alors que tous regardent l'objectif. Devant tout ce beau monde sont attelés deux chevaux harnachés portant œillères, l'un blanc, l'autre noir... Des chapeaux, des souliers cirés, tant de douceur à un an de l'enfer des tranchées... Ils sont une trentaine, des visages enfantins, le général de la Maisonneuve en civil, les cousins Boucly, futurs juristes ou déjà militaires, une jeune fille de compagnie, une nounou portant bébé et juste derrière la grand-mère qu'on fête, elle qui sait combien fragile est la vie, son visage se dissimule un peu... Le père de famille, barbe blanche carrée, porte un panama. Un cheval blanc et un cheval noir pour tirer le beau monde !
Rue Lesage, sous le toit, les carreaux de la lucarne sont peints en rouge dans le cabinet de photo. L'un debout, l'autre sur un tabouret devant les bacs et les ustensiles, René et Charles développent le cliché... C'est un vrai succès ! Tenant en l'air le papier encore

humide ils dévalent l'escalier pour montrer l'épreuve à Geneviève. Elle sourit de se voir là sur le devant du groupe, de trois quart comme Charles le lui avait recommandé... C'avait été un travail de plusieurs jours depuis le harnachement des chevaux et l'astiquage de la calèche, jusqu'aux chapeaux des dames. Charles et Geneviève étaient venus avec leur petite Créanche une auto qu'ils craignaient toujours un peu d'utiliser. Il avait fallu y caser l'appareil, son pied et les quatre enfants... Pendant le déjeuner on n'avait parlé que de ça, et quand ce fut le moment d'escalader la calèche et de choisir sa place, personne ne s'était énervé, pourtant ça avait duré, le cheval blanc avait chié... Il avait fallu ramasser mais ça se voyait encore alors on avait avancé d'un mètre ! Geneviève trouve tout de suite Nalo et Marie-Thérèse, Armelle qui n'a pas encore un an est dans les bras d'une nourrice. Les oncles, les tantes... Le général, ce cher Georges, le plus jeune des douze frères, venu fêter sa sœurs Pauline avec ses huit fils.

Une famille de militaires dira plus tard ma mère, affectant un certain dédain. Il y avait aussi des religieuses, Alphonse avait été secrétaire au trésor en Nouvelle Calédonie, Albert amiral. Il est vrai qu'Eugène était resté cueillir les étranges fleurs du champ d'honneur à Sedan en soixante-dix. Notre Général en canotier allait faire de même dans les tranchées et laisser ses huit garçons. Sept pour être exact, l'ainé ayant devancé son père de quelques mois dans une autre tranchée. Sans doute est-ce lui le jeune homme qui domine tout le groupe au sommet de la calèche, pauvre garçon...

A cette même époque Janzé affiche moins de douceur de vivre que Mouillemuse. Les plaisirs sont plus rustiques, toujours un peu besogneux, s'il s'agit de fournir une kermesse ou d'approvisionner de bonnes œuvres, les directives sont claires, on ne fait pas trop de petites manières.

Ma chère Geneviève
Voici qu'il est nuit et je viens de tuer six poulets – moi même – et les plumer moi même Les bonnes ont été surchargées jusqu'à 3h ½ par l'arrivée de cinq fermiers auxquels il a fallu donner à manger – et ensuite faire la vaisselle et ouvrir aux clients de Théo – J'ai fait pour le mieux – et puis tâchez de vous débrouiller ensemble tes sœurs et toi – Il y a des pommes offertes par René à Madame Boucly, mais il me semble que tes sœurs tiennent le même comptoir n'est-ce pas ? Donc les canards sont pour madame Delaunay car ils sont offerts par le vicaire de Plélan qui regarde Madame Delaunay comme sa paroissienne et puis deux poulets – Les autres sont pour Madame Boucly. Nous ne pou-

vons faire mieux. Les fermiers ne sont point venus comme je leur avais demandé. Je crois qu'ils ont semé leur grain aujourd'hui, et ils ont bien fait. Les pauvres gens. Nous avons eu ici une neuvaine de messes chaque matin pour la cessation de la pluie. Il y avait beaucoup de monde. J'ai eu ce matin la messe de 6h ½ dite pour mon père dont c'est aujourd'hui l'anniversaire de la mort. Samedi il y en aura une autre pour notre grand-mère Coüasnon et dimanche à 7h pour tous nos parents défunts, et elle sera suivie d'une donnée de pain aux pauvres. Il faudra penser aussi au 16 Xbre c'est l'anniversaire de la mort de Maman.
Théo est de mauvaise humeur et nous ne savons comment le prendre, j'en vois de rudes depuis quelques temps ! Enfin taisons-nous car j'en dirais trop long ! Mais mariez le donc !
Je n'y vois plus et tu m'excuseras de t'écrire si mal, je mets l'adresse sur le panier, et l'envoie. Tu vas trouver un très joli petit objet, il est pour madame Abrand – n'oublie pas de le lui remettre.
Je n'irai pas à Rennes – Je ne peux pas me déplacer – La kermesse peut se passer de ma présence.
Au revoir et dis moi si tout est arrivé assez tôt car le commissionnaire est surchargé. La commission n'est pas payée. Et l'entrée de la ville.
Je t'embrasse toi, ton mari et tes enfants.
Ta [belle] sœur dévouée. Marie.
Veille bien à ce que tes bonnes ne me prennent rien de notre service. Soit raviers plats et autres. Notre service est complet il faut que je le retrouve complet et fermez la petite chambre donnant sur la terrasse. On dit que c'est souvent ouvert.

Autour de Mouillemuse, entre ce qui est autorisé et ce qui ne l'est pas, les jeunes filles Porteu étaient avisées de ne se point méprendre !
La kermesse faisait chaque année une assemblée très attirante par ses nombreux concours pour les enfants. Sur des tréteaux étaient pendus des saucisses qu'il fallait attraper avec les dents et des ficelles à dépelotonner avec la langue et à conserver dans la bouche, des concours de grimaces, des courses à pied et à cloche-pied, courses aux canards qu'il fallait attraper par le cou ou par la queue, toutes compétitions auxquelles nous ne prenions pas part mais qui nous amusaient fort. Geneviève comme son beau-frère René arrivent à la trentaine, ils s'entendent à merveille pour toutes sortes de bricolages, de travaux d'art, et aussi pour ne pas trop dépenser. Ils se passent des bonnes combines. Ce sont deux pages bien remplies d'une écriture soulignée, ratu-

rée, pleine de points de suspension et où pour finir, les lignes se superposent en croisant.

Janzoûs les petits poês Le 29 Janvier 1912

Ma chère Geneviève

Vous avez bien fait de prendre les objets en bois sous conditions. La boite en marronnier que mon bon Laurent a voulu vous passer – il a dû vous la passer à la chandelle !!! Car elle a une énorme tache d'huile en plein sur le couvercle – de sorte qu'il y a la moitié du couvercle bien blanc et l'autre moitié couleur « p. - - de chat !!.....pardon ! Café au lait !.......... oh oh ! » Payer ça 2.90 autrement dit 3francs – C'est se fiche du peuple.

Du reste défiez vous de Laurent c'est un « roublard » de première volée – il est excessivement fort pour ses articles à vous passer toute sa camelote. J'en ai eu la preuve bien des fois – Je me souviendrai longtemps qu'il m'a vendu une peau de bazane remplie de défauts et de la cire à modeler soit disant tout ce qu'il y avait de mieux. Je me suis empressé de la jeter par la fenêtre car il suffisait d'y toucher pour vous perdre du même coup toute une peau en cuir de Russie d'une valeur de 17fr. heureusement que j'ai été averti par un petit morceau de cuir de 5cm carré – mais vous voyez... C'est amusant d'aller se fournir à des individus de la sorte : ça coûtait 0 fr. 75 le bâton et il me disait c'est de la cire « spéciale » pour modeler le cuir......... vous l'auriez mise même enveloppée dans son papier sur le plancher le lendemain matin vous auriez vu sur votre plancher une tache d'huile aussi grande qu'une pierre à galette sans exagérer.

Le classeur que Mr Letrouillou vous a fait payer 3fr. (je vous avertis que ce monsieur fait payer son nom) ça n'en vaut pas la chandelle – d'autant plus qu'il est tout à fait vilain je ne vois pas bien ce qu'on peut peindre sur cette espèce de boite à sel !!! Si dégoupillée : il n'y a pas où mettre une branche décorée – est-ce vilain grand Dieu des Cieux. Enfin – puisqu'il faut que ce soit prêt pour le 5 février j'en demande deux à Lyon immédiatement, et de la dimension que je désire. Nicolas a toujours livré la marchandise hors ligne parce que je suis abonné à son journal : L'artisan pratique. Les vases en bois gris viennent de chez lui. Seulement 5 fr. pièce ça les vaut avec du sinz à l'intérieur. Les panneaux de Marcillé-Robert pour l'adoration perpétuelle était du bois merveilleux, ses boites sont parfaites, ne coûtent pas plus cher qu'à Rennes d'après ce que je vois et sont d'autre marchandise que ça..........

Ne faites aucune remarque à Letromblon parce que c'est lui qui

a le dépôt de la cire à modeler qu'emploie Mme Dahirel et qui est parfaite. Merveilleuse : c'est une cire où on peut mettre le mot « spécial » car elle est vraiment pratique, elle ne graisse nullement le cuir, elle est dure comme du bois quand elle ne sert pas et très malléable quand on s'en sert. Du reste vous la connaissez je crois ce n'est pas celle de Laurent et elle coûte le même prix, 0.75 fr. le bâton. Si vous faisiez trop de remarques à Letromblon il m'enverrait promener quand je voudrai de la cire.
En principe pour tous ces articles de pyrogravure – cabochons – outils à modeler et le reste, n'allez jamais chercher un intermédiaire car l'intermédiaire possède exactement tous les mêmes articles que Nicolas de Lyon qui sont de gros magasins. Les peintres comme Laurent achètent tout ça, des articles de rabais, défraîchis au voyageur de passage, et vous les vendent aussi cher que Nicolas de Lyon qui lui vous envoie des articles hors ligne exactement au même prix.
Quel jour faut-il venir pour voir les fêtes de St Sauveur ?
Théo et moi nous sommes allés voir une mare pour aller patiner à glace mais c'était le bain de pied complet !!!!
Tout ça ne vaut pas le Roller skating palasssssse !
Vous comprenez que si je me sers de mon papier mine de plomb sur une boite pleine d'huile quand je voudrai m'en resserver après pour des assiettes ça ferait du joli !!
A bientôt   René

Ils s'ingéniaient à confectionner des petits cadeaux ravissants, se passionnaient pour la pyrogravure et le cuir repoussé, Charles qualifiait leurs œuvres de « petites merveilles en cuir repoussant pour éprouver l'amitié ».
On avait averti Geneviève à propos de ses petits enfants « une jeunesse au cœur chaud »... Le temps qui passe a un peu tempéré leurs ardeurs, mais des éruptions parfois jaillissent...

Samedi 18 mars 1912
Mes chers Amis,
Je suis bien triste et il y a de quoi. Pendant que toute seule dans ma chambre, je prends mon 3° repas depuis hier soir, les autres sont en bas à prendre le leur. Théo après le départ de Charles, c'est à dire au souper hier, m'a mise à la porte oui, à la porte Voici la chose : Sans motif, sans raison aucune, il provoque des scènes, j'ai tenu bon, et ai eu dans la circonstance, grâces aux bonnes prières de par ci, par là, du courage ! Passe la porte, va-t-en, je ne veux pas te voir – tu me dégoûts – Le motif s'il te plait ai-je dit ? – N'importe – tu m'em... Si tu ne pars pas je prends mon fusil

chargé et je te fais partir de force – Mais ai-je répliqué mets moi toi même à la porte – Il se lève furieux, la menace d'un coup de poing, et me flanque à la porte de la salle à manger, disant : Va manger où tu voudras. Depuis, je pleure, je reste seule, toute seule dans ma chambre, si je mange du pain ou quoi que ce soit, il est salé de mes larmes ! Quelle vie ! Mon Dieu ! Quel calvaire !... Et tout cela pour eux ! Ils ont fait de moi leur souffre-douleur. Pourquoi ne me veut-il plus ? Pourquoi faut-il que tous nous quittions. Croyez vous chers amis que je ne suis pas malade ?... Si, car ce sont de grandes peines – L'indifférence, le manque d'affection – L'ingratitude. Après m'être dépensée – on me dit : que je n'ai jamais rendu aucun service – Signé Théo
N'allez pas croire que je sois découragée et que je vous écris sous une mauvaise impression – Non, voici 24 heures que je suis cloîtrée dans ma chambre, priant offrant tout au bon Dieu, pour lui, C'est dur ! Oui, car je ne suis pas de fer mais le bon Dieu me soutient – Les autres, sont pour moi, car ils voient que Théo à tort – Mais, ils ne desserrent pas les dents, et je ne les ai pas vus depuis hier soir – je suis à bout de patience – et bien malade, dans mon lit je vous écris – avec une migraine atroce – Je saurai gré à Charles de venir, car je paierai son déplacement il me ferait grand plaisir, en venant.
Je suis seule.
Bonsoir – Je me couche et souffle ma bougie. Je vous embrasse bien tristement
Votre sœur désolée.   Marie C   Henri ne sait rien
La bonne éducation, nous laisse aussi ses traces fades. Ici un feuillet isolé provenant d'une charmante personne dont nous ignorons l'identité mais non les bonnes manières.
Chère Amie Je cherche une minute pour vous écrire depuis que je suis installée ici, car je désirais non seulement continuer les très bonnes et très douces relations que nous avions nouées à Rennes, mais encore annoncer à Henri – Le fils de Geneviève alors âgé de deux ans! – que Vilhelmine attendait un petit frère. Cela nous à fait tout de suite penser que son petit ami et contemporain de Rennes pouvait nous en annoncer autant, puisque les deux mamans se suivent fidèlement dans ce genre de situation ! [Bonjour l'inquisition tordue !] Nous nous demandons seulement, Vilhelmine et moi, si le bébé attendu rue Lesage a aussi mal choisi sa saison que celui attendue rue Mademoiselle, ce dernier comptant [sur ses doigts de pieds sans doute] tomber chez ses parents au beau milieu des vacances : vers le 8 septembre. C'est la seule chose qui

nous empêche d'être ravis de cette future naissance. Je vous offre tous mes compliments pour celle que vous attendez, vous n'aurez pas cette fois à partager le docteur avec moi ! Le mot docteur me ramène au second but de ma lettre qui est de vous demander des nouvelles de Mme Delaunay, en m'envoyant l'exquise et si ressemblante miniature de Vilhelmine elle me disait se préparer à être opérée la semaine dernière, je pense qu'elle commence à aller mieux à présent, je serais bien aise de le savoir. – Comme on est curieux de tout... – J'ai aperçu l'autre jour au petit Trianon votre amie Mme le Templier, et je l'ai attendue à la sortie pour lui parler de vous toutes et de Mme Delaunay en particulier, mais au milieu de la foule qu'on trouve le dimanche au château et aux Trianons, je n'ai plus retrouvée votre amie. [Elle s'était planquée, alerte rouge !] *Les vacances de Pâques nous on fait revoir des connaissances de Bretagne Nous avons eu du monde presque tous les jours; la miniature de ma toute petite a été extrêmement admirée Les yeux surtout ont beaucoup de succès près de tout le monde. Dites le à l'aimable artiste quand vous la verrez. Je pense qu'elle est encore à Sainte Anne et que c'est là que je dois lui écrire, ce que je tâcherai de faire le plus tôt possible. Qui donc l'a opérée. Vous savez d'ailleurs qu'en dehors de vous et de vos sœurs qui m'intéressez très particulièrement toutes, les menues histoire de Rennes et des rennais font ma joie car je garde mon cœur à la ville où j'ai passé six bien bonnes années, et où j'ai trouvé toutes les sympathies qui m'ont été si précieuses douces*

Une deuxième lettre de cette intéressante personne le 7mai 1912 donne l'occasion de revenir sur un tabou de la famille. Il faut rendre grâce à cette personne d'au moins dire, à sa façon alambiquée, quelque chose sur la petite Marguerite dont Geneviève était enceinte durant l'été 1908 à Rothéneuf. Il ne reste d'elle qu'une photo qui interroge tant le bébé est gauchement posé sur sa chaise. D'inévitables et encombrantes projections accompagnèrent la naissance deux ans plus tard du petit Henri.

Chère Madame et Amie
Je suis très unie de cœur avec vous ces jours-ci, comme l'année dernière et surtout comme il y a deux ans, et je n'oublie pas du tout, je crois que je n'oublierai jamais la charmante petite compagne de Gertrude que je vois encore si nettement jouer dans votre jardin qu'elle semblait éclairer comme un joli rayon de soleil. Quand nous vous avons vu ravi ce trésor, nous avons pensé avec tous vos amis que le cher bébé attendu serait protégé par le cher bébé disparu, et le fait est que la protection est loisible : le

petit Henry si fort, si beau, si dégourdi et gentil a bien l'air d'un petit consolateur que je regrette de ne pas voir grandir et se développer à côté de ma petite Wilhelmine. Je regrette aussi de ne pas aller contempler dans son berceau le nouveau né du mois de septembre ! J'étais toujours une des premières à savoir la naissance de vos enfants parce que le docteur venait chez moi en sortant de chez vous, ce plaisir me manque cette année, il faudra qu'une de vos sœurs soit assez gentille pour combler la lacune et m'écrive un petit mot à ce moment là ! Permettez-moi chère amie de vous embrasser pour l'anniversaire de votre petite Marguerite. Recevez les amitiés de notre ménage pour le vôtre et les amitiés de mes enfants pour les vôtres.

Chacun attend et réagit aux naissances à sa façon. Beaucoup plus proche du couple, Georges, l'oncle maternel de Charles, avoue en juillet 1912 être agréablement surpris d'apprendre la naissance de leur petite Armelle Renée dont il *ignorait les prétentions à la vie !* Pour soulager la parturiente et alléger l'ambiance à Janzé où frères et sœurs semblent s'être à peu près rabibochés, les aînés sont confiés à l'attentive protection de Marie qui envoie ses félicitations et ajoute... *Je n'écris pas plus long, je vais réparer une petite sottise du pauvre Nalo qui vient de renverser mon encrier, en tâchant sarreau, tapis et plancher.*

La lettre interrompue de Nalo, tachée de même, ne peut vous être envoyée, que son papa veuille bien en tenir compte, car Nalo a mis de la bonne et très bonne volonté pour l'écrire !

Au revoir, voici l'heure du souper et je descends en remettant ma lettre pour le train.

René fête la naissance d'Armelle en allant taquiner le goujon... *Cet après-midi je vais probablement aller à la pêche à la ligne le temps est très bon, le vent vient du nord et le ciel orageux.*

Quand Théo est lancé dans ses idées noires il nous dit qu'il veut que sa maison ici soit l'antre où ne pénètre personne, comme une garenne de blaireau. Il ne veut que ses relations d'affaires. En fait de relations mondaines, que lui et ses chiens ! Après ça, du balai pour tout le reste. J'oubliais sa pipe !! Seulement ce qu'il y a de malheureux : cela n'est pas très agréable à caresser un chien courant ! Surtout quand il est mouillé oh ! oh ! Et qu'il vient de manger sa soupe ! En un mot cela ne peut entrer dans une salle à manger ! .....

Ma Geneviève Chérie

Un jour de ta vie sans un mot, sans un regard de ton mari ; et le mari de même de sa femme : c'est heureusement rare. Ces petites

séparations nous montrent combien nous sommes précieux l'un à l'autre et comme on s'aime, comme je t'aime, tu le sais bien mais si tu ne peux te l'entendre dire, tu vas au moins le lire à ton réveil, chérie.
Tu crois peut-être que je me suis fait saucer hier en te quittant pour rentrer à Rennes, nenni je me suis installé à boire une bolée dans une auberge de Noyal en face de l'église, j'aurais peut-être mieux fait d'entrer à l'église même, mais j'avoue à ma honte que j'y pense maintenant seulement ; c'est un peu tard.
J'ai fait le voyage par un superbe temps
Le projet Gatinel est parti, je suis attelé à l'imprimerie.
Ce soir j'ai vu Pierre Hardouin avec Maurice et Yvonne, je les ai trouvés au bureau de tabac, où j'allais acheter le journal de Rennes pour me tenir compagnie pendant mon triste dîner, sans femme, sans enfants. Je n'aime pas beaucoup le bruit mais j'aime encor moins le silence.
J'ai passé la plus grande partie de ma matinée à l'imprimerie pour prendre des mesures sur le terrain et l'après-midi s'est passée à chercher des combinaisons économiques pour mon magasin.
Je suis allé aussi payer mes 881 f. d'impôts c'était dur de vider sa bourse dans un vilain sac.
Nous nous trouvons donc Dimanche à la messe de la Cathédrale pour ensuite partir ensemble et pour une bonne petite journée, quel bonheur !
J'oubliais de te dire qu'à mon arrivée hier j'ai trouvé Cani, venu pour planter la salade, tailler la vigne et les pêchers. Il a prétendu que les pêchers par notre incurie et notre ignorance avaient perdu un an ; qu'au printemps il faudrait les rabattre comme au premier jour. Ça n'a ni forme ni sens dit-il.
A dimanche ma chérie, embrasse bien fort tous nos chers enfants, dis bien des choses à tout le monde et reçois comme tu voudras un bon baiser de ton mari.
Charles.
Août 14 sonne la fin d'une époque, « Belle époque » pour ceux qui sont du bon côté, pour ceux qui ont de la galette, mais pas encore assez belle pour les marchands de canons. Pour ceux-là, 1914 n'est que le début de la belle époque, la vraie… Le plus fort, c'est que de beau temps en ciel radieux et d'embellie en belle saison, elle dure encore la vacharde !

6

Notre société de ce début du XXᵉ siècle, bien cloisonnée et barrée de lourds clivages, est un monde où beaucoup se voient avancer à grands pas vers un progrès salutaire. Mais l'image que l'on se fait de nos semblables d'au-delà les frontières, de nos voisins germaniques en particulier, est si caricaturale et biaisé qu'à la déclaration de guerre, tous se rangent avec un optimisme étourdi derrière les belles phrases éditoriales savamment diffusées. Jusque-là les journaux se satisfaisaient de faire l'éloge des clubs de sport, du téléphone et des salles de bain. Ils font maintenant celui de la puissance du pays, de l'unité du peuple français, et de la supposée crainte que son incomparable force inspire au-delà des frontières... Aveuglement merveilleusement symétrique de celui des gens d'outre-Rhin, les uns comme les autres ignorant à la fois l'avidité expansionniste des états, et la répugnante voracité des financiers et des industriels de l'armement... Quelques vexations à propos de petits territoires balkaniques ravivent les rancœurs et suffisent pour faire gober l'entrée en guerre. Des peuples qui partagent la même évolution, les mêmes aspirations, les mêmes idéaux, vont mettre en échec leur humanité et jusqu'à l'essence même d'une religion qu'ils partagent avec ferveur – Aimez-vous les uns les autres !... Les autres sont maintenant soit des bons qu'on aime, soit des méchants qu'on déteste... Pendant quarante ans, l'ignorance et l'orgueil, comme une crampe de la conscience, font de nous les acteurs d'une guerre qui n'a d'autre avantage que de promouvoir le développement industriel et financier. Il n'est plus question des clubs de sport ni de salles de bain, mais de calibres, de mitrailleuses, de kilomètres de tranchées et de gaz asphyxiants. Tout l'espace de la pensée est saturé par cette folie.
Quand vient la guerre, René n'est pas mobilisé... 'Mobilisé' quelle affreux euphémisme ! Charles, père de quatre enfants qui a qua-

rante-six ans, ne l'est pas non plus. Pourtant René abandonne les cours aux Beaux-arts et refuse d'être réformé, il se porte volontaire et intègre le personnel de l'arsenal. Toute la guerre durant, il soutient le moral de ses frères par des lettres cocasses et pleines de bonne humeur, illustrées par des petits dessins à l'encre violette.

Tout parait encore normal à Henri le soir où il endosse son rôle d'aumônier militaire...

Nous avons traversé Rennes silencieusement en rêvant et en pensant au passé. Comme le carnet de mobilisation l'indiquait à 1h nous étions au quai d'embarquement de St Hélier. En attendant notre tour j'ai couché sur l'herbe la tête sur mon sac et je ronfle.

A 2h un coup de sifflet du commandant : à cheval ! C'est à nous, le train est là. Le plus long et le plus lourd de toute la mobilisation 540 tonnes. A 4h tout est fini et ce matin 11 Aout à 4h28 jour et minute prévu par le plan de mobilisation nous quittons Rennes.

Henri éprouve un serrement de cœur en quittant la Bretagne mais il est fier de son train joliment pavoisé...

A Sillé le Guillaume nous quittons la grande ligne pour prendre la ligne stratégique d'Alençon sur laquelle passent 60 trains militaires par jour. Avant la station St Christophe un employé crie au mécanicien, « ralentissez les gens de St Christophe veulent donner des poires des prunes et du cidre. De fait le train ralentit et les gens armés de brocs de paniers circulent tout le long du train pour nous donner tout ce qu'ils ont. A Furnay sur Sarthe il y a tellement de monde que le train s'arrête Toutes les jeunes filles sont là armées de brocs à cidre et de bouquets de fleurs. On arrive vers le wagon de la 1° classe où se trouve l'état major dont je fais partie on donne un bouquet au commandant et un autre à l'aumônier. Nous partons fleuris en criant au revoir à bientôt, les larmes coulent de part et d'autre.

C'est le mois d'août, du soleil, des fruits, des siestes à l'ombre des meules de paille blonde que peint Millet... La mobilisation générale tombe on ne peut mieux, les foins coupés à la faux et séchés à la fourche sont rentrés. La moisson du blé, à la faucille, est terminée. Le ronflement puissant et monotone des machines à battre actionnées par quatre chevaux tournant les yeux bandés leur énorme manège, ont cessé. Les paysans qui ont revêtu l'uniforme ont encore plein les yeux de leurs gerbes, étalées, dévorées par la machine, et du grain qui jaillit en pluie serrée, l'odeur du foin est encore après eux. Ils seront de retour dans un mois, deux au pire !...

La nuit, sous le frais regard des étoiles, on se félicite de cette excursion qui anéantira définitivement les affreux, libérera l'Alsace et la Lorraine. Pourtant les femmes semblent savoir... Les mamans sont prises d'une pesante inquiétude... Elles ne font pas de discours, leurs regards suffisent... Pauline écrit à sa fille Geneviève qui attend son sixième...

Charles à eu la bonté de venir nous voir lundi ; nous avons été heureux de le voir. Il nous a dit que ton fils était malade, en effet je l'avais su précédemment et j'avais oublié de t'en parler samedi dernier. Je désire vivement que tu m'en donne des nouvelles. Ton mari nous a promis de revenir nous voir, mais je crains qu'il ne puisse le faire. Hier ton père est allé au moulin de Brecé. Ils on rapporté pour toi la farine que tu demandais ; mais la moitié de la quantité de blé noir, dont tu parlais, parce qu'on a dit qu'elle ne se gardait pas bien. Ton meunier Bourri est parti ce matin pour le service militaire, sa femme va au bourg de Noyal et ferme le moulin. C'est bien fâcheux ; car il avait fait provision de charbon et a refusé de moudre une grande quantité de grains. Gaëtan est appelé par son livret militaire à St Lo, il part aujourd'hui de Rodez.

Elles ne savent pas les termes, les nouveaux mots, les formules qui déguisent par avance la mort, les bonnes façons de la dire qui masquent son insoutenable proximité. L'ainé des petits-fils de Pauline est déjà grandet, il partira aussi, un gendre est parti déjà pour Guingamp comme territorial...

Écris-moi ma chère Geneviève, ça me sera bon ! L'inquiétude est bien grande pour tous, j'en prends bien ma part ! Adieu je t'embrasse avec toute ma tendresse ainsi que tes chers enfants. Amitiés autour de toi.   Ta mère Pauline Porteu.

Les convois de fourmis progressent vers la longue ligne de front... *Nous nous rapprochons... Dans cinq jours m'a dit le général nous entendrons la musique des balles. Tout va bien là bas, m'a t'on dit hier à l'état major. De 5h a 8h ½ nous marchons : soirée délicieuse au frais j'allais au pas, en tête de la colonne silencieuse, pensif, admirant les Ardennes immenses, semées de clairières. Les moissons sont encor debout mais on y travaille, tout à coup l'horizon se découvre, je contemple la magnifique vallée de l'Aine qui vient de là bas à l'horizon où l'on se bat... Je me souviendrai toute ma vie cette délicieuse promenade à cheval le soir, au frais, tantôt seul tantôt avec le docteur Sanier. Nous causons peu, nous réfléchissons beaucoup.*

Dans l'après-midi, Henri a déjà enterré un soldat. Il signe sa deuxième lettre « Henri Aumônier ». Le lendemain à l'aube il se dit tout ému d'avoir prêché dans une église pleine de tous ces jeunes gars en culotte rouge et veste bleue. Il est content de sa jument 1,41m. au garrot, douce comme un petit mouton et fidèle comme un petit chien, elle a une donne franche mais n'est pas très vive.

A Rennes les églises sont pleines chaque matin à la messe et le soir au salut et au chapelet. écrit Charles en retour.

René qui jusque là, dans sa jeunesse dorée, n'avait pas encore eu l'habitude de travailler, fait des calques et tire des bleus à l'arsenal, du dessin industriel pour l'armement : *Quand il fait vilain temps nous tirons les calques avec un outil somptueux et au moyen d'une lampe à arc... Maintenant le matin je dévore un petit pain 'd'un sou' avec une barre de 'choucoulate' l'Aiguebelle, j'ai acheté plusieurs tablettes.*

Théophile, médecin, est toujours à Janzé, il n'a pas encore été mobilisé. Jean du Saint leur cousin *s'est proposé pour conduire des autos mais attend encore son ordre d'appel.* Il sera bientôt chauffeur et véhiculera des gradés toute la guerre durant. On essaie de consoler Auguste qui a été définitivement réformé. Quant à Joseph, le bon Joson, il est affecté au fort de la Hougue, à la pointe est du Cotentin. Mélancolique et consciencieux, il surveille la mer en fumant son tabac, et tourne en rond dans son exil de pierre, de murailles et de portes rouillées.

Depuis Rilly aux Oies dans les Ardennes, Henri écrit à Théo :
Hier un ordre arrive et nous trouve tous à table. Notre médecin chef décachette la lettre et lit. Personne ne souffle mot le silence impressionnant. Il faut partir dans ½ heure tout le monde se lève. Je vais boucler ma cantine et à 2h, à cheval, je devance la colonne pour aller acheter un costume de bains. Tout le monde est sur les portes « Bravo M. le Curé ». Une petite fille vient m'apporter un gros bouquet de fleurs. La colonne arrive, tous les officiers reçoivent leurs bouquets et nous continuons en chantant. Vers quatre heures nous avons reçu un orage épouvantable heureusement que j'avais mon caoutchouc. Les hommes sont trempés jusqu'aux os. Les chevaux couchent dehors. Nous nous rapprochons de la ligne de feu nous avons la consigne de toujours nous tenir prêts. Toute la nuit devant ma chambre qui donne sur la rue j'ai entendu des troupes passer – Ce matin 4 autobus arrivent chargés de viande. Le ravitaillement se fait bien jusqu'ici nous n'avons pas trop souffert mais voilà le moment ou l'encombrement va commencer à se faire sentir. L'état major est toujours

très content. 60 000 hommes de troupe africaine ont débarqué à Marseille. Nous aurons la victoire. Bien à vous.
Henri.

Geneviève propose à son oncle Victor et à sa tante Lucie de venir séjourner à Rennes puisque leurs trois fils sont mobilisés. La grande maison de la rue Lesage pourrait même accueillir belles-filles et petits-enfants. Mais l'oncle Victor ne veut pas quitter son domicile, là-bas dans la Marne... *Nous voulons nous tenir au plus près de mes fils. Ils sont actuellement dans la terrible mêlée avec leur oncle Georges et leurs cousins. Nous avons de leurs nouvelles du 22 août, mais depuis !...* « Famille de militaires » certes... Ils faisaient St Cyr, et paradaient en uniforme sur de magnifiques chevaux dans les allées et les parcs. Ils portaient des épaulettes, la fourragère avec ses petits glands dorés qui intriguait les enfants, et sur la tête une sorte de moule à kouglof qu'ils appelaient shako et que dominait la plumuche d'un oiseau australien en voie d'extinction. Ils flambaient, ils étaient beaux, fiers et heureux. Maintenant ils allaient commander des bouseux transis dans les tranchées puantes car c'était en fait le métier qu'ils avaient choisi. On leur avait enseigné l'usage des armes, aveuglés par la plumuche qui leur donnait tant de sex-appeal, ils avaient zappé qu'un adversaire put avoir les mêmes armes et le même courage, et que leur rôle était de se tenir en face. On leur avait montré comment on fait creuser des tranchées aux hommes, ils avaient zappé que l'eau y pouvait rester à hauteur de mollet des semaines et des mois entiers, qu'on pouvait y croupir dans l'ordure plusieurs hivers durant...

Dans les brumes matinales de septembre, Théo est allé lever des lignes, il a pris une belle anguille. Dans le ciel passent des nuages gris et blancs. Assises sur le trottoir deux femmes fabriquent des paniers avec de fines tiges d'osier clair. C'est mercredi, jour de marché à Janzé, jour de consultation pour Théo. Du reste des patients viennent le voir n'importe quand, on lui demande même conseil dans la rue, l'autre jour une maman lui montrait les fesses de son gamin devant la boulangerie... Théo a planté son chapeau de travers sur sa tête... Sa sœur Marie guide une famille de réfugiés belges, qui lui a été confiée. Les réfugiés sont timides et maladroits mais les enfants déjà jouent avec leurs nouveaux petits camarades bretons. C'est qu'il faut les nourrir tous les jours et le beurre est maintenant à quatre-vingt centimes... La belle époque est finie... Hier ils sont allés tous deux avec l'auto jusqu'à la chapelle de Saint Didier. A Louvigné de Bais ils ont crevé un pneu et sont rentrés tard, mais ils ont porté deux beaux cierges à la demande de leur frère Henri. Si Charles et Geneviève viennent dimanche ils y retourneront peut-être ensemble... Une fois la capote tendue, l'auto est très confortable et Théo conduit admirablement, mais comme Geneviève attend un bébé pour le mois prochain...

Henri a demandé qu'on mette un cierge pour lui à Notre Dame de la Peinière parce que le 8 septembre il a échappé à la mort. Quand Marie transmet une lettre aux Rennais, méfiante, elle souligne qu'elle veut bien l'envoyer mais qu'il ne faudra pas l'égarer... Souci légitime, j'en témoigne ! De fait, plus tard, un petit carton silencieux et bien ficelé, serrera ensemble toutes les lettres parvenues à Janzé. Toutes ! Les plus précieuses, Marie ne s'en sépare pas, elle les recopie entièrement. Comme celle qu'elle reçoit le 18 septembre, celle qui sollicite le cierge de reconnaissance.

... Je viens d'échapper à la mort. Voici dans quelles circonstances, mardi matin à 2 h. j'étais couché dans une ambulance en plein champ à Semoine entre la Fére-Champenoise et Vitry le Franç. Quand tout à coup nous sommes réveillés par les obus, je reste quelques temps, je me lève, je dis ma messe, et puis nous partons au feu à Montépreux. Le groupe s'arrête et je pars à pied à 3 h. sur la ligne de feu au milieu des balles qui sifflent tout autour de moi, je vais avec quatre brancardiers et un médecin relever un lieutenant qui a la jambe broyée, sans nous ce lieutenant était cuit. Je l'administre et je repars en avant mais un lieutenant de génie m'arrête disant que je vais les gêner dans leur tir. Je fais demi tour et je reviens à Montépreux, toujours sous les balles qui sifflent et tombent tout autour de moi. Je reviens vers Semoine, nous nous reposons deux heures ; le feu semble se calmer mais le 75 crache toujours. Enfin je me décide à retourner là où je n'avais pas pu aller le matin, je savais qu'il y avait des blessés. Je pars à cheval cette fois, j'arrive à Montépreux et je me dirige vers mon fameux bois du matin. Tout à coup Beledoum ! Bedouallle ! Des obus sur mon chemin. Oh oh ! Il pleut par ici me dis-je, je me défile à l'abri et regarde, il pleut toujours. Pas moyen d'avancer, je reviens à Montépreux, je casse une croute en écoutant la pétarade, je bois puis voyant qu'il n'y avait rien à faire, je saute à cheval pour retourner à Semoine vers mon groupe de brancardiers. Il y avait une crête à passer, je cherche à l'éviter en tournant à mi-coteau, pas moyen, nos batteries sont là et je me trouve dans leur ligne de tir. Je me hasarde sur la crête, à peine ais-je fait 4m. Pan ! Un obus, pan ! Pan ! Un second, deux autres, patapan, ratapan 25 obus sur moi ! Je pique un galop formidable, les obus

pleuvent littéralement sur moi, je récite des Avé Maria, je dis mon acte de contrition, j'étais perdu. Une section d'infanterie qui se trouvait dans une tranchée se détourne pour me voir traverser la lande au galop en disant : En voila un de fauché. Les obus tombent à mes pieds, passent sous le ventre de mon cheval, sous son nez, il se cabre pour en laisser passer un ; encore 100 m. et je suis à l'abri. Un dernier coup de cravache. Ouff ! Me voila à l'abri, je n'avais pas été touché. Je considère cela comme un vrai miracle, c'est pourquoi je vous prie d'aller mettre un cierge pour moi à ND de la Peinière.

Et il continue : *J'ai traversé hier le champ de bataille de Sommesous. C'est affreux ! Affreux ! Jamais je ne pourrai vous faire une idée. J'ai enterré hier 50 Français et 30 Allemands + un lieutenant colonel, le colonel Guibert, chef de notre état-major, c'est une grosse perte pour la 60° division. Pauvre 60°, en 1° ligne depuis le 24 août. Quelle boucherie Grand Dieu ! Hier avant les enterrements j'ai passé une journée à administrer et à confesser les mourants. Nous avons fait prisonniers une ambulance et son personnel. Les routes sont jonchées de cadavres, de chevaux crevés, de débris de toute sorte, c'est empoisonnant. Les sources sont contaminées, aussi nous ne buvons que du thé. Je vous écris en plein champ sur une caisse, en buvant une tasse de thé à votre santé. Écrivez-moi...*

2 Septembre. J'ai reçu toutes vos lettres. Oh merci merci. Si vous saviez ce que c'est que la guerre...

Après avoir avancé jusqu'en Belgique l'armée recule... La troupe se trouve des excuses : en Belgique c'était truffé de traitres qui envoyaient des signaux à l'ennemi. La déroute se forge des fantasmes : les Alboches sont des sauvages, ils jettent les enfants dans le feu... S'il faut reculer de toute façon on préfère se battre chez nous... Marche arrière, jour après jour, nuit après nuit jusqu'à l'épuisement... Le 4 septembre :

C'est toujours la sempiternelle reculade et la fuite devant l'ennemi qui nous harcèle et nous bouscule sérieusement. Nous ne résistons pas, les régiments cèdent les tranchées. Le troupier français à été avachi et avili par l'école laïque c'est le commencement du châtiment. Les Ardennes et la Marne sont complètement détruites les routes sont encombrées d'immigrants qui fuient devant l'incendie abandonnant récoltes, maisons et biens, emportant sur une charrette quelques vivres et leurs enfants. Dans l'armée c'est la débandade, si vous voyez cela, ça fait pitié les corps d'armée

enchevêtrés les uns dans les autres, les divisions se coupant la retraite les routes embouteillées par les convois qui se bousculent et s'arrêtent. Et derrière tout, le canon allemand qui mitraille et le uhlan qui sabre et perce avec sa lance. Dans 6 jours les Allemands seront à Paris dans 4 jours ma division entière sera faite prisonnière malgré les deux étapes que nous faisons jour et nuit. Pour comble de malheur mon cheval s'est échappé dans la nuit du 2 au 3 avec tout son harnachement… La santé est bonne mais l'enthousiasme est tombé. Je vous embrasse tous.
Henri.

Le jour suivant…
Chers amis.   Ça va mieux nous venons d'arrêter l'ennemi ce n'est pas trop tôt, depuis 15 jours nous marchions des 30 kilomètres par jour. Nous craignions d'être pipés c'est pourquoi nous faisions 2 étapes par jour, une première de 3h à midi et une seconde de 5h à 10h ou de 7h à minuit c'est dur. Enfin au camp de Chalons on a fait une hécatombe d'Allemands formidable le camp est noir de cadavres. Ce matin un groupe d'artillerie Français a anéanti le 18° régiment des hussards de la mort Allemands. Un régiment de dragon a voulu charger sur un poste d'infanterie, le poste a eu le temps de mettre la mitrailleuse en batterie et il a fauché les dragons allemands en 3 minutes. Il n'en restait plus que 8 qui ont été faits prisonniers. Cet après midi le canon de 75 a donné la chasse à toutes les forces allemandes ils ont foutu le camp et on leur a botté le derrière à coup d'obus. On les voyait sauter à 4 m dans l'air ; les voilà purgés, et allez donc ! Je pense que demain nous allons continuer cette bonne besogne si bien commencée. C'est la chasse à l'homme, nous avons pris des blessés. Les Allemands sont déchiquetés hachés émiettés pulvérisés ils peuvent rentrer dans leurs bois pour se lécher.
Ceci dit je continue chaque jour ma vie de plein air, c'est le camping on fait tout dehors on marche on mange on dort… J'ai un appétit féroce les repas sont bien réglés mais enfin à part 3 mauvais jours de retraite nous avons tout en abondance les hommes sont maintenant très bien nourris on réquisitionne le champagne, on boit de l'eau de la bière du vin et… Je tiens à rester très sobre pour aller longtemps. La cuisine est faite en plein air c'est amusant cette vie. On a quelquefois peur d'être réveillé par des obus ou par une patrouille d'uhlans mais à part cela on dort bien. Pour vous donner une idée voilà ce qui m'est arrivé. Je ne sais plus quel jour nous avions battu en retraite toute la journée le soir à

7h après avoir roulé depuis 3h le matin nous repartons. Je me colle sur de la paille dans une ambulance nous partons à travers champs, bousculé cahoté d'une façon épouvantable, malgré cela je m'endors et quand je me suis réveillé nous étions arrivés. Le parc était formé les chevaux dégarnis nous avions marché pendant 4h ½ je me rendors jusqu'à 6h voilà voilà voilà.

Je suis en ce moment dans une prairie, couché et je vous écris sur ma cantine au milieu du brouhaha de chevaux, mulets, officiers, soupe, popote et distribution de tabac. En attendant la soupe cela fait vraiment plaisir de penser à la famille et de causer un peu avec elle. L'exil quelle chose affreuse, loin de tout. Les dernières lettres que j'ai reçues étaient datées du 21 août. Avec quelle avidité je les ai dévorées je remercie beaucoup Joseph et Marie de leurs nouvelles. Nous sommes 12 officiers qui parlons ensemble du pays et du retour cela fait du bien de parler de leurs enfants de leurs épouses ils regardent les photos de leur famille et pleurent en en parlant. La vie entre nous est très intime comme vous le voyez. Dans mon exil, vous écrire et vous lire me fait du bien.

Hier j'ai célébré la messe en plein champ devant tous les soldats en carré ils ont chanté pendant ma messe le Kyrie et le Credo. A la fin de la messe mon médecin chef M.Eybert de Compiègne qui est protestant m'a dit : « Quel beau spectacle pittoresque comme cela m'a fait du bien et réconforté. » Un autre m'a dit « M. l'aumônier je ne suis pas très religieux mais je vous avoue que ce matin j'ai été très ému et très touché en assistant à votre messe ». Les pauvres malheureux émigrés qui ont été chassés de leurs maisons par l'ennemi, j'ai eu un petit mot pour ces pauvres gens qui font pitié ils ont tout quitté biens, maisons, champs, bétail, abandonné leurs récoltes, chargé l'indispensable sur une charrette et les voilà sur les routes fuyant, fuyant devant l'incendie et la mort. C'est épouvantable.

J'ai retrouvé ma jument. Depuis sa fugue je passais la revue de tous les parcs de chevaux et en passant les revues des chevaux du 35° d'artillerie j'ai retrouvé ma bête. J'ai tout le harnachement sauf la bride heureusement j'en ai une de rabiot. Et puis voilà les Allemands qui reculent nous allons refaire nos approvisionnements sur le champ de bataille casques à pointe selle chevaux tout excepté l'argent.

Allons mes chers amis je nage au milieu des dangers de toute sorte je me recommande à vos prières je crois que je m'en tirerai car je devais y passer à Semoine le dimanche 30 août. Quand les obus sifflaient autour de moi je baissais la tête pour les laisser

passer et ils éclataient à côté de moi si je n'ai pas été tué ce jour là c'est bon signe. Je vous embrasse tous affectueusement.
H Coüasnon

A Rennes René a dû faire une croix sur ses bricolages et ses ouvrages artistiques, c'est tous les jours qu'il travaille dans les bureaux de l'arsenal...

... L'après midi vers 3h je suis pris d'une somnolence subite, à tomber la tête sur ma table, et incapable de faire quoi que ce soit. Quand chose semblable me prend je ne me gène pas, ça ne dure pas longtemps et je reprends mon travail après, mais c'est très pénible car je suis monté en grade... Grand Dieu, pas pour mon plaisir. Je m'occupe du classement des archives. C'est très intéressant, (poste honorifique me dit-on) mais il faut avoir de la méthode et de l'ordre. Je suis avec un type charmant qui m'a mis à la coule tout de suite. Mais c'est un sanctuaire et n'entre pas là n'importe qui.

Merci à Marie pour la lettre d'Henri. Ça fait du bien de recevoir tout ça. Racontez moi si à Janzé les cochons crient aussi bien qu'en temps de paix. On devrait leur mettre des casques à pique. C'est comme ça que les abeilles mobilisent ! Avez-vous au moins piégé l'essaim ? Et les melons ça pousse t'il ? Et les malades à Théo ? L'auto marche-elle toujours aussi bien ? C'est moi qui voudrait bien avoir mon dimanche pour venir à Janzé respirer un autre air que l'odeur d'urine et de créosote. Mais... Mais... Impossible... Tout le monde « burine » le dimanche comme les autres jours.

Tous les jours je lis le journal à l'atelier pour savoir où la guerre en est. Ces satanés alboche je les voudrais tous en fourrière. Ils nous donnent du fil à retordre les rossards mais gare sur leur derrière, les russes ont la botte solide. Il est arrivé tout de même pas mal de blessés à Rennes. Ils se promettent bien pour la plupart qu'aussitôt rétablis ils tâcheront de reprendre leur revanche pour aller leur flanquer une brûlée. Nous on n'a qu'à bien se tenir tout de même. Ça devient dur. Lunéville et Bruxelles voilà des manœuvres qui pourraient nous coûter cher, l'allemand est « dedans » mais vive le canon de 75 avec ça c'est «l'égoîcherie» !!! sur toute la ligne. A bientôt. Je termine, pensons les uns aux autres à ceux qui sont dans le service actifs, mes fermiers, et Henri, un peu aux invalides aussi et en ce jour de St Louis roi de France donnons nous tous la main pour crier « Vive la France » et mort à l'Allemagne, pays de vandales de pirates, de bandits à anéantir.   Votre frère René

L'activité du cabinet de Charles se réduit rapidement, les chantiers s'arrêtent, il se rend disponible pour dessiner des plans à l'arsenal de Rennes. Une nuit par semaine il veille les blessés, une quarantaine dans la chapelle d'une école. A la mi-septembre la pluie commence de tomber sur les lignes, Henri dépité avoue que la guerre risque de durer jusqu'à Noël.

René explique qu'il va tenter d'avoir une permission pour venir rendre visite à sa sœur Marie qui est aussi sa marraine, il imite le parler janzéen...

Merci pour ton honorée d'la dernière fois. Ça m' causeu ben du plâisi d'la rcevaî. J'avions tout quouôme pas moyen d'sentvaî ni d'saconnaître, je vas zâleu renchaler le cheuf, mé ça va ty paillse ct'affaire là. Lanquebin qué oui, lanquebin qu'non... à tout coup, j'allons quouor essayer et ptt'être ben qu'on ira s'entraconnaître, pas vrai marraîne. On s'enttbizera taût et j'aurons ben sûr la vicquetouére !!...

Il s'attend à ce que la guerre dure au moins jusqu'au nouvel an...

Je voudrions ben des foués dans la semaine que tout ça sugeant terminé, mé je n'y sommes pas. Ça quia l'air de tourneu pour dureu c'taffaire là. Je dis mais... je dis ... eïie... je dis que tu verras sque j'dis... Je dis que la bouône aneîlle se passera là où je m'trouvions à c'theure, je seit sûr de c'que je dis.

A l'arsenal on démonte les véhicules abimés qui arrivent par le rail.

En attendant ça devient ben émeillant – Je voyons ben des quaîs – des vvagons qui traversent la belle arsenale !! Et qui charoueïllent des zoutôs jamain t'as vu quaîs paraille. Elles sont toutes terrouées, de balles, et d'obuzes !... Piquié d'voir tout ça ; ceuze qui s'trouvaient d'dans, pour maï sûr qu'y sugeant mouorts ; nia pu de caboulôt... tchouc Ils ont du zêtre en chairpie. Ça tombe durre par là bas.

Vlà l'automne qu'arrive, ça vous vieillit d'voer tout ça. Çà vous fait passeu ben d'zheures d'angouaîsse – la guière – ça vieillit ben des générations.

Le matin y commence à berrouer, çé pas ben chaû. Quand on s'rend à la pelle du coucou faut zêtre exact – pas une seconde après passe que la pouorte a serait froumeu, ça en serait ty d'une bézée ! Mé çà m'est pat t'arriveu quour.

Eh ben donc à tanteû.

Ton filleu Eurné qui te bizout.   *Ton Ben intentionné –*
Passe à la cuisine !!

Quand les mouvements du régiment cessent, on s'accommode d'un arrangement de survie qui prend forme. On invente des riens qui figurent une sorte de confort.

Suippes Marne Lundi 21 septembre 1914   Mes chers amis.

Voilà aujourd'hui huit jours que je suis ici. Les allemands sont enterrés dans des tranchées à 500 m devant nous, impossible de les déloger, c'est la guerre de siège qui dure en ce moment. Si tous les 100 k les allemands se retranchent comme ils l'ont fait ici devant ma division, la guerre ne sera pas finie avant mars prochain. Nous nous sommes installés ici en vue d'y rester quelques temps ; nous avons avec les lances des dragons, dressé une tente sous laquelle nous avons placé des bancs de jardin et des tables, c'est là que nous prenons nos repas à heures fixes depuis huit jours ; nous couchons dans un poulailler bétonné, couvert de carton bitumé ; nous sommes 11 couchés sur la paille. Je dors bien, chaque matin je dis la messe dans ce qui reste de l'église. Ma journée se passe dans l'ambulance installée dans un magnifique hôtel qui se trouve à 5 minutes de notre camp. Chaque jour je conduis les morts au cimetière et j'administre les mourants. Jour et nuit le canon tonne ainsi que la fusillade et les mitrailleuses, sans beaucoup de succès jusqu'ici. Enfin aujourd'hui nous arrive des 120 courts. Ce matin en conduisant un mort au cimetière, le 17° j'ai croisé un défilé de 300 prisonniers allemands, 300 de moins.

Un officier Allemand a écrit que cette guerre était la grande folie des peuples. Comme il dit vrai. Il suffit de passer deux heures dans une ambulance pour en être convaincu. Quand on entend au milieu des râles des agonisants les cris de douleur des blessés, les plaintes des amputés, au milieu de l'odeur acre du sang et de la gangrène qui vous monte à la gorge. Qu'on voit çà et là des cadavres éparpillés ou empilés les uns sur les autres à la lueur blafarde de la lanterne du major ou de l'aumônier qui enjambe les morts pour secourir les vivants, on se dit que la guerre est le pire de tous les maux. A bas la guerre ah oui certes à bas la guerre et soit maudit de Dieu et des hommes celui qui l'a déchaînée.

Et cela n'est rien en comparaison de ce que j'ai vu sur les champs de bataille, j'en resterai empoisonné toute ma vie ; jamais je ne pourrai effacer de ma mémoire toutes les horreurs que j'ai vues. Il nous faut à nous autres aumôniers, majors et brancardiers, plus de courage qu'au combattant. Les combattants eux sont grisés par l'élan que donne la bataille et l'odeur de la poudre, ils voient l'effet de leurs coups et l'avance qu'ils prennent sur l'ennemi les encourage à se battre ; nous, nous ne voyons que des horreurs, des plaies du sang de la gangrène des morts et voilà notre vie. Quand je conduis au cimetière un pauvre malheureux père de famille, je pense aux orphelins à la veuve.

Que de pauvres malheureux seraient morts sans sacrements si je n'avais pas été là, combien auraient été enterrés comme des chiens.

Malgré cela nous essayons de nous distraire, le soir on fait une manille entre deux voyages à la recherche des blessés, on lit du Courteline etc. Je fume des pipes à fond.

Depuis 15 jours la pluie ne cesse pas de sorte que les rues de Suippes sont transformées en véritables fondrières où on s'enfonce jusqu'à la cheville au milieu de la paille pourrie, des chevaux crevés et des excréments et des résidus d'incendies.

Ma santé se maintient quoi que je me sente un peu raide de partout, j'ai du rhumatisme dans l'épaule droite. J'ai demandé à M Chevillon à St Méen de m'envoyer mon grand manteau d'hivers pour m'y envelopper la nuit en plus de ma couverture.

Allons mes chers amis, priez pour moi et pour la France, je vous embrasse tous du fond de mon cœur au revoir après la paix.

Bien à vous affectueusement.   Henri

L'équinoxe passé, Henri et l'état major restent dans leur poulailler en arrière des tranchées, personne ne bouge et tout le monde se canarde. La dysenterie se répand partout.

Suippes (Marne) 26 Sept 1914

Mes chers amis

Toujours à Suippes, le jour avec les malades et les blessés tantôt à l'ambulance tantôt à la ligne de feu. La nuit dans mon poulailler. Demain quatre semaines que je ne me suis pas déshabillé. Avant hier j'étais à St Hilaire le Temple sur la ligne de Souain dans les tranchées Quelle musique !! Le soir à 10 heures je recherchais les blessés au milieu du village complètement en feu à la suite du bombardement c'était sinistre.

Voilà le 29ᵉ enterrement que je fais ici sans compter tous ceux que j'ai administré et qui ont dû mourir en route. Depuis 15 jours j'ai vu 800 blessés.

Les Alboches sont toujours dans leurs tranchées recouvertes de rails de chemin de fer et de ciment. Ils tiennent bon. Nous aussi. Avant hier attaque générale sur tout le front. Après un formidable effort nous avons avancé de 400 mètres.

Hier les chasseurs ont pris des tranchées allemandes elles étaient remplies de cadavres. Nous nous battons jour et nuit. C'est une guerre comme on en avait encore jamais vue, si elle dure longtemps il n'y aura plus personne.

Vous n'avez pas idée de la canonnade de part et d'autre. Ce qu'il nous [?] ce sont des obusiers qui portent à 10 kilomètres et qui font des ravages horribles. Malgré cela nous aurons le dessus. Je n'ai pas le temps de vous dire plus long aujourd'hui, je pars aux blessés.

Je vous embrasse tous affectueusement.

Au revoir.   Henri Coüasnon

Mon cher Joseph

Je te remercie beaucoup de tes lettres, si tu savais comme une lettre de la famille fait du bien. Quelle joie quand le cycliste arrive sous la tente pendant le souper le soir avec le paquet de lettres, les fourchettes tombent, les conversations cessent, on attend son nom et alors quand on a une lettre on ne s'occupe plus de rien, on lit on relit avec avidité. On vit pendant quelques minutes la vie de famille on est heureux.

Voilà 16 jours que nous sommes ici, je crois que nous allons déloger. J'ai vu ce matin un officier de l'état major qui m'a dit que les Allemands reculent sur toute la ligne ils vont donc être obligés d'abandonner leurs tranchées. Alors d'un bond nous irons sur la Meuse ou nous resterons au moins un mois. L'officier de l'état major que j'ai vu ce matin m'a dit que pour lui il considérait la guerre comme terminée.

Ma division a fait un chic coup il y a 3 jours. Les fantassins dont les tranchées sont à 500 m. des tranchées allemandes avaient remarqué que vers 11h. du soir les cuisines roulantes allemandes venaient apporter la soupe aux soldats. A ce moment il y avait un mouvement. Les Allemands sortaient... Alors ils ont dit à l'artillerie : on vous fera un signal quand cela se produira et vous tirerez. Voilà le souper, on attend un peu pour qu'ils soient tous sortis des tranchées on fait le signal. Alors 40 batteries de 75 c'est à dire 160 canons se sont mis à leur saler la soupe. Je te garantis qu'ils ont dû boire sur du fer ce soir là, anémiques ou non. C'était rigolo d'entendre le 75. Allons ! au revoir ! Aujourd'hui on nous a distribué à tous des tricots de laine. J'ai acheté une paire de sabots et des chaussons. J'ai une couverture et j'ai écrit à M Chevallier pour qu'il m'envoie mon grand manteau. Préparons l'hiver.

 Je vous embrasse tous.   Henri Coüasnon

Geneviève, depuis la mi-septembre, est à Janzé avec ses enfants. Au calme, bien nourrie, elle mettra au monde sa quatrième fille le 17 octobre. Quand Charles et René obtiennent des autorités de l'arsenal une permission, ils peuvent aller passer quelques jours auprès d'elle, de Marie et de Théo.

Des situations identiques sont rapportées de façon totalement opposées selon qu'elles sont vécues par les Français ou par les Allemands. Quand Henri marche 48 heures sous la pluie avec pour tout ravitaillement deux biscuits, une barre de chocolat et une bouteille de vin partagée avec trois officiers, il conclut que cela lui a bien suffi. Par contre quand il rapporte les propos des Allemands, c'est pour souligner qu'ils crèvent de faim... Il tâche de dérider ses lecteurs, prétendant faire son petit évêque, car il a quatre aumôniers avec lui et comme il est arrivé le premier, « *Eh bien je fais mon petit commandant de corps d'armée !* »

Suippes (Marne) 13 octobre 1914   Mes chers amis
Hier comme je vous l'annonçais dans ma carte postale, il y a eu attaque. Je me trouvais au poste de commandement. Dès qu'on a appris qu'il y avait des blessés je suis parti à cheval pour le poste de secours pour y exercer mon ministère, puis je suis rentré à Suippes pour y souper à la hâte, et aussitôt après souper je suis reparti à pied pour me rendre aux tranchées où je savais qu'il y avait des blessés qui n'étaient pas transportables. Je suis allé seul à travers la nuit ne connaissant que vaguement l'emplacement des tranchées, marchant sur la pointe des pieds pour ne pas attirer l'attention de l'ennemi, gêné de temps en temps par les projecteurs allemands. Il y avait un ruisseau à traverser sur lequel on avait jeté une passerelle de fortune, il fallait la trouver... J'ai longé le ruisseau tombant tantôt dans un trou d'obus, tantôt dans une ornière. Enfin j'aperçois une ombre dans la nuit, je m'arrête, l'ombre vient vers moi... Est-ce un Alboche ? Non c'est un brancardier Français. Je lui demande où passer, il marche devant moi, je le suis en tenant son sac par la main. Nous trouvons la passerelle ; je franchis le ruisseau, j'entre dans un trou qui conduit aux tranchées. J'arrive. Le capitaine vient vers moi ; il m'indique les soldats les plus grièvement blessés ; je passe dans toutes les tranchées ; je confesse et administre les mourants qui agonisaient. Plusieurs étaient morts ; je les bénis et jusqu'à 11 heures et demie du soir je m'occupe des blessés. On me signale d'autres blessés de l'autre côté de la crête, mais le colonel ne veut pas que j'y aille car aussitôt sur la crête c'est la fusillade. J'obéis et je retourne vers les tranchées du 225° toujours seul dans la nuit

à travers champs landes et bois. Quelle nuit ! De temps en temps pan, pan, pan, coups de fusil. J'arrive à un moulin à eau dont les ruines encore fumantes se profilent sur le ciel. J'entre, j'appelle : Y a-t-il des blessés ? Pas de réponse. Je recherche les tranchées, impossible de mettre le pied dessus. Craignant d'être fusillé par nos propres fantassins, je fais demi-tour et je rejoins Suippes à 1 h du matin. Je fais commander une équipe de brancardiers qui partent relever les malheureux blessés que j'avais administrés et qui et qui m'avaient supplié avec des sanglots dans la gorge de les faire relever. Je leur avais promis : l'équipe part, et à 5 h du matin pas un blessé transportable ne restait dans les tranchées. Je ne regrette pas ma nuit ; car beaucoup de ceux que j'avais confessés sont morts après mon départ des tranchées. Prudent Fralin beau-frère de [?] est tué. Landais blessé balle dans les reins. En tout 300 hommes [?] nous avons avancé de 200 mètres. Lechat fils du facteur blessé légèrement dans un bras. Besnard de Monlouis blessé légèrement le pied traversé par une balle. Malidor de Loriais Piré blessé grièvement balle dans la poitrine.

Dans les premiers temps, le sentiment général était qu'à Noël ce serait plié, on parle ensuite du printemps, puis de l'été, on croit savoir... Bientôt il n'y a plus rien, que l'espoir d'une permission, l'espoir de se retrouver vivants, frappé de mutisme dans un décor familier étrangement disjoint par l'indéfectible angoisse. Ce qui ne peut être dit doit être tu, écrira plus tard Wittgenstein... Mois après mois, l'écriture de l'oncle abbé se fait de plus en plus plate, à peine des trainées au crayon violet. Des « *tout va bien ne vous inquiétez pas* » à peine lisibles qui veulent seulement dire qu'il est toujours vivant...

Vous pouvez vous apercevoir que mes lettres sont décousues cela tient à mon état nerveux. Vivant perpétuellement dans le danger, nous sommes tous ici plus ou moins ébranlés, la tension nerveuse dans laquelle nous vivons sans cesse nous met dans l'incapacité de travailler et d'écrire... J'ai reçu avant hier le dernier soupir du Sous Lieutenant Bron. Père de cinq enfants dont le dernier est du mois de Janvier. Il m'a demandé « Monsieur l'aumônier est-ce la fin ? En me regardant avec cet air caractéristique du moribond qui jette un dernier regard sur le monde extérieur avant de se clore pour se rouvrir dans les splendeurs de l'éternité ! J'ai vu qu'il cherchait la vérité ; comme je savais qu'il était capable de l'entendre je lui ai dit - Oui c'est la fin mon enfant, faites votre sacrifice pour la France. - C'est fait m'a t'il dit. Je lui ai demandé s'il avait des commissions pour sa femme et ses enfants. - Dites

leur que je meurs en chrétien. Il a voulu ajouter un mot... trop tard... il n'en avait plus la force. Alors je lui ai dit : - Eh bien mon ami je vais vous embrasser au nom de votre femme et de vos petits enfants. Il a enlacé ses bras amaigris par la souffrance autour de mon cou et m'a embrassé tendrement. Peu de temps après il a rendu le dernier soupir dans mes bras et je lui ai fermé les yeux. A l'Eglise j'ai prononcé une oraison funèbre. Je viens d'écrire à sa femme pour lui raconter les derniers moments de son mari. J'ai adressé la lettre au curé de sa paroisse en le priant de la prévenir et de lui donner ma lettre quand il jugerait le moment favorable. En ai-je vu mourir ainsi depuis le commencement ! Mon Dieu quelle horrible tuerie.
J'ai reçu hier la lettre d'un pauvre père à qui j'avais écrit pour annoncer la mort de son fils et qui me supplie d'aller le voir à Paris à mon retour si jamais je reviens. Je mets au défi qui que ce soit de lire sa lettre sans pleurer.

Suippes (Marne) 24 Oct 1914 Mes chers amis
Tous les jours nous sommes sérieusement bombardés je vous assure que ce n'est pas drôle Hier j'étais à cheval dans le camp de Châlons quand les obus tombaient sur Suippes. En revenant de faire un enterrement j'ai été obligé de me coucher à plat ventre le long d'un pan de mur en ruine pour éviter un obus que j'entendais venir et qui m'est passé sur la tête pour éclater pas loin. Le matin à 10h ça recommence je vais dans un jardin je m'assieds sur une chaise derrière un gros arbre, les obus me sifflent aux oreilles à droite et à gauche. Je serais bien resté là j'étais à l'abri, mais le bombardement redouble il doit y avoir des blessés alors il me faut partir à travers Suippes pour les administrer je vous avoue que je regrettai mon arbre. Il y a eu 12 morts et une cinquantaine de blessés.

Boulevard De La Tour d'Auvergne, à l'arsenal de Rennes, les journées sont de dix heures, Charles et René commencent maintenant la journée à six heures et le dimanche ils travaillent aussi. Ils remarquent que ceux qui reviennent du front ont horreur de se remémorer ce qu'ils ont vu. Anne-Marie est née, les cris de la petite filtrent le soir dans le grand escalier obscur. Des dragées lisses et douces comme la peau du bébé, parviendront jusqu'à Suippes. Geneviève collectionne les images des boites de dragées. Celle de son ainée, d'avril 1903 est décorée d'un savant lacis de plantes modern-style. Celle du second porte une image aux couleurs passés, endormies, ses angles sont adoucis par un savant montage de plantes et de tiges rehaussé de blanc. Au centre une jeune mère siège sur un trône modern-style qui ressemble à un radiateur tandis que deux anges s'extasient devant le bébé qui leur tend les bras. Pour les enfants suivants, le couple fait moins de recherche et abandonne le style nouille pour choisir des images sur le catalogue du confiseur. Mais la collection de Geneviève est aussi riche en scènes de genre qu'en fantasmes : des angelots qui naviguent au dessus de niaises campagnes, carrosses, redingotes, perruques, bicornes à cocarde... Une jeune mère et sa progéniture, gisant en extase parmi les moutons et les chats. Les puissants sous-bois de Fragonard sont convoqués pour qu'en sortent, biniou en tête des familles hilares, coiffes de dentelle et chapeaux ronds, vestes et robes brodées, un triomphe autour du marmot baptisé. Des pochettes peintes ou coloriées à la main, des chromos... Certains nourrissons dodus sont apportés par des anges, par un papillon géant, on a même une marchande des quatre saisons qui se fait une spécialité de choux garnis de nouveau-nés. Elle tend l'un d'eux à un couple de puceaux accoutrés comme au temps du « Bon roi Louis ». Plus tard, aux années folles de l'après-guerre, on s'amuse ; ce sont des scènes d'intérieur en ligne claire assortis d'un refrain, le grand père présentant le petit baptisé à son cheval... Dans les années 20 et 30, parallèlement à un style gothique rigide avec chapeaux pointus et hallebardes, certaines compositions modernes sont très réussies. Mais en 1915, un prénom, un faisceau de drapeaux et des lauriers suffisent. « Aux 100 000 bonbons », confiseur branché, propose une mère portant l'enfant qui devant la fenêtre ouverte, tend son petit bras vers des soldats qui défilent le fusil à l'épaule. Feuilletant cette fresque je cherche en vain une mère qui allaite, tabou ! Point de nichon, ou alors par exception, voilés, ceux d'une nourrisse quand l'auguste mère lui tend l'enfant pour la tétée...

Loin des dragées, quand je déchiffre les unes après les autres ces lettres de guerre, je suis toujours navré.

Suippes (Marne) 28 Oct 1914 Mes chers amis
On bombarde toujours Suippes sans grand succès. Avant hier je suis allé accomplir un devoir mais une triste besogne. Il y avait de pauvres soldats tués qui étaient restés sur le champ de bataille depuis 6 semaines, c'était devant les tranchées allemandes, impossible d'y toucher. L'idée de savoir que les pauvres familles n'auraient jamais de renseignement au sujet des leurs me fendait le cœur. Il ne doit y avoir rien de plus pénible pour une famille

que ce renseignement « *disparu* » car alors on espère toujours revoir ce fameux disparu, on ne veut pas se résigner et ... Et alors j'ai pris mon courage à deux mains et en plein jour, accompagné du Colonel [Ct ?] de la division je suis allé à cheval en me [?] le plus possible près de l'endroit où se trouvaient les corps. Nous avons mis pied à terre, et à pied sur la lande, mon brassard bien en évidence nous nous sommes approchés des morts. J'ai coupé les ceinturons les cuirs, j'ai fendu la capote et j'ai pu avoir leurs plaques d'identité. A un moment donné les balles ont sifflé, on m'a tiré dessus alors je me suis couché, j'ai senti les balles me frôler. Je me suis abrité derrière une javelle d'avoine et en rampant sur le ventre j'ai pu arriver à me mettre à l'abri d'une crête où j'ai continué ma lugubre besogne. Les obus ne tombaient pas loin. Voyant que je ne pouvais pas tout terminer, je suis rentré à Suippes et à 8h du soir je suis reparti à pied accompagné d'un maréchal des logis de dragon faisant partie de l'escorte du général. [... ?] Nous avons marché pendant 5 kilomètres... Ah cette marche dans la nuit vers l'ennemi, je m'en rappellerai toujours, surtout quand nous passions les crêtes ravagées par les obus que j'avais vu tomber dans l'après-midi. Ce silence de la nuit, interrompu par de rares coups de fusil était impressionnant. Je revois la lande où j'avais opéré l'après-midi. Je quitte la route et j'avance, nous cherchons sans lumière, finalement j'ai pu découvrir 4 morts. Ils étaient là les pauvres, étendus la face contre terre avec leur équipement complet depuis plus de 6 semaines. Je les retourne, je coupe, je tranche et enfin j'ai pu les identifier, pauvres héros morts au champ d'honneur et restés sans sépulture. Je les bénis et je récite le de-profundis. Une fois tout terminé je regagne la route mais l'ennemi nous avait entendus. Aussitôt voilà le projecteur électrique qui lance sur nous ses feux puissants on se couche sans bouger. Le projecteur s'éteint je repars – tout à coup qu'est-ce que je vois – une fusée éclairante. On se cache derrière un arbre, on y voyait alors comme en plein jour. Je me dis restons ici, l'ennemi m'a peut-être repéré, il va nous tirer dessus, restons à l'abri derrière ce gros arbre. 5 minutes se passent, pas de coup de canon. Je quitte mon abri et je rentre à Suippes. J'ai pu identifier ainsi 13 morts. Une fois rentré j'ai dressé un acte que j'ai transmis au général qui m'a félicité et remercié. Enfin voilà 13 familles qui vont être fixées, cela vaut mieux que de sentir peser toujours sur son cœur le poids affreux de la disparition : qu'est il devenu le reverra-on ou est il mort, prisonnier, vivant... et pour les successions... mieux vaut savoir.

Les bombardements ne lui font plus beaucoup d'effet, il a fini par prendre son parti, que la guerre dure ou pas il s'en fout. Il se laisse vivre sans se faire de bile, il attend les évènements. Parfois il fait beau... Les tranchées ennemies ne sont qu'à 40 mètres, les troupiers s'engueulent de leur mieux dans la langue de l'adversaire.

René tente sa chance pour aller casser du « *boche – cochons – bandits – crapules – pourris – marsupiaux !* ». Il espère que cette fois le conseil de révision le classera apte au service et qu'il pourra rejoindre les combats de nuit, dans ces temps noirs dont parle son héros de frère. Héros qui ne boit que du vin, beaucoup de champagne, pas d'eau de peur du typhus, et demande à Théo, s'il doit, comme tout le monde, se faire vacciner contre la typhoïde... Il cherche à renvoyer en Bretagne l'or qu'il avait emmené et qu'il porte sur lui « *si j'étais fait prisonnier, je n'en reverrai jamais la couleur.* » D'Auguste, on ne trouve qu'un seul mot, d'une belle écriture. Il est à Fougères, avec sa femme, affecté au train des équipages, le « *Royal cambouis* » il signe « *le bleu qui blanchit, le bleu de 40 ans* ». Quant à Joseph, il réprime ses envies de déserter, en juillet 1915 il écrit à sa sœur...

Nous sommes sur pied, de jour et de nuit, sans excès de fatigue c'est vrai, mais il y a excès d'ennui... ... Il y a du bon soleil aujourd'hui mais le diable de vent va m'envoyer plonger dans la grande tasse avec toute ma correspondance. Il est midi, j'écris au grand vent de la mer devant les beaux flots bleus. A ton tour de voir la mer avec Charles et les neveux et nièces ... ... Dimanche dernier je faisais les cent pas tout seul sur la jetée ; un douanier m'a demandé si j'étais de service ou de surveillance pour prévenir les désertions !!! Aït Choum ! Je suis partit chez ... le pâtissier pour prendre deux biscuits ; mais ça ne passait pas fort, je pense trop à Janzé. Alors... On se morfond un peu et c'est dur de réagir... ... Je suis obligé d'interrompre ces quelques lignes écrites à la hâte sur un des belvédères du fort le vent me gêne, le sable aussi. Je suis toujours inquiet d'Henri. Puis voilà Théo en route...

Leurs neveux grandissent. C'est l'été, Nalo et ses petits camarades jouent aux tranchées sous le regard réprobateur de la grande sœur, les petits cherchent des galets et des coquillages, Anne-Marie, joue avec le chien dans un rayon de soleil oblique, Geneviève cligne les yeux. Dimanche leur père vient les rejoindre, ils feront une grande promenade à bicyclette.

Théophile est parti en Alsace, médecin major d'un régiment de chasseurs alpins avec des vieux de quarante ans qu'on a recrutés en Ille et Vilaine, on leur a donné une courte formation à Vitré.

« *Pour le tir c'était pitoyable, il y avait une balle sur dix dans une cible de 4 mètres placée à 200 mètres* ». Et puis hop ! Au front...
Les lettres de Théo, sont celles d'un homme abrupt. « *Mon cher Charles Je n'ai rien à te dire pour aujourd'hui, c'est tout simplement pour que vous sachiez que je ne suis pas encore mort.* » Mais à la suite de ça il rapporte beaucoup de choses intéressantes... Il se fait construire là haut, dans la forêt d'où ils canardent les alboches, une casemate plutôt confortable, grâce aux plans de son frère.

Le terrassement de ma baraque est terminé : 7,50 m / 7,50 m. Nivelé, mais quel travail de romain : des blocs de pierre cimentés dans le sable et transportés à bras – enfin c'est fait. J'ai fait porter à la brouette toute la pierre et la terre remuée sur mon abri souterrain : c'est un fort. Il y a 2,50 m. de terre et pierre au dessus des 3 rangées de rondins – c'est chargé à craquer ; l'assommoir quoi. J'ai pour m'aider à bâtir la baraque un contremaître de Paris qui commande épatamment, il a une voix qui abrutit les pauvres gars mais ça marche sans accroc. Nous allons chercher les arbres à 1500 mètres du cantonnement 10 hommes portent un [?] de 8 mètres de long sur leurs épaules, c'est un travail de cheval car ça monte tout le temps en montagne à pic.

Alsace le 17 Août 1915 Ma chère Marie
Ma grippe commence à céder grâce aux bons soins donnés par le docteur, le traitement a consisté en promenades en montagne, la suée obligatoire a tout fait sortir du corps. Ça va mieux je tousse encore mais la toux est moins pénible et la courbature disparaît. La convalescence sera peut-être un peu longue car j'habite sous terre maintenant, j'ai 2 mètres de terre au dessus de ma tête. Pendant mon sommeil je trouvais ma toile cirée un peu trop mince pour parer les éclats d'obus qui nous tombent dessus tout le temps, alors j'ai trouvé une cagne un peu plus solide, je l'ai prise mais l'humidité est à craindre, toutes les planches qui tapissent ma caverne sont couvertes de champignons et il faut dormir là dessous, nous en avons ainsi pour tout l'hiver. Le colonel qui commande la brigade nous a avertis. Tout l'hiver là dessous avec 2,50 mètres de neige par dessus. Jolie perspective !

Nous avons eu un blessé dans la compagnie, je te l'ai dit, 7 enterrements dans notre petit cimetière, ces hommes ont été tués près de leur batterie qui est à 100 mètres de notre cantonnement, leur canon de 120 long, un canon de marine, à été coupé en deux, un artilleur a eu la tête coupée, un autre le ventre ouvert... Tous les jours c'est une centaine d'obus qui nous éclatent au dessus de la tête, toujours à la même heure : 8, 9 heures du matin et 5 heures du soir, on se cache, ça ne dure pas longtemps – mais il y a toujours des victimes. Il n'y a rien à craindre quand on n'est pas dehors à ce moment là.

Hier soir il m'a fallu rentrer de promenade forcée sous la rafale. Les obus sifflaient au dessus de nous sans s'arrêter c'est rigolo, on se colle contre un arbre quand ils sifflent trop près. Le colonel nous a dit que ce seront nos vieux R.A.T. qui finiraient la guerre et qui récolteront les lauriers. Il faut s'attendre à occuper les tranchées cet hiver. Nos pauvres vieux auront du mal à résister. Nous occupons le versant allemand, je crois que les boches ne pourront pas remonter ces pentes à pic des Vosges, l'artillerie nombreuse faucherait tout ce qui se présenterait dans le bas de la vallée. Nous sommes tout près de M...

J'ai fait hier une promenade ravissante dans la vallée, un ruisseau torrent y coule en serpent dans des prairies fraîches. Les montagnes qui entourent cette vallée sont d'un sauvage dont rien n'approche, je n'ai jamais rien vu de plus pittoresque : des gros blocs couverts de mousse où jamais le pied de l'homme n'a passé tapissent le sol. Sous ces bois garnis de fougères fraîches et de framboisiers sauvages coulent une infinité de ruisseaux qui grondent, tout cela silencieux et calme, c'est magnifique. Le canon qui ne cesse de gronder à droite, à gauche, portant contraste avec ce calme d'une façon impressionnante... Partout des sapins énormes qui poussent au milieu de ces [?] et qui tiennent on ne sait comment au sol. Voila le pays, on y mange des framboises à s'en rendre malade, il y a des framboisiers partout dans le ruisseau dont je te parlais tout à l'heure il y avait des truites en masse autrefois maintenant il n'y en a plus une, tout à été empoisonné par nos troupes. Tous les jours on en ramassait 100 kilogs le ruisseau était paraît il noir de truites.

Embrasse bien fort mes neveux et nièces et tout ton entourage.
Théo.

Plus tard il nous dit voir arriver jusqu'aux pères de quatre enfants et aux veufs pères de trois enfants...

Le bon Joseph est lui aussi quadragénaire, il fait le dos rond au fort de Tatihou. « *Il s'intéresse aux signaux sémaphoriques, aux manœuvres de canon du fort et si le Petrel (c'est le bateau de service) est en mer la nuit, alors c'est lui qui fait les signaux de convention avec le sémaphore : feux rouges etc. Ça c'est un poste important et de confiance qu'il a là. Ça doit être chic pour lui* ».

C'est René qui écrit ça, Joseph, en fait, fume et peste contre les courants d'air, il attend ses rares permissions, envoyant de temps en temps des lettres fades avec des plaisanteries vaseuses.

Un siècle après, en 2014, metteur en scène de l'oncle abbé et ses frères, je m'évertuais donc à déchiffrer, à transcrire et à diffuser ces lettres à une soixantaine de personnes. Petits neveux et nièces réagissaient pleins de compassion et d'admiration ! Un siècle n'est rien, les grands-tontons ressuscitent, le fil tient bon.

6 Sept 1915 Mon cher Charles

... Ta lettre du 4 a pratiquement mis 2 jours à venir me trouver dans le fond de ma cressonnière où je campe depuis le 24 aout. J'occupe un grenier de 2m. x 3. J'ai enlevé la fenêtre que j'ai remplacée par un treillis de roseaux pris dans le marais sur lequel la masure est construite. Habitant dans une cressonnière nous faisons sous la tente une cure de cresson deux fois par jour.

Ta lettre me fait venir l'eau à la bouche, tu me parles de bateau de promenade en mer, je voudrais bien être avec vous ... Tu as tort d'empêcher M Tissin d'emmener Nalot en barque. Tissin est bon marin et a un excellent bateau ... Je suis content d'apprendre que Nalot aime la mer, architecte prêtre ou officier de marine ! Qui sait ? Les vocations naissent de bonne heure ...

J'ai la tête un peu fatiguée, je n'ai plus l'élan et l'ardeur du début, surtout pour le travail intellectuel. C'est le résultat de 14 mois de campagne. Mais je me porte bien quand même. Il y a demain un an que je suis à S... Qui l'eut cru ?...   Henri

Un tribunal de guerre confie à l'abbé Coüasnon le triste rôle de confesseur de cinq pauvres gars qui avaient refusé de monter à l'assaut. Fusillés pour l'exemple... Le vin d'Algérie au bromure n'avait-il pas suffi à subvertir leur principe de réalité ? Le poids de leur parole lors les nuits sinistres près de chacun dans les cachots, jamais il n'en parla, mais le nom de l'aumônier figure dans les archives.

Ma chère Marie

Emotion vive, cru pendant ¾ d'heure que j'étais prisonnier. Les boches nous ont attaqués avec des gaz asphyxiants. C'est épouvantable, atroce, inhumain, barbare, sauvage. Hier matin 7 h ½ pendant la messe, j'entends une [?] formidable. J'me dis zut attaque boche, aussitôt la messe terminée je pars casser une croûte et comme je descendais vers ... je sens des picotements aux yeux et à la gorge. Je me dis, ça y est... gaz asphyxiants. Je

fais seller mon cheval, avec mon manteau [?] et je pars vers les 1° lignes. Les boches faisaient un barrage d'artillerie avec obus asphyxiants. J'arrive enfin à passer puis j'apprends que la première ligne est enfoncée et que les boches arrivent. Pendant ¾ d'heure j'ai cru que j'allais être fait prisonnier mais on leur a vite repris tout ce qu'ils nous avaient enlevé mais quel [?] mon Dieu que tous les soldats asphyxiés et empoisonnés, ils souffraient le martyr, s'écorchaient la poitrine avec les ongles, la figure noire, les yeux sortant de la tête, vomissant le sang, criant comme des damnés. C'est affreux, affreux ! Mort aux boches [?] de guerre.
Bien à toi   Henri
Ma citation a paru dans le journal officiel lundi 18 octobre page 7482

Quant au docteur, autre lieu, autre destin, sur les pentes des ballons d'Alsace, il braconne...

S. le 12 Nov 1915 Mon cher Charles
Il fait un temps abominable aujourd'hui. C'est une tempête, tu ne te fais pas idée de la violence des vents. Le vent qui vient du sud, s'engouffre vers les régions froides du H. qui est couvert de neige. Je ne peux pas faire de feu dans mon poêle il y a des retours de flamme qui remontent jusqu'au plafond. J'ai fait un trou dans le toit pour faire passer mon tuyau de poêle et la pluie tombe par le trou, ma chambre est inondée. J'ai pourtant fait [?] tout autour du tuyau. A part cela tout va bien par ici, pas d'obus. Ce n'est pas la même chose devant nous : hier soir sur l'Hilserfirst qui n'est pas loin j'ai assisté à une vraie canonnade, quelle [?] avec ma jumelle qui est très bonne, je les voyais comme si j'avais été auprès – quelles marmites.
Nous avions ces jours ci 30 à 40 centimètres de neige mais aujourd'hui c'est le dégel alors tu peux juger de la bouillabaisse. Tous les jours j'allais cependant sans faute dans la montagne visiter mes collets, nous avons par endroits un mètre de neige. La montagne est superbe, tout cela va fondre, heureusement parce que nous avons été privés de ravitaillement hier soir. Il y a parait-il 1m.50 et 2m de neige au H[ohneck]. Et les mulets ne peuvent descendre chargés. Dans ma maison qui sert comme tu sais à l'intendance, il y a 12000 rations de réserve, si on est pris par la faim je saurai où aller chercher du biscuit, je ne suis pas près d'aller demander du pain KK en disant – Komerad kamerad ! Et-pis il y a le chevreuil qui va y passer ces jours cis, il n'a qu'à bien s'tenir. Il y en a deux par là, pas loin, tous les jours je

vais voir s'il a bien voulu se pendre à mes nombreux baliveaux pliés ad hoc.

J'ai vu des bécasses en allant faire ma visite là-bas ce matin. J'ai vu sur la neige les pas d'un renard accompagné de son fils, il a rôdé tout autour de nos cagna cette nuit, je n'ai pas pu le suivre car il dégèle et puis c'est un temps vraiment trop mauvais.

Tu me demandes si les maisons de Stosswihr sont couvertes en tuile – Oui, toutes et Ampfersbach aussi, ce sont deux villages qui se touchent. Je t'enverrai une photo carte postale où tu verras deux clochers, le 1° est français et le second boche, notre ligne de front est entre les deux. J'ai vu ça du Sattel il y a déjà quelques temps les toits étaient en partie démolis – tous les jours il y a le feu là dedans, c'est une mine. Le clocher français d'Ampfersbach doit être dégringolé maintenant. J'ai voyagé l'autre jour avec un lieutenant de génie qui m'a dit qu'il avait la mission de le faire sauter à la mine parce qu'il est dangereux. Il y a des toits rouges en majeure partie mais il y en a aussi qui sont blancs en tuile vernissées, c'est superbe ce coin là. C'est la bataille dans ces bas fonds qui nous a donné tant d'émotions quand nous étions à Gaschney, je me levais 3 ou 4 fois par nuit quand j'entendais les rafales de mitrailleuse se rapprocher – illusion due au vent, et les feux de Bengale qui nous éclairaient comme en plein jour, c'était féérique. Tout ça partait d'Ampfersbach ; Un de mes copains du génie qui était allé dans ces moments, après la bataille, chercher un [p ?] avec un attelage de 6 chevaux du train la nuit à 150 mètres des boches, en partant, a fait du potin, et allez donc... La mitraille et les fusées éclairantes. Le pauvre [p ?] en avait perdu une patte à ce manège là. Juste au moment où il le mettait dans la voiture un éclat est venu lui casser ça, la jambe ! Il s'appelait Vichère, aspirant du génie. Je ne suis pas redescendu par là depuis mon départ de Gaschney, j'y ai laissé de bons copains, rigolos et pas froussards – quelle bonne ballade on faisait ; Ici je suis entouré de poules mouillées, j'en suis réduit à diriger la bande d'infirmiers, on s'en va en braconnière à 3 ou 4.

Pour la jument j'ai bonne envie de la faire évacuer la prochaine fois que j'irai à Gerardmer, elle n'est pas bien portante, je l'ai vue l'autre jour, elle avait le poil terne, les jambes très gonflées, de l'œdème qui remontait jusqu'aux jarrets. Je crois que ça pourrait tenir à de l'albumine des poulinières enceintes. J'ai peur qu'elle crève ici. C'est peut-être bien dû à la nourriture. J'ai dit à Labbé de ne plus lui donner de pain – elle est grasse comme une vache et c'est peut-être bien le pain qui est salé qui est cause de tous ces œdèmes, j'ai dit de supprimer ça et je vais lui payer du son rafraichissant et laxatif.

Hier j'étais à visiter mes collets quand j'ai vu 2 infirmiers arriver couverts de neige, car ça tombait dur, ils étaient tout essoufflés – c'était le grand chef qui était annoncé – le médecin divisionnaire Cuttin qui venait inspecter l'infirmerie. Mince je n'avais que ½ heure pour m'en aller. Ça n'a pas été long : j'ai laissé là mes chevreuils et en route… Je suis arrivé ½ heure en avance, après m'être changé j'ai endossé ma vareuse pris mon manteau bleu de cavalerie et quand il est arrivé, trempé, je l'ai reçu avec le sourire que tu vois d'ici… Une bouteille de champagne, après le thé chaud, a fait disparaitre tout ce que mon visage aurait pu trahir de mes émotions brutales. Rien n'a paru de l'âme pleine de remords du braconnier incorrigible, j'avais le sourire. Il m'a posé de multiples questions au sujet de l'hygiène du camp de [?] il m'a demandé depuis quand j'étais sur le front, depuis quand j'avais mon galon d'or etc. Fort aimable poignée de main… re-poignée de main, félicitations sur l'excellente tenue de l'infirmerie et du personnel. L'Anglais qui était avec lui était ahuri sans doute car il n'a pas dit un mot, il a bien fait, il aurait sans doute trompé lui de mot. J'espère qu'il me paiera ma bouteille de champagne avec un galon, mais il ne faut juger de rien – attendons la fin – Je lui ai dit que depuis notre départ du dépôt j'étais seul médecin du bataillon, il m'a prié de lui adresser une demande pour obtenir et toucher un médecin auxiliaire – si Emmanuel [Porteu] a envie de venir je pourrai peut-être lui en glisser un mot. Thoris, l'ancien médecin divisionnaire n'était pas commode mais ce M Cuttin m'a paru très agréable. Si Emmanuel veut venir, le commandant peut parfaitement le demander, il est chef de corps. Cuttin médecin divisionnaire commande toute la VII° armée au point de vue médical et ça pourrait peut-être s'arranger. S'il vient avec moi il n'aura rien, rien, rien à faire, ce n'est peut-être pas ça qu'il désire. Et puis il ne faut pas avoir peur des obus car ça tombe ici de temps en temps. De plus on parle parfois de nous envoyer sur les tranchées. Nous allons toucher ces jours ci des voitures d'ambulance, ça c'est un signe. Advienne que pourra mais je sais bien une chose : s'il me faut passer des nuits dehors dans les tranchées sans feu avec un mètre de neige sur le dos, on me retrouvera piqué des vers au dégel du printemps prochain. Comme ce pauvre vieux que j'ai trouvé l'autre jour, qui était là depuis le mois de février dernier. Quand on a tiré sur la tête sans peau pour trouver sa médaille qu'il devait avoir autour du *cou, le morceau nous est venu dans les mains, vertèbres et côtes nous venaient toutes une à une. Il avait été enfoui sous la neige, baïonnette au canon toutes ses manches et sa culotte étaient intactes mais pourries – quand on ouvrait ça en déchirant ce n'était qu'un manchon de larves d'asticots au tour et l'os qui était au milieu. Un squelette, jamais je n'avais vu ça.*

Tu diras à Marie-Thérèse et Nalo que mes poilus travaillent pour moi en ce moment : J'avais de l'aluminium, un morceau d'obus ramassé sur la cote 830 au milieu des bombes et sur un terrain ravagé par le carnage tel que jamais on ne peut s'en faire l'idée. J'ai pensé à mes chers neveu et nièce, ils auront tous les deux une bague de poilu du front. Quand ils la recevront ils penseront un peu à leur tonton.

René a-t'il reçu les photos au brome d'Ag, j'en ai fait d'autres avec la neige sur le H.

*Je pense souvent à vous. As-tu la photo du groupe où Henri est en aumônier ? Embrasse bien tous tes enfants et croyez bien à ma plus entière affection de major. Affectueusement à vous deux.
Théo*

En septembre 1916 l'abbé a une permission. Il a les deux poumons pris et le cœur malade. Il retourne en Bretagne, vivant, et retrouve un décor familier qu'il a parfois l'impression d'observer par le mauvais côté d'une longue-vue... Etrangement distant, frileux, muet par simple hygiène, pour sauvegarder l'instant présent. A Rennes il voit un médecin qui lui donne quatre jours de plus, sur quoi il rejoint la famille au bord de la mer. On interdit aux enfants de jouer à la guerre... « Se refaire à l'air natal » c'est la formule... Charles qui passe toutes ses journées devant sa table à dessin pour le ministère de la guerre, rapporte que le médecin Rennais apprenant que l'abbé est parti à la mer, a levé les bras au ciel en disant qu'il risquait d'être ramené par les gendarmes. A Damgan, dans une villa de location, Geneviève reçoit oncles et tantes, père et belle famille. Charles lui demande si son malade, n'est pas trop récalcitrant. L'idée d'avoir un bateau, de passer son temps au grand air, sur les flots, le motive et le soutient. De fait il trouve un bateau et fait naviguer tout le monde... Pour sa part, Charles tente bien d'avoir une petite augmentation, d'être nommé sous-lieutenant, mais en matière de permissions comme de promotion, les demandes sont nombreuses et se perdent dans une hiérarchie militaire labyrinthique...

Pour mon affaire, le commandant Heurtaud chef du personnel m'a fait appeler pour me dire qu'il fallait d'abord me faire mobiliser, que une fois militaire je n'étais pas du tout sûr d'être nommé sous-lieutenant, pour la raison que ces nominations sont toujours faites dans l'intérêt de l'établissement et non pour satisfaire l'amour propre du pétitionnaire, que lui ne voyait pas du tout quelle armée de dessinateurs j'avais à commander à l'arsenal où ils sont déjà sous les ordres du capitaine et de deux lieutenants. Alors je pense à rester secrètement l'humble dessinateur de 4° ordre à 200 f. Ce sera toujours mieux que rien pour notre petite marmite familiale...

Et un peu plus tard, à nouveau à son épouse en vacances à Damgan...

Ma bien aimée ...Mes chantiers de la Courouze sont commencés, je crois qu'on ne me demandera même pas mon avis pour les conduire, je ne le regrette qu'à moitié, parce que cette direction aurait pu m'empêcher de retourner à Damgan ; j'aime mieux jusqu'à ce moment rester le dessinateur de 4°ordre, on peut se passer de moi facilement, et mon amour propre passe bien après le plaisir et le bonheur d'aller te voir.

Mais tous les jours j'attends une lettre de Théo qui n'arrive pas. Je le suppose capable de nous arriver sans prévenir, ce qui serait deux jours de perdu pour René et moi, je patiente péniblement.

Soigne bien notre aumônier, mets y toute ta diplomatie.

A bientôt j'espère et en attendant crois bien à toutes mes amours...   Charles

Le soleil a baissé sur l'horizon, les jours sont courts... Janvier 17 est particulièrement froid, de sa petite écriture aplatie, l'oncle abbé nous apprend qu'avec deux bataillons de chasseurs, à pied dans la neige glaciale il fait 25 km tous les jours. Pour arriver, en février à Château Thierry...

Me voila à nouveau sur le dos et à nouveau évacué. Mon médecin chef, le médecin chef d'une ambulance de ma division, mon confrère et un officier de mon groupe sont venus m'installer ici, ils viennent de partir en me laissant seul.

Voila Théo ! ! !

Théo vient de me surprendre il m'a ausculté, il vous dira ce qu'il en est. J'ai 38 de température. Je suis heureux d'avoir enfin vu Théophile, j'ai fait 78 km. A cheval pour le voir. Hier j'ai fait 52 km et j'ai fatigué deux chevaux. Je changeais de cheval, le cavalier seul ne changeait pas. Je suis évacué pour congestion chronique du poumon gauche et fatigue du cœur. Théo me dit que ce n'est pas grave. Mon médecin traitant de la 166ᵉ me dit que c'est curable mais qu'il faut du repos de la bonne nourriture et du soleil.

Je vais rester ici 8 ou 10 jours en observation puis on me renverra probablement dans le midi.

Aujourd'hui encore deux médecins m'ont dit qu'à Rennes on avait fait une gaffe en me renvoyant sur le front, on ne renvoie pas un convalescent de pleurésie sur le front au début de l'hiver, et comme cet hiver a été particulièrement rigoureux je devais fatalement tomber.

Je vous donne mon adresse en tête de ma lettre, écrivez-moi car je crains le cafard.

Bien à tous.   Henri

On l'envoie faire un court séjour sur la côte d'azur. De retour sur le front, Henri est incapable d'assurer son service d'aumônier. « *Le cœur se lasse, les boches m'ont eu* »... Au courant de tout, comme on est à l'état-major, dès avril il ajoute « *La révolution Russe ira plus loin qu'on ne croit, je crains fort qu'elle ne gagne l'armée* ». Et puis il achète un canot automobile. « *J'ai écrit à l'amiral commandant la marine à Marseille pour lui demander l'autorisation de sortir en mer. Je suis en train de me procurer de l'essence auprès du Grand Entrepositeur d'essence à Marseille qui est le cousin de mon confrère l'aumônier auxiliaire de ma division. Par lui j'espère en avoir* ».

L'oncle Georges du Saint, le fils de Génie, nous tient au courant des périples de son fils Jean qui fait chauffeur pour les généraux et d'un cousin issu-de-germain qui porte le même prénom, Jean Crépon. Les approvisionnements étant rares, on cherche, on innove. Les rennais mandatent l'oncle pour acquérir à la capitale de mystérieuses machines à conserver les œufs.

Jean était ces jours-ci sur les bords de la mer du nord et a parcouru le front Anglais d'où il est arrivé émerveillé. Après il est allé passer une journée avec Nivelle et Lyautey pour ... mystère. Il est presque tous les jours aux tranchées avec le chef. Son chauffeur a failli avoir un pied gelé et hurlait de douleur. Quant à Jean voici ce qu'il me dit : « J'aime mieux ce temps là, au moins on voit le soleil, les crépuscules sont merveilleux, la campagne est mauve, les clairs de lune sont superbes, on respire du bon air pur et frais. Enfin tout va bien, je roule tout le temps je vois beaucoup de choses intéressantes..... »

Tu vois qu'il ne s'en fait pas, comme on dit. Mille bons souvenirs et affection pour tous.   Georges du Saint

27 mai 1917   Ma chère Geneviève

J'attendais Henri pour vous répondre, je suis comme Sœur Anne ; je ne vois rien venir – Est il passé à l'anglaise ? Ou a-t-il retardé son départ ? J'espère un peu l'avoir à dîner ce soir avec les Crépon et Jean Crépon qui est en permission pour jusqu'à mardi.

J'ai fini par dénicher la rue ou plutôt la ruelle Lemirot dans un pays perdu de Montrouge ou de Plaisance. Là j'ai pénétré dans un modeste petit appartement du rez-de-chaussée où je me suis trouvé en présence de deux vieux bonnes gens à qui j'ai fait connaître l'objet de ma visite.
-       Combien vous en faut-il ?
-       Il m'en faut quinze

Quinze ! Mon bon monsieur, quinze ! Nous allons vous en donner un ou deux, pour les autres, vous reviendrez dans un mois ; nous vous en donnerons encore un ou deux.

De sorte que dans 15 ou 18 mois vous pouvez espérer avoir ce que vous désirez. D'ici là vos poules ont le temps de pondre.

Cependant en insistant, j'ai obtenu trois de ces merveilles. Si je ne vois pas Henri je vous les enverrai par la poste avec la notice. Il parait qu'avec un de ces outils là on peut conserver 100 œufs, même s'ils venaient d'être pondus. Vous aurez encore de quoi faire des mouillettes, c'est égal, je ne regrette pas le voyage : je suis bien aise d'avoir fait la connaissance de ces commerçants respectables, mais peu débrouillards.

Lettre de Jean ce matin. Il arrivait de Craonne. C'est un coin qu'il ne quitte guère depuis quelques temps : le moulin de Laffaux, le chemin des Dames et Craonne, c'est par là qu'il va presque tous les jours. Il m'écrit aujourd'hui : « A l'arrière de Craonne ; j'y ai été mal reçu. Y-a pas bon par là. Je suis resté 2h ½ sous les pruneaux ; ils ne sont pas aimables dans ce coin là. Enfin ils n'ont pas encore notre peau ; il n'y a que la voiture du général qui a récolté quelques éclats d'obus dans la caisse. Petit souvenir ! »

Jean Crépon, qui est jusqu'à mardi [?] est aussi dans la même région que Jean du Saint, votre cousin s'est installé une cagna sur les bords de l'Aisne, le pays où il se tient étant entièrement rasé, il a déniché dans les décombres une carcasse de lit en fer sans fond : des cordes en travers tiennent lieu de sommier ; des fleurs dans des douilles d'obus, une bougie dans une bouteille, et un chat,

pauvre animal resté dans les ruines pour le garder des rats. Rien ne manque à Jean comme vous voyez, il « ne s'en fait pas »
Souvenir bien affectueux pour vous, pour Charles et pour les enfants.   G. du Saint

Un autre été a passé, en septembre 17 Charles annonce...
Nous avons toute une troupe d'Américains à Rennes qui sont casernés au Colombier. Ils paraissent très jeunes et assez costauds. Ils sont sans arme et leurs chapeaux leur donnent des airs de péquins très ordinaires.
De retour de vacances Marie écrit à sa belle-sœur...
Mercredi 4 octobre. Janzé ! Ma chère Geneviève
Je suis prise d'une maladie excessivement grave !... Celle de la générosité. Je viens de toucher un peu d'argent, et il me brûle déjà les mains. Je veux t'aider à acheter une blouse noire pour Ritou, une petite carte pour aller en classe, des chaussures à Nalo brise-fer, des bas à Marie-Thérèse et le réabonnement à son Noël, puis des chemises si elle en a besoin, des pantalons à Minette et à Armelle, pour celle-ci en plus une robe pour la maison et un manteau pour la petite Minette, et des chaussures.
Voici cent francs – vois donc ce qu'il leur manque, c'est pour eux tous. Au moment des rentrées il faut tant de choses, et cela monte, monte toujours. Donc comme tu le vois ma maladie est grave, guéris la en acceptant ce petit bleu. Nalo a besoin d'une pèlerine lorraine avec capuchon, la sienne fait honte, seulement couds son nom dedans. ...
A toi 1000 bonnes choses.   Marie Coüasnon

7

A la fin de la guerre, l'Europe est mitée, percluse, esquintée, ravagée du dedans ; il n'y a plus de Bon-Dieu possible... Ablation du cœur et de la rate, des trous partout, des pages entières rayées dans les âmes et les carnets d'adresse... Un désastre, partout où on s'est battus, les gens misèrent sans plus rien, privés de leurs vies... On endurera encore un hiver les pieds craquelés d'engelures emballés dans des chiffons. Pour compléter l'affaire arrive la grippe espagnole, des morts, des morts encore, à ne plus les compter... En revanche l'industrie marche à plein, les usines perfectionnées auxquelles les avances de trésorerie n'ont jamais été refusées se réorientent sur l'automobile ... Le bon peuple ravagé verra – ou ne verra pas – cette montée du capitalisme odieusement synonyme d'intérêt général. Il s'occupera sainement à graver les noms des morts dans le marbre.

Charles qui a usé les coudes de toutes ses vestes sur les tables à dessin pour le ministère de la Guerre, est atteint par le syndrome du survivant, un mal fâcheusement répandu dans le secret des cœurs de ceux qui n'ont pas entendu siffler les balles. Il reste persuadé de n'avoir pas fait grand-chose d'utile. Son oncle Georges pour le recadrer agite bannières et icônes : *Tu as, avec le concours de Geneviève, élevé bien et chrétiennement six enfants, et tu trouves que ce n'est rien ? C'est la meilleure des tâches à accomplir sur la terre. Tu peux au contraire te féliciter de tes œuvres car tu es entouré d'une famille où tous suivent les traditions de notre famille et à leur tour donnent à Dieu et au pays des serviteurs comme il en faudrait beaucoup – nous n'aurions pas le triste spectacle de l'orgueil, de l'envie, de la paresse, de tous les péchés capitaux qui sont maintenant la base des furieuses revendications du prolétariat : la fraternité remplacée par la haine et la lutte des classes, la liberté remplacée par la dictature des syndicats, et le reste.*

Pour moi nous marchons à une catastrophe. Là-dessus je vous envoie à tous mon bien affectueux souvenir.   G. du Saint

Et puis, subitement, voila son petit frère René qui décède !
René avait toujours été un peu maladif, je n'ai jamais compris de quel mal il souffrait... En janvier 19, au lendemain d'un vin d'honneur qu'il offre pour la fin de son service, le petit gratte-papier de l'arsenal, âgé de 38 ans, meurt subitement. L'archiviste en canotier qui toujours déridait ses proches par ses lettres cocasses n'est plus, lui qui traitait les Allemands de marsupiaux, dont le but dans la vie était de faire fleurir des sourires sur les visages qu'il rencontrait. Alors que durant la guerre aucun des frères n'avait péri, ce fut une grande tristesse de voir disparaitre le plus jeune au moment où l'horizon se dégageait enfin. Il laissa rue Lesage quantité d'outillage et toute la matière première de ses hobbies favoris : du cuir, des feuilles d'étain et d'argent, tout un échantillonnage d'émaux pour la faïence, de l'aquarelle et du matériel d'encadrement. Joseph lui avait rapporté de la Hougue une petite carte dont il avait copié le dessin aquarellé. 'La marche des Zouaves'... Au premier plan, des piquets et des barbelés et puis en arc de cercle jusqu'à l'horizon une charge héroïque d'indigènes portant le fez rouge vif, cible idéale, la veste bleue et le pantalon rouge bouffant spécial barbelé, aux pieds des sortes de chausses probablement en toile forte. Image assortie d'un admirable chant guerrier : *Hourra ! Hourra ! Zouaves en avant. Bravons les marmites, les boches termites. Hourra ! Hourra ! Zouaves en avant. C'est pour l'honneur du régiment. Zouaves en avant !...* Ça c'est le refrain...
Il est question de tambours de clairons, de wagons et de poilus, d'horizon qui saigne et de hordes sauvages... *Pan, Pan, l'arbi les chacals sont par ici, les chacals, ces vaillants guerriers...* L'auteur, fin connaisseur, est un colonel de l'armée coloniale du Maroc.

Pour comble de malchance, le décès de René, dans la petite chambre du haut, arrive l'avant-veille du mariage d'Emmanuel Porteu. Le plus jeune frère de Geneviève, médecin, qui épouse Henriette Guillemot, une jolie jeune femme d'une famille de commerçants... Un mariage à tout casser. « *Le trousseau de la mariée est réalisé par la première maison de lingerie de la ville. Pendant toute une semaine les vitrines de ce grand magasin furent parées des draps brodés, des serviettes de table, des torchons et serviettes de toilette de toute espèce. D'autres vitrines exposaient le linge personnel, les mouchoirs, les tabliers pour les domestiques, les napperons brodés. Une belle réclame* » précise Geneviève dans ses mémoires. Mais avec ce deuil soudain, à l'église Saint Sauveur les Coüasnon sont obligés de se confiner dans la tribune de l'orgue durant toute la cérémonie, et les toilettes admirables qu'on achevait à la hâte, n'ont pu être portées. Ils ne sont pas allés aux réceptions somptueuses de la maison de feu le père de la mariée qu'on appelait la Folie Guillemot tant elle était ouvragée, et ornée, et tarabiscotée.

Emmanuel a toujours été particulièrement aimable et Henriette sa jeune épouse aime le côté authentique, peu apprêté des Coüasnon, leur couple et celui de Charles et Geneviève se rendront de nombreux services, Henriette est généreuse, elle a un tempérament un peu dramatique et déteste le mauvais goût bourgeois dans lequel elle a grandi. Elle est l'une des premières du petit monde dont la fresque se déroule dans ces lettres, à effectuer une jonction entre les propriétaires terriens et les gens d'affaire. Entre ceux qui creusent toujours le même ouvrage dans la terre et la pierre, et ceux qui jonglent avec l'argent et les idées pour accroitre leur avoir, entre la sueur de la peine à l'ouvrage et la sueur des acrobates du commerce. Ce sont deux genres bien différenciés dans l'art subtil des rapports humains. L'astuce leur est également partagée mais n'a pas la même dynamique, elle ne sonne pas du même timbre. On a chez tante Henriette un aplomb, une franchise, qui oblige à s'interroger, une intelligence fataliste qui sans rien absoudre ni condamner, ne manque jamais de pointer l'hypocrisie.

A vrai dire ce ne fut pas la première soudure du genre, on subodore, rien n'est sûr, des investisseurs ayant eu après la révolution, le front d'acheter des biens d'église. Quant aux négociants, ils n'avaient de cesse que de trouver un enracinement rural pour se rendre plus fréquentable, et le clergé, cautionnait largement leurs affaires. Les filatures des ancêtres de Geneviève fabriquaient des voiles, voila une noble industrie... Plusieurs générations plus tard, quand on comprit quelles marchandises voyageaient sous la noble poussée du vent dans les voiles en question, certains ressentirent un certain malaise car une bonne part de la production allait au commerce triangulaire, à la traite des esclaves...

En 1919 l'armée exsangue a besoin de troupes pour l'occupation et les diverses brimades imposées à l'Allemagne par le traité de Versailles. Le ministère y affecte quelques troupes coloniales qui n'avaient pas été promues chair à canon. Elles sont malléables, le ministère de colonies en possède un réservoir immense... Ce sont des Tonkinois, des Berbères, des Maures, et puis des noirs, méprisables aux yeux de tous... Bons pour le service. Ils connaissaient trois mots de français et puis Garde-à-vous et Repos, on leur apprend à crier Verboten, c'est suffisant. L'aumônier Coüasnon, plein de compassion pour ces bons sauvages se porte volontaire pour les encadrer. Avec eux il a moins de saintes communions qu'aux heures héroïques de la gloire boueuse où il disait en avoir distribué 32 mille... Il se sent poussé par sa détestation de la république et des laïcards. Ceux qui, avant-guerre, avaient subi l'expulsion et l'exil étaient revenus en quatorze pour se battre, le gouvernement les expulserait volontiers à nouveau. La lettre ouverte du Père Doncoeur au président Herriot est restée célèbre ...

J'ai vécu douze ans en exil, de vingt deux à trente-quatre ans, toute ma vie d'homme. Je vous pardonne. Mais le 2 août 1914, à quatre heures du matin, j'étais chez mon supérieur. C'est demain la guerre, ai-je dit, ma place est au feu. Et mon supérieur m'a béni et m'a embrassé. Par des trains insensés, sans ordre de mobilisation (j'étais réformé), sans livret militaire, j'ai couru au canon, jusqu'à Verdun ... Maintenant, partir, comme nous l'avons fait en 1901, jamais. Nous avons aujourd'hui un peu plus de sang dans les veines qu'alors et puis, soldats de Verdun, nous avons appris aux bons endroits ce que c'est que de s'accrocher à un terrain. Nous n'avons eu peur ni des balles, ni des gaz, ni des plus braves soldats de la Garde ; nous n'aurons pas peur des embusqués de la politique...

Son état de santé oblige Henri à se reposer, indigné par l'attitude méprisante des officiers d'occupation et par les vexations imposées aux Allemands qu'on soumet aux brimades de troupiers indigènes, il regagne la Bretagne en juin 1920... Il lui faut l'air de la mer. Il vend une ferme et achète l'Ile Modez.

Marguerite, l'ainée des sœurs de Geneviève survit douloureusement aux trois décès successifs de ses enfants en bas âge. Dans les courriers, on parle d'elle souffrante sur sa chaise longue. Les précautions s'échelonnaient d'ordinaire sur six semaines après chaque accouchement ; plus s'il s'y ajoutait le choc malheureusement fréquent de la perte du nouveau-né. Chez les paysannes au contraire quelques jours suffisaient, on m'a même certifié le cas d'une nomade du Kham qui accoucha en allant chercher du bois pour le feu et revint le bébé tendrement tenu dans les bras, et le fagot lié sur la tête!

Les décès de jeunes femmes sont nombreux dans la famille Porteu. Gabrielle, l'une des plus jeunes, très jolie brune au regard pénétrant, avait déjà donné naissance à neuf enfants, le 4 novembre 1919 c'est à la naissance du dixième... Comme à chaque fois, le terme approchant, les pieux encouragements ne font qu'attiser la peur la plus humaine qu'il soit. Sa mère, ses sœurs, tentent d'apaiser l'angoisse mais les pieuses paroles hautes perchées et le rappel des succès passés ne sont d'aucun secours, chaque naissance apporte les mêmes risques... Gabrielle est rétive à l'étourdissement que devraient procurer ces boniments. Ce n'est pas le moment d'être étourdie. Si la layette est prête, dans un autre tiroir les attributs poivrés d'une toilette mortuaire témoignent de l'éventualité... Ayant charge de porter le même prénom que sa mère, l'enfant sans joie entrera plus tard en religion... Une autre sœur de Geneviève, Armelle, si proche d'elle qu'écolières elles se prétendaient jumelles, avait pris le même chemin que Gabrielle le 31 octobre 1917, laissant six enfants. La république distribuait des médailles aux militaires, et aux mères de famille, le parallèle allait assez loin puisqu'on qualifiait les décès dus aux fièvres du lait de « champ d'honneur des femmes ». Les maris eussent-ils étés un peu plus patriotes, ils se seraient fait gloire du sacrifice.

Geneviève et Charles qui ont perdu une enfant en 1910 sont déjà marqués par cette épuisante douleur, par l'effondrement du deuil après lequel tout bonheur reste bancal. Ce n'est pas sans arrière-pensée que presque chaque année, ils prennent rendez-vous avec le photographe, s'y rendent avec les enfants sur leur trente et un, et surveillent la pose pour ensuite envoyer l'admirable photo aux cousins, aux oncles et aux tantes. Sages et immortelles photos bariolées de joie programmée et de tristesse invisible, sous-tendues par les espoirs et les craintes qui en tout instant se croisent et s'échangent...

Ma chère petite Geneviève
Je voulais t'écrire hier pour te rendre compte des commissions que j'ai faites pour toi mais ayant reçu des visites depuis 2h moins le quart jusqu'à 7h je n'ai pas eu une minute. En plus nous sommes allés à un concert pour les enfants Boers hier soir et nous sommes rentrés à minuit ½ sans avoir attendu la fin des distractions de cette soirée. Tu vois que nous sommes bien occupées. Hier matin nous sommes donc allées au bon Marché et tu va recevoir le paquet peut-être même avant ma lettre et voila ce qu'il contient, si quelque chose ne te va pas, tu le renverras par papa et je le reprendrais ou l'échangerai.
On t'envoie contre remboursement

1 douzaine de serviettes de table damassées à 13f75
2 nappes assorties de 2m50 à 8f75 pièce (comme service courant) une damassée plus belle à14,75
Une nappe assortie sur 3m à 11f75 (tu vois que je ne les ai pas prises pareilles trouvant cela mieux, mais si cela ne t'arrange pas on changera) ...

Peu à peu et sans en avoir conscience, chez ceux qui sont marqués au porte-monnaie par la bonne économie ménagère, ces ruraux pétris de bon sens, qui expédient par le train aux jeunes couples parisiens, en plein mois de juin, du beurre bien salé, emballé dans des torchons humides, certains cèdent aux sirènes de la consommation et deviennent adeptes des catalogues du Bon-Marché et de la Samaritaine. Bien entendu les déconvenues et les retours de marchandise compliquent la vie et les tenants de la débrouille provinciale restent orgueilleusement campés dans leur production locale. Ma mère Armelle, en deviendra le meilleur exemple, elle qui avait rétorqué beaucoup plus tard à un neveu qui cherchait une façon de rendre étanche une barque en papier « *Mais mon pauvre, tu sais bien que tu ne trouveras jamais la solution à tes problèmes chez un commerçant !* » Armelle et sa tante Henriette, bien qu'ayant des vies et des moyens à l'opposé l'une de l'autre, avaient beaucoup d'affinités, toutes deux firent preuve d'une liberté qui n'était pas encore de mise dans la première moitié du XXe siècle.
Rue Lesage, la famille s'est agrandie avec la septième naissance, celle de François qui plus tard deviendra médecin. On se souvient qu'ils sont six. L'ainée, Marie-Thérèse est une fille intelligente, entreprenante et enthousiaste. Le second, Nalo, passionné de théâtre comme sa sœur, est studieux et voudrait devenir architecte. Marguerite, la petite fille, pour laquelle Geneviève portait vaillamment ses espérances prochaines à la villa Robinson, ne vécut que dix-huit mois. La passion du troisième est la TSF, né en 1910, il se prénomme Henri comme son grand-père Porteu et son oncle abbé. Nalo et Henri sont nés tous deux sous un soleil en lion et l'un comme l'autre deviendront architectes. Armelle et Nane, nées en 1912 et en 1914 sont des écolières assez peu scolaires et François qu'on appelle Cisco suce son pouce.
Le jardin qui s'étend derrière la maison est immense, d'autant plus grand qu'eux sont petits. C'est leur domaine, ils y ont tous les droits, il y eut des bégonias piétinés, des quantités de framboises disparues, des branches de cerisier cassées avec chutes cul

pardessus tête, jamais ils ne furent trop grondés. « *Mal élevés, mes enfants? ... Certainement pas ! C'est moi qui les ai élevés !* » répondit un jour Charles à un passant qui avait sonné à la porte pour se plaindre d'avoir reçu une poignée de noyaux sur la tête et entendu des rires étouffés. Du reste les cousins Boucly ou Hardoin étaient mis en garde par leurs parents à propos des petits Coüasnon qui n'étaient « Pas très comme il faut. »

Charles est plus libre maintenant, l'esclavage du ministère de la guerre a cessé. Il quitte son étude chaque fin de semaine, parfois reste absent une dizaine de jours, deux semaines peut-être en été... C'est un travailleur, un homme de devoir, courageux et dévoué à sa descendance ; à lui je dois une bonne part de la liberté que j'ai dans cette vie... Il gère de nombreux chantiers, des constructions, des réparations, des expertises et des monuments, il circule toujours à pied, en train et à bicyclette ... On lui demande beaucoup de monuments aux morts, mais il est bien trop tôt. Les blessures sont trop vives pour que lui vienne l'idée qu'eut mon ami Robert Filliou, une autre guerre et soixante années plus tard, d'organiser des échanges internationaux pour ces monuments calamiteux. Ainsi les monuments gravés aux noms des morts, auraient pu circuler de part et d'autre du Rhin ou du Danube, décentrer les esprits et susciter un peu d'équanimité. Non, il est trop tôt. Et puis même si les Coüasnon ne sont pas très comme il faut, leurs idées restent très comme il faut !

En 1921 Charles obtient un gros chantier auprès de ses beaux-frères Guillemot, les frères d'Henriette. Ils n'ont pas trente ans et ont pris la suite de feu leur père, tué dans un accident de voiture avant guerre. Leurs affaires marchent bien, ils lancent les premiers grands magasins, les « Nouvelles Galeries ». On a vérifié les pneumatiques avant de partir, casques en cuir et des lunettes cerclées de fer , ils emmènent leur architecte à Grandville ...
Ma très chère Geneviève.
Je suis rentré de Granville, j'ai dîné et je t'écris.
Mon voyage s'est très bien fait avec Paul et conduit par René dans sa voiture. Nous avons mis moins de deux heures à aller et deux heures cinq minutes pour revenir. Nous faisions souvent le kilomètre en 45 secondes, c'est du 80 à l'heure.
Pour moi tout est terminé à Granville, le mobilier seul reste à achever et placer. Tout le personnel est occupé à étiqueter des marchandises de toute espèce. La semaine prochaine je pense qu'on commencera à étaler pour ouvrir le 15 août.

A l'allure de 80 kilomètres à l'heure en voiture découverte on ne peut pas converser longtemps, le vent étouffe...

Les vacances scolaires sont en Août et en Septembre, on commence par louer une villa sur la côte morbihannaise où Geneviève invite. Charles qui ne s'y rend que durant les week-ends trouve que son épouse en fait trop et se fatigue, il lui conseille de « *faire la dame qui ne reçoit pas* ». A partir de la fin août, c'est au berceau familial, dans le pays de Guémené qu'ils trouvent un vrai repos, au château de Pont-Veix.

Le décès des aïeux de Guémené, Aristide Frérejouan du Saint et Génie son épouse remonte à la fin du XIXe. Leur fille Marie, la mère de la fratrie Coüasnon, décéda en 1900 tandis que leur fils Georges du Saint vit jusqu'en 1925. De Georges nous avons une lettre écrite à Charles qui remonte à l'époque du décès de Marie...

Paris 2 décembre 1900
Mon cher ami
Les nouvelles que tu me donnes sont plus rassurantes mais nous ne sommes pas encore tirés de soucis. Malgré cela j'espère que la crise aiguë est passée. Tu ne me dis pas si le poumon se dégage. La diminution de la fièvre paraîtrait l'indiquer.
Puisque le téléphone est gratuitement à ta disposition tu peux continuer à en user. Se mettre à 2 ou 3 centimètres de la plaque ; parler lentement et distinctement sans crier. Il y avait ce qu'on appelle de la friture, ce qui indique que la communication était mal donnée. J'entendais beaucoup mieux la voix de femme qui demandait si on était bien en communication avec Paris, cette voix du bureau de Rennes était très distincte, ce qui prouve qu'on coupait à chaque instant à Rennes.
Espérons que tout ira bien et que la convalescence va se poursuivre normalement. Les Crépons viennent ici savoir des nouvelles.
Continue à écrire au moins tous les deux jours jusqu'à ce que l'amélioration soit définitive.
Bien à toi.   Georges du Saint

Georges s'était défait du Manoir du Grand Logis, cette jolie maison du XVe, froide et humide mais pleine de charme avec sa tour carrée et son parc qui descend jusqu'aux plages du Don. Une photo prise avant-guerre nous montre Jean du Saint, son fils, devant le manoir. Il est juché sur un superbe tricycle à moteur, pneus à flancs blancs, garde boue presque trainant par terre, réservoir à pétrole cylindrique sous le siège, guidon à poignées de bois... Jean a un visage fin, porte petite moustache et chapeau de feutre, il est vêtu d'un costume avec une cravate bouffante et chaussures vernies. Les grandes dalles de granite qui bordent le bâtiment forment un large trottoir. Derrière lui se trouve la petite porte basse, presque carrée, par où était sortie Génie par un matin venteux de janvier pour la messe du roi martyr. Entre deux volets fatigués une haute fenêtre, derrière l'un des plus bas des petits carreaux inégaux on devine un petit visage chiffonné qui scrute étrangement. La bonne, la cuisinière ? Une de ces figures humbles et indispensables, reflet inquiet d'une vie oubliée... Le confort en ce temps-là était surtout fait d'un personnel nombreux. Jean du Saint, passionné de mécanique, est fier de son engin. C'est un garçon qui sait mettre en avant ses compétences il obtiendra la place enviable de chauffeur interprète durant la guerre, on a lu qu'il aime les mauves crépuscules de l'hiver lorrain.

Son père, l'oncle Georges, achète non loin de Guémené le château de Pont-Veix avec ferme et moulin. Avocat de formation, il est versé dans la recherche plus que dans la plaidoirie. Au tournant du siècle, il rédigeait avec quelques collègues un Répertoire Général Alphabétique du Droit Français, répertoire de jurisprudence en 35 volumes gravement indigeste. C'est un petit homme au visage rond, un peu sourd mais très fin, d'une jovialité sans faille et très attaché à la bonne morale de son milieu. Il a une écriture volatile, ses lettres aimables et pleines d'esprit sont difficiles à déchiffrer. Depuis le début du siècle jusqu'à sa mort en 1925, il représente sinon l'autorité, au moins une figure paternelle pour la brûlante fratrie de ses neveux.

Pont-Veix est le paradis des enfants, depuis le haut de l'avenue jusqu'aux berges du Don, depuis le grenier du château jusqu'à la majestueuse roue qui tourne contre le mur de schiste du moulin, le bonheur est dans chaque arbre, chaque fenêtre, dans les odeurs de chaque endroit, dans les fruits, et les lumières... Quand ils arrivent en courant, montent les marches du perron et passent la porte en coup de vent, un paillasson de fonte encastré dans son logement de granite, sonne au dernier appui de chacun d'eux avant qu'ils n'enjambent le seuil. Le basculement métallique de cette grille, courte résonnance au timbre chancelant, tant de fois répété, quatre-vingts ans plus tard, ma mère me demanda de le lui faire entendre, un jour que nous passions par là ensemble, de le faire renaître encore, d'en faire revivre le plaisir. Comme le cliquètement incessant de la roue à aubes du moulin, le heurt du paillasson de fonte s'est gravé sur l'ineffaçable bande-son de ces enfants là.

Geneviève s'entend à merveille avec Jeanne l'épouse de Jean du Saint. Les deux couples rassemblent une dizaine d'enfants dans des vacances qui s'étirent jusqu'à l'équinoxe.

Tout est toujours bien tenu à Pont-Veix, les cuisines du château satisfont aisément la voracité de tout ce petit monde. Les matinées sont studieuses ou faites de découvertes et d'inventions. On lit Alexandre Dumas assis sur la mousse dans le bois mystérieux. L'après-midi, on se baigne dans le Don. Après l'heure du thé, avec les grandes personnes on joue au croquet... Nalo choisit un motif qu'il lève en quelques traits et pousse la goutte d'eau colorée que boit le papier épais, il fait là ses premières aquarelles. Il sait déjà marier les ombres et les lumières et composer une image avec une certaine économie de moyen : peu de couleurs, s'arrêter à temps... Plus tard il réalisera des aquarelles d'un autre style, autrement plus complexes, sur des motifs architecturaux, mais toujours il gardera ce regard, cet œil simple qui sait ce qui fera une bonne image. Chaque soir, dans le salon du château les enfants sortent les boites plates armées de petites charnières et de fermoir de laiton qui contiennent les jeux de société, ils font des parties, des revanches et des belles. Avec les cartes on joue au rami, au pouilleux, au nain jaune, à la crapette, dont les noms font sourire.

Mon cher Charles

Tu me remercies comme si tu avais passé de bonnes vacances à PontVeix, et pourtant c'est à peine si tu as eu le temps de te préparer à les prendre. Tu n'as pas de rancune envers la providence et tu as raison il faut toujours prendre les choses par le bon côté et voir qu'elles auraient pu être pires. Tu as été privé de quelques plaisirs mais tu n'as pas été malade comme il est d'usage dans cette indisposition ; tout s'est très bien passé pour toi et pour les autres, personne n'a été contaminé par le microbe. Tout est donc pour le mieux à l'exception des distractions dont tu as été privé, mais qui aujourd'hui seraient tombées dans le passé pour toi comme pour les autres.

Nous étions hier à Téguel chez les Ronan où Marie-Thérèse a été regrettée pour elle-même et pour sa raquette. Et nous sommes revenus à notre petit couvert, qui va encore se réduire pour moi. Je m'apprête à subir la corvée du déménagement, après quoi je reprendrai mes quartiers d'hiver et le coin de mon feu, pendant que tu feras des X et que tu rechercheras les inconnues.

Affectueux souvenir autour de toi et pour toi et croyez tous à mes sentiments toujours fidèles.

Georges du Saint

8

Un ciel immense, le vent, les marées... Quand les Irlandais furent christianisés, leurs saints et leurs patrons prirent la mer dans des auges de pierre. Leur navigation s'érigeait en une magie brutale, convertissant les flots. C'était le cinquième, le sixième siècle... La petite Bretagne impie donnait dans un druidisme génial, abscons et rustique. Les Modez, les Tudy, les Malo, Guénolé et Tudal arrivèrent en ordre dispersé assommant les démons à coup de crucifix. Modez choisit une île infestée de serpents, il la retourna d'un coup, tous les serpents furent noyés. Ensuite, tranquille comme Baptiste, il s'installa sous un tamaris et d'une prière puissante, portée par une jolie brise de nordet, il commença de travailler le bon peuple des terres voisines. Bientôt trois émules traversant à basse mer dans le varech jusqu'aux cuisses, vinrent bâtir des ermitages de pierre disjointes, le groupe s'efforçait aux oraisons sans relâche, ils furent trois, puis dix, vingt... Fondus dans une discipline de fer, d'une foi ardente et athlétique, produisant prodiges et miracles qui subjuguaient les mécréants, Modez et les siens, depuis l'île, étendirent une emprise de force et de bonté sur les coriaces d'Armorique. Plusieurs fois de fâcheux et bruyants cornus montés sur des drakkars goudronnés incendièrent les maigres récoltes et enfumèrent les ermites dans leurs tanières comme de vulgaires blaireaux en se saoulant énormément. Mais rien n'arrêta les fondus de Dieu.

Quarante générations plus tard, les gens de Loguivy de L'Arcouest et de Ploubazlanec se réjouissent de voir arriver un farouche abbé sur l'île dépeuplée. Des paysans de Lannévez y font pousser des pommes de terre de primeur. Dans les claires soirées du solstice et jusqu'à la nuit tombée si la marée est tardive, ils retournent au continent avec leurs charrettes grinçantes chargées de belles pommes de terre, femmes et enfants dodelinant de la tête aux cahots des roches qu'enjambent leurs roussins. Un grand gars nommé Louann reste sur place... A la saison où on butte les patates, ils passent la nuit dans l'ancien prieuré. Ils y tiennent une sorte de cuisine et des fagots de bois sec. Aux deux pignons de granite comme au mur de refend s'appuient des cheminées bourrues, les lits de fer sont incrustés dans la terre battue... Henri s'installe dans la chapelle à côté. Derrière lui c'est la mer, le fort courant qu'aspire, souffle puis aspire encore chaque jour l'embouchure du Trieux, et de l'autre côté Bréhat... Une vie d'ermite... Sa barbe rousse s'est assombrie et autour de ses yeux qui se sont éclaircis, son visage prend une patine de bois flotté. Il passe des heures dans l'oratoire, un petit bâtiment en forme de pain de sucre juché sur un tertre à une portée de flèche. Après la Palestine, Rome et les Tranchées, il savoure en silence la chance inouïe qu'il a de se trouver là, se félicite d'échapper aux futiles turpitudes du monde. Pour l'oratoire, il se fait fabriquer un prie-Dieu avec un coussin de velours cramoisi, et un retable pliant. Avec l'équinoxe les tempêtes crachent leurs paquets d'embrun jusque sur sa porte, Henri titube, retenant son béret, sa soutane folle claque dans la bourrasque sur le sentier. La puissance surnaturelle de la mer, la dérive précipitée du ciel, les nuages blancs et noirs qui fuient comme la vie... Henri aspire à une retraite, il achète tout de même une lourde barque de pêche. Passer à terre, trois kilomètres, ne se peut faire à sec qu'au jusant, et s'il ne pleut pas trop, si les coups de vent ne vous mettent pas à genoux... Son frère Joseph se rend à Modez en décembre 1923, il envoie un mot à Geneviève et Marie-Thérèse :

Les voies de communication avec le continent ou la métropole sont bien précaires. Il faut aviser un bateau ou le pêcheur qui passe, tenir compte de l'heure des marées, de l'état du temps etc. etc... Autant de circonstance qui paralysent un peu tout ce qui était autrefois nouvelles du jour (Le journal n'existe pas ici)... C'est le plus beau site que je connaisse pour se retremper dans une retraite seul à seul, en présence de tableaux uniques au monde, qui par leur simple contemplation à quelque heure que ce soit sont une prière perpétuelle... Là je peux répéter sans cesse : 'Quam admirabilis sunt opera tua' !... J'ai reçu votre carte postale d'Hyères, sans jeu de mot elle ne datait pas d'hier puisque je ne l'ai reçue qu'hier. Parce que tout ce qui va sur Lézardrieux est souvent en panne à cause de l'état de la mer, du mauvais temps, du manque de bateau. En revanche adressées à l'Ile Saint Modez, Commune de Lanmodez par Pleubihan (Côte du Nord) les lettres parviennent plus tôt, par ce que même en morte-eau, à la rigueur, le courrier peut traverser sans le secours du canot. Avec de l'eau jusqu'aux genoux, il passe tandis que Lézardrieux est à 12 kilomètres par mer.

Le bon entretien des terres et les rapports avec les métayers ont toujours eu valeur d'une charge sacrée chez les hobereaux des campagnes bretonnes ; l'oncle abbé continue de tenir la terre en culture grâce à la famille qui l'avait en fermage depuis longtemps. Une bonne douzaine de petites brebis noires paissent en liberté dans la vibrante verdure de l'île, elles accourent dès qu'apparaît le barbu en soutane, penchent la tête de côté pour l'attendrir du doux regard de leurs grands yeux dorés. La terre est fine et noire, cette terre là, les gens viennent exprès des environs en prendre une poignée pour la verser chez eux. Depuis Saint Modez cette terre là chasse les vers et les serpents venimeux.

La réputation d'Henri arrive rapidement à Paimpol. A vrai dire dans toute la Bretagne bien pensante, il est connu comme le loup blanc. La meilleure preuve que nous en avons sont les 250 cartes de félicitations qu'il a conservées après son ordination, des petites cartes de visite avec un nom joliment calligraphié avec au dessous à la plume, une formule comme « Félicitations – unions de prières » parfois en latin... Des vicaires, des avocats, des chanoines honoraires, des abbés en veux tu en voila, même un évêque et pourquoi pas un sergent-chef ! Des cartes sous enveloppe assortie adressée à Monsieur l'Abbé Henri Coüasnon, Séminaire Français 42 via Santa Chiara Roma. Nous avons même sa liste des 180 personnes qu'il remercia en retour...

Il doit bientôt dire régulièrement des messes à Larcouest, quelquefois à Paimpol. Si par malheur le moteur de sa grosse barque ne démarre pas, il grogne se croyant maudit, sous les ricanements des goélands, il s'épuise à tourner la manivelle quand il devrait épargner son peu de souffle pour le sermon qu'il a en tête... A terre, sur la jetée, les hommes l'attendent avec la carriole et un cheval dont le harnachement sent l'huile de morue pour le mener dignement à l'église... Henri vécut là huit ans...

Marie-Thérèse a un visage fin, calme et volontaire, un regard mobile, espiègle, tantôt effrayé par la vie, sitôt amusé d'avoir pu être effrayée. Ses yeux noisette se plissent dans un sourire discret, le naturel dont elle ne sait se départir l'embarrasse. Elle ne sait comment tenir son rôle de sœur ainée qui requiert un semblant de sérieux. Ses cheveux, châtain sombre et ondulés, sont coiffés courts, son élégance toujours discrète. Elle porte élégamment ses vingt ans. Ses parents discernent en elle une légère tendance à la mélancolie, ils s'interrogent, elle est un peu pâlotte et maigrichonne. Un séjour à Hyères devrait lui faire du bien, la remplumer, a dit l'oncle Emmanuel avec toute sa sagesse de médecin. On la dit bronchitique car elle fait des crises d'asthme. L'oncle a recommandé une maison de santé, chez des bonnes-sœurs naturellement. En novembre 1923 sa mère l'y accompagne ... Les deux frères ainés se débrouillent avec le papa, et la bonne fait la cuisine, les deux petites sœurs sont mises en pension. Cisco, le cadet, loge chez sa tante Henriette avec son petit cousin.

On se vouvoie entre jeunes gens à l'époque, une amie lui écrit...
Ma chère Marie-Thérèse. 1-1-24
Excusez-moi de ne pas vous avoir écrit plus tôt ...
Vous savez le succès énorme de notre dramatique amie Anne Guesdon dont l'entrée en scène à St Marin fut une véritable révélation : salle en délire, applaudissements frénétiques, rappels, que sais-je encore? ... Qui eut reconnu la blonde et douce Anne en cette altière romaine à la voix profonde et passionnée, aux accents émouvants et aux gestes nobles? Tant de grandeur et de dignité nous laissait, pauvres mortelles, absolument confondues! Un si bel exemple ne peut que susciter d'autres vocations, aussi verrons nous vendredi Bussy et d'Augustin interpréter ensemble au patronage de St Hélier 'La main leste' (qu'ils répétaient à Pâques l'an dernier) et 'Par un jour de pluie'. Les deux familles rivalisent d'ardeur et c'est plaisir de les voir dans le feu de leurs préparatifs et trembler des mêmes émotions préalables. Et à part cela que vous dirais-je de plus sur les gens connus sinon que le cercle d'études baptisé depuis peu d'un nom pompeux que je me suis empressé d'oublier, continue à défrayer les conversations (ainsi que les habitantes de certaine maison de la rue du Thabor); que Louise Marcille, complètement convertie et transformée, continue d'aller au moins toutes les semaines à la chapelle des carmes, en bas à droite, au grand désespoir d'Anne Guesdon qui prétend qu'à ce régime , elle n'en a pas pour un an avant de prendre le voile; que la mode pour les jeunes gens est en ce moment d'entrer au séminaire, d'y rester huit jours et d'en sortir pour se marier deux jours après.
Il sévit d'ailleurs une épidémie sur les jeunes danseurs rennais des années dernières: de Cibon, Rochas, de Pontbriand, ne trouvez vous pas que tous ces mariages sont absolument roulants? On m'a aussi annoncé l'entrée aux Bénédictines d'Anne marie

de Boynes, chose qui étonne certains mais ne me surprend pas outre-mesure.
Votre petite amie G Canneva est radieuse, gaie, enjouée et fait plaisir à voir, je crois que le mariage aura lieu avant celui de Marie Antoinette Chaument avec je ne sais qui.
Voila trois jours que cette lettre est commencée, c'est honteux!
Je vous préviens charitablement que Louisette est furieuse contre vous parce que vous avez oublié de lui envoyer vos vœux et elle compte vous adresser les siens avec sa carte - Je m'acquitte de la commission dont j'ai été chargée !!
... Je vous raconterai en une édition de plus les menus faits de notre vielle ville. Vous pourrez ainsi comparer les opinions diverses sur le même évènement, ce qui doit être assez amusant. Je vous quitte ma chère enfant en vous envoyant mon très amical souvenir.
J.G.

Hyères ! Les journées se répètent : promenade, travaux d'aiguille, vêpres et bridges quotidiens... Sur le bord de la fenêtre, des miettes de pain pour les oiseaux « *des petits effrontés* ». Il pleut tout décembre ! On avait jamais vu ça disent les bonnes-sœurs. Geneviève retourne à Rennes pour la semaine de Noël avec une grosse valise et un mimosa. Le 25 elle écrit.
Donne-moi tous les jours de tes nouvelles. Je pense que ta vie très tranquille est toujours la même et que tu n'as pas eu froid dimanche dans la fenêtre des cabinets où tu t'es obstinée si longtemps. Je t'embrasse très tendrement malgré ta désobéissance et ton obstination. Ta mère très affectionnée. G.
Nous avons toute une collection de courrier et d'échanges assez pathétiques de cette jeune fille dont la santé est censée s'améliorer, là-bas... A Rennes, Charles se félicite de ce choix et distribue des bonnes nouvelles aux uns et aux autres. Marie-Thérèse pourtant ne réussit pas à donner le change, elle n'est pas inspirée, la feuille reste blanche... La tristesse de ne pas être à la hauteur des attentes aggrave son état. La crainte d'être lue et relue la gêne aux entournures. Même si son frère la félicite pour son style gai et enjoué, c'est un exil, le trait est forcé. Quand elle écrit, la ponctualité et l'orthographe de ses missives sont gravement scrutées et commentées par retour, assorties d'encouragements acides qui lui font l'effet de sinapismes affectifs. On retrouve cette même bienveillance aveugle qu'avait son arrière-grand-mère Génie du Saint quand elle souhaitait remplumer sa petite fille Marie dans l'espoir

de « *la voir un jour ou l'autre capable d'être mariée et de tenir un ménage* ». Marie-Thérèse s'angoisse et se tait.

Comme je t'aime beaucoup je voudrais te voir parfaite sous tous les rapports or sous celui de l'orthographe tu me désoles et tu m'inquiètes. Aussi ais-je décidé de profiter de nos relations épistolaires que je souhaite toujours plus actives pour te donner quelques leçons, venant de ton papa elles seront les plus discrètes et les plus secrètes que tu puisses recevoir. Je compte qu'elles te seront agréables et je les crois très utiles. Ceci posé, je te renvoie ta lettre à Nalo corrigée à l'encre rouge où je reprends les fautes dans leur ordre de production.

Tout le détail orthographique et grammatical suit, de la première à la quatorzième faute. La lettre se termine par des propos lénifiants. « *La bonne lettre de ta maman me dit que tu es merveilleusement bien, que tu es gaie, pleine d'entrain, fraiche... Continue de te soigner ma chérie avec toute la docilité et la constance que te conseille ta chère maman...*» Une fois Geneviève repartie à Rennes, Marie-Thérèse le nez au vent, part en promenade dans une direction inhabituelle.

Je suis allé l'autre jour dans les vieux quartiers de Hyères ; c'est une infection, j'ai juré de ne jamais y retourner ; n'ayant pas de tout à l'égout ils y ont suppléé par le tout à la rue, c'est délicieux. Et les rues, il faudrait être ferré à glace pour tenir en équilibre ; c'est curieux on se croirait chez les sauvages. C'est partout une misère effroyable et malgré cela ils ont des idées gaies, de toutes les fenêtres partaient des voix claires qui chantaient les derniers airs de danse à la mode.

La docilité, elle l'intégrera totalement, jusqu'à accepter quelque temps après, le mari qu'on lui choisit. Son frère Nalo, chargé cinquante ans plus tard de faire un discours pour les noces d'or du couple, dira : « *Je ne vais quand même pas faire l'éloge de celui qui a bousillé la vie de ma sœur !* » Mais pour l'heure Nalo a 18 ans, il échangerait bien le soleil sensément radieux de la Côte d'Azur contre « *Cet horrible brouillard qui depuis plusieurs jours épaissit l'air de notre vieille ville, et le soir émet autour des becs de gaz des halos blafards. C'est dans ce brouillard que j'ai aujourd'hui marché au pas et fait des quarts de tour à droite dans la cour de la caserne Mac Mahon.* »

Un jour par semaine il se tape l'entrainement militaire pour devenir élève officier de réserve. Profitant de ses entrées à la caserne, Nalo y va de son bagout, on l'autorise à donner au cercle militaire l'avant-première d'une pièce de théâtre. « *En situation pour ainsi dire réelle, éclairages et tout »...* Malheureusement le public pour ce grand soir se limite à deux sous-officiers malgaches, enthousiastes il est vrai, mais l'expérience laisse les turlupins perplexes... Le lendemain des exercices d'entraînement Nalo est malade, une encéphalite-rectale carabinée. Il se rend tout de même à l'atelier d'archi où son prof nommé Lefort, examine les travaux de chacun. L'ambiance est lourde et tendue, tout le monde fume là dedans et Nalo qui passe en dernier encaisse tout le chambard... En sueur, il titube et se croit mourant quand il rentre enfin chez lui. Peu après il écrit à nouveau à sa sœur...

Il est certain que pendant les deux mois qui ont fini l'année dernière je me suis appliqué trop exclusivement à l'architecture. C'est stupide et abrutissant on se bouche le cerveau dans un travail trop monotone et c'était de l'architecture c'est-à-dire un travail qui en lui-même est assez varié et assez amusant. Tandis que ce trimestre avec mes mathématiques je me serai complètement hébété, et à Pâques quand tu serais revenue tu n'aurais retrouvé qu'une ombre, les yeux caves et ternes la bouche pendante et les membres ballants dans un mouvement d'abandon et d'atrophie musculaire absolue. Heureusement j'aurai les préparations militaires pour entretenir chez moi un état musculaire non pas hypertrophique mais normal et tous ces bouquins qui feront faire à mon esprit une gymnastique aussi utile que distrayante.
Cette semaine je n'ai pas perdu mon temps je t'assure : Lundi réception de la famille à la maison et lettes de bonne année, le lendemain premier de l'an visites à tous et à toutes et vœux avec les mêmes. Mercredi réception chez tante Marguerite Delaunay, j'ai, après bien des espérances souvent déçues, après des prières et ces supplications, après bien des jours d'attente jamais ralentie par un désir toujours nouveau et intérêt familial fort compréhensible, j'ai, oh prodige, oh merveille des merveilles, oh douceur si intime et si bonne, j'ai, dis-je, aperçue, perdue au milieu des draps blancs des couvertures multiples et des oreillers moelleux, j'ai aperçu ma nièce.
Cette phrase quelque pompière et grotesque qu'elle puisse être, est cependant l'expression exacte, le miroir fidèle de ma pensée. Elle peint bien ce stupide entêtement de Solange à cacher sa fille. Elle n'est pas jolie jolie elle sera bien la fille de sa mère, elle lui ressemble comme deux gouttes d'eau, surtout chose curieuse chez un poupon, par une tête en pain de sucre vraiment remarquable. Mais ce n'est pas une raison pour cacher cette nièce aux yeux d'une famille [anxieuse ?] et de ravir ce petit être si faible à

147

la douce affection d'un oncle plein de dévouement.
Vendredi chasse à Moreau avec Vatar du gibier mais cependant rien rapporté pas un coup de fusil.

Gants, cache-nez et bonnet dans le vent d'hiver, chaque nouvelle année oblige aux visites. D'un quartier de Rennes à l'autre, les grosses chaussures résonnent fort sur le pavé, et rapportent des étrennes. Henri… non pas Henri l'oncle abbé mais Henri le fils de Charles, en donne le détail

Rennes Mardi 2 Janvier 1924.   9 heures 1/2 du soir.
Ma chère Sœur
Il est bien tard pour te souhaiter la bonne année mais je le fais quand même puisque je ne l'ai pas fait dans ma dernière lettre.
Nous n'avons pas cessé de faire des visites de toute la journée. Ce matin nous sommes tous allés à la messe de 9 heures. De là nous nous sommes dirigés vers St Yves où nous avons vu nos tantes, les 2 Ramé, et Yvonne de Molon qui a changé c'est effrayant. C'est vrai que c'est la première fois que je la vois habillée en bonne-sœur. De là nous sommes allés voir Madame Baria qui a fait beaucoup de progrès, et pendant ce temps là Maman, Cisco et Nane étaient chez l'aumônier de St Yves: l'abbé Cornec. Après toutes ces visites nous sommes rentrés à la maison et nous avons rencontré en chemin les Buci et les Dogustin. A la maison nous avons déjeuné et puis vers 1h.1/4 les Hardoin sont venu nous souhaiter la bonne année. Après cette visite nous sommes parti chez Tante Maria Gouanne qui est très contente de ta bonne lettre et a donné à Nane de l'argent et une boite de nougat aux amandes et à la famille un énorme sucre de pomme, nous sommes partis de là pour aller chez Grand-père, à peine étions-nous arrivés que les Hardoin à leur tour s'amènent. On a fait la visite avec eux et Grand-père nous a donné 5 francs à chacun et à toi et à Nalo 10f. Nous avons goûté chez eux puis nous sommes partis laissant les Hardoin. Après nous sommes allés voir Tante Odile qui va très bien, et au moment où nous partions, les Hardoin encore sont arrivés. De là nous sommes allés chez Tante Henriette et Fritse, Armelle et toi ont eu d'épatants mouchoirs brodés, chacune trois mouchoirs dans de belles boites modernes. Nane a eu une pendule en porcelaine dans le même genre que la tienne. Cisco a eu un jeu Euréka à pistolet, et Nalo et moi rien du tout pour l'instant. Nous sommes ensuite allés chez Tante Marguerite, elle m'a donné un porte-monnaie très chic en cuir de Russie, à Nalo un flacon de parfum, à toi 2 vases en imitation grès flammé avec de l'étain

repoussé dessus, à Armelle une boite à poudre représentant un Pierrot, à Cisco 3 livres de contes de Perrault et à Nane du très beau papier à lettre décoré. Après nous sommes allés chez les Hardoin puis chez les Ollier. J'oubliais que Tonton Gaëtan nous a donné à chacun 5f. et à moi 10f. parce-que je suis son filleul. Tante Adèle à donné 20f. à partager entre tous les enfants de la famille. Ton frère qui te souhaite une bonne année et ta complète guérison le plus tôt possible.
Henri Coüasnon

Ainsi chez Tante Henriette les garçons avaient eu zéro étrenne au premier janvier « *car la justice n'est pas de ce monde* » disait-elle. Elle professait sans vergogne qu'on peut faire des enfants, oui, deux ou trois, *«pour voir si la machine marche bien. Mais il faut s'abstenir d'encombrer le monde»* !

Marie-Thérèse néglige un jour d'envoyer les quelques phrases obligatoires, qui sont l'occasion quotidienne, rue Lesage, d'un plaisir tellement souligné et embarrassant pour elle. La réplique ne se fait pas attendre et le lendemain soir elle se fend d'une douloureuse.

Oh ma chère maman. Quelle lettre ! ... C'est cette surprise qui m'attendait en remontant de chez Mme Poméon pour le coucher, quel triste bonsoir ! Il est 9 heures ¼ mais je tiens à vous dire dès ce soir combien elle m'a fait de la peine, cette lettre que j'ouvrais avec tant de joies ! J'aurais voulu ne jamais la voir. Je vous demande bien pardon ; je suis désolée de vous avoir fait tellement de peine. Puisque cela vous fait plaisir j'écrirai tous les jours. Pour les banalités que j'ai à raconter, j'avais pensé que tous les deux jours était suffisant, mais je vous promets de vous écrire tous les jours dès maintenant.

Ce n'est pas pour m'excuser mais ici les lettres n'arrivent guère non plus ; Mme Poméon assure que ce sera ainsi jusqu'après le mardi gras. C'est plus ennuyeux pour la pauvre Mme Grave, voici 12 jours qu'elle est sans un mot du Maroc ; elle est complètement à l'envers. Chacun la tranquillise comme il peut. Avec ce mauvais temps les avions ont bien pu ne pas partir ou être arrêtés en route... ... Ma chère maman avant de me coucher je vous embrasse bien tendrement ainsi que mon cher papa et mes frères et sœurs. Votre grande fille bien désolée, qui vous demande encor pardon.

Quand le père de famille la rejoint quelques jours à Hyères, puis prend le train avec elle pour rentrer enfin, mettant un terme à cinq mois d'absence, il reçoit de Geneviève, une lettre qui célèbre leur 22e anniversaire de mariage :

Mercredi 9 avril 1924   Mon mari chéri. Nous sommes bien loin l'un de l'autre pour notre 22ᵉ anniversaire. Hier dans ma lette je n'ai pas pensé à t'en parler, c'était pourtant hier le 8 avril ; mais le neuf était aussi bon, sinon meilleur, et la suite toujours de mieux en mieux parce que le bonheur est une somme : une addition de tous les jours heureux qui pour être complet et parfait comme le nôtre demande à n'avoir jamais rien à soustraire. C'est bien notre cas : chaque jour, chaque année apporte un avoir acquit par notre amour mutuel, toujours aussi complet et qui ne connait aucune restriction. Il y a 22 ans le printemps était bien le même que celui-ci. Ce matin je regardais en allant à la messe les petites feuilles qui pointent au bout des branches des tilleuls de la préfecture ; comme le matin du 9 avril quand nous commencions notre vie à deux ; et je me reportais avec émotion à notre premier jour d'amour. Je pense que l'avril est plus fleuri là bas qu'ici et je voudrais que le soleil te fasse fête, qu'il dore et colore ce beau pays pour que tu en jouisses bien compétemment près de ta grande. Cette chère grande, voila ce qui vieillit nos amours, mais voila aussi ce qui nous pare. Dis moi que tu l'as trouvée belle et rayonnante de santé ; dis moi que ton bonheur de la retrouver a été complet et que tu ne t'attendais pas à mieux. En attendant, je t'embrasse comme je t'aime, toujours plus tendrement. Reçois avec mes baisers ceux de toute la nichée qui est encore sous mon aile. Ta femme tendrement à toi. Geneviève Coüasnon

En 1924, à Janzé restent Auguste et Joseph, Théo est maintenant marié et père de famille. René est mort en 19, leur sœur Marie l'a suivi dans la tombe en 23. Un siècle après peut-on espérer encore que ce ne fut pas de vexation auto-immune qu'elle déceda ?
Théo perd son épouse quelques jours après la naissance du troisième enfant en février 1925. Il refuse tout net d'être cornaqué par madame de la Fruglaye sa belle-mère, pourtant efficacement secondée par une vieille demoiselle à voilette, sa belle-sœur. Il filera peu après avec sa secrétaire pour refaire sa vie ailleurs, et abandonnera les trois ainés à cette vieille noblesse revancharde et apeurée dans l'imposant château de Chaloché hanté par tous les décapités du grand siècle.
Dans les années vingt passent des satellites que j'ai du mal à identifier... « *Votre cousine Thérèse Godineau* » passe dans le ciel, comme un nuage acide tracé d'une plume légère à l'encre violette sur un petit papier de ciel jauni. C'est la phalange intégriste de Vitré, les durs du prie-Dieu, séraphiques grenouilles de bénitier,

auréolées par le prestige de leur tante Hyacinthe, fondatrice de l'hôpital d'Etrelle et de notre prélat à calotte violette, Monseigneur Hévin... Des gens irréprochables, qui surfent sur l'indulgence plénière, des professionnels de la vexation à qui rien n'échappe. Ainsi notre cousine Thérèse Godineau apprend par Maria Jouanne qu'Henri (l'oncle abbé) achète une propriété à Lalleu. « *Quelle idée bizarre !* » écrit-elle à Geneviève, « *Mon oncle Hévin à qui j'apprenais la nouvelle m'a dit « Oh le pauvre Henri. Je me demande à quoi il pense ! ». Il n'a pas écrit à mon oncle pour le 1er de l'an... Et à vous chère cousine a-t-il donné signe de vie ?... Et ceux de Janzé ? Je vous avoue que cela me fait de la peine pour vous et pour Charles car après avoir été si unis c'est vraiment insensé de les voir si montés contre vous... Leur conduite est honteuse. Je désire vivement qu'un jour ou l'autre Henri finisse par comprendre ses torts et qu'il répare. Pourvu qu'on ne tourne pas Joseph comme on a fait de Marie. Cela m'est pénible de vous dire toutes ces choses mais c'est pour vous bien montrer que je désapprouve leur conduite...* »
Geneviève toujours sereine, écrit le lendemain à son mari ... « *J'avais hier une très aimable lettre de Thérèse Godineau, je lui répondrai car elle me parle avec beaucoup d'affection de la maussaderie de tes frères.* » Et elle termine « *Je t'embrasse avec le plus tendre et le meilleur baiser de mon cœur qui souffre d'être si loin de toi.* » On trouve encore quelques échanges avec Thérèse Godineau après le décès de son Cher Eugène. Elle leur offre sa voiture qui dort dans la grange mais jamais la voiture du cher Eugène n'est mentionnée rue Lesage, tandis qu'avant-guerre Geneviève nous parle de leur Créanche... « *Mon mari acheta une petite Créanche d'occasion dont les roues étaient actionnées par une courroie, elle nous servit surtout à aller avec nos deux ainés le dimanche à Mouillemuse. Mon mari fit cependant avec elle quelques courses d'affaires, nous fîmes même avec un voyage dans le Morbilhan.* »

Nous avons une superbe photo prise dans le jardin de la rue Lesage, un mariage en 1925. Avec le temps, la longue liste des enfants Porteu s'est amincie, entre la guerre, les décès en couches et les vocations religieuses plus ou moins authentiques. La génération primesautière et pudibonde de la Belle Epoque s'est réduite. Les deux hommes, sont toujours bien là, Emmanuel le docteur, mais son ainé Gaëtan, directeur de haras, est déjà veuf depuis trois ans. Sa première épouse venait du même cercle étroit, ses grands-parents à elle étaient ses arrière grands-parents à lui. Là encore les générations sortantes obnubilées par « l'entre-nous », ont fléché le parcours et bouclé une liaison aussi avantageuse que dangereuse. La pauvre jeune femme n'a pas survécu à une chute qu'elle fit alors qu'elle était enceinte. Quelques années plus tard, par un beau jour de juin, Gaëtan se remarie. Photo d'une fête tranquille sous de grands arbres. Sombre sureau et jeu de lumière dans les feuilles du cerisier, foule oisive autour de plusieurs tables portant des tasses, des verres et des assiettes à dessert. Au fond un rang irrégulier de jeunes gens au regard attentif se termine sur Nalo, profil au front dégagé, mains dans les poches. La mariée a un visage rêveur et le marié semble trouver sa chaise inconfortable. A gauche une dizaine de jeunes filles en blanc sourient. Un homme barbu, comme un faune sortant d'un bosquet en fleur, jette un regard inquiet. A droite, des vielles dames conversent, deux d'entre elles portent symétriquement une main devant la bouche. Tout contre le vieux sureau noir, une persienne orpheline émerge d'un laurier rose donnant un rythme au tableau. La fête a lieu rue Lesage et non à Mouillemuse qui bien qu'étant destiné à être la maison du couple, est encore pour l'heure marquée par le souvenir d'un premier mariage endeuillé. Du reste Gaëtan et Geneviève ont toujours eu une grande affection l'un pour l'autre. Ce jour là, comme dans les haras où il travaille, comme à Dallas où le ministère de la guerre l'avait dépêché pour acheter des chevaux du temps de la guerre, Gaëtan reste d'humeur égale, serein, un peu sarcastique, il commente cette fête qui l'entoure comme s'il était juste de passage sur cette planète...

Dans ces années d'après guerre on a l'impression de revivre, l'apnée fait encore battre le sang aux tempes, on sort la tête de l'eau, c'est l'éblouissement des « années folles ». Les Parisiens circulent dans de puissantes automobiles plus ou moins parallélépipédiques, munies d'un long nez ronflant flanqué de larges rabat-bouillons qui servent aussi de marchepied. Elles ont des phares gros comme des ballons de basket et des calandres chromées qu'on passe au Mirror avec un chiffon de laine... A Paris les modes reprennent leurs droits, on a plaisir à se bien vêtir. Rares sont ceux qui vont tête nue, les enfants ont droit au béret ventouse et les dames portent des cloches à visière au ras de l'œil. Rennes, avec un prudent retard, se lance aussi dans la mode. Pour le mariage de 1925, tous les jeunes gens sont en costume trois pièces, avec si possible, comme Gaëtan, la chaîne de montre qui fait une petite guirlande d'or sur l'estomac. Les vieilles dames en sont encore aux chapeaux grands comme des potiches fleuries, mais les jeunes femmes ont le feutre rond enfoncé sur le front. A l'extrême droite de la photo,

assise presque au ras du sol, Geneviève est tête nue, c'est coutume qu'une maîtresse de maison aille tête nue quand elle reçoit.
L'absence des frères et de la sœur de Charles est significative de la brouille que rapportait leur cousine Godineau, Geneviève bien sûr déplore cette absence. Théo s'entendait bien avec Gaëtan avant-guerre, ils chassaient ensemble, les fusils n'avaient encore eu pour cible que les lièvres et les bécasses. Maintenant la famille a du lâche, il y a des vexations molles entre les Rennais, ceux de Janzé et le saint ermite dans son île. La phalange vitréenne compte les points.
Le paterfamilias n'est pas non plus sur la photo. Si l'on en croit Geneviève, il avait contracté la fièvre typhoïde en consommant des huitres et ne s'était jamais soigné. Elle nous rapporte qu'un docteur lui avait dit « *Il y a trois catégories de malades, les bons malades qui écoutent les conseils de leur docteur, les malades dont on ne dit rien, et les mauvais malades, et votre père est le dernier de cette catégorie.* » Un hiver qu'il passa complètement à la campagne afin de se guérir ne lui permit pas de se remettre totalement. Il conserva des douleurs de reins qui le firent marcher difficilement. *Un jour je l'accompagnais à Launay-Brûlon, voir ses ouvriers des oseraies, mon père était aimé de ses ouvriers qu'il payait bien et pour lesquels il était plein de bonté. L'un d'eux, le père Chesnau, le voyant venir si mal en point, le regarda tout peiné et lui dit* « *Oh Monsieur Porteu ça ne va pas, vous n'êtes pas bien... Tenez je vais vous dire ce qu'il vous faut : Faudrait vous saouleu, mais ben saouleu, ben saouleu* » *Puis après un silence de compassion :* « *Vous qu'avez si ben le moyen, Monsieur Porteu* » Cela non plus ne fut pas du goût du paterfamilias qui traina son mal jusqu'à la fin de ses jours en 1926, marchant courageusement avec deux cannes.
On remarque aussi l'absence de Marie Porteu, l'insoumise qui décrivait la brume et les côtes du Devon, quand passionnée par l'aquarelle, avec ses amies anglaises elle voguait outre-manche, libre comme l'air qui passait dans ses cheveux. Marie Porteu est maintenant chez les sœurs de Saint Vincent de Paul derrière les murs de granite d'un couvent de Morlaix. Que s'est-il passé ? Alors que Marie Porteu goûte avec volupté la vie de Paris, quelque détail parvient à son père qui en prend ombrage. Voyant son honneur balancer au bord d'un gouffre sans fond, il prend le train, la cherche à son adresse, la piste, et la retrouve sur le boulevard des Batignolles. Il la tance d'importance et lui intime l'ordre de le suivre, elle s'y refuse. Il en vient aux mains, deux gendarmes

surviennent et se saisissent du paterfamilias croyant tenir là un souteneur... Jamais rien ne fut dit de leur fâcheuse nuit au poste... Silence... Mais bien-sûr cela se sut tout de même et fit le tour du monde jusqu'à nous ! On trouve bien des lettres naïves de quelque oncle ou tante admirant la ferveur de la jeune Marie qui disait-on, se destinait à entrer chez les sœurs à cornette de Morlaix. Des petites lettres bien pensantes plaignant et admirant à la fois ses père et mère privés de trois de leurs filles par de saintes vocations... L'histoire ne dit pas si ce furent les remontrances d'autorités en soutane ou des médications appropriées qui firent taire Marie, mais elle dut supporter son confinement jusqu'à sa mort. Geneviève continua d'échanger de rares lettres bancales avec elle, traitant de choses sans couleur ni relief, qui suscitaient des réponses de plus en plus étranges...

Pourtant un objet fait de ses mains entretient toujours la mémoire de Marie Porteu. Les objets durent plus que les personnes. Dans le salon de la rue Lesage se dresse un paravent d'une dizaine de vantaux où des compositions florales étalent les couleurs passées d'aquarelles inachevées. Dans le médian de chaque panneau, un vide laisse venir la lumière du papier entre des feuillages tombant et des massifs de fleurs dont certaines n'ont jamais été colorées. Leur transparence nous laisse imaginer la main de cette trop libre Marie, ses esquisses de fleurs sont restées, tandis que son esquisse de vie fut chiffonnée et jetée au panier.

9

L'oncle abbé, depuis la passerelle du « Sainte Jeanne d'Arc », scrute dans les premières lueurs du jour le vert encore presque noir de la mer cruelle. Il suit des yeux les flots qui sans cesse se soulèvent et se creusent. Le roulis n'a jamais beaucoup ému Henri. Ce sont les hommes, les marins qui pêchent sur les bancs de Terre-neuve qui l'émeuvent. Ils lui inspirent la même viscérale sympathie que les poilus qu'il côtoyait dans les tranchées douze ans auparavant, des rustauds qui faute de savoir nager savent au moins faire le signe de croix.
Depuis minuit, le navire hôpital fait route sur les voiliers « Zaspiakbat », capitaine Ollivier, de Fécamp, et « Charles-Edmond », capitaine Ménard, de Saint Briac. L'« Anne de Bretagne » le « Jutland » d'autres encore sont sur la même zone, à l'accord du plateau continental. Ce sont généralement des trois mats, quelques fois quatre mats comme le superbe « Zazpiakbat ». Ils ont souvent une machine à vapeur et parfois une radio.
Quand le soleil se lève entre des nuages gris et jaunes, le « Charles-Edmond » est en vue. Le navire hôpital est très attendu, avec lui c'est le courrier qui vient, et quand le courrier tarde le marin languit. Alors le moment où l'aumônier monte à bord et distribue les lettres est un moment sacré. La brute encapuchonnée abandonne un instant son farouche combat contre les lignes, les voiles, les couteaux ou la trippe gluante qui valse sur le pont avec le roulis. De ses gros doigts gourds, il ouvre la petite enveloppe, s'assied sur un paquet de cordage et lit les mots tant attendus. Sa rudesse de sa trogne laisse percer un instant de tendresse. Si ce n'était le bruit du vent et de la mer, on entendrait des soupirs et des larmes ravalées... Le commandant laisse un peu de temps pour écrire les réponses, elles repartiront avec l'abbé, le médecin, et les malades s'il y en a. Le terre-neuvas « Charles-Edmond » a

trois blessés, deux panaris graves et un bras cassé. Les deux panaris seront vite soignés mais le bras cassé qui attend depuis cinq jours dans des attèles hasardeuses suivra jusqu'à l'hôpital de Saint Pierre. Le soleil n'est pas bien haut encore, l'aumônier a dit un mot à chacun, ensemble ils ont prié la Vierge. Le commandant a offert un café. Avec précaution et jurant de revenir sous peu, les trois blessés descendent dans la baleinière et rejoignent le bateau-hôpital. Quand ils larguent la haussière ils entendent le commandant crier son ordre : « Crochez ! » Il est grand temps d'aller relever les lignes posées la veille. Les hommes vont se disséminer sur l'eau deux par deux dans les doris. Chaque doris a mouillé hier une ligne longue de plusieurs kilomètres à une profondeur de quatre-vingt mètres. Debout dans la houle et contre le vent, à la force des bras ils vont maintenant les relever avec leur charge de morues affolées, puis reviendront au bateau. Ils prépareront alors et saleront la morue, devront mettre en ordre leur gros panier de lignes embrouillées, les amorcer avec des bulots. Et puis ils repartiront les mouiller à nouveau pour ne revenir qu'à la nuit noire. Quand le poisson donne il faut y aller. La pêche est bonne mais le temps n'est pas toujours maniable. D'ordinaire on travaille dix huit heures par jour.

Le père Yvon qui prit la suite de l'oncle abbé et fut aumônier des terre-neuvas quatre ans plus tard sur le même bateau nous laisse un livre intéressant sur les misères de la « grande pêche ». Un livre destiné à lever des fonds afin affréter un nouveau bateau-hôpital car en 1934, le « Sainte Jeanne d'Arc » est désarmé, il sera bientôt vendu. Pourtant cette goélette mixte de 53 mètres munie de 32 lits n'est pas en mauvais état. Elle a été lancée à Nantes en 1914, est passée par les chantiers de Brest en 1918. Elle assistait régulièrement des centaines de bateaux, les consultations y étaient nombreuses et précieuses, les sauvetages fréquents, mais les finances de la Société des Œuvres de Mer n'y suffisent plus. L'ouvrage du père Yvon fut un succès, bientôt la société achète un Dundee trapu de vingt-huit mètres aménagé en hôpital avec huit lits et six hamacs, qui porte en plus de sa machine à vapeur une magnifique voilure.

« Avec les pêcheurs de Terre-Neuve et du Groënland », mon livre du père Yvon, porte une dédicace : « A Monsieur et Madame Coüasnon, le capitaine de vaisseau de Ruillé avec l'expression de sa très sincère sympathie », et un tampon de la Société des Œuvres de Mer. L'aumônier y raconte sa saison de 1932, le début des grands chalutiers à vapeur. Il loue le courage des hommes qui année après année quittent pays et famille de mars à octobre... Soleils de minuit et aurores boréales ne peuvent compenser une vie sans printemps ni été. Il dit toute la sinistre souffrance, l'isolement et la privation affective des pêcheurs. Il observe leur tristesse méfiante qui, dit-il, ouvre la porte aux passions noires et au pessimisme cafardeux. Il regarde sans ciller tout l'affreux travail au couteau et au piquoir sur les poissons mourants dont les vessies respiratoires atrocement dilatées éclatent quand ils sont soustraits à la pression sous-marine. Si les humains sont pour le Père Yvon, comme ils le furent pour Henri, l'objet constant de sa pitié et de sa charité, dans le règne animal ce sont uniquement les petits oiseaux de mer que les pêcheurs appellent sataniques et qu'ils torturent à dessein qui suscitent sa compassion. Il montre toutefois un peu de dépit devant les trainées de poissons perdus qui flottent le ventre en l'air derrière les bateaux et que les hommes nomment simplement « la crasse » parce qu'ils ne sont pas vendables. Jusqu'aux bateaux usine longs de 150 mètres qui finissent de vider les océans de nos jours, le gâchis jamais ne cessera. Dans les élevages intensifs des fermes aquatiques les épidémies feront-elles le reste ? Les Terre-neuvas auraient-ils imaginé qu'on n'ait plus un jour que le plancton à pêcher ?

Le père Yvon, front haut, barbe en pointe et calotte vissée sur la tonsure, était extrêmement sympathique, il n'avait pas son pareil pour offrir du tabac à chiquer ou des cigarettes, pour boire un coup et fumer avec les hommes, ce que le père Coüasnon, vu son état de santé, aurait été mal inspiré de faire. Mais la parole profonde de notre prêcheur des tranchées, même s'il est devenu un peu taciturne, reste un vrai réconfort. Il en use autant qu'il peut. Passer d'un bateau à l'autre n'est pas chose facile, on prend des claques salées, on se fait doucher gratis... L'oncle abbé commence par prendre un ris dans sa soutane et descend par l'échelle dans le doris ou la baleinière qui danse comme un bouchon contre la lourde coque de fer. Contrairement aux marins, Henri ne porte pas les bottes en caoutchouc à semelles de bois. Il a toujours eu du goût pour la qualité, Déjà du front il se rendait à Chaumont pour acheter des sous-vêtements et des chaussures confortables. Le goût du luxe dans ces endroits là !... En mer, il porte des bottes de cuir qu'il suiffe tous les soirs et un bonnet fourré qui se rabat pour protéger le visage. Il s'est embarqué au petit printemps 1926, son poumon détruit par le gaz moutarde le fait souffrir, le roulis le tangage, les embruns et le dévouement peuvent-il le sauver ?
Dix ans auparavant il écrivait :

Je viens d'obtenir un congé de convalescence de deux mois, j'ai les deux poumons pris et le cœur malade. Tous les autres ont eu un mois, je suis seul à avoir obtenu deux mois mais avec possibilité de prolongation. Le voyage m'effraie, je vais le faire par étapes. Je serai à Rennes mardi ou mercredi. J'ai [?] que passer pour voir Charles et René et de là je partirai pour Damgan. Il faut que j' [?] mon traitement : piqures au [caredylat, au gly...phosphate ?] chaise longue et... J'ai encore perdu deux kilos, malgré cela les coups de soleil me donnent une mine superbe... Hypocrisie ! Bien à tous.

Et deux mois plus tard :

J'ai passé la visite hier. Le médecin qui m'a ausculté a dit à son confrère : C'est effrayant comme ces gaz détériorent les poumons. Voici un malade qui en est à sa 3° pneumonie depuis un an. De plus son cœur bat la générale, il lui faut une prolongation. Puis il se tourne vers moi, il me dit que voulez-vous ? J'ai été sur le point de dire 15 jours mais je me suis tu, alors il m'a proposé pour 45 jours. J'ai bien fait de me présenter. C'est samedi matin que se réunit la commission de congés, d'ici là je reste à Paris et si j'obtiens une prolongation, ce qui est sûr puisque je suis préparé, aussitôt mon congé signé je repars pour Nice. Je tiens à ce que le cochon de médecin qui ne m'a pas ausculté le cœur me revoie à Nice sur la promenade des Anglais au soleil et au bord de la mer. Bien à tous. Henri

Son cœur reste faible, fût-il parfois au nombre des malades de l'hôpital flottant. D'ordinaire il loge dans la dunette, à l'arrière du bateau avec les officiers, le médecin et les chefs mécaniciens. Il dit sa messe tous les matins même avec un roulis de trente degrés. Depuis Malte, il a été conquis par une suspension astucieuse qui, dans le roulis, maintient à l'horizontale tout son « fourbi », comme disent ses fidèles aux mains calleuses. Dès qu'il peut, il visite les gars de l'hôpital à l'avant du bateau. Sa présence rassure malades et rescapés. Le soir les gars font d'interminables parties de trictrac emmitouflés dans leurs couvertures et Henri n'est pas le dernier à montrer aux joueurs, par ses œillades, qu'ils négligent l'une ou l'autre des vieilles fourberies qui font tout le sel d'un jeu si simple en apparence.

Un jour que la mer faisait le gros dos et montrait les dents, le navire sauva deux naufragés qui dérivaient dans leur doris. Il fallut les hisser à bord avec précaution car leurs pieds étaient gelés. L'un des deux pitoyables put être réhydraté, l'autre périt. Henri assura son service funèbre. Il fut cousu dans une toile de lin. A la fin de l'oraison, à l'aide de la planche à macchabé on le fit glisser par-dessus bord dans l'immensité du cimetière liquide.

Divers courants marins font la vie secrète des océans. De ce côté-là de l'Atlantique il gèle encore quand on se baigne de l'autre, et la banquise se forme en novembre. Dans ces parages, et plus encore en montant vers le Groenland, le brouillard tombe d'un coup, obligeant les navires à s'arrêter. Les doris qui mouillent leurs lignes à quatre ou cinq milles du bateau sont bien en peine, dans ce coton opaque, d'entendre leur commandant désespéré qui corne comme un beau diable. Ils dérivent alors sans s'en rendre compte, leur boussole les mène sur une parallèle qui passe loin à côté. Ils se perdent... Leurs boites de biscuit et d'eau sont vite terminées. Personne ne les retrouve.

Au mois de juillet presque tous les morutiers montent vers le Groenland. Le « Sainte Jeanne d'Arc » remplit ses cales de charbon à St Pierre et les suit. La pêche sous cette latitude ne connait pas d'heure, le soleil ne se couche pas. Il fait froid, il y a de la brume, les icebergs dérivent de tous côtés mais la mer est souvent plus calme que dans les quarantièmes. Alors on fume, on chique, on se tait. On boit du mauvais vin et on tue... Le rôle de l'aumônier est d'écouter chacun, la maladie d'Henri le tient en retrait, il se voudrait plus disponible mais quand il faut visiter quatre ou cinq équipages dans des journées qui n'ont ni début ni fin, il s'épuise et doit s'aliter.

Descendre dans la baleinière avec le médecin, un officier et quatre marins qui vont tirer les avirons jusqu'au voilier... Trente têtes hirsutes au regard perdu attendent le courrier... Monter à bord par une échelle de fortune, saluer le commandant, dire un mot aimable à chacun des morutiers exténués, barbe en paillasson, chique dans la joue... Une nouvelle arrivée par radio pour l'un d'eux ? Si elle est bonne ça va : « Mathurin, ta femme t'a fait un fils ! » Si elle est mauvaise c'est difficile : « Mathurin j'ai une triste nouvelle... Ton fils est mort ! » Henri reste là, il écoute... « Je reviendrai te voir demain. »

A force de volonté, Henri mène à bien sa campagne mais ne réitérera pas l'expérience, il passe ensuite un hiver difficile puis retourne à Modez.

Certains grands événements passent inaperçus dans les courriers... Quand la famille est rassemblée personne n'écrit. C'est le cas entre la saison de Marie-Thérèse à Hyéres et le départ de Nalo au régiment. Pourtant durant cette période a lieu le mariage de la

première, de l'ainée, de la parfaite, de la grande. On subodorait l'affaire, déjà un certain Godefroy était nommé, il chassait avec Gaëtan Théo ou Nalo... Ce fut un mariage parfait, fin mai 1926. Elle a retrouvé la santé. Lui est l'héritier d'une imprimerie de renom, le gendre idéal. Feu son grand père, maître des typographies les plus difficiles, était auréolé de prestige. Ses grands livres de lutrin comme le Graduel, ou le Vespéral Romain, tout chauds sortis de l'imprimerie rennaise avaient été offerts et fort bien accueillis par le Pape lui-même. Le petit-fils, Godefroy, est grand et solide, ses cheveux frisés à plat et sa petite moustache lui donnent de la prestance. A son honneur, mobilisé très jeune il avait subi l'épreuve du feu et des tranchées. Il en était revenu, esquinté bien sûr mais vivant tandis que son frère y était resté.
Les mariages sont des affaires trop importantes pour qu'on les laisse aux jeunes... Tout était bien en place, les clichés appropriés étaient sur toutes les lèvres. Sûrement Geneviève avait-elle fait joyeusement circuler l'annonce des fiançailles puis du mariage :
« Je suis bien heureuse de vous annoncer que notre Marie-Thérèse est fiancée à Monsieur Godefroy Vatar, jeune homme absolument charmant et réunissant je crois toutes les qualités que nous pouvions désirer pour le bonheur de notre grande. »
Sans manquer d'ajouter que son pauvre père Henri Porteu devait se réjouir, là haut, de voir sa petite-fille si heureuse : La mort est une affaire trop troublante pour que les vivants puissent se passer de rassurantes inventions... Pour finir elle ajoute ne point douter que ce soit aux prières de son père que la famille devait d'avoir rencontré tant de qualités réunies en ce jeune homme. Et puis il fallait maintenant les aider à remercier Dieu.
Peu de lettres donc, autour de ce mariage, mais un tirage sépia d'une photo de la jeune mariée, prise par son père, photo qui nous la montre impassible dans un décor noble, sentimental et un peu bricolé. Cette photo tordait le cœur de sa sœur Armelle qui ne pouvait taire son dépit : « Quelle tristesse d'être soumise comme ça » me glissait elle dans un souffle. Début décembre Charles dans une lettre à Nalo dévoile la réalité...
Les affaires de Godefroy ne sont pas encore arrangées et se compliquent plutôt. La liquidation est à peu près au point et pas très brillante mais pas trop alarmante. L'intervention de Bahon devient de moins en moins tolérable, ses prétentions sont de plus en plus exorbitantes et je crois maintenant impossible une association avec lui. Alors ta maman et moi cherchons autre chose ; un associé technique, Becdelièvre qui ne dit encore ni oui ni non.

Un associé, conseiller commercial qui n'est pas encore trouvé. Nous continuons à chercher ... ... Toute la famille va bien ici ; Marie-Thérèse est toujours gaie malgré les soucis qu'elle devrait avoir et qui je l'espère bien, prendront une fin heureuse. Nous ne lâcherons rien avant ce résultat. Nous nous y employons de notre mieux. La besogne n'est pas minime puisqu'il faut parer aux conséquences d'une perte de 400 000 f. en deux ans. La vente des deux fermes de St Jacques en dépit de la mévente de l'une d'elles a donné en tout 297 000. Bon courage mon cher Nalo et que les aventures de ton beau-frère te montrent la nécessité absolue d'acquérir toutes les connaissances utiles à l'exercice d'une profession. Bien affectueusement à toi C.C.

Marie-Thérèse ne se fait aucune illusion sur le peu que nous sommes, elle éprouve une infinie pitié pour les gesticulations auxquelles nous oblige notre humaine ignorance. Sa sagesse est secrète, elle se situe loin au-dessus de sa soumission : à ce qui advient, il convient de se soumettre... Les variations du possible ne tiennent qu'à l'idée qu'on s'en fait et aux réactions qu'on leur apporte... Sa gaité est l'expression d'un intense flux vital que bride l'existence même des personnes qui lui sont les plus chères. Quand j'étais enfant, elle avait une chanson qui lui revenait souvent, une seule, toujours la même, une sorte de cache, de bouclier contre l'adversité quotidienne. C'était une courte phrase sautillante, une bribe d'un tango qui avait été à la mode, le souvenir d'un moment heureux peut-être. Ça surgissait, ça masquait les inutiles pensées. Elle la reprenait sans cesse comme le troglodyte dans le fourré reprend inlassablement sa lumineuse ritournelle.

Les affaires industrielles ne s'arrangent pas du tout comme nous l'espérions ; je ne sais pas si elles s'arrangeront jamais bien, il ne nous reste plus qu'à espérer. Nous t'en parlerons plus en détail quand tu seras ici. Je te dirais seulement que depuis le refus de Drunaudène de collaborer, que tu connaissais, il a voulu vendre, puis y a renoncé.

Pour le moment il marche à frais réduits avec un crédit en banque basé sur un dépôt de titres faits [... ?] La comptabilité est tenue par le père Denis, une femme dactylo remplacera Briand, Marie-Thérèse se fait initier à la comptabilité par le père Denis. Je vais essayer de faire initier Godefroy par Prunelière ou Becdelièvre à la comptabilité [... ?] Si tout le monde travaille vraiment, au dire du père Denis, l'affaire peut aller petitement mais à peu de frais.

Marie-Thérèse aura j'espère assez d'ascendant sur son mari pour le maintenir au travail assidu et attentif ; elle-même, mise au courant de la chose principale qu'est la comptabilité sera continuellement au courant de la situation et son intelligence naturelle lui permettra de parer au grain s'il en survient.
Mon cher Nalo, que de soucis dont il faut savoir tirer la morale vieille comme le monde : On n'a rien sans peine. Sans peines accumulées par une femme studieuse et sans peines journalières faites de l'attention et de l'assiduité de chaque jour. Ce n'est pas en louvetant des chiens qu'on mène une industrie. Ton beau frère a bien pour lui des circonstances très atténuantes mais il faut bien se dire qu'il n'a pas assez travaillé...

Marie-Thérèse se met à la comptabilité, passe son permis de conduire, se charge du secrétariat... Fini le théâtre, on ne joue plus au bridge, c'est la vraie vie. Quand les clients ne payent pas, elle prend la voiture et va au charbon. Godefroy tente à sa façon de redresser l'affaire mais la guerre de 14 l'a frappé trop dur. La guerre a tué son frère, elle a fait de lui un survivant par erreur, incapable de se mettre en avant. La culpabilité de celui qui reste est comme un ombre devant lui. Ce n'est que dans la chasse qu'il donne sa mesure. L'affaire périclite complètement.

Nous n'avons aucune lettre de l'épisode dans les mers froides de son oncle, l'abbé, juste une petite enveloppe bistre dont le contenu s'est perdu. Elle porte l'entête de la Société des œuvres de mer « Navires-hôpitaux de Terre-Neuve, d'Islande et de la Mer du Nord ». Le timbre de 40 sous, vert et brun, collé à l'envers, est marqué RF Saint Pierre et Miquelon, y figure un oiseau de mer. A Modez, l'oncle abbé fut ermite à temps partiel, un temps vicaire à Saint Servan, parti six mois dans les lumières boréales, en mars 27 on le retrouve à Rennes pour les obsèques de Madame Vatar.
A cette occasion il offre à son neveu Henri la somme de 300 francs pour qu'il puisse aller à Rome avec quelques amis choisis et un cicérone en soutane.
Le printemps passe, puis viennent les longues journées du solstice... Geneviève, avec des amies et voisines, les demoiselles Anne et Alice Legoaster, valises de cuir chevaux vapeur et voilette, prennent la route pour une tournée dans le « pays le plus beau du monde ». Alice pilote vigoureusement l'automobile du matin au soir faisant l'admiration de Geneviève. Leur magnifique torpédo Bugatti, beurre frais et tête de nègre, pétarade un peu quand on décélère, c'est normal parait-il ! En fait de tourisme, c'est une

sorte de pèlerinage assorti de visites à tous les saints lieux qui se peuvent rencontrer entre Tréguier, Roscoff et Le Huelgoat... L'oncle abbé les reçoit dans son île. Les trois jeunes dames laissent l'auto et embarquent avec un passeur aux yeux bleus aussi profonds que la mer. Debout à la barre de son cotre, il leur indique l'Ile Biniguet quand on laisse Bréhat sur tribord. Elles admirent les interminables voltes d'un couple de fou de bassan qui plane au ras de l'eau. Elles s'étonnent voyant de tout près le vivant microcosme de coquillages et d'algues luisantes sur une grosse bouée de fer que le pilote nomme Min-guen. Déposées comme des fleurs froufroutantes sur la cale de Modez, elles trouvent l'abbé, toujours affable, mais comme rigide et détaché, n'émergeant pas vraiment du grand calme des choses alentour... Avec lui elles arpentent l'île par les sentiers étroits... Sentent-elles le jeune air qui danse, les oiseaux peureux et impatients, les brebis confiantes, l'espace infini et sans attente où dans leurs blanches toilettes elles ne sont que figures légères sur la profondeur d'un tableau ?

A son retour Geneviève écrit une longue lettre un peu rébarbative à force d'émerveillement. Elle ne manque de nommer aucun village et transmet une demande de l'oncle à son neveu.

« *Nous avons été très bien reçues par ton oncle l'abbé. Il va changer de fermier et compte aussi changer de logement, il va prendre pour lui les bâtiments qu'occupe le fermier. L'abbé sera content d'avoir ton avis sur la façon d'aménager les locaux. Je lui ai dit que tu viendrais le voir à ta prochaine permission ; quand sera-ce ?* »

Il fait beau, il fait chaud. La veille de la Fête-Dieu, Charles achève à Rennes la chapelle du nouveau collège St Vincent. Il surveille avec fébrilité la mise en place d'une rambarde pour laquelle il a dû batailler, elle est chère et n'est pas du goût de tout le monde. Les menuisiers en sont encore « *à piétiner le tapis et à* éparpiller des peluches de bois » que déjà on fleurit le coeur pour la fête du lendemain. Et le lendemain « *C'était bien et c'était pieux, exactement ce que j'ai cherché* ». Toutefois Charles n'a pas de client sérieux en vue et s'inquiète pour la rentrée. Certains, chez qui les travaux sont finis « restent sourds à mes appels et les fermiers qui sont généralement exacts ne sont pas encore venus payer».

Le couple rembourse régulièrement un emprunt important auprès de deux sœurs de Geneviève. En 1927 ils mettent en vente un quart de leur terrain. Leur maison, rue Lesage, on le sait, est flanquée d'un très grand jardin qui court le long de la rue de Fougères jusqu'à la maison Letarouilly, jolie bâtisse carrée de style italien dont la toiture à quatre pans est surmontée d'une grande verrière. Pour matérialiser la limite ils font construire un mur de schiste grenat couvert de tuiles. Ce qui est de l'autre côté est à vendre... L'affaire prendra quelque temps. Pour finir le docteur Marquis se portera acquéreur et y fera construire sa maison.

Charles manquait-il de client sérieux ? Le Cardinal qui lambinait sur un vague projet, l'appelle tout à coup pour une transformation grandiose de l'archevêché à réaliser tout de suite. « *Très pressé, après m'avoir tenu le bec dans l'eau, le bon Cardinal me fait appeler...* » Charles demandera à Nalo, maintenant aux beaux arts à Paris de venir l'y aider, plus par affection que par nécessité, il est vrai. Là-dessus, le voila nommé architecte des monuments historiques d'Ille et Vilaine. « *2% sur le neuf, 10% sur la restauration* ». On l'appelle pour les remparts de Saint Malo... Il se voit déjà redessinant les plus belles charpentes du pays. Il aura effectivement de beaux chantiers, mais souvent ce sera comme le rempart, où un simple petit soutènement annexe demande quelques soins sommaires.

Sa fille Armelle a maintenant quatorze ans. Dans une lettre antérieure on lit que son amie Armande épouse par 'mariage d'inclination', un industriel de Paris, ingénieur des arts et manufactures. Une autre amie a su que le futur mari est Israélite, on considère Armande comme *tout à fait marteau*. On attend parait-il le mois de juin pour qu'elle ait ses 18 ans et le mariage se fera à Paris.

Mon cher Nalo
Etienne Pinault est venu hier voir papa, il lui a longuement parlé du mariage d'Armande, son fiancé n'est pas du tout un juif, son père ne pratique pas mais sa mère est très catholique. C'est une famille du midi. Il a 27 ans et dirige la parfumerie x***... papa ne se rappelle plus le nom c'est un nom en èse très connu parait il. Son grand-père monsieur Crouyet est grammairien agrégé. (pas en grammaire latine)
Etienne a raconté tout cela à papa, il trouve ce jeune homme charmant, mais seulement il déplore beaucoup ce mariage. Il aurait voulu marié sa fille à quelqu'un du pays et la garder auprès de lui. Elle vas s'en aller dans le midi, il ne la reverrons plus jamais. Il n'a pas le sous, enfin cela ne plait pas à Etienne.
Madame Vatar ne vas pas bien du tout. Elle est tombée samedi et depuis elle ne tiens plus sur ses jambes. Elle ne se lève qu'un tout petit peu et ne descend pas manger. Le soir elle perd com-

plètement le fil de ses idées. Le docteur à dis qu'il pouvait y en avoir pour longtemps mais aussi qu'elle pouvait très bien s'en aller tout à fait et qu'aussi elle perdrait probablement un peu ses idées. Alors Marie-Thérèse a fait venir monsieur le Curé avant qu'elle ne puisse plus se confesser. On a installé Marie à coucher sur le divan et c'est bien heureux car dans la nuit de samedi à dimanche, Mme Vatar est tombé 3 fois, et les trois fois Godefroid a été obliger de dessendre.

Henry a gagné un autre poste 'Super Standar' pour son concour de Charlo. Il a reçu la lettre samedi où il était dit que moyennant la somme de 40f. pour les frais de transport. Si on souhaitait verser cette somme, contre remboursement, on y joignerait 3f. Henry a répondu qu'il verserait cette somme contreremboursement parce qu'il a pensé que si on lui réclammait une autre somme trop élevée il renonserait à tout et qu'il en serait pour ses 20 sous de timbre.

Mademoiselle Lambert est guérie et elle nous fait des manteau, le mien est un peu blousé dans le dos avec des plis devant. On l'a pris dans un journal de mode : Nos Loisirs, c'est de la même administration que Vogue.

A propos de Vogue, je l'ai lu hier toute seul et aujourd'hui avec Denise Hardi.

Henry fait de la galène, il a voulu acheter de l'azotate de plomb mais il n'en a pas trouver alors il en fait lui-même. Je t'embrasse mon cher Nalo de la part de toute la famille.

Ta petite sœur Armelle

Nous venons de recevoir ta lettre nous racontant ta journée à Solein, elle nous a fait beaucoup de plaisir, nous étions impatients de recevoir de tes nouvelles.

23 janvier   Mon bien cher Nalo.

Ta bonne lettre nous donnant des impressions de visiteur et d'hôte passager de l'abbaye et des moines de Solesmes a fait le tour de la famille.

Elle m'a personnellement procuré la très grande satisfaction de constater une fois de plus que tu savais sentir en artiste et goûter les belles choses. J'ai passé à la réalisation de cette œuvre trois années de ma vie qui comme tu le dis ont été les meilleures de ma jeunesse. Comme toi je déplore un peu les maux de la fin. Don [Jules ?] qui est le véritable auteur de ce mouvement superbe a eu dans les tout derniers temps de sa vie de pénibles aberrations décoratives, lui qui fut si séduisant et si brillant décorateur, ce merveilleux réfectoire est lamentablement gâché.

Tu as été bien reçu par les moines c'était naturel et c'était prévu. Le bon accueil est une fonction de leur existence et ton nom devait faire ouvrir les portes encore plus grandes. Je regrette de ne pas t'avoir conseillé de demander le Père Le Core et le Père Man, ce sera pour une autre visite.

Mon cher Nalo j'ai le cœur un peu triste, je viens d'apprendre ce matin la mort de Madame de la [Furent d' ?] ; c'était encore un ménage où l'on s'appelait 'mon chéri' ; où les yeux de l'un et de l'autre n'exprimaient qu'affection et amour. Ça se voit toujours si bien. C'est navrant pour son mari et pour les trois petits enfants. Nous sommes très inquiets sur le sort de Fao que nous n'avons pas revu depuis plusieurs jours, je l'ai demandé à la fourrière – rien. Je vais le réclamer par des annonces dans le Nouvelliste et dans l'Ouest-Eclair.

Tout le monde va bien ici, aucune grippe ni indisposition d'aucune sorte. Henri a encor passé son après-midi à étudier la construction d'un Bigrille ? Qui devrait avoir 3 lampes, donner tous les postes du monde Amérique et Australie comprise. Le Bigrille est le rêve actuel de tous les amateurs qui se respectent. En attendant le Bigrille, on entend toujours très bien Radio-Paris et Coventry mais pour d'autres c'est évidemment peu et cela tient à ce qu'il ne change pas ses bobines d'accord.

Mon cher Nalo il est temps de poster cette lettre et de te dire à bientôt en t'exprimant toute ma très paternelle affection.
Charles C.

Rue Lesage, les catalogues de lampes, de condensateurs variables, de filtres et d'antennes sont empilés sur la table d'Henri. Un châssis de bois porte déjà un hautparleur et quelques tubes. Le collégien, du doigt, remonte ses petites lunettes cerclées d'écaille sur son nez et repousse ses quelques outils. Il ne peut aller plus avant tant qu'il n'aura pas reçu la commande que Nalo doit passer boulevard Magenta, chez 'Radio-Globe'. Henri a 17 ans, l'air finaud, plutôt petit, c'est un garçon organisé, tenace, méticuleux et un sans-filiste passionné. C'est aussi un danseur...

Je suis allé le mardi-gras en surprise-partie chez les Porteu. Les Hardoin qui l'avaient organisé m'y ont invité, c'était la première fois que je sortais dans le monde, cette surprise-partie se composait d'une vingtaine de couples : les Chevaliers Chantepie – les de Gauvello – Joseph Tréverdy les Rouvillais etc. les Marel les Lucas et... pas de types de mon âge, mais j'avais 3 danseuses du coup : Babette – Monique et Jacqueline Weber – Au commencement je

ne m'amusais pas énormément, je connaissais peu de gens et ne dansais presque pas, mais une fois acclimaté et présenté je me suis lancé à corps perdu dans la danse même, le charleston mon cher et rudement bien, j'en ai reçu des compliments de gens compétents dans la matière.
Quelle différence de danser avec des personnes autres que celles du cours, c'est étonnant. Je sens que cela m'a fait grand bien et a achevé de me perfectionner, nous n'avons du reste plus que 4 leçons, on sent la fin malheureusement, mais il est convenu que si les leçons de danse cessent, les réunions elles persisteront et nous continuerons à nous amuser de temps en temps.
Il y avait ce matin une messe à St Yves en l'honneur de l'anniversaire de Grand-père. Tonton Emmanuel et Tante Henriette étaient venus à cette occasion et ont invité Maman et les petits à passer les vacances de Pâques au Val André avec eux, ce sera très agréable, et ainsi tout le monde profitera agréablement des vacances.

Quelques années auparavant Henri avait fourni un petit poste à galène à son oncle et homonyme. Cette fois l'oncle abbé, fidèle à son goût pour la qualité, lui a commandé un poste moderne et coûteux. Rendez-vous est pris pour Pâques, Henri ira l'installer lui-même à l'Ile Modez... Mais les composants n'arrivent pas !... Pourtant, de Sèvres Nalo n'en a que pour une matinée... Faire un saut à Radio-Globe et puis, quasiment dans le même quartier, changer les inverseurs bipolaires de la dernière livraison, ce n'étaient pas les bons.
Je te demanderai de bien vouloir t'en charger. Fait bien attention j'avais demandé d'envoyer à St Modez la batterie de piles, mais il ne faut mieux pas, aussi fait tout expédier sur Rennes. Occupe t'en le plus tôt possible, ça commence à devenir pressé. Tonton l'abbé m'a envoyé l'argent. Réclame les bons de commande et fait cela le plus tôt possible je t'en serai très reconnaissant. Spécifie que c'est pressé parce que s'ils n'envoient rien avant Pâques, je suis vert !
Il lui faudra relancer plusieurs fois son frère. Ensuite le montage et les réglages seront laborieux, mais comme promis, l'abbé entendra bientôt le monde depuis son ile. Fin avril Henri écrit à Nalo :
... Je tenais à voir la grande marée, c'était samedi... ... La mer se retire à perte de vue pour laisser un chaos de roches immenses qui prennent au soleil couchant des couleurs merveilleuses. Leurs formes sont extraordinaires... ... Côté de Bréhat, à marée haute,

l'eau monte jusqu'à l'herbe de l'île Modez. Les roches violettes et roses de Bréhat prennent les couleurs les plus invraisemblables. Si l'île est mortelle sous la pluie, le soleil et le vent à chaque instant font changer le paysage... ... C'est à certains endroits un rocher moussu et couvert de lierre... C'est étonnement vallonné. Je m'y suis beaucoup plu les jours de beau soleil, ennuyé les quelques jours de pluie... ... Le poste marche très bien sur grandes ondes et serait merveilleux sur petites ondes si la station de télégraphie de St Gonery ne nous embêtait pas à chaque instant avec ses émissions en morse, elle est a 25 km. C'est à s'en boucher les oreilles. Mais l'oncle abbé s'en fiche, et puis si Saint Gonery l'embête trop je mettrai un cadre et une lampe bigrille. Avec, il a déjà le résultat des élections, le sermon du père Landre, des Allemands, des Anglais, un Italien et, je crois, Vienne. L'antenne est superbe. Dès mardi ça marchait mais ce n'est qu'à partir de vendredi que les transformateurs ont été bien ajustés et c'est devenu épatant. Le haut-parleur donne très bien et l'oncle abbé est très heureux, c'est le principal. Je crois bien qu'il me le donnera à transformer, il le veut à six lampes et sur un cadre, parce qu'il a vu celui du vétérinaire de Paimpol.

Il a été charmant. Hier lundi après avoir passé avec moi la grève, s'être rhabillé et esquinté sur un Lorraine qui avait deux fils de bougie inversés, nous sommes partis sans capote ni pare brise, à fond de train, parce que la Lorraine Dietrich marche rudement bien... ... Il conduit bien, avec des gros gants et un béret basque sur la tête, le nez au vent. Du grand sport, mon cher. Nous avons fait toute une tournée... ... couché à Perros. Le lendemain à 11h½ je quitte l'oncle à Paimpol en le remerciant. Je prends le petit tramway qui longe la côte jusqu'à Saint Brieuc, trois heures d'une ballade épatante par un temps idéal.

Ton frère qui t'aime. Henri

Pour sauvegarder ce site, dont il sera chargé comme de tout le département des Côtes du nord à la fin de sa carrière d'architecte des bâtiments de France, Henri, sans craindre de se faire des ennemis, y interdit toute construction. Il ouvre ainsi la voie à une loi globale destinée à la préservation du littoral. Bien plus tard, dans un restaurant de là bas, l'un de ses fils festoyait avec une bande d'amis. Il se fait héler par l'un d'eux : « Eh Coüasnon ! Passe-moi le sel » (ou quelque chose d'approchant). Le tôlier arrive furieux « Quelqu'un s'appelle Coüasnon ici ? » ... Et, montrant la porte : « Dehors ! »

Mon cher Papa

J'enrage, la guigne affreuse me poursuit des tuiles de tous les côtés, des tuiles idiotes, des riens qui tout à coup deviennent des immensités, des énormités. Enfin je viens d'attraper quatre jours de salle de police, il ne me manquait plus que cela pour redevenir complètement militaire. Après tout, les contrastes violents sont toujours d'un effet artistique impressionnant. Un Dimanche c'est la vie heureuse entourée de soleils, des arbres, de belles choses, le Dimanche suivant ce sont les poubelles les longs couloirs crasseux à balayer et les sergents grognons. La vie en famille, puis les planches de la salle de police. J'ai un cafard noir et tout semblait devoir s'arranger. Au moment où je partais à Sèvres pour déjeuner, j'allais prendre ma permission, le Capitaine de la compagnie fait appeler le soldat Coüasnon qui était de chambre le samedi matin 14 mai. Les ordures que j'avais balayées dans la chambrée, ne sachant où étaient les caisses à ordure m'étant renseigné et m'étant fait moquer de moi, je les avais laissées dans un coin de couloir, dans un journal. Par une malchance vraiment drôle tellement elle est fantastique, la liste d'appel de la chambre était tombée par terre et avait été balayée avec le reste. Il avait été très simple alors de savoir qui avait balayé la chambre 85. C'était moi pauvre. Les Grecs qui étaient gens poétiques nous montrent l'homme à qui la fortune sourit, l'homme qu'un dieu protège, étant un jour ou l'autre jeté dans le plus grand malheur parce qu'un autre dieu a envoyé promener le premier d'un vigoureux coup d'épaule. Bons baisers.   *Nalo*

Son service militaire terminé, Nalo n'a nul besoin de chercher un logement. Son oncle Emmanuel et sa tante Henriette sont ravis d'avoir chez eux, à Sèvres ce charmant neveu. Henriette n'a que sept ans de plus que lui. Tous trois vont au cinéma, au théâtre voir Louis Jouvet, des expos, des galeries. Sa tante étudie à l'Académie Julian et peint beaucoup, elle lui fait rencontrer Mathurin Maheu... Ce sont les années d'école. Geneviève un jour de 1928, termine ainsi sa lettre à Nalo... « *Jouïs sans arrière pensée de tes années d'école, il n'est pas dans la pensée de ton papa de te faire revenir. Nous n'avons qu'un désir c'est de te voir réussir et si Dieu le permet de te laisser jouïr plusieurs années de cette formation dont tu jouïs pleinement et qui nous fait le plus grand plaisir. A samedi mon grand Nalo, je t'embrasse...* » Curieusement elle place des trémas sur tous les i du verbe jouir. On écrivait bien joïr jadis, mais c'était au XIIIe siècle !

Alors qu'Henri marche aux Beaux-arts de Rennes sur les pas de son frère pour bientôt être admis en école d'architecture, Nalo trace son chemin. Il passe d'un patron à l'autre. Ses lettres sont maintenant illustrées par des petits croquis rapides réputés indispensable dans un milieu familial où il est résolu qu'un petit croquis vaut mieux que de grands discours. Il est souvent à Sèvres dans la famille Porteu. Mais pour ne pas manquer les meilleurs coups et être des charrettes où on gratte jour et nuit, il prend une chambre rue de l'Abbé de l'Epée.
Ainsi fin juin un patron ventru à rouflaquettes poivre et sel embauche une demi-douzaine de nègres pour le projet d'un hôtel de police sur trois étages avec une cour intérieure. Une pige intense et informelle, sans horaire ni relâche. L'atelier est assez grand mais Nalo et deux amis seront dans la cour où l'on commence par balayer le crottin pour poser les tréteaux et les planches à dessin. Ils travaillent sur le rez-de-chaussée du projet. De plus, Nalo est chargé de dessiner une porte cochère, le portail des paniers à salade. Dès les consignes données, Nalo et ses compagnons attaquent les premières planches. Certains éléments ne sont pas aboutis, les employés de l'agence qui ont l'habitude de les interpréter décryptent les lubies du patron. A midi le repas est prévu dans un petit caboulot d'une rue adjacente, une demi-heure, pas plus... Le patron s'avère malgré tout assez souple. Il passe d'une table à l'autre, d'une pièce à l'autre, Alors que le rendu approche, il précise des détails, fait reprendre ce qui n'est pas de son goût. Nalo s'en sort bien, on lui confie le clocheton de l'édifice, face, profil, et perspective.
La cuisinière du caboulot, le soir, leur apporte le souper sur des plateaux... Ce sont des bûcheurs, mais l'ambiance est remuante. L'ami Pierre D. auteur d'une lettre peccamineuse qu'on trouvera bientôt dans la poche d'une vielle veste, et trois autres camarades de Rennes font partie de la bande. On gratte en écoutant du jazz à la TSF. Sur le coup de minuit les gratteurs quittent le navire. Paris est silencieux. Nalo va passer voir où en sont les chars du Rougevin. Une équipe des beaux-arts fabrique au bord de la Seine une sorte de tortue-char d'assaut, en bois et en papier, pour le cortège de la fête. D'ici une dizaine de jours l'œuvre finira dans un feu de joie devant le Panthéon. Dans la nuit les rues dégagent une tiédeur amorphe. Au moment où il parvient près du char en chantier, deux gars s'en vont, chacun de son côté, l'un couvert de peinture verte, l'autre de peinture rouge. Le premier vers tribord, le deuxième vers bâbord remarque Nalo amusé. La structure de bois a

pris forme, trois gaziers, assis sur des caisses fument et tiennent un conciliabule décousu... Nalo fait le tour de la tortue puis rentre à sa chambre. En remontant la rue Saint Jacques rafraichie par un léger souffle du nord, il pense à Marc Chagall qui avait demandé à tous les peintres en bâtiment de Vitebsk dont il avait pour tâche de gérer les chantiers, de peindre des grands animaux de toutes les couleurs, pour fêter l'anniversaire de la révolution d'octobre. C'étaient de grandes bâches qu'on avait suspendues en chantant aux façades, toute une ivresse populaire... Les dignitaires du parti n'avaient apprécié ni les moutons bleu ni les coqs rouges ni les vaches jaunes et le camarade Chagall avait été démis de ses fonctions. Révolution ou pas, l'autorité reste ignare. Nalo va dormir un peu, ce n'est pas ce soir qu'il écrira, comme il se l'était promis, à ses père et mère.

Le lendemain à huit heures, tout le monde est de retour. Pierre et Roger ont fait la bombe, ils cachent leur gueule de bois au patron, mais s'en font une fierté au près de leurs collègues, l'un prend un ton de supériorité ironique, l'autre feint un sérieux austère et réclame plus de café. Le patron s'assure que les éléments dessinés par chacun sont compatibles, que les cotes sont respectées... Les obliques des ombres donneront sa dynamique au projet, on recommence à fumer en inventant des blagues de mauvais goût. A midi museau vinaigrette et bœuf bourguignon sont vite avalés. Rien n'est encore fini... Quelqu'un a placé un seau d'eau en équilibre sur la porte des chiottes. Roger réapparait trempé et en rogne ; ses amis sont hilares. Ça réveille ! Ça réveille le gratte-papier qui s'abrutit. Ça disperse l'hébétude, ça décolle le nez scotché au calque du nègre négrillant. Reprenant le crayon Roger rumine une vengeance terrible.

L'escalier n'est pas encore au propre, un gars s'y attaque mais découvre au bout d'une heure que le palier du haut ne va pas. Le patron préconise de supprimer une pièce pour donner de l'air, « c'est sur les paliers que se disent les choses importantes ». L'ambiance est électrique... Après le dîner tout le monde finit d'encrer, il faut un rendu dynamique ! Une tache, deux taches à gratter! « La façade, c'est la vitrine du projet ». Un employé tire une perspective hardie avec des ombres bien noires et le clocheton de Nalo, un peu petit, mais qui finit bien la toiture. Les nègres sont sur l'élévation, la nuit de juin déjà est là. Charrette ! Buvard ! Charrette ! Nalo donne un coup de main pour encrer le sous-sol avec la chaufferie et le mitard. On commence de classer les feuilles, les employés passent au tirage. Ça va être prêt, la charrette va partir, la fameuse

charrette qui laisse son nom dans le jargon des archis. On met la pile de papier et de châssis sur une charrette à bras, on se jette un gorgeon de rouge dans le gosier et à toute allure on file porter le rendu vers le jury hautain et sourcilleux.
Dans la touffeur de la nuit, chacun reçoit sa paie et quitte le navire, titubant de fatigue avec pour azimut son rade favori ; qui un estaminet enfumé de la rue Lepic, qui un beuglant du faubourg. Une heure plus tard, pendant que ses amis éclusent du mousseux frelaté, sur une table en faux marbre, Nalo pris de nostalgie commence un mot à son père. « *Mon cher papa. Ce fameux soir qui devait nous trouver tous morts, pauvres bourgeois, nous a laissé vivant. Je suis heureux d'avoir trouvé cette charrette, d'autant que ça paye bien...* » Sa lettre, il la finira demain.
Cisco, son petit frère, le petit dernier, sait maintenant écrire très correctement et ne manque pas d'entretenir son grand frère des évènements importants de la vie...
Mon vieux Nalo Mon oncle Emmanuel avait dit qu'il me donnerait des bricoles je ne savais pas ce que s était des bricoles alors j'avais demander à maman qu'est-ce que s'étais que des bricole l'on m'avais répondu que s'étais des petits bride que l'on métais sous la bouche des chevaux et qui ne servais pas à grand-chose et se qui me rassurais s'est qu'on m'avait dis que se ne serait pas s'a. La fameuse bricole s'était une jolie boite de peinture avec de petits pochir comprend il y a un petit paysage qui représente le lièvre et la tortue il y a une petite maison dans le fon une barrière le lièvre qui est aussi près d'un champignon et la tortue qui marche mais on peut changer le paysage avec les pochoires parceque chaque dessin a son pochoire.
Tu dis que dan la lettre que les ennemis du roi René avait peur des tour bain y était pas courageux pour des soldats.
Et on espèr que tu viendras Dimanche   Sisco

A l'été 1927, Nalo est définitivement sorti du nid, comme de juste, le service militaire a marqué la coupure ! Ses amis dans leurs lettres l'appellent Vieux Pou et lui envoient des vannes d'affranchis... De son côté la famille organise ses mondanités estivales dans une grande maison qui donne sur la plage au Roaliguen. L'été est pluvieux, Charles au porte-manteau décroche pour aller à la pêche une veste ordinaire, un peu râpée. Ça devait être une chic veste autrefois. C'aurait pu être celle qui fut l'occasion d'une remontrance souvent citée dans la famille : « Ton grand-père l'a portée, ton père l'a portée, et il faut que ce soit toi qui l'use ! » Un

instant après, Charles appelle son épouse depuis le vestibule, et lui montre une lettre écornée qu'il a trouvée dans la veste, barbouillée d'une écriture d'apache, un certain Pier y conte ses frasques à Nalo. Voila tout à coup dévoilé le sabotage de leur grand-œuvre éducationnel ! Le couple monte se concerter dans la chambre...
J'ai trouvé dans la poche d'un veston que j'ai revêtu pour aller à la pêche une lettre sur laquelle j'ai vu du premier regard ces mots : Donc pendant 15 jours j'ai fait la noce, mais la noce chic !
...
Tu me pardonneras mon indiscrète curiosité d'en savoir plus long et d'avoir tout lu. Tu connais cette lettre je n'ai donc pas à te la reproduire ou retourner ; je la suppose de D. et tu penses bien que la perspective des merveilleuses soirées que l'auteur projette de passer avec toi pourrait m'inquiéter si je ne te connaissais pas. Rien n'est dissimulé, ni la lettre laissée dans la poche, ni l'œuvre parentale encore sur le métier. Le temps et les événements qui ont passé depuis Hyères leur ont montré les limites de ce qui leur semble être la meilleure éducation possible. Les mots sont pesés, « Considère le comme un camarade qui prend le chemin du malheur mais ne t'en fais pas un ami, il n'a pas ton éducation que nous avons, ta maman et moi, cherché à rendre parfaite »...
Le coup est rude et nous avons la pièce à conviction :
Vieux Charles – engueule moi – je suis la dernière des vaches – le dernier des salopards – mais tu me pardonneras car tu sais ce que c'est « la flemme » - je me décide donc à t'écrire.
Donc depuis un mois je suis ici à Sables d'Or les pins (côte du nord) « Plage chic »
Cette année la pluie est hôtesse – c'est elle qui reçoit – c'est elle qui mène la « branle »
(Pas drôle) Des anglais – des Turcs – des Brésiliens   mais de la pluie
Un CASINO – des bals, des courses   mais de la pluie
Le casino – carton pâte est une petite merveille   mais il est vide
...
...A part cela La fine rigolade = tu as su par O de F. l'histoire de X et Y et X' – si tu n'es pas un con tu as deviné l'Homme Y, mais tu ignores la femme X. Une merveille mon vieux Charles, une trouvaille : 3 ans de pose (elle a été modèle) chez les peintres DBA. 4 ans de « mascotte » chez les [?] BD Hérault – Laloux (1913-1917) Une gosse énorme quoi ! Et affranchie – et rigolote - !! – et elle habite Paris. Et, mariée, elle vit librement – elle a été à au moins 5 bals des 4 zarts – et ne demande qu'à y retourner.

Ma foi, je l'ai invitée au prochain. Cela nous prépare mon vieux Charles de merveilleuses sociétés – je te raconterai cela de vive voix – avec détails suaves.
Donc pendant 15 jours j'ai fait la noce – mais la noce chic, avec des moyens que je n'ai pas – de la fine rigolade – c'est fini depuis 5 jours. Ma jolie est partie c'est devenu sérieux
J'ai fait un saut à Rennes il y a 5 jours (avec « ma jolie ») « ma jolie » = X. J'y ai vu Hec et Le moine, qui bossent leur diplôme ! Pauvres mecs !! – Sais tu que Koenig est mort à Brest la semaine passée. Froidement – cela vaut mieux qu'il soit mort ailleurs qu'à l'atelier.
Je ne sais pour combien j'en ai ici – cela dépendra des clients – Je compte toujours aller à Paris définitivement – pour le projet « novembre »
Une commission – Yves Hémar voudrait savoir l'origine de « Monsieur Duboisgile » et de « provincialite » est-ce possible ? – et aussi les paroles de « Adèle » et du marin et l'origine – tu peux ? – Merci.
A part cela rien, le bled, la vie bête – Je cherche une aventure, une autre. J'ai les tripes en feu mais un plus profond dégout des « bourgeois – J'ai une foulure au pied droit et une « piqure – de – pointe – rouillée au pied gauche (voir pointes dans les coffrages de béton armé) – Je marche comme un crabe.
Adieu vieux Charles – écris moi puisque tu es en vacances. Portes toi bien – roupille – mon plus affectueux souvenir.   Pier

C'est l'uppercut, la manchette vacharde, ça tombe abrupt. Les parents assis sur le lit travaillent un brouillon, puis Charles prend la plume. Lui est un être clair et entier, binaire, du positif et du négatif. Son dogme c'est la prééminence de la volonté. Il le répète souvent, la volonté est comme un muscle, travaille la, exerce toi, tu soulèveras des montagnes ! Il n'est jamais question de tendances contradictoires. Le contournement de l'obstacle, comprendre nos profondeurs, ça ne fait pas partie du premier degré. Il est de ceux dont les rêves nocturnes ne laissent aucune trace au réveil. Les ressentis indicibles, les presque rien et les je ne sais quoi ne voient pas le jour. Charles écrit...

Mais en attendant souviens toi toujours de ce que je t'ai déjà dit, ne touche pas à une femme si captivante puise-t-elle être, ne te laisse jamais embrasser, ce serait le commencement de la fin. Conserve toujours le plus profond dégoût pour la profanation de la fonction génitale, la plus sublime des fonctions humaines.
Garde-toi bien de te mettre la tripe en feu, c'est la conséquence

*forcée de la première faute, et je me rends très bien compte que quand elle a été commise c'est toute la tyrannie de la passion à laquelle il faut céder, comme ton pauvre camarade me semble devoir le faire. Ce sont alors toutes les conséquences désastreuses à tout point de vue, de l'existence en perpétuel état de péché mortel alors qu'il est si bon de vivre dans l'amitié du Bon Dieu. ... ...
Réagis au premier temps et ne cède rien, pas même ni surtout dis-je à un premier baiser, tu y passerais tout entier.*
Cette contredanse frappée comme une grande polonaise de Chopin rappelle Génie, qui dans les années 1890, depuis son manoir de Guémené écrivait à ce même Charles, jouvenceau alors parisien qui prenait la liberté d'apprendre à danser... « *Ne te jette pas trop fort non plus dans cette légion de jeunes Américaines. Tiens toi sur la réserve et pas enlacé...* »
Le jeu de miroir a ses lacunes, la réponse de Nalo a disparu mais la fin de l'histoire entre nos mains est une cadence d'andante amoroso...
*Le Roaliguen. Mercredi. Mon bon et très cher enfant.
Ta bonne et filiale réponse à ma longue lettre de paternelles recommandations ne m'a aucunement peiné. Elle m'exposait très franchement, comme tu fais toute chose, tes idées sur l'amitié en me décrivant les sentiments de D. que tu estimes être très digne de cette amitié. Tu es bien le meilleur juge en cette question, aussi je m'en voudrais de te peiner, toi mon grand fils. ... J'espère bien n'avoir jamais de sujet de peine à supporter de toi, mais si j'en avais mon devoir le plus impérieux serait de te le pardonner tout paternellement et de te conseiller de mon mieux. ...
J'ai trouvé ta lettre au retour d'une bien belle promenade faite à l'île aux moines et à Gavrinis avec toute la famille et les Le Goaster. ... En définitive mon cher enfant je n'ai rien trouvé de mal dans ta bonne lettre, et de bien il y avait l'exposé de tes généreux sentiments d'amitié et le désir d'en tirer du bien pour ton ami. ...
En dépit des pluies trop fréquentes je crois que tout le monde rapportera du Roaliguen un excellent souvenir. ... Mon bien cher Nalo tout le monde ici se réunit pour t'adresser nos plus tendres et affectueux baisers. Ton papa qui t'aime de tout son cœur.
Ch.
Le facteur me remet à l'instant ta lettre de mardi me donnant heureusement l'adresse de l'atelier où je souhaitais pouvoir t'adresser mon mandat télégraphique.
Un mandat, oui, car il se garde du temps pour étudier, il ne s'est pas encore mis à la recherche d'un architecte qui le prendrait à*

plein temps. Il demandait avant l'épique partition qui précède, s'il pouvait recevoir 400 francs. Son père lui répondait qu'il n'avait que 1400 francs devant lui, n'avait pas encore payé la pension de Marie-Thérèse et comptait apporter le reste à Geneviève qui avait fort à faire au Roaliguen. Charles réussira tout de même à lui envoyer 200 francs.

« D. » réapparait comme le petit diable rouge dans l'esprit du capitaine Haddock, il a choisi pour papier à lettre l'imprimé du « Labarre », le concours *« du mercredi 5 janvier à rendre le samedi 8 janvier 1927 avant midi »* … *« La commission des programmes propose comme sujet du concours. Une cité des beaux-arts : Imaginons qu'un généreux bienfaiteur de la jeunesse studieuse française désire palier aux difficultés qu'éprouvent nos jeunes artistes à se loger, à se nourrir et à travailler dans des conditions d'hygiène meilleure que celles de leurs ateliers actuels… … Un ensemble de bâtiments répondant aux destinations suivantes : Administration, comprenant… Logement, composé de 300 chambres… Restaurant, une grande salle à manger pour 200 couverts, deux ou trois autres plus petites, un bar, un salon d'attente, vestiaires, lavabos etc. La cuisine avec laverie, glacière, resserre, dépôts divers. Toute latitude est laissée aux concurrents de grouper en un bâtiment unique à plusieurs étages, soit… »*
Griffonné et retaillé d'encadrés le papier jauni et chiffonné porte au crayon diverses considérations amicales à propos de ce concours que Nalo n'a pu présenter et se termine ainsi…
Et voila – ou ça nib de nib jeter de mollement la loge – Lefort est venu vendredi – Odette me charge d'une commission, voila un extrait de sa dernière lettre : « Si tu as un brin de cœur de trop, eh bien dis à Coüasnon que j'ai bien de la peine – que j'en aurai peut-être moins si je le savais moins détaché – car maintenant les amitiés me sont comptées et la sienne – un vieux souvenir que je ne voudrais pas perdre tout à fait pour qu'il me reste de bonnes choses pour rêver » Voila, voila la commission faite – je dois avoir un brin de cœur en rab.

Durant l'été 1929 depuis son île l'oncle abbé écrit à Charles et Geneviève…
Je vous remercie beaucoup de vos affectueux vœux de fête qui sont venus dans mon ermitage et ma solitude, m'apporter un petit embrun de famille. Je suis très heureux d'apprendre un succès d'Henri. Espérons qu'il marche sur les traces de son père.
Ici il y a eu quelques beaux jours, mais rares, la saison n'est pas

brillante. J'ai livré le minotier ce matin. Aujourd'hui on fauche l'avoine, le seigle est en tas. Il y a beaucoup de retard en ce moment et le maitre d'œuvre fait défaut. Les ouvriers devaient venir cette semaine chercher leur matériel, ils ne sont pas venus, tant mieux car il a fait très mauvais temps. Je suis ennuyé de savoir que tout n'est pas réglé avec Vatar. Je couche dans le grenier au dessus de la grande salle.
Je ne suis pas très bien portant en ce moment, j'ai des vertiges, des étourdissements. Cet après midi je suis tombé. J'ai de l'albumine dans les urines et je me remets très difficilement d'une pleurésie. Il y a huit jours que je ne mange plus de viande, je ne prends que des légumes et du lait, j'espère ainsi vaincre cette crise d'albumine. Si elle ne cesse pas je serai obligé de quitter l'île car l'air salin m'est très mauvais. L'ennui c'est que je n'aurai plus le lait sous la main comme ici. A part le boucher qui est venu ce matin, il y a dix jours que je n'ai vu visage humain sauf mon personnel. Je ne sais pas ce qui se passe en France, mon antenne est démolie. Peu de touristes viennent à l'île cette année, depuis l'histoire du taureau ils préfèrent aller ailleurs.
Au revoir mon cher Charles, ma chère Geneviève, merci de vos vœux et embrassez tous vos enfants, en particulier Cisco.
Bon [...?] à tous. Henri
Son temps s'écoulait, voyait-il venir sa fin, voyait-il la fin d'un monde ? Il était passé de l'autre côté de quelque chose. L'heure légale n'avait pas prise sur lui, il prétendait avec un certain orgueil vivre à l'heure du soleil, de la mer et des gens intelligents, et avait sans doute une idée assez rigide de ce que sont les gens intelligents... De sa thébaïde, même avec son antenne cassée, il savait la rumeur du monde. Comme les braises sous la cendre, le souvenir des heures les plus intenses de sa vie brulaient encore en lui et souvent revenaient. « *Je m'assied sur une chaise derrière un gros arbre et les obus me sifflent aux oreilles à droite et à gauche. Je serais bien resté là... J'étais à l'abri... Mais il me faut partir à travers Suippes pour les administrer* »... Les blessés, les mourants, les déchiquetés... « *Je vous avoue que je regrettai mon arbre.* »
En Janvier 1917 l'oncle Georges du Saint rapportait les paroles d'un officier qui l'avait rencontré à Suippes « *Cet abbé s'est montré dans la période où je l'ai vu, un aumônier tout à fait remarquable, ayant une influence extraordinaire. Eglise pleine tous les soirs. J'allais de temps en temps à son petit sermon où il résumait le communiqué, les remarques locales, et faisait en plus un petit sermon toujours épatant. C'est à tel point que très souvent des*

officiers y allaient d'assez loin pour l'entendre... J'ai rarement entendu parler avec plus de tact, de mesure et de force. C'est un conducteur d'hommes, et le tout avec une simplicité charmante. »
Le 27 janvier 1931 l'oncle abbé décède à Rennes, chez les bonnes-sœurs de St Yves, à l'âge de cinquante et un ans... Jamais il ne se sera départi de son audace, jusqu'à continuer aujourd'hui de nous saluer en envoyant ses mots ficelés à un caillou par-dessus le mur infranchissable.

10

Au début des années trente Charles est un homme respecté. Il a une vie publique et ses discours sont très appréciés dans le cercle assez restreint de ses admirateurs! On l'a nommé président de l'amicale des anciens de Saint ceci ou de Sainte cela... Il faut qu'il dise quelque chose d'inspirant au pied du monument... Les anciens de l'école libre de Janzé ! Imaginez ! Ensuite on lui réclame le script de son discours pour l'imprimer dans la gazette. On s'y reprend à trois fois, quatre fois, et d'une belle écriture, et bien propre... On se rend chez lui à plusieurs reprises sans plus de succès alors on lui écrit à nouveau qu'il doit « *se considérer comme instamment prié de venir à la réunion des anciens qui sera présidée par le Cardinal.* » Visiblement il se débine. Si eux ne les ont pas eus, nous les avons, ses discours ! On se passe fort bien de les lire ; les amicales, les associations de ces messieurs s'invitent les unes les autres, cherchent des fonds, conspuent la laïque... On se barbe ! D'avoir été désigné comme représentant il ne tire d'autre bénéfice qu'un verbiage de bons sentiments virtuels et embrouillés, où la vérité reste aphone. On ne l'y reprendra plus ! Il a assez de soucis avec ses clients et ses roublards de fermiers. Au reste, un bail pour la ferme dite « des Petites Fontenelles » est intéressant. Le contrat stipule que le tenant qui a pour nom Constant Machefel, « *s'engage à respecter et à faire respecter le nom de Dieu sur la terre et dans la maison* ». A vrai dire terre et maison se confondent vu que le sol de la maison qu'on foule en sabot l'hiver et pieds nus l'été, est de terre battue. « *Le tenant s'engage à continuer la jouissance des lieux loués en bon père de famille* »... Toute chose importante est dument consignée. Quant au prix, il est fixé à « *cinq sacs de froment et trente-cinq kilos de beurre* ».

24 juillet 1929   Ma chérie

Je me suis grouillé de toutes mes forces pour faire en un jour plans et devis de la maison de Mademoiselle Le Kern qui devait venir les voir ce matin à 9 h ½. Je l'attends encore. Je ne vais pas à Ste Anne demain car j'ai rendez-vous avec Molard le matin chez Marie Thérèse et l'après-midi je vais à St Just avec le peintre. Le soir nous dinons chez Madame de Beaulieu.

Samedi je suis obligé d'assister à la distribution des prix de l'école de préapprentissage, venant d'être nommé vice président du comité des Arts appliqués pour remplacer Hirsh qui devient président à la place de Le Roy qui s'en va. Encore une vice présidence. Je ne pourrai donc pas aller à St Nazaire Dimanche. Henri ira et arrivera samedi midi. Il a sa mention de modelage et monte en loge demain à 8 heures. Tout ça mérite bien un peu de distraction.

Nalo n'a pas pu te donner tous les détails de leur randonnée de Dimanche et Lundi qui sont cependant plaisants.

Levés Dimanche matin un peu tardivement pour prendre le train de 3 heures : ils se précipitent à la gare pour trouver un camarade qui leur dit que la ballade se fait en auto. Et quelle auto. Une camionnette à Rual, inachevée : une boite plate, longue de 4m.00 Un des voyageurs manquait à l'appel. Ils vont le chercher dans son lit, le descendent en pyjama dans la camionnette, prenant au hasard quelques nippes, 3 pantalons mais pas de veste. Enfin il s'habille sur la route comme il peut et en arrivant à Montauban il était assez convenable pour aller à la messe.

J'oubliais de te dire qu'avant de partir vers 5 heures du matin ils sont venus chercher à la maison toute une matelasserie pour garnir la boite dont le fond et les bas flancs étaient un peu durs. Ils sont ainsi partis pour Lannion confortablement couchés sur des matelas provenant du petit lit de la toilette de nos filles.

Ils ont passé la journée avec Lefort et Le Corre, de Lannion, venus se joindre à eux. Le lundi matin ils devaient repartir à 3 heures pour être à Rennes à 9 heures et prendre le train de St Nazaire mais à 5 heures tout le monde dormait encore dans une hôtellerie de Pervern où on les a logés pour 40 sous par tête. S'habiller, déjeuner, tournailler et il est 6 heures. Impossible de rentrer à Rennes pour 9 heures. Alors ils remontent en bagnole et font 400 ou 500 Km. à travers la Bretagne.

Sur les 4 heures du soir ne sachant où ils étaient je téléphone à Lefort pour lui demander ce qu'il a fait de mes fils. « Ils sont partis à travers la Bretagne, ils arriveront bien un jour – me dit il

– Journée épatante mon vieux. »
A dix heures ils sonnent. On ouvre le portail pour faire entrer le phénomène, j'étais rassuré. Ils vont mettre la matelasserie en place et s'en vont, me laissant les deux miens. Nalo fait une toilette bien nécessaire et reprend le train pour paris à minuit. Telle fut l'équipée, agrémentée de cors de chasse et accordéon pour les aubades et sérénades aux populations ébahies.
Bons baisers à tous et amitiés à Robert. A toi de tout cœur.
Ch.

Nalo a fêté ses 25 ans « ça me fait drôle d'être vieux » écrit-il. Il vit en ce moment avec l'argent de la Baronne... C'est le premier chantier dont il est responsable, il se rend tous les matins à Boulogne. Ça avance, et la Baronne est charmante. Il s'inscrit pour un voyage en Algérie qu'organisent les catholiques des Beaux-arts. A Paris va bientôt s'ouvrir une double exposition, au Petit Palais et au musée des Beaux-arts, qui célèbrera « les cent ans de la conquête de l'Algérie. » Il est opportun de glorifier les hauts faits de notre armée, maintenant que tous les témoins ont disparu... On n'exposera pas les lettres que les officiers écrivaient dans les années 1830 et 40 : « *Il est vrai que nous rapportons un plein baril d'oreilles récoltées paires à paires sur les prisonniers, amis ou ennemis.* » Le colonel De Montagnac aura son portrait, droit dans ses bottes, non pas en sanguinaire : « *On ne se fait pas l'idée de l'effet que produit sur les Arabes une décollation de la main des chrétiens... Il y a déjà pas mal de temps que j'ai compris cela, et je t'assure qu'il ne m'en sort guère d'entre les griffes qui n'aient subi la douce opération. Qui veut la fin veut les moyens, quoiqu'en disent nos philanthropes. Tous les bons militaires que j'ai l'honneur de commander sont prévenus par moi-même que s'il leur arrive de m'amener un Arabe vivant, ils recevront une volée de coups de plat de sabre... Quant à l'opération de la décollation, cela se passe coram populo.* [En public] »
La conquête porte le doux nom de pacification. Les colonisateurs tuent, mais il faut leur rendre justice, ils ne tuent pas pour le plaisir ; ils tuent pour que ça nous rapporte. La loi naturelle qui établit que chaque événement a une cause, que chaque cause est assortie de conséquences, déroula par la suite tout un panel d'atrocités, au long de la période coloniale, durant la reconquête, et bien au-delà. Un magnifique exemple de barbarie civilisatrice nourrie d'ignorance.
Une grande exposition ! Messieurs les ministres veulent monter une vérité inverse pour donner l'inspiration, susciter des voca-

tions coloniales dans la jeunesse. Aux Beaux-arts, on met sur pied une excursion édifiante. Nalo en fut, ainsi que son frère Henri, quoique sur des circuits légèrement différents.

Mon cher papa et ma chère maman
Ce voyage en Algérie dont il était question s'est décidé rapidement, je pars de Marseille le samedi 19 à midi. Je voyage sur le pont. Comme me le dit Maman je prendrai de grandes précautions contre le froid. Je vais quitter Paris soit jeudi prochain soit vendredi tout cela dépendra de la façon dont marcheront les affaires avec la Baronne.
Grâce aux honoraires de ma cliente je peux me permettre ce voyage qui est je crois dans les conditions de bon marché extraordinaires. Henri partant le 25 nous serons sans doute à Alger le 28. Ce serait amusant de le rencontrer. Mais lui voyage en première classe tandis que moi pauvre bougre, je serai sur le pont à admirer le ciel brillant des nuits orientales. Ce voyage m'enchante, il n'y a qu'un point noir à ma joie, c'est que je quitte Paris pendant 15 jours, mon chantier est en train, en revenant je ne pourrai pas aller à Rennes, tout de suite vous voir. Je passerai sans doute une quinzaine à Paris puis j'irai passer 8 jours à Rennes. Et je reprendrai alors le chantier qui sera sans doute charrette à ce moment - enfin qui vivra verra.
Je vous embrasse bien fort mon cher Papa et ma chère Maman, j'embrasse également tous mes frères et sœurs. Nalo
De son côté, Henri fait le voyage avec sa tante Claude, l'épouse de Joseph Coüasnon. Tonton Joson a un peu changé depuis l'époque où il fumait son tabac gris à la pointe du Cotentin, un peu seulement. De toute façon il est légèrement souffrant et trop casanier pour se joindre à l'aventure.

Paris 30 Avril Mon cher Papa ma chère Maman
Jusqu'ici très bon voyage, nous nous sommes d'abord débarrassés de nos paquets à la gare de Lyon. De là nous sommes allés à Notre Dame, la sainte chapelle, puis l'école [des Beaux-arts] : très jolie exposition et surtout instructive. ... ... Après quoi nous nous sommes dirigés vers le petit palais (exposition du centenaire de l'Algérie) Très jolies choses. L'avenue des Champs Elysée, dîner avec la sœur de Tante et son neveu départ à 21 h. J'ai retenu des places dans le train ainsi que nos cabines sur le Lamoricière. Je m'embarque demain à 12 heures
Tante Claude me charge de bien des choses, elle est un peu fatiguée. Henri.

Marseille le 1er mai. Mon cher Papa et Maman
Me voici à Marseille après 13 h de chemin de fer. Je vous écris de la cabine très confortable qui a été mise à notre disposition. Dans une demi-heure nous partons. Pour revenir à ce trajet en chemin de fer, il s'est très bien passé, voiture confortable et compagnons agréables. Il y avait cependant beaucoup de cidi [sidis] dans le train, mais pas trop gênants. A partir de Lyon il faisait jour. Tout ce trajet le long du Rhône m'a beaucoup amusé et intéressé, la ligne bordée de coquelicots. Au loin on apercevait les premières hauteurs du Massif Central. Aux environs d'Avignon une campagne très spéciale dont les haies sont de cyprès. Nous n'avons pas eu le temps de visiter Marseille. Bon baisers. Henri.
Soleil, encre bleu outremer, papier blanc à l'entête de la Compagnie Transatlantique, une enveloppe « par avion ». Henri est aux anges.

Samedi 3 mai 1930   Mon cher papa et ma chère maman
Quelle belle journée ! Je vous ai envoyé une carte de Blida, c'est une petite ville de 40000 habitants très pittoresque. Je l'ai visitée un jour de marché, on y trouvait des monceaux de légumes : fèves, haricots, petits pois, des pois chiches. Des marchands d'oranges succulentes, d'épices de toutes sortes, mais rien que des Arabes. Certains jouaient aux dames, d'autres travaillaient le raphia. D'autres bavardaient, un grand nombre vautrés le long des murs dormaient à poings fermés. C'est en autobus que nous nous sommes rendus à Blida et vous ne pouvez pas vous douter de ce que peut être cette route, un véritable rêve, la campagne sent excessivement bon. D'abord l'oranger, les foins et le géranium rosé, très cultivé dans le pays et qui distillé en Algérie sert à faire des parfums en France, c'est une petite plante qui ressemble au mauve et qui sent tellement fort sous le soleil qu'il est paraît-il impossible en été de les traverser.
J'ai pris des photos en quantité, trop même car jusqu'ici j'ai déjà 2 rouleaux de pris. Toutes ces choses me paraissent si intéressantes que j'éprouve un besoin irrésistible de les photographier. Eh bien demain aussi je vais faire pas mal de photos, le président arrive à 11 heures. 75 hydravions seront dans la baie d'Alger, toute la flotte française c.a.d. 80 bateaux, plus une délégation de la flotte anglaise, espagnole, italienne et allemande, on compte sur 120 navires de guerre, il y en a déjà beaucoup d'arrivés, entre autres un porte-avion gigantesque sur la plate forme duquel des avions atterrissent, beaucoup de sous-marins.
Demain après-midi grande fête à l'hippodrome du caroubier,

on compte sur 50000 personnes d'après les billets. Défilé de tous les costumes militaires depuis 100 ans, ensuite fête de Touaregs, course de méhari. J'irai avec les Vaynes qui m'ont encore invité à déjeuner demain midi avec tante Claude, ils sont véritablement charmants.
Dimanche matin.
Je sors de la messe à St Charles c'est une des paroisses d'Alger, les gens sont très pieux et j'ai été étonné de voir tout le monde communier. Dans le plateau il n'y avait presque rien que des billets de 20 francs. C'est réellement une ville épatante, des gens aimables, gaie et très riche. Il paraît qu'il y a à Alger un grand nombre de milliardaires et d'ailleurs cela ce sent bien, l'année prochaine ils établiront un métro. Les grandes rues d'Alger sont à mon avis bien plus belles que celles de Paris, d'abord tous les immeubles sont neufs et blancs, ce n'est pas comme à Paris. La rue d'Isly possède des étalages plus beaux que n'importe lesquels de Paris, surtout en bijouterie. C'est la vraie ville de l'or et des pierres précieuses. On rencontre brusquement dans les belles rues des femmes voilées Arabes avec des souliers en soie perlée et aux jambes des bracelets en or massif. Je craignais que c'était du toc mais pas du tout. M. Vaynes me dit que ces gens là se croiraient déshonorés de porter du clinquant.
Ce matin il fait déjà chaud, un soleil radieux sur la baie ou déjà des hydravions effectuent leur vol, dans 2 heures le président sera là.
Bons baiser Henri.

Le 7 mai 1930   Mon cher papa ma chère maman
Lundi dernier quand je suis allé à la poste chercher votre lettre je voulais vous répondre immédiatement, lorsque installé à une table, un vieux Arabe est venu embrasser ma veste et mes mains en me demandant ou plutôt en me faisant signe de lui copier sur une feuille blanche qu'il me tendait un modèle d'une lettre qui lui avait été donnée. C'était adressé à l'intendant et le vieux demandait qu'il lui soit donné des vêtements usagés.
J'avais donné là rendez vous à Tante Claude et aux Vaynes (madame et ses 3 enfants) pour aller faire un pèlerinage à Notre Dame d'Afrique, la vierge Noire. C'est une superbe basilique dominant Alger et de laquelle on a sur la ville et ses environs une vue panoramique extraordinairement remarquable. Après quoi nous sommes allés au collège de N.D. d'Afrique ou M Vaynes devait voir un professeur (Rennais ancien diacre de Bonne-Nou-

velle). Ensuite nous sommes redescendus à Alger par la Casbah, j'y ai pris quelques photos. C'est très curieux mais fortement répugnant. Et d'ailleurs un véritable repaire de brigands. Après le dîner grande illumination, fête vénitienne, je vous assure qu'une féerie comme celle là est une chose qu'on doit voir une fois dans sa vie, j'en ai été émerveillé. Les maisons tout au long du boulevard Carnot (sur le port) étaient illuminés de rampes électriques et toutes pavoisées. En plus il y avait des guirlandes électriques d'un bout à l'autre. ...   De distance en distance, des arcs de triomphe étaient éclairés avec des projecteurs. La moquée au bout du port était lumineuse. Le port embrasé.

Comme ce matin à Bou-Saada il n'y avait pas de car pour Biskra, j'ai gagné Bordj-Bou-Arreridj. J'y suis, je prends tout de suite le train pour Sétif où nous passerons la nuit. De là on ira à Constantine par autobus en faisant un bon crochet pour voir les gorges les plus belles du monde.

Je suis dans le train, j'irai à Biskra après Constantine et samedi soir je débarquerai à Tunis pour le congrès. J'ai été emballé par Bou-Saada, Tante Claude aussi c'est le plein désert mais pas le Sahara cependant. On voit quelques dunes çà et là de sable fin.

Je vous embrasse mon cher Papa, je vous remercie encore de votre bonne lettre, embrassez Maman et mon frère et sœurs de ma part. Je suis très bien portant.
Henri.

Mardi   Ma chère Maman
Nous nous sommes embarqués assez précipitamment car je me suis aperçu que si nous ne prenions pas le « Du Guesdon » ce matin cela nous remettrait à Samedi Matin. [...] Nous   avons couché à Sétif la nuit du mercredi au jeudi, le lendemain Sétif - Djidjeli en autocar très jolie route d'abord traversée des gorges du Chalet les plus belles de l'Afrique du nord, ensuite route en corniche le long de la méditerranée. Le soir couché à Didjeli. Lendemain 4h du matin départ en autocar pour Constantine 200 km jolie route, après midi visite de Constantine.

Ce pays est rempli de cigognes et imaginez vous que dans un petit village où l'auto s'arrêtait, il y avait des nids de cigognes sur toutes les maisons. Les toits étaient bas et voyant qu'il était possible d'attraper les petits, je m'avise de manifester mon désir d'en emporter une. Un aubergiste européen charmant appelle aussitôt un petit arabe et lui demande de choisir une des plus grasses en échange je lui donne 40 sous. J'avais une cigogne, un peu petite encore. *Arrivé à Constantine quand il a fallu lui donner à manger, il n'y avait plus moyen et j'ai dû la rendre au chauffeur très complaisant qui devait repasser le lendemain près du nid. J'ai beaucoup regretté ma cigogne, d'autant plus que je crois qu'elle aurait fait plaisir à Papa... ... J'arrive à Marseille demain mercredi à 7 h du soir.*   *Henri*

Pendant ce temps Nalo suit un autre itinéraire. Il semble n'avoir guère le loisir d'écrire à ses chers parents... Une sorte de soumission à l'intensité de jours d'heures et d'instants fascinants opère la coupure. Ce n'est qu'une fois rentré à Paris qu'il prend la plume.

Paris Samedi 3 Mai 1930   *Mon cher Papa et ma chère Maman Et voila ce beau voyage terminé. Car ce fut un beau voyage. Mais durant lequel on ne nous a guère laissé le temps de respirer car il y avait beaucoup de choses à voir. Les quatre premiers jours de congrès passés à Alger m'ont permis de bien connaitre la ville. Je vous ai raconté la journée passée chez les pères Blancs à Maison Carrée. Le lendemain matin après une messe à N.D. d'Afrique, retour à Alger par le cimetière musulman qui est sur une des pentes de la colline de la casbah, de beaux arbres. Beaucoup de verdure et de petites stèles de marbre bleu partout dans l'herbe. Quelques femmes voilées passant rapidement dans les sentiers. Le tout sous un soleil radieux. Il n'en fallait pas plus pour créer une belle ambiance exotique. Et puis après quelques pas dans un bois d'eucalyptus, la casbah. Le palais d'Hussein-bey tout en haut de la colline avec ses murs fortifiés. J'y ai rencontré Monsieur Lamour en train de faire de l'aquarelle. Puis la descente à travers les ruelles arabes. C'est un peu sale mais c'est merveilleux de pittoresque. De grands coups de soleil sur les murs peints à la chaux soit en blanc, soit teinté de bleu ou de vert, puis les ombres profondes à côté, où grouille une population indigène extrêmement nombreuse. Les cours presque toutes peintes soit en vert soit en bleu. Des céramiques, et dans cette ambiance rafraichissante, des portes peintes en rouge. A chaque tournant de ces ruelles en zigzag c'est un nouveau coin ravissant. Une porte avec une fenêtre au dessus, une voute sombre sous laquelle passe la rue, un mendiant un petit marabout avec son minaret en miniature, une cour minuscule avec un figuier et un cyprès. Cette matinée passée dans le vieux Alger est peut-être la meilleure du voyage. J'y suis retourné, à la casbah, mais j'en n'ai pas eu un éclairage aussi épatant.*

Lundi.
Je reprends ma lettre laissée. Je viens de me réinstaller à Sèvres et j'ai eu de vos nouvelles par tante Henriette, enchantée de son séjour à Rennes. Depuis jeudi que je suis rentré à Paris j'ai trimé dur. Ce n'était pas fait pour me remettre de mes fatigues du voyage qui fut très dur. En revenant je comptais trouver le devis terminé. Il était à peine commencé. Pendant 13 jours Hacar n'avait rien fait. Mais je saurai à l'avenir que lorsqu'au mois de décembre, le 20 décembre, on commence à étudier un projet assez important, et que le client veut que le chantier commence 1 mois après, il faut lui dire que le chantier pourra commencer 6 mois après. Enfin la baronne n'était pas de trop mauvais poil. Mais pour pousser Monsieur Hacar, l'entrepreneur j'ai été obligé d'aller tous les jours à Joinville à 7 h. C'est ce que j'ai fait vendredi samedi et dimanche. Enfin me voila un peu plus libre.
Je reprends mon voyage.
Donc le mardi après midi, déjà bien fatigué par la promenade dans la casbah, nous sommes allés à l'amirauté. Cet ilot où les turcs avaient placé leurs soldats et d'où ils tenaient Alger en respect. Vieux palais serrés les uns contre les autres, murs nus des casernements dominés par un très joli phare. Vu des quais d'Alger c'est d'un joli effet se mirant dans les calmes eaux du port, avec au premier plan les innombrables barques peintes de toutes les couleurs. Le dimanche soir il y avait un feu d'artifice assez réussi. L'amirauté était justement toute illuminée, embrasée même à un moment donné. C'était très joli. Pour voir ce feu d'artifice, dégoutés d'être perdus dans la foule où nous n'aurions rien vu, après avoir fait pas mal de maisons nous avons trouvé un hôte sympathique qui a bien voulu nous donner un bout de son balcon. Et voila comment cela s'est passé. Ayant laissé le gros de la troupe, nous nous sommes isolés à deux puis avons cherché... La mairie... Des banques... Nous avons abordé un adjoint entrant avec sa famille : « Monsieur nous sommes du congrès des étudiants catholiques il serait malheureux de ne pouvoir admirer ce beau feu d'artifice, nous voudrions le voir le mieux possible pour en emporter le meilleur souvenir ». Non dit l'adjoint. Non disent des administrateurs de banque auxquels nous avions tenu le même discours. Très ennuyés nous regardions jalousement les balcons des quais qui se garnissaient petit à petit. Alors nous avons joué notre dernière cartouche. Nous avons attaqués les bons bourgeois en sonnant aux portes, rembarrés plusieurs fois, nous trouvons enfin un bon vieux bureaucrate qui nous accueille avec joie.

Il habitait tout en haut et avait une terrasse d'où nous avons vu aussi bien qu'il était possible. Nous l'avions bien gagné.
Très fiers de notre expédition nous nous en sommes vantés près des petits camarades qui n'avaient rien vu. Ils n'ont jamais voulu nous croire.
Le lendemain fut une très bonne journée également (nous sommes à mercredi) Je l'ai passée à Abd el tiff C'est une vieille villa arabe que le gouverneur Jonnart avait fait aménager pour recevoir des jeunes artistes élèves de l'école des Beaux arts. Ayant horreur du groupe constitué qui se précipite, fait de la poussière et ne regarde rien, je flânais derrière avec Bailleau. Nous admirions le paysage car cette villa est un peu en dehors d'Alger. Nous nous étions notamment attardés à voir une ferme ancienne, une villa arabe dont Bailleau a fait quelques photos qui je crois seront bonnes. Le groupe, la troupe en marche, était d'ailleurs passée à côté sans s'arrêter, car ils devaient faire encore 3 kilomètres sans boire avant le déjeuner.

Mardi
Je devrai pourtant vous envoyer cette lettre que vous devez attendre avec impatience, étant sans nouvelles de moi depuis si longtemps...
Je reprends mon récit (journée Abd el tiff) Nous sommes donc arrivés Bailleau et moi au moment où le groupe quittait, si bien qu'Alleaut, un camarade que nous savions trouver là, nous a retenu à déjeuner. La villa est située au milieu d'un bois de pins appelé bois de Boulogne, qui domine le jardin d'essai, si bien qu'on a en dessous de soi cette touffe de verdure exotique du jardin d'essai. Derrière, la mer, en côté, toute la ville d'Alger par ses coteaux. A la fin du déjeuner servi sous un portique mauresque dans le jardin de la villa, Alleaut a fait danser deux femmes Arabes. ... ... N'eusse-t-été le phonographe nous nous serions volontiers crus de riches pachas en leur résidence d'été. Puis la grosse chaleur étant passée, nous sommes rentrés à Alger en passant par un marabout délicieux avec sa petite mosquée, son minaret et son petit cimetière ombragé d'eucalyptus, sur lesquels les cyprès mettent leur verticale veloutée.
Le lendemain le Bardo, ancien harem d'été des deys d'Alger prés du palais d'été. Petites cours dallées où chantent des fontaines, portiques dorés petits appartements secrets, escaliers dérobés arrivant tout à coup dans une salle toute dorée. Jardins merveilleux de verdure. On en a fait un musée du costume et du

meuble, tapis, tentures. C'est épatant. Sûrement la plus belle chose d'Alger, et tout cela petit, précieux. Comme on est loin des pompes de l'architecture classique ! A midi déjeuner, banquet, obligatoire mais ennuyeux. Après-midi, de nouveau, balade dans la casbah, les rues, des marchandises, marchands d'étoffe tout blanc au milieu des soies brillantes pendues tout autour. Tailleurs en train de faire des burnous accroupis sur des nattes dans des petites échoppes absolument nues. Savetiers, cafés maures dont les clients débordent au plein de la ruelle, et toujours ces petits marabouts et leur tout petit cimetière autour, qui sont partout dans la vieille ville.
Puis le lendemain départ à 4h du matin 1000 km en 3 jours. Les montagnes, la Kabylie, les hauts plateaux, le désert. Mais je vous dirai tout ça dans une autre lettre.
Je vous embrasse bien fort.
Nalo

Quand finalement la longue lettre arrive à Rennes, d'emblée : « C'est du réchauffé » critiquera-t-on, car c'est connu, chez Coüasnon la critique est un tic. On critique le chaud on critique le froid, un demi-compliment, une petite phrase qui tue puis un vague éloge pour relever le moribond, pour cautériser : « *mais c'est joliment tourné* ».

Nul doute qu'exposition et voyages organisés suscitèrent des vocations dans la jeunesse française. C'était une exposition qui collait à un discours officiel tissé d'euphémismes... Pour séduire la nymphe Euphème, le dieu Pan avançait masqué, il devait vêtir ses desseins d'élégantes tournures, mentir en roulant des yeux doux. L'état colonisateur, détenteur du pouvoir et de toute virile beauté, ment avec astuce, fait miroiter ses attraits. Il lisse sa violence avec de badins propos, fait défiler devant la jeunesse des bouquets d'uniformes bleus et rouges, fait virevolter des hydravions et entonne des airs entraînants... Dans les autocars les gars des Beaux-arts chantent « *L'as-tu vue la caquette la casquette, l'as-tu vue la casquette du père Bugeaud* ». Ils ignorent la teneur des ordres que le maître de l'Algérie, le gouverneur général Thomas Robert Bugeaud, Marquis de La Piconnerie, donnait à ses officiers, à l'obéissant Maréchal Armand Jacques Leroy de Saint-Arnaud, par exemple, qui consigne en 1842...
« *Nous sommes dans le centre des montagnes entre Miliana et Cherchell. Nous tirons peu de coups de fusil, nous brûlons tous les douars, tous les villages, toutes les cahutes. L'ennemi fuit partout*

en emmenant ses troupeaux   ... Le pays des Beni-Menasser est superbe et l'un des plus riches que j'ai vu en Afrique. Les villages et les habitants sont très rapprochés. Nous avons tout brûlé, tout détruit. Oh la guerre, la guerre ! Que de femmes et d'enfants, réfugiés dans les neiges de l'Atlas, y sont morts de froid et de misère !... Alors qu'il n'y a pas dans l'armée cinq tués et quarante blessés. »

Trente deux ans après leur voyage du centenaire, c'est la débandade, les ignorants qui se sont vaillamment lancés dans l'exploitation des campagnes volées, devront tout abandonner. Les ingrédients sont tous là : la terreur, le viol, la panique... Une première boucle est bouclée. Sur sa lancée, la spirale peut continuer et dérouler une octave supérieure, celle du FLN et de ses séides qui vont pouvoir maintenant se déchirer autour du gâteau de pétrole. Pour ma part, une dizaine d'années seulement après l'indépendance, au pied d'une des chaines des Aurès dont les hautes marches le soir accueillaient le feu du couchant et les ombres bleues de la nuit, j'entendis plusieurs fois qu'on regrettait les Français. Mes amis d'une semaine que j'aidais à récolter de pleines charrettes d'oignons, me rapportaient qu'au temps de la guerre, entre le Front de Libération Nationale et l'armée française, les plus dangereux et les plus craints étaient les combattants du FLN. « Ils nous obligeaient à tuer nos chiens dont les aboiements risquaient de les faire prendre. »

Dans nos jeux de misère les rôles s'échangent, parfois se renforcent. L'OAS, Organisation Armée Secrète, n'envisageait de rendre l'Algérie que dans l'état où elle était en 1830 et s'empressa d'incendier à son tour ce qu'elle put. La bibliothèque de l'université d'Alger disparut en fumée.

Pour l'heure, la lettre de Charles dissipe l'inquiétude convenue des Rennais.

Nous recevons maintenant des journaux de Nalo nous donnant les détails de ses excursions après son retour à Sèvres ; ce sont des mémoires. Ces lettres sont très intéressantes mais j'aurais préféré les avoir plus tôt. Enfin il n'est resté ni chez les Touaregs sauvages, ni au fond d'un ravin, ni au fond de l'eau, mais jusqu'à ces derniers jours nous n'en étions pas très sûrs. Papa et maman sont fiers de voir leurs fils devenir des adultes. Les petites, Armelle et Nane sont toutes de charme et de légèreté, le dernier, Cisco, a douze ans.

Jeudi 8 Mai 1930   Mon cher Papa et ma chère Maman
Je vous demande pardon de vous avoir fait tant attendre mes nouvelles. Voulant vous faire le compte rendu le plus vivement possible de mon beau voyage je tardais chaque jour à mettre ma lettre à la boite. Car on a tant de choses à dire après avoir vu et admiré tant de belles choses. Car si la ville d'Alger est très belle, si la baie d'Alger entourée de montagnes dentelées comme pour un décor de théâtre, dominées par les neiges de la Djurdjura sont splendides, les mille kilomètres que nous avons faits durant les vendredi, samedi et dimanche nous ont fait voir d'autres merveilles.
Il aurait fallu s'arrêter admirer mais le programme était chargé, il fallait marcher. C'est avec joie qu'on serait resté, ne serait-ce qu'une heure à admirer les panoramas immenses des montagnes de Kabylie. J'aurais voulu entrer dans ces jolis villages aux toits roses accrochés aux flans de montagne ou perchés sur un mamelon, nid rose au milieu des champs de blé vert que des rangées de femmes en rouge sarclent à cette époque, mais nous avions 250 kilomètres à faire avant le déjeuner et ne pouvions que les regarder à la hâte, perchés sur la route, à mille mètres au dessus de la vallée.
Un ennui durant cette matinée, le froid. On croit difficilement qu'à cette époque on puisse avoir froid en Afrique. Nous avons cependant tourné tout autour de la Djurdjura couverte de neige qui nous dominait de plus de mille mètres. Mais voir de la neige au dessus de soi, et entre deux montagnes, apercevoir la mer Méditerranée puis 2 heures après, alors qu'on grelottait l'instant avant, au milieu des forêts de chênes couverts de mousse sentant la feuille morte comme à Paimpont, être écrasé de chaleur dans la vallée de Bougie, voir les haies d'aloès et de Cactus et entrer à Bougie par une splendide avenue d'eucalyptus de 20 mètres de hauteur, voilà l'un des charmes de l'Algérie. On vient passer l'hiver à Alger, à 60 km on fait des sports d'hiver. Bougie petit port minuscule auprès des immenses montagnes qui le dominent. C'est surtout en quittant Bougie pour Sétif où nous devions aller coucher que c'était joli. Nous longions la baie de Bougie, pendant 50 km nous avons longé la mer, voyant peu à peu disparaître le petit point blanc de Bougie blotti au bas des montagnes. Puis, un tournant brusque : nous entrons dans un défilé des gorges de Chott el Atra. Des pics de plusieurs centaines de mètres, au fond du gouffre le torrent et la route se glissant si près l'un de l'autre, à mi coteau des grandes traînées rouges percées de tanières des

mines de fer. Par endroit un téléphérique passe à 200 m de hauteur. Mais le soir tombe, nous approchons de nos 300 km. Le fond est déjà plein de buées, tout bleu, et les sommets sont tout dorés par le soleil qui se couche. Puis c'est la nuit complète. Nous étions debout depuis 3h du matin, partis à 4 heures, arrêt de 1h ½ entre 3h et 4h ½ pour le déjeuner. La première étape Alger Bougie avait été de 11 h, entrecoupée de petits arrêts d'un quart d'heure. Nous étions arrivés morts de faim et de soif et les chauffeurs, 2 par car, se relayaient sans s'arrêter, d'ailleurs ces chauffeurs étaient partis à minuit de Blida. Nous sommes arrivés à Sétif à 10 h du soir. Les chauffeurs étaient sur le train depuis 22 heures. 22 heures de routes de montagne au volant de cars chargés de 50 personnes c'est un tour de force. Dès la nuit tombée tout le monde dormait. Nous devions le lendemain matin repartir à 5 heures pour aller aux ruines de Djemila à 60 kilomètres de Sétif. Malheureusement les chauffeurs harassés n'ont pas voulu marcher, malgré la prime de cinq francs par passager que nous leur promettions. Il y avait encore 280 kilomètres à faire dans cette journée. Nous ne sommes partis de Sétif qu'à 7 h ½ du matin. Je regrette beaucoup Djemila dont les ruines romaines sont plus belles que Timgad paraît-il. Sur les 22 camarades de l'école que nous étions, 14 sont allés voir Timgad, mais moi qui savais ne pouvoir y aller n'étant pas assez argenté d'une part et devant rentrer à Paris pour la Baronne d'autre part, j'ai vraiment enragé de passer aussi près de la Pompéi de l'Algérie sans pouvoir y aller.

Seconde journée, donc nous piquons vers le sud. Sétif très élevé en altitude est un véritable coin de Normandie. On se serait cru aux environs de Verneuil s'il n'y avait eu sur le bord de la route des Arabes à califourchon sur des petits ânes.   ...   Puis la pierre apparaît, nous longeons un oued bordé de saules mais les coteaux sont arides, peu à peu apparaissent les cyprès, nous sommes en Provence autour de la Crau, puis enfin les lauriers roses font maintenant des touffes sombres autour de l'oued, nous voyons des cactus, des Aloès. Il n'y a plus de champs de blé mais des moutons et des chèvres, nous croisons une caravane avec des chameaux surmontés d'un château de tapis où grouillent des femmes et les enfants, des petites tentes triangulaires.

...   Bordj Bou Arreridj. Un grand mur tout blanc flanqué aux angles de tours, un minaret, une coupole qui dépasse, quelques toits roses – car il y a encore des toits de tuiles romaines – des cyprès des eucalyptus. Arrêt de quelques minutes, et droit vers le sud. C'est bientôt le désert, enfin pas le Sahara, nous en sommes

à 500 kilomètres mais il y a des cailloux au milieu desquels une touffe d'herbe pousse dans 100 mètres carré que se disputent les troupeaux de chèvres et de moutons.
C'est maintenant la ligne horizontale, la plaine absolue jusqu'à l'horizon où l'on soupçonne un point noir qui grossit, c'est une oasis : M'sila. Les premières maisons de boue grise comme le sol, des dattiers, les premiers et toujours le feuillage argenté des eucalyptus. Dans les jardins bordés de murs de boue nous voyons le fouillis des figuiers. Nous ne nous arrêtons pas, nous reprenons la plaine, la route droite jusqu'à l'horizon, puis bientôt les dentelures de l'Atlas saharienne viennent barrer cet horizon, nous en sommes à 100 km. Il est près de midi, il fait une chaleur étouffante. 100 km de route droite sans un arbre. Nous commençons à voir des mirages. Dans le fond, l'Atlas saharien, des points noirs sur la ligne d'horizon qui semblent se refléter dans des lacs immobiles. Un moment des paris s'engagent, il y a un lac qui reflète un marabout tout gris et 3 dattiers, il est loin encore, à 5 ou 10 km peut-être, et il se reflète parfaitement dans un lac qui se perd en côté vers l'horizon, nous le dépassons, il était entouré de cailloux... Nous marchons à 96 km à l'heure chronométré. L'atlas grandit. Enfin il nous domine, apparaît alors la tache violente de verdure de Bou Saada. Bou Saada - El Hamel – L'oasis – L'oued encombré de laveurs et de laveuses, bordé de murs en pierre sèche d'où débordent les figuiers, le fort qui domine la ville.
Mais ce sera pour la prochaine publication.   Bons baisers.
Nalo.

Cette lettre de huit pages, Nalo l'illustre à la diable. Bougie, une bande de végétation noire sous des montagnes aux volumes rapidement hachurés, un à-pic sur la mer, une flèche verticale indique la hauteur : 300m. Et la mer qui déferle expédiée en quelques traits... Sur une autre page l'arrivée sur Bordj Bou-Arreridj, dans la perspective d'une route toute droite qui finit sur les deux portes d'un long mur blanc. Plus loin trois palmiers de comédie musicale autour d'un petit marabout carré au dôme en pain de sucre.

Sèvres Mercredi 15 Mai   *Mon cher Papa et ma chère Maman*
C'est évidemment très mal de rester ainsi sans donner signe de vie durant si longtemps. Mais après la dépêche de Marseille vous avez cependant eu une lettre vous annonçant le départ d'Alger. J'aurai évidemment pu envoyer des cartes postales mais j'ai horreur de ça. Je n'en ai envoyé à personne parce que je trouve ça

idiot. De Bou-Saada j'avais écrit à tante Henriette qui vous avait donné de mes nouvelles. Je n'avais pas eu le temps d'écrire deux lettres. Et écrire en trois minutes « ça va bien, il fait chaud… » C'est insuffisant. Une lettre n'est intéressante qu'à condition de dire quelque chose surtout vous écrivant à vous, je voulais vous faire part de mes impressions. Où je suis impardonnable, c'est au retour, en France, d'avoir tant tardé. Je vous demande pardon une fois encore d'avoir agi de la sorte.
J'attends Henri Vendredi matin.
Je n'avais pas l'intention d'aller au bal de la Grande-Masse dont la plupart des camarades me sont très antipathiques, se prenant à mon avis un peu trop au sérieux et se donnant des airs d'importance, me déplaisent.
D'autre part il avait été prévu primitivement que les camarades de l'école ne faisant pas partie de la Grande-Masse devaient payer 60 f. au lieu de 40. Cette mesure de brimade me déplaisant également et cette parole ayant été dite et répétée aux réunions qu'ils voulaient avoir le moins possible de camarades de l'école craignant le chahut. Il avait été décidé et on avait fait dire aux organisateurs que dans ces conditions les camarades mis de côté s'arrangeraient de façon à venir troubler leur fameux bal. Heureusement ils sont revenus à de meilleurs sentiments…
 Je regrette beaucoup que vous remettiez votre voyage à Paris, j'aurais été très content que papa vienne voir mon chantier dans le courant du mois prochain. Mais je suis sûr que vous n'avez pas encore dit votre dernier mot. Pour ce qui est de mon voyage à Rennes, je tiens à y aller. Mais la semaine prochaine je ne pourrai encore, ayant des détails à travailler un peu. Car cette semaine je fais charrette pour Salvador, un camarade de l'atelier établi à Alger qui m'avait reçu très gentiment et qui, rendant un concours pour Alger la semaine prochaine avait besoin de quelques nègres. Je ne pouvais faire autrement que de travailler pour lui.
Mais j'en étais resté à Bou-Saada, touffe de verdure au pied des montagnes arides, fraîcheur que nous trouvions avec joie après 100 km à travers la steppe brûlée. C'était jour de marché. Mais je crois que c'est tous les jours marché dans ces pays là car le lendemain il y avait autant de monde sous les eucalyptus et les platanes de la place. En tous cas nous qui n'avions vu l'Afrique qu'à travers les Européens occupants, sommes brusquement arrivés dans le bled. Le bled du sud, avec ses chameaux ruminants accroupis à l'ombre, ses si jolis groupes de burnous. Une des choses les plus drôles était le conteur Arabe. Au milieu d'un

groupe nombreux : un bonhomme maigre sans burnous, nu tête, et déclamant, accompagné de tambourins et de clarinettes. Deux gosses étaient les comparses et faisaient les rôles secondaires. Un moment ils ont fait les bêtes sauvages, ils étaient accroupis et rugissaient puis se sont mis à poursuivre le conteur qui gesticulait et donnait les signes d'une grande frayeur. C'est ainsi que j'interprète, je crois que c'est ça qu'ils voulaient représenter.
Ici, entre deux paragraphes, Nalo d'une plume précise trace puis aquarelle avec un beige, un vert et des réservations blanches, Bou-Saada telle qu'elle s'est imprimée en sa mémoire. Plus loin ce sont les jardins qu'il dessine mais il n'est plus devant le motif, les palmiers ne ressemblent à rien. A Rennes on aura tout loisir de critiquer !
Après s'être restauré, re-autocar. El Hamel, accroché aux flancs de la montagne, soutenu par un grand mur à contreforts, des maisons horizontales se détachant à peine de la couleur brûlée du paysage. Dans cette désolation, une tache blanche et bleue, la mosquée surmontée de cinq coupoles byzantines, les poinçons tout en or. Un bijou dans le désert, des faïences bleues et surtout ce blanc adorable dans un paysage où rien n'est blanc. Une autre tache, le jardin à l'endroit où une source sort de terre. Cette mosquée est le tombeau d'El Hamel et de ses deux fils, un saint musulman vivant au 17° siècle. Et c'est de cette époque que date la mosquée construite par les Turcs. Intérieurement la coupole est une merveille, la richesse de ce sanctuaire est incomparable. Le village qui l'entoure, un séminaire musulman, le marabout de ce lieu de pèlerinage fameux – on y vient de toute l'Afrique du nord – est un descendant direct de Mahomet. Il nous a reçus très dignement, superbe dans son burnous gorge-de-pigeon. En arrivant nous l'avons trouvé entouré de ses jeunes aspirants qui récitaient le Coran, source de toutes connaissances. Il parlait parfaitement le français et nous a dit combien il était touché de la visite que nous lui faisions. Le retour à la nuit tombante fut très bien. Dans la journée l'éclairage est tellement brutal que tout est gris sauf quelques ombres noires, ce n'est que le soir que les couleurs deviennent splendides, surtout les rochers rouges que les lueurs du couchant font chanter et les lointains qui se « veloutent » expression qui fit fureur durant l'expédition, mais qui peint vraiment l'effet : ça se veloute (accentuer VE-loute). Coucher à la caserne... Mais j'oubliais les Ouled Naïl dansant le soir dans une espèce de carrière éclairée par des feux d'herbe sèche. C'était drôle deux fois, trois fois, ces piétinements insensibles et cette danse du ventre.

Mais quand il y en a 250 qui dansent les unes après les autres, jamais plus de 4 ensemble, ça devient fastidieux et je ne tardais pas à regagner la dite caserne et les punaises – car il y eut des punaises – qui ne m'empêchèrent pas d'en écraser consciencieusement. Le matin j'ai erré dans Bou-Saada, dans les ruelles qui tournent au milieu des jardins où se cachent les petits cimetières fleuris, toujours accompagnés du petit marabout pointu. L'oued où les laveuses, les laveurs, les enfants, les parents, tout le monde vient se laver, laver ses vêtements, les hommes tout nus et tout luisants se douchant sous les ruisseaux qui sortent des jardins.

 Puis ce fut le retour, la route dans la steppe, de nouveau le blé, les Européens. Mais toujours 40 degrés. Puis l'Atlas Tellien, 1000 m. d'altitude, des nuages, 10 degrés, la nuit toujours dans les nuages et la descente en lacet sans voir où on est – très désagréable. Enfin Alger sous la pluie 9h. du soir (heure du soleil) Le lendemain, après la réception chez le gouverneur, embarquement de ceux qui continuaient (ah ! les veinards) vers Biskra, Timgad, Constantine, Tunis, Sousse, Kairouan enfin.

Ceux qui ont fini de se faire une idée sur l'Afrique du Nord alors que je n'ai pu en avoir qu'un aperçu abrégé, ils sont revenu, je les ai vu, ils sont enchantés. Mais j'espère avoir des photographies, bien que dans ces pays la photo ne rende pas formidablement – trop de jour. Le lendemain retour vers Marseille, arrivée le surlendemain et deux jours après : Paris. Ce n'est pas trop loin pour être si différent de notre civilisation. En trois jours vous pouvez être au bord du désert, en pleine Afrique : 1 jour Paris Marseille, 2° Marseille Alger, 3° Biskra ou Laghouat, enfin le désert, c'est pas mal, on gagne deux jours par avion. Nous avons eu une traversée épouvantable, en arrivant à Marseille j'ai été malade, revenu en seconde, je descendais du pont pour déjeuner, j'avais à peine commencé que je me précipitais pour vomir dans ma cabine, un quart d'heure après c'était fini mais j'ai cependant été malade.   Bon baisers   Nalo

Tard le samedi après sa semaine parisienne, Nalo retourne chez son oncle. Dans la maison cossue endormie, on a pris soin de laisser une veilleuse dans l'entrée, sur une nappe damassée son couvert l'attend. Petit dîner témoin d'une attention particulière... un frôlement dans le couloir, tante Henriette vient faire à voix basse une petite conversation, échanger quelques mots à propos des aurores algériennes, des admirables ciels d'Eugène Boudin, des joyeuses toiles de Joan Miro...

11

Comme s'avancent les années trente, les courriers destinés à Charles ou à Geneviève n'ont plus la vivacité de ce qui s'écrit entre jeunes gens, une usure, leur entourage fait silence ou ne retient que l'essentiel. Ces années là donnent l'impression mitigée d'un glissement entre deux générations. Ceux qui ont connu la belle époque sont has-been. Les jeunes travaillent dans un monde plus fonctionnel, qui commence à sentir le gaz d'échappement. Beaucoup de labeur, le temps passe plus vite. De Rennes à Paris et de Paris à Rennes s'échangent des comptes-rendus hâtifs. Notre population rurale des Guémené, des Janzé, se réduit au profit d'un monde citadin, familier des gares et des boulevards.
Après le krash boursier et le voyage en Algérie vient l'expo universelle de 31, mêlée de crise économique et d'affaires coloniales. Dans les courriers on s'attendrait à quelques allusions, il n'en est rien. De cinéma il n'est guère question non plus.... D'art on parle volontiers mais rien ne transparait dans les lettres.

Les années trente frappent à la porte, mais je voudrais ouvrir ailleurs... Dans un bureau au sol de linoléum vert, ma maman faisait une demande à la personne du guichet. C'était, pour m'obtenir une carte d'identité, afin d'aller à Jersey. Il n'était plus question pour cela de prétendre que j'étais son fils adoptif. Elle en était à préciser le fait que mon père ne m'avait pas reconnu, quand elle fut arrêtée net par l'arrivée d'une autre dame dans le bureau. Tout à coup je sentis l'univers se contracter alentour et l'entendit dire tout à trac « C'est un cas spécial » mettant là un terme à la conversation. De cette scène il ne me reste que cela, un fort malaise et le souvenir de la bordure d'un comptoir en bois clair plus haut que mon nez. Plus tard je compris que l'intruse était une personne du quartier à qui, pour rien au monde, il ne fallait dévoiler la vérité.

Nous allions à Jersey, invités par Tante Henriette que nous appelions Mamoume. Ce nom lui avait été donné par ses trois fils, le plus jeune d'entre eux était du voyage, il revenait de servir la France en Algérie. Dans sa chambre à fenêtre guillotine donnant sur la baie lumineuse de St Brelade, il rédigeait un pamphlet qui fut édité sous le titre « La révolution en sursis ». Vibrillon de l'OAS, il agitait des thèses foireuses à propos des peuples indigènes et m'avait gentiment expliqué que quand un enfant se conduit mal on lui donne une fessée pour que tout rentre dans l'ordre, c'est ce qu'il préconisait pour corriger les peuples colonisés. Ma mère avait des vues totalement différentes mais son opposition se limitait à des demi-sourires entendus, comme cela se fait entre gens bien élevés. Jersey est magnifique en mai. Et puis on m'avait exceptionnellement donné congé de l'école, et nous y étions allés en avion. J'avais onze ans.

Dans le petit bureau de la rue Lesage qui avait été celui de mon grand-père, deux miroirs se faisaient face. Leur légère inclinaison et les imperfections du tain assombrissaient la longue gamme chromatique de leurs reflets. En me baissant un peu, j'observais la lumière décliner en une obscurité mystérieuse dans leurs plus lointaines réflexions. On pouvait compter les miroirs les uns dans les autres, mais cela me semblait chose vaine. La vérité est que tout s'achemine vers l'inconnu. Chacun vainement se différencie dans une magie similaire, évolue dans l'équilibre des souvenirs, passe la tête par la porte ou la fenêtre, puis disparaît, abandonné, oublié peu à peu. Leur caractère, leur activité, la trace laissée qu'on en retient et qu'on colporte, ne sont que notre capacité de reflet, elle nous conforte dans ce que nous croyons être. Remonter l'arborescence de nos ancêtres nous emmène dans des lieux inconnus où se tissent différences et similitudes. Mes grands-pères tous deux se prénommaient Charles et jamais ne se rencontrèrent. L'un était Rennais, l'autre cultivait des hectares de roses dans l'oblast de Plovdiv. Bien que Français, il avait le titre de consul de Belgique. Parfois il chassait l'ours dans les monts abrupts et bourrus qui séparent la Bulgarie de la Grèce.

Ailleurs absolu, le plus ancien de nos courriers date de 1817, ce reflet là nous emmène jusque dans la Russie des Tzars.
St Petersbourg le 22 février 1817
Mon cher Auguste !
Rappelle toi seulement les heureux instants que nous avons passés ensemble et tu ne sauras penser que je puis t'oublier un moment.

Depuis que je suis ici je t'ai écrit une quantité de lettres mais je les adressois toujours au collège de Vitré. La lettre que j'ai donnée à maman aura été surement perdue pendant le voyage ; car elle t'aime parce que tu m'aimes. Elle me l'a écrit en m'envoyant ta lettre du 17 janvier, qui m'a causé un plaisir inexprimable mais troublé par le regret d'être loin de toi ; Du moins mon cœur est-il près !

Nous sommes Ernest et moi au corps des pages de l'Empereur Alexandre depuis le mois d'avril 1816. Nous y sommes supérieurement. Nos supérieurs sont deux généraux qui donnent leurs rapports à l'Empereur lui-même ; deux inspecteurs, un pour les études et l'autre pour ce qui regarde la tenue et le militaire ; quatre officiers et en outre beaucoup de maîtres excellents. Il y a un examen chaque année au mois de septembre. Le général fait alors passer dans une autre classe ceux qui s'en montrent dignes. Je suis dans la troisième classe et dans quelques mois dans la seconde. Un an après je serai page de la chambre, j'aurai alors une épée et des éperons et j'irai deux fois par semaine à la cour. Maintenant j'y vais seulement les jours de grande fête. Et dans deux ans et demi d'ici je serai officier dans la garde ; je crois dans la cavallerie. J'aurai alors dix-sept ans.

J'ai eu le bonheur de remporter le premier prix dans la classe où j'étais il y a trois mois. Dans celle où je suis maintenant on montre le français, l'allemand et le russe que je sais déjà bien ; la géographie, l'histoire, la géométrie, l'algèbre et la fortification. Nous faisons aussi des plans et apprenons à dessiner, ce qui est fort amusant. J'ai fini l'arithmétique depuis longtemps. Papa me fait aussi apprendre l'anglais et le latin.

Nous allons chez papa tous les samedi soir jusqu'au dimanche soir. Notre uniforme est très joli ; galons d'or et parements rouges. Il y a des vacances de quinze jours à Pâques et à Noël ; et beaucoup de fêtes où nous sortons aussi. Il ne manque que ta présence et celle de maman pour être parfaitement heureux. Comment pourrais-je l'être sans toi ? Juge mon cœur d'après le tien ; c'est tout te dire : et ma confiance et mon amitié.

Ecris moi souvent cher ami, et adresse tes lettres à : M. le Conte Edouard de Piré. Page de S.M. L'Empereur Alexandre à l'hôtel des pages à St Petersbourg. Affranchis tes lettres jusqu'aux frontières de la France. J'en attends une du meilleur de mes amis avec impatience. Combien je désirerais me promener avec toi dans un traîneau à deux chevaux. Quel plaisir ce seroit pour nous de voler ainsi ensemble dans les belles rues de St Petersbourg.

Sois heureux cher ami.
Page Edouard de Piré
Papa est bien reçu ici des seigneurs Russes et de tout le monde.
A Monsieur Auguste Couasnon
Chez Mademoiselle Falguiére Graveuse Rue St François à Rennes par Paris.

C'est un parchemin plié qu'Auguste conserva avec soin pour qu'il arrive jusqu'aux inimaginables inconnus que nous sommes. Mais Auguste, lycéen de Vitré, camarade du page de l'empereur Alexandre, n'est pas le petit notaire royaliste qui fut père de Charles, c'est un oncle de ce dernier. Auguste et Edouard se sont trouvés séparés quand le père d'Edouard, le général Rosnyvinen de Piré a dû s'exiler. De son côté, Auguste a quitté le lycée de Vitré pour apprendre le métier de graveur chez Mademoiselle Falguière, Derrière l'ancien parlement de Bretagne devenu Palais de Justice. L'atelier était dans une rue qui allait buter contre les fortifications de la ville. La vieille muraille a ensuite disparu et la rue monte fort pour arriver au niveau des anciens fossés. Les maisons sont toujours là, leur rez-de-chaussée, bien plus bas que la rue, oblige maintenant à descendre quelques marches pour pénétrer là où était l'atelier de Mademoiselle Falguière.

C'est précisément là, dans l'ombre portée par le Palais de Justice, que se rencontrèrent mon père et ma mère. A l'angle de l'ancienne rue Saint François et de la rue Salomon de Brosse. Dans une maison mitoyenne de l'atelier de gravure, dont la grise toiture entaillée de hautes lucarnes austères cache des chambres et des petits bouquets de fleurs. C'était une sorte de foyer où un jeune Français de Bulgarie avait décroché une place d'éducateur. Comment était-il arrivé là, alors que chez lui, il se destinait à une carrière de médecin ? C'est qu'à Plovdiv le parti communiste bulgare menait bruyamment la collectivisation stalinienne. Les rosiers de son père, avaient été donnés en pâture à un combinat industriel. Voyant des nuages de fer assombrir le ciel, Charles Battus, la mort dans l'âme, avait conseillé à son fils de partir faire sa médecine en France. Armelle, ma mère, fille de l'autre Charles, mettait à l'époque son infatigable énergie dans ses activités sociales. Ils se connurent... Quand je parlai à mon père de leur rencontre, il prit un air coupable et fataliste, regarda ses mains et dit : « *Ta mère était tellement belle ! Il y avait un directeur dans le foyer qui aurait bien voulu... Mais ce fut moi.* » Comme s'excusant, ce qui eût été un comble ! Il s'appelait Henri, lui aussi, et avait dix-sept ans de moins qu'Armelle. Elle, avait créé un jardin d'enfants et déployait des trésors d'ingéniosité pour les gamins des bonnes familles du quartier qui l'appelaient tous Tante Armelle. Depuis vingt ans elle s'était aussi passionnée pour son rôle de cheftaine de louveteaux. Cela l'avait amenée dans les bas fonds de Rennes, ces quartiers boueux où l'on vivait à cinq par pièce en haut d'escaliers branlants et sous des toitures percées. Pour les sœurs ou les mères de certains louveteaux, la prostitution était un funeste et pitoyable expédiant. Ce lui fut un choc de constater que les prédateurs faisaient partie des familles les plus respectées de la ville. Rebelle, elle l'était, et au mariage d'emblée elle le fut. L'exemple heureux de sa jeune sœur Anne-Marie, déjà mère de famille, ne gommait pas celui de Marie-Thérèse la soumise maintenant secrétaire à la Compagnie du Gaz. Toutes les propositions mal ficelées qu'on lui soumettait l'indisposaient gravement.

On trouve en mars 44 :

Marie-Thérèse vous a dit que j'avais reçu la visite de Monsieur de la Rivière – il m'arrive à l'épaule – se vautre comme un mollusque dans son fauteuil – se trouve très occupé à surveiller quelques lopins de terre. Il a été bien bon de se déranger pour si peu et je crois que d'un côté comme de l'autre nous n'avons nullement été séduits. Ce qu'il y a de raide c'est que tante Mimie nous avait assuré que ce monsieur me connaissait, qu'il demandait lui même à venir me voir, et patati et patata. Elle s'extasiait et trouvait ça merveilleux que ce monsieur ait, pour m'avoir vu, un désir si vif de me rencontrer à nouveau. C'est du propre, ce pauvre monsieur quand je lui ai demandé où il m'avait vue a ouvert des yeux comme des portes cochères. Je crois que lui aussi a trouvé cela un peu raide. Enfin voilà une affaire terminée, tout le dérangement a été pour lui et ce n'est pas un bien grand malheur de l'avoir subit pour 1h ½. Mais voilà que l'oncle Jean est revenu à l'assaut au sujet de l'O.M.Q. Ce que tous ces gens me barbent. Enfin comme je dois aller à Redon Dimanche, en revenant je m'arrêterai à Pont-Veix. Je suis allée à Bodéliau lundi, cela m'a permis de tricoter dans le train une des paires de gants. J'ai vu l'OMQ. Comme c'est ingrat d'avoir à l'avance été parée de toute les qualités. A vrai dire il n'a rien de séduisant, pour ne pas porter ses 50 ans il a bien des cheveux mais aussi la figure bien ridée. Cela ne m'étonne pas que tante Jeanne et l'oncle Jean le trouve bien car en plus grand et nez rond, il ressemble à l'oncle Jean : cheveux moins gris mais même jeunesse. Quand aux qualités de l'esprit elles sont sans doute à foison mais secrètes. Enfin je suis quitte j'ai fait tout ce que j'ai pu. J'étais séduisante et aimable, c'est à dire que nous étions certainement ridicules l'un et l'autre.

Armelle prit le risque de rester indépendante dans la maternité, quitte à avaler les couleuvres de la fable d'une adoption. L'enfant tombait bien puisque les derniers mois de sa grossesse étaient ceux des vacances durant lesquels il est aisé de disparaitre. Geneviève maintenant veuve, accueillit avec charité les rondeurs de sa fille, puis avec amour la mise au monde d'un petit-fils qui détonne. Le jeune père n'avait pas un niveau suffisant pour faire médecine. A Plovdiv, il avait obtenu son baccalauréat sans grand effort comme la plupart des potaches, quelque hardis garnements ayant fait chantage au près du jury. Depuis l'arrivée des Russes une épidémie de délation ravageait la société. Plus intéressé par les copains, la mécanique et les armes, il traça son chemin bénin et hasardeux au début des années cinquante puis fut engagé comme sous-officier en Algérie. Curieusement, c'est du djebel qu'il gardait les meilleurs souvenirs de sa vie, même s'il en éprouvait une certaine honte...

Sceaux le 8 février 1952
Ma chère Bonne-Maman [Il s'agit de Geneviève]
Maman nous a dit que le petit bébé Jean était arrivé chez vous. Maman dit qu'elle ira le voir, mais quand Suzanne sera revenue, car elle a la jaunisse et elle est chez ses parents pour on ne sait pas combien de temps ... Papa n'est pas allé au BdlC parce qu'il était très enrhumé et que le notaire n'était pas à G. Aujourd'hui il y est, il est parti ce matin avec la petite quatre chevaux verte qu'il laisse à La Baule pour la vendre parce que depuis samedi dernier il en a une neuve grise et très belle ... Maman a fait une adorable barboteuse, une bavette, Françoise a fait un petit manteau et moi des moufles qu'on va envoyer bientôt au petit Jean. Je vous embrasse bien fort ainsi que tante Armelle et le bébé Jean que je voudrais bien voir.
Ginet laisse un peu de place sur la feuille pour que sa mère qui bien sûr savait le fin mot de l'affaire, ajoute ceci...
Ma chère Maman
J'ai une bonne petite secrétaire qui vous envoie quelques nouvelles pendant que je repasse le linge de la maisonnée. Depuis samedi dernier je me sens réellement très bien c'est providentiel car le boulou ne manque pas, les filles en font beaucoup avec complaisance je dois le reconnaitre. Ainsi jeudi je suis restée dans mon lit jusqu'à 11h pour me remettre de ma journée de mercredi

et tout était fait, même un beau gâteau pour les 6 ans de Biline.
Je pense beaucoup à vous deux, vous trois, et je vous embrasse de tout mon cœur.
Votre fille qui vous aime.
Nane.

Cette barboteuse fait penser à l'expression « s'en foutre comme de sa première chemise ». On ne pourra me reprocher d'avoir pudiquement détourné les yeux de ma première barboteuse ! Si les choses avaient un début et une fin, je pourrais commencer et finir au même endroit, sous les mêmes toitures d'ardoise derrière de sévères lucarnes, l'histoire que retracent les lettres, mais quelle fin peut-on trouver là ou tout s'écoule.

Revenons au début des années trente. Cinq ans après son mariage Marie-Thérèse se trouve enceinte, Hippolyte est le premier petit-fils, il fait le bonheur de ses grands-parents. On lui trouvera une grande ressemblance avec l'élégant oncle Jean du Saint, celui du tricycle à pétrole et des crépuscules mauves du Chemin des Dames.
  Anne-Marie rencontre Alain. « *Qui c'est celui là qui a l'air d'un chinois ?* » demande-elle, désinvolte... Leur rencontre fut un beau et prompt succès. Quand elle était petite avec son visage lunaire, ses réflexions étranges et poétiques, elle travestissait l'ordinaire familial dans l'espace foisonnant de ses rêves. On l'avait surnommée Banane, que l'usage raccourcit en Nane. Elle est maintenant une toute jeune femme un peu nonchalante, romanesque, aux yeux bleus et à la chevelure ondoyante, portée à l'intimité. Son frère Henri n'a pas encore 24 ans. Formé à l'architecture dans la tradition familiale, il s'est perfectionné dans une agence parisienne et a suivi les cours du soir à l'école des Travaux Publics. C'est un fin jeune homme au visage rond qui porte des lunettes d'écaille. Il est amoureux d'une lycéenne dont le regard tendre dit l'admiration qu'elle lui voue. Les parents apprécient son exquise politesse. Qu'il se destine à l'architecture ajoute à l'intérêt qu'on lui porte, le grand père de la jeune Paulette a dessiné et réalisé de nombreux bâtiments parisiens. Les fiançailles sont annoncées. Paulette prodigue d'affectueuses missives à Geneviève. A la lire on croirait que tout le bonheur du mariage à venir ne consiste qu'à être auprès de sa belle-mère. Considérant que le nom, comme le vêtement, donne à voir l'élégance d'une personne, Henri écrit maintenant son nom avec un y.

Sèvres   Dimanche
Mon cher Papa Ma chère Maman
Je suis venu dîner à Sèvres hier soir, j'ai passé une bonne soirée avec tante Henriette et Nalo. Nous avons parlé de choses sérieuses et vivement encouragé Nalo à se marier, il a l'air de commencer à se plier à cette idée, en tous cas tante Henriette le sermonne sans cesse à ce sujet. Je suis persuadé qu'il viendra cet hiver à Rennes à plusieurs reprises mais il tient à s'occuper lui-même de ses petites affaires et surtout à faire plus ample connaissance de la jeune fille avant qu'il soit question d'un pourparler.

Je vais partir tout de suite pour Paris, je dois retrouver les Sélonnier à St Louis d'Antin, déjeuner et passer l'après midi en famille chez eux.

Je rentrerai rue de la Cerisaie pour le dîner. Je suis installé merveilleusement chez Tante Jeanne, son accueil est comme toujours aimable et affectueux. Je me réjouis beaucoup de passer quelque temps chez elle. Vendredi soir après le dîner je lui ai annoncé pour le mois de janvier mes fiançailles. Mon oncle Jean et tante m'ont félicité et se sont beaucoup réjouis. J'aimais mieux les avertir dès maintenant car il m'arrivera assez souvent d'aller dîner rue Hallé. Mercredi soir je serai présenté à Monsieur et Madame Sabatier.

J'ai dû passer la nuit à Sèvres car en partant le soir pour Paris j'arrivais très tard chez les du Saint. Ce matin à 7 h Tante Henriette est partie avec Nalo et Henry [le fils ainé d'Henriette] *en auto pour la Ferté Bernard où ils doivent retrouver l'oncle Emmanuel qui signe avec Tante, l'acte de vente de Maurissure.*

Je suis passé à l'école des travaux publics pour avoir des renseignements. Je vais m'inscrire aux cours du soir de métré.

Je me suis installé à l'atelier Héraud mais le patron n'est pas encore passé, il doit venir lundi soir ainsi que Boutrin.

Nalo a fait un très court séjour chez Fabre. Il est de nouveau chez Gandeau de Marsac et s'y plaît beaucoup car c'est un camarade d'atelier assez nul et qui a en Nalo une grande confiance.

Le train qui m'a amené était plein de députés, il s'est même arrêté à Laval pour faire monter quelques uns de ces messieurs.

Je vais profiter de la voiture de Madame Guillemot qui vient chercher Doumic et Fafy [Les deux cadets d'Henriette] *à 10h½ pour les emmener à Paris.*

Je vais faire connaissance de l'église où je me marierai ; je n'aurai pas de peine à trouver les Sélonnier, leurs chaises sont au premier rang côté de l'épitre.

Cette pauvre Paulette a loupé son bachot à presque rien, elle était la 1° des recalés. L'examinateur de Chimie lui aurait mis ½ point, elle passait avec 12 points d'avance. Elle aurait dû demander à son examinateur de mathématique d'intercéder près du chimiste pour lui enlever sa note éliminatoire, elle a eu un 38 sur 40 en math. Mais cette fois ci toutes les jeunes filles étaient refusées systématiquement. Des ordres ont été donnés aux examinateurs car on trouve que les facultés et les écoles sont encombrées de jeunes filles qui prennent la place des jeunes gens.
Je vous embrasse très affectueusement ainsi que votre entourage.
Votre fils qui vous aime Henry
Tante Jeanne va vous écrire pour vous remercier du pâté qui lui a fait beaucoup de plaisir. Tout le monde me demande des nouvelles d'Hippolyte et de Marie-Thérèse je suis heureux de pouvoir leur en donner de toutes fraîches.

Quand vient l'automne 1933, Henry ne peut se soustraire à l'appel du clairon cruel et des drapeaux. Quelle avanie, lui qui a tant de projets, être empêché dans des affutiaux kakis et lesté par des godillots cloutés quand on est amoureux ! Ou bien est-ce une façon d'éprouver les serments ? Alain, Son futur beau-frère fait aussi son service, son régiment, et quand il croit tenir sa permission pour rejoindre Nane, il se retrouve en salle de police. Henry croit pouvoir amadouer son capitaine en invoquant ses préparatifs de fiançailles, rien n'y fait. Les jeunes femmes consomment tout le papier à lettre de la terre en tendres encouragements. Pères et mères envoient de lancinantes exhortations à la patience. Du reste faute d'ennemi à combattre, c'est au devant de l'incroyant que l'armée envoie le soldat...
C'est la deuxième fois que je suis embauché pour chanter la messe. Le jour de la Toussaint j'ai été initié par des camarades de la MAC (maison d'accueil catholique) à aller chanter la grand messe à Azay le Brulé, petit patelin à 6 kilomètres de St Maixent. Nous étions 4 de l'école militaire, dont Georges Place mon bon camarade de section, tous conduits en auto par un paroissien de St Maixent. Nous allions là pour faire bonne impression et donner le bon exemple à une population qui déserte complètement les églises...
Henry de sa retraite militaire calcule et tente de gérer le chantier de son futur appartement, son père en assure le suivi, heureusement c'est très près de la rue Lesage. Il s'agit d'ajouter un étage sur un immeuble existant. L'appartement dominera le jardin des

plantes, une trouvaille. Le labeur sera mené à bien. Au printemps s'accomplissent brillamment les mariages promis, le sien et celui de Nane.

L'été suivant, par une chaude fin d'après midi, sous un ciel peuplé de quelques nuages en déshérence, le couple des parents dans des chaises de rotin regarde le jour décroître. Le soleil passe derrière un grand cèdre. Une alouette déroule un chant sans début ni fin au dessus des prairies. Geneviève est à son ouvrage de crochet... Charles a orienté ses pensées vers un 'Déo gratias' intime qu'il partage souvent avec son épouse. Trompant sa vigilance, sa pensée glisse vers un projet d'agrandissement de cette maison de la Hennetière où il séjourne. La maison est silencieuse, immobile, même au midi vibrant de l'été. Derrière ses petites fenêtres elle dégage une ambiance minérale, subtile, presque sacrée. Charles reconnait sa pensée et se défait avec un léger agacement de son obsession de bâtisseur... Geneviève et lui évoquent un instant la dernière lettre de Nalo, elle se lève pour aller la chercher dans leur chambre. Sur la façade, une cigale se tait le temps de la laisser passer. La fraicheur de la maison, la porte basse de l'escalier en colimaçon, la chambre encombrée d'un piano silencieux, elle s'empresse de redescendre, prêtant attention aux longues marches inégales de schiste bleu sombre... Geneviève tend la lette à son époux, s'assied sur sa chaise de rotin et reprend l'ouvrage destiné à Hippolyte qu'ils appellent Doudou... Durant ces vacances Godefroy et Marie-Thérèse sont près d'eux. Alain et Nane aussi. L'été est auréolé par la joie de vivre du premier petit-fils, toute sa vie durant, Polyte aura pour refuge cette jolie maison aux seuils d'ardoise.

Nalo est absent, il fait un peu figure d'éteignoir à réverbère avec son sens du devoir et l'affichage chagrin d'échecs qui n'en sont pas vraiment, dit Nane. Les mariages récents réjouissent Charles et Geneviève et augurent d'une nombreuse descendance, les injonctions bibliques sont toujours sous-jacentes, c'est un accomplissement qui justifie leur naïve insistance... Armelle et Nalo s'en défendent avec une appréhension tantôt agacée tantôt amusée, ces deux là veulent laisser libre cours à leur avenir, à leur destinée, ils envisagent les projections parentales comme illusions d'optique. Charles prend son temps pour relire la lettre de Nalo.

Paris le 21 juillet 1934
Mon cher Papa et ma chère Maman
Je vous remercie de votre bonne longue lettre si pleine de tendresse. Vous me permettrez cependant de vous dire, et je suis

sûr que vous êtes de mon avis, pour être heureux en ménage, la marche normale des choses est qu'on aime une jeune fille et que de ce fait on désire se marier avec elle, et non qu'on se marie avec une jeune fille et que de ce fait le hasard et la providence aidant il peut se faire qu'on l'aime, comme le contraire peut se produire. Vous-même, mon cher Papa vous vous êtes marié à 33 ans, je crois. Laissons donc ces sujets brûlants. Il est aussi drôle de dire à un garçon de mon âge « Tu devrais te marier » que « Tu devrais entrer au couvent ». Me marier bien-sûr, c'est une très bonne idée, mais entrer au couvent, pourquoi pas ? Ce n'est pas une mauvaise idée non plus.

Quand un camarade me demande si je vais me marier comme Henri, je lui réponds invariablement que je veux être moine (n'en croyez rien). Mais dans vos méditations, au lieu de vous dire « Nalo devrait se marier » dites vous « Nalo devrait se faire moine ». Le calme du couvent, symétrique de l'ardeur du ménage, la vie matérielle assurée (comme dans le mariage car je ne peux encore faire vivre ma femme.) Car pour la matérielle c'est possible pour un garçon qui porte ses complets pendant 2 ans, use les chapeaux de son frère, les chaussettes de ses beaux frères, etc. et a un loyer de 3600 f. par an.

Gourion m'a largement payé pour couvrir mes frais de blanchissage, logement, restaurant.

Je ne pense pas partir en vacances avec 300 f. dans ma poche, j'ai la chance d'avoir une charrette chez Duval (le fils de l'expert géomètre de la rue de la Borderie) Transformation d'un immeuble. C'est un camarade charmant, il me propose 15 f. de l'heure, ça va durer une quinzaine de jours. Il est associé avec un vieux type dont je ne sais pas le nom mais qui a du crédit, je serai donc payé. Je vais pouvoir partir avec quelque argent, si vous n'y voyez pas d'inconvénient, je partirai vous rejoindre aux premiers jours d'août. Je vais aller à Maurissure relever la cour et le jardin potager pour arranger tout ça, reprendre sur ce qu'il y a la belle composition qu'il y a eu. C'est bien intéressant.

Je n'ai pu voir Nane ces jours ci. Elle est sans doute partie vous rejoindre elle aussi, heureuse de quitter cette fournaise qu'est Paris, et pour combien de temps est-elle partie. Je serai heureux de revoir Hippolyte, je ne sais s'il me reconnaîtra, il doit courir partout maintenant.

Je vous embrasse tendrement.
Nalo

Charles remet la lettre dans son enveloppe, un léger sourire allonge sa moustache blanche. Un merle siffle dans le cèdre. Au loin on entend sonner une cloche. Les jeunes couples reviennent de leur promenade au bord du Semnon. Geneviève pense qu'il est temps de raviver le feu dans la cheminée pour la soupe. La ferme attenante à la maison et son potager assurent le quotidien. Un puits profond donne en tout temps une merveilleuse eau claire. La rumeur du monde se limite aux relations familiales et aux son des cloches de trois villages qui selon le vent filent leur angélus jusqu'à La Hennetière : Lalleu, Ercée en la Mée, et Trébeuf. Plus loin, trop loin pour qu'on entende leur clochers, sonnent Thourie et Soulvache.

En décembre 34 Nane écrit à sa sœur Armelle…
« *Figure toi que nous avons participé à la 'charrette' Alain et moi, nous sommes allé coller des bandes sur les châssis. Je suis retournée l'après-midi, Tante Henriette aussi faisait le nègre. J'ai assisté à l'heure critique où on cri 'Charrette, charrette'. Il ne faut pas croire qu'ils se bêlent, on dirait qu'ils ont tout le temps, c'est l'habitude. Ils sont arrivés juste, juste, parait-il. Mais Nalo est très content de son projet qui est très bien d'après tous ceux qui l'ont vu. Nalo s'apprête pour le concours qui consiste à faire une boite moderne au Trocadéro. Il a une idée lumineuse et ce projet l'amuse beaucoup. Alain est toujours très excité par la photo 'stéréoscopique' et veut te convertir. Nous avons pris à ton intention un stéréoscope à écartement variable. Sois touchée !*
Vous verrez sûrement en louchant un petit peu. Griffonne Alain dans la marge. *Je t'embrasse bien tendrement ma trésorette, transmets mes bons baisers à toute la famille. Nane.*
Armelle a fini ses études, elle est dans des préparatifs d'exploratrice. Après avoir rendu visite à son oncle Gaëtan dans les Haras de Saintes, pleine d'idées et chargée de carnets de chansons, avec en tête de nombreux projets ingénieux pour animer le quotidien, elle se joint à sa tante Henriette qui va passer trois semaines en Suisse. C'est toute une smala qui débarque sur la neige d'Andermatt. Une lettre de la précieuse tante nous apprend qu'Armelle …
« *…fait la joie de tout le monde par son entrain et son dévouement… Sous prétexte de piloter la jeunesse, elle les conduit au chahut et aux pires aventures – Avant-hier, tous les souliers de l'hôtel avaient été liés ensemble et faisaient une farandole sur trois étages. Vocifération des clients… Hier trois délicieux petits docteurs, nos voisins, avaient un gros cœur en or percé d'une flèche*

épinglé à leur porte. La nuit dernière (réveillon) tout le monde, sous sa conduite, chantait devant nos portes (4°étage) à 2 heures du matin. Entre temps, elle trouve le moyen de faire du ski, de rouler 50 fois dans la neige et de manger comme 6 à chaque fois que l'occasion s'en présente. (A vrai dire, elle ne semble pas très inquiète de mariage.)

Armelle s'étonne de sa résistance physique. « *Je constate avec plaisir que j'ai beaucoup d'endurance et que je suis souvent dans les dernières à être fatiguée.* » Sa tendance à la rébellion et son anticonformisme est le ferment d'une amitié profonde et durable avec sa tante Henriette, elle qui peu après, revenant du mariage de son frère disait « *Ces mariages, c'est complètement idiot, entre les cadeaux, les toilettes et les frais, la famille a claqué 200 000 f. Quand les cinq enfants Guillemot seront mariés cela fera un total d'un million. On aurait pu en faire de belles choses avec ça, et ce sera pareil pour tous leurs cousins – et vas-y la roue tourne et l'argent aussi.* »

De retour, notre jolie petite Bretonne, est contente de « *revoir un pays normal, fait de terre. Depuis trois semaines je n'ai pas vu un pouce de terre. C'est là bas certainement l'air le plus pur qui soit. Du reste dans ce pays on n'a pas la peine de se laver, tout est propre. Et dire qu'il va suffire d'une nuit de chemin de fer pour être dégoûtant et couvert de charbon.* »

En mars 1934 à l'occasion de la succession d'une charmante vieille tante fortunée dont l'héritage doit être partagé entre les très nombreux neveux, Nalo a demandé que sa part soit répartie entre ses sœurs. Son père n'apprécie pas, ils en parlent au téléphone. Enfin Nalo écrit pour affirmer et insister sur le choix qu'il a fait. « *Vous m'avez mis entre les mains un capital intellectuel qui me suffit, j'ai des possibilités que mes sœurs ne peuvent avoir, si elles peuvent être avantagées, qu'elles le soient et je suis certain que quiconque ne trouvera à redire à cela.* » Pourtant, des divers projets et études qu'il réalise, Nalo n'est jamais vraiment satisfait. Les rendus sont toujours trop charrette, surtout quant le patron lui demande de changer de parti au milieu du travail. Quand rien ne va plus et qu'il n'a plus d'argent il s'écrie « *Mais Dieu est grand !* ».

Mon cher papa et ma chère Maman
J'ai été bien abattu par ce dur échec de la semaine dernière. Avoir travaillé dur, avoir espéré malgré tout un succès et puis échouer ridiculement, honteusement, avec une esquisse de nouveau, et voir passer devant soi des camarades qu'on a connu préparant l'admission, c'est vraiment vexant. Il y a déjà huit jours que c'est

embarqué et quand j'y pense c'est toujours avec la même rage. Mais comme dit tante Henriette il y a encore un concours et celui là je n'ai qu'à le regarder venir de loin et préparer mon attaque avec plus de soins. Négrifier pour l'un de mes heureux concurrents, Govet sans doute, pour étudier vraiment un grand prix. Voila quel est mon programme : Continuer à tirer mes chances de gagner jusqu'au bout Quant au diplôme je n'y pense absolument pas. Pour me remettre de mes émotions je suis allé à Chartres vendredi dernier avec tante Henriette. Elle est si belle cette cathédrale que c'est la plus belle consolation. Ce n'est pas le grand prix qui me fera comprendre mieux les beaux jeux de pierre dans la lumière.
Aussi ce four m'est pénible bien plus pour vous tous, qui aviez espéré – pour moi qu'est ce que c'est, c'est sans importance. Grand prix – pas grand prix. Grand homme – pas grand homme. Il y a le soleil, les cathédrales, les pierres dans le soleil. Mais Vous qui aviez mis votre confiance en moi et j'ai trompé. J'aurais tant voulu vous offrir un succès, comme une caresse à votre cœur paternel. C'est pour cela que je veux continuer à travailler puisque j'ai encore un an que je puis occuper utilement à ramer vers ce grand prix.
Ce n'est pas du temps perdu. C'est en tous cas un exercice de ténacité – c'est presqu'un défaut chez moi cette ténacité rageuse – j'ai attendu longtemps les médailles qui pourraient me permettre de monter, en tirant la langue avec pesanteur. Je suis lent mais tenace. Ne dit-on pas que la récompense est due à la persévérance – persévérons.
Je ne sais pas encore quand je vais partir à Rennes, je voudrais que le laboratoire de Boulogne soit traité. Je vous embrasse de tout mon cœur. *Nalo*

Il m'est à vrai dire beaucoup plus difficile de commenter les faits et gestes de la génération qui me précède que ceux des ancêtres plus lointains. Déjà les grands-parents sont postés à une distance suffisante, on peut les malaxer sans peine. L'idée qu'on se fait d'eux a quelque chose de bénin, de souple, qui dédouane le jugement. Tandis qu'une seule génération c'est peu, c'est sur leurs ombres que les nôtres s'allongent et se décalquent. Je découvre des similitudes mordantes, ils empiètent et fusionnent, les miroirs que sont leurs traces portent sur nous des lumières indiscrètes. Je peine à tenir l'émoi en silence... Quand j'observe oncles et tantes dans leur proportion de jeunes couples, je dois me retenir de jouer une sorte de revanche de vieil enfant dans une hauteur de vue factice.

Ni la mécanique quantique, ni le Front Populaire n'élèvent la moindre ride sur le miroir écrit des témoignages familiaux... Quant aux grandes famines russes et chinoises dix mille lieues nous en séparent ... Le réarmement du voisin allemand, les diatribes du nouveau petit chancelier moustachu et l'impéritie calamiteuse des pouvoirs n'apparait sur aucun écran, il n'y a pas d'écran... Alors que contre toute évidence la civilisation et le progrès se prétendent linéaires et continus, dans la sphère privée le conformisme restreint les élans et ne nous pare que de belle conscience. Le savoir-vivre la bienséance et le bon-goût donnent à ce monde trompeur une beauté convenable, nécessaire et suffisante.

Le travail du père de famille est *la* valeur, elle est aussi prégnante que le goût du pain ou la langue maternelle. C'est grâce à elle que la génération neuve s'oriente et se construit. Travail, famille, silence sur la patrie, suspecte peut-être... Le front populaire est invisible, est-ce tabou ? Maurice Beuchet, le fils des fermiers, est le seul à le faire entrevoir entre ses lignes innocentes. « *Chère Maitresse* écrit-il, *Depuis quatre mois que je suis au service militaire, veuillez m'excuser de ne pas vous avoir donné des nouvelles plus tôt. Pour le moment tout va bien, j'espère que c'est de même pour vous. Jusqu'à présent je n'ai pas trouvé la vie militaire trop désagréable, il n'y a qu'à obéir et tout va bien... ... Pour le moment je ne pense pas aller en Afrique, ou du moins ils ne nous en parlent pas. Moi je ne pense pas y aller comme je suis service auxiliaire. C'est bien dommage qu'il y ait tous ces événements en ce moment car ce serait un beau voyage à faire dans un pays où je n'aurai certainement pas l'occasion d'aller dans le civil...*
L'antisémitisme, le mythe des 200 familles qui s'enrichissent en pillant la France, la dissolution des ligues d'extrême droite, jamais nous n'en trouverons le moindre écho, de politique pas un mot... Peut-être un glissement a-t-il lieu qui justifie le tabou au sein des familles à particules, les Porteu qui sont « de la Morandière », les Hardoin « de la Reynerie », les du Saint sont « Frèrejouan du Saint », les Crépon « des Varennes », les Pougin « de la Maisonneuve ». Ce sont des royalistes, de bons cléricaux conservateurs, les Coüasnon bien qu'étant des Coüasnon de rien du tout, ne font pas exception. Si certains dans ce beau monde, sont sensibles aux idéaux démocratiques, les lettres aux parents et amis ne sont pas le lieu, on risquerait de distendre le lien sacré... Une nouvelle guerre se prépare-t'elle, on tait son jugement. Comme disait Issa, on marche sur le toit de l'enfer en regardant les fleurs.

A la mi-août, la campagne bretonne change d'odeur, de couleur, la végétation a passé son apogée, alanguie dans un moment stérile, elle repose. La paille a été dressée par les hommes, elle fait dans les fermes de magnifiques barges en pain de sucre qui, dans le soleil font près des toits bleus de magnifiques taches d'or. Les vallonnements de la région rennaise sont immobilisés dans la morsure de l'été. Les oiseaux qui enchantaient notre monde ignorant de leurs rivalités, se taisent pacifiés. Tout ce qui vit de sève ou de sang s'économise et ralentit. Le vert des arbres grise. Seuls les insectes dont le bail ne court que quelques mois, s'obstinent à striduler. Sur l'herbe inégale, dans cette ambiance d'été finissant, ses enfants entourent Charles à la Hennetière. La vie déjà a épuisé Charles, il a fait un accident vasculaire cérébral ; emploie un mot pour un autre et se fâche de n'être pas compris.
Ce jour là tous les hommes sont en veste et cravate. On a sorti l'appareil photographique, avec son retardateur d'un instant pour vite venir se placer dans le groupe en prenant un air détaché... Douze personnes, avec deux bébés. On sent dans le regard que les trois femmes portent à leur père une attention affectueuse. Lui, lunettes, moustache et barbe blanche, est en costume sombre, le béret sur la tête. Il a retiré son pied droit, pour la photo, du petit tabouret où d'ordinaire il le repose. Son regard un peu soucieux va droit à l'objectif, il a 68 ans. Alain et Nalo sont debout, ils nous fixent avec détermination. Henry a pris une pose qui donne de la souplesse à l'ensemble, de profil, la main sur l'accoudoir du rocking-chair de son épouse, chevilles croisées, tète légèrement penchée, il semble tenir des propos affables à son oncle Théo debout de l'autre côté. Si c'est lui qui a manié le déclencheur, c'est un succès ! La silhouette un peu renfrognée du jeune Cisco, bras croisés, peut faire penser qu'il médite encore son échec au baccalauréat. Il est plus probable qu'il calcule comment adapter une voile sur sa périssoire. Geneviève apparait en buste derrière son mari, son sourire tranquille exprime toute la stabilité d'une mère de famille. Alain pose une main protectrice sur la capote de l'affreuse poussette carrée et courte sur pattes de sa fille. C'est la première, on l'appelle Tita c'est-à-dire petite-Armelle, pour ne pas la confondre avec sa tante, la grande Armelle. Qui imaginerait que 24 ans plus tard, ce bébé joufflu serait l'ainée de douze enfants ? Le demi-cercle se referme à droite avec Godefroy de profil portant assis contre lui son fils qui semble particulièrement intéressé par la situation. Un épagneul breton dort au centre du cercle.
Après avoir posé pour la photo, on change de tenue pour jouer au

tennis sur la prairie un peu trouée, comme le cannage du rocking-chair de la photo.

Dès le lendemain Nalo rejoint son atelier parisien. Il prépare son pavillon de la Bretagne pour l'exposition internationale des « Arts et des Techniques appliqués à la Vie moderne ». Il le construira en amont du pont de Passy, sur la rive gauche. A vrai dire le pavillon de la Bretagne ne pèsera pas lourd à côté de monstres comme celui de l'Allemagne surmonté d'un aigle et d'une sinistre croix gammée, ou, en face, celui de l'URSS avec sa gigantesque et belliqueuse kolkhozienne.

Il y eut pour le pavillon de la Bretagne d'obscures tractations. Naturellement, des Bretons devaient en être les concepteurs mais des passe-droits avaient propulsé un parisien qui serait parvenu à usurper la place si depuis Rennes l'ancien professeur de Nalo, Lefort, qui avait le bras long, n'avait remis les pendules à l'heure. Le pavillon a une allure de nef, avec une grande toiture d'ardoise et de hauts pignons blancs qui pointent le ciel, la Seine qui le jouxte figure quelque bras de mer. Lefort assiste à la réception du chantier. Il envoie un mot à Charles, nous sommes en janvier 1937.

Mon cher ami J'ai assisté au succès de ton fils qui a commencé à récolter enfin un peu de ce qu'il a semé depuis près de deux ans avec son pavillon de la Bretagne. J'espère bien que ce n'est qu'un commencement et que le restant viendra ensuite. J'ai pensé à toi qui eus été si content d'assister à cette cérémonie... ... A toi très amicalement. G R Lefort

Depuis trois ans on ne cesse de souhaiter meilleure santé à Charles. Les chantiers et les mariages de 34 l'ont usé. Jambe douloureuse, furoncles, le temps n'apporte guère d'amélioration. Au printemps 1937, le couple ira à Lourdes. Ensuite les vœux se feront plus vagues ; n'est-il pas cruel de toujours agiter la même espérance contre l'évidence ? Pour lutter contre le désœuvrement Charles tricote des écharpes pour les filles de Nane.

Septembre 38. La nouvelle auto de l'oncle Emmanuel a une carrosserie aérodynamique, des ailes rondes, des pneus à flancs blancs. Les phares sont derrière la calandre chromée et à l'arrière la roue de secours est à moitié encastrée dans le capot du coffre. Cisco est d'accord, c'est une auto formidable mais avec ces départementales qui joignent Tours à Nogent le Rotrou, à la vitesse où son cousin Henry Porteu conduit, Cisco aura quelques bleus en arrivant à Maurissure. L'oncle Emmanuel qui a laissé le volant à son fils, réprime ses frayeurs. Henry Porteu veut faire pharmacie,

Cisco médecine, depuis l'époque où ils suçaient leurs pouces, ce sont deux bons amis. Il faut entendre leurs duos de cor de chasse ! Du reste c'est l'ouverture, l'occasion d'aller chez des parents aux Belles-Ruries, un château immense, gravement XIXe, avec une forêt magnifique. A dire vrai Cisco est plus attiré par le cor de chasse que par le fusil, par les conversations que par les courses derrière les chiens, par les soirées dansantes que par les casse-croutes au fond des bois, et à Maurissure... « *Nous avons organisé dans l'orangerie une salle de danse très agréable, meublée genre boui-boui mexicain parait-il. C'était ce soir l'inauguration, c'était magnifique, il y avait des lanternes vénitiennes, enfin tout quoi !* » Maurissure est une jolie maison dans le Perche, un rendez vous de chasse Louis XV, tout en longueur avec une toiture simple axée sur un fronton triangulaire. Un perron classique, sept hautes ouvertures en bas comme à l'étage, celle du centre en bas, simple porte d'entrée, mène du perron de marbre au vestibule carrelé. Les chasseurs parlent fort dans le vestibule. Ils sont rentrés avec leur odeur de forêt, de poudre et de sang... Tante Henriette et l'oncle Emmanuel ont un jardinier, une cuisinière et une femme de chambre. L'épouse du jardinier donne la main quand la maison est pleine. Eplucher, désosser, cuisiner, faire la vaisselle et les lits, monter les brocs, allumer les feux, on finit tard le soir en bassinant le lit de Madame-Mère, la mère de Madame.

  Les chasseurs se défont de leurs fusils et des gibecières, ils en ont extrait l'objet de leur piteux orgueil dans la souillarde. En plaisantant, ils montent à leurs chambres par un large escalier qui tourne jusqu'à l'étage. Par une double porte vitrée, le palier où résonnent leurs rires, donne sur un long couloir ouvert d'une fenêtre à chaque extrémité. Au couchant, le soleil à travers les feuillages fait des faciès rubiconds aux tomettes de terre cuite. Les portes rouge sombre ont des loquets bruyants et frottent un peu le sol quand ces messieurs pénètrent dans leurs chambres. Cisco dans la sienne, s'attable un instant pour écrire à sa mère.

Mon cher Papa Ma chère Maman
Je m'excuse de ne pas vous avoir donné plus souvent de mes nouvelles mais les journées ont été très occupées : En effet vendredi dernier nous avons été aux Belles Ruries (l'oncle Emmanuel, Henry et moi) une propriété pas mal sans plus, mais qui a une chasse épatante, comme je n'en avais jamais vu. Le lendemain samedi nous sommes revenus ici. Mr Jean D. nous suivait avec dans sa voiture Madame et les 2 petits Guillemot. Le même jour arrivait de Rennes M René Guillemot, M Jouin le maire de Bain

et sa fille et M Alfred Lecoq, un gros rigolo. Bref la maison était pleine et le dimanche matin il arrivait M des Ormeaux (un parent je crois de ceux de Rennes) avec M Jean T. un gros abruti par l'alcool qui a ruiné toute sa famille. Il y avait en plus un gros éleveur de Nogent, M Aveline. Tout ce monde là chassait s'amusait et rendait la maison très gaie. Toute la journée avant-hier et hier ils ont chassé mais comme les petits Guillemot ne chassaient pas Henry est resté les occuper et je restais avec Henry. Si bien que nous n'avons chassé que hier matin et je n'ai enrichi le tableau de chasse que d'un lapin (il était moins une je tuais un chevreuil). Bref nous nous amusâmes. Maintenant la maison se revide. Même l'oncle Emmanuel est reparti pour Paris ce matin. Ce soir Madame Ruau arrive avec sa fille et Maurissure ne perdra pas son entrain. On ne parle pas encore sérieusement de départ sinon vaguement pour la fin de la semaine.

Je vous embrasse bien affectueusement. Votre fils qui vous aime. Cisco.

PS. M René Guillemot a dû en rentrant à Rennes déposer chez Grand-mère du gibier. Elle en aura trop je crois, et vous en donnera.

A Maurissure, une chambre est réservée au personnel, à côté, une porte donne sur l'escalier de service en bois mal dégrossi qui descend du grenier vers les cuisines, la buanderie et ces petites pièces qu'on cache, par où on vide les seaux. Au bout du couloir, Nalo a fait des plans pour une salle de bains mais pour l'heure c'est juste une petite vasque surmontée d'un réservoir de cuivre rempli plusieurs fois par jour et assorti d'un morceau de savon, qui est en usage dans le vestibule. Pour le reste une cuvette, un broc, un seau dans chaque chambre... Quand ces messieurs redescendent, ils sont en costume, dans la lumière tendre que les candélabres disputent au jour finissant, assis debout ou accoudés à la cheminée du salon, ils font aux dames l'honneur de leur mondanité. Tante Henriette montre une grande toile tendue sur tout un mur, des bleus et des gris, une composition d'une discrète désinvolture, un coup de pinceau qui fait penser à Dufy. C'est son invention, elle l'a créée pour masquer un mur de brique qui contrairement à tous les autres, n'a jamais été revêtu de boiseries. Nalo fume une cigarette et Cisco écoute poliment ce qui se dit. Madame Guillemot depuis son fauteuil, conspue la classe politique. De l'autre côté de la maison, tout s'apprête dans les vapeurs de la cuisine. L'oncle a choisi le vin. Quand on passera à table, c'est Cisco que sa tante appelle 'Mon bon' qui ira prendre les mets au passe-plat. Trois jours plus tard ce bon fils écrit une nouvelle lettre.

Ma chère Maman

Maintenant la fin des vacances est proche, les départs se succèdent. Hier Madame Guillemot est partie avec M Gano et Nalo qui est en ce moment à Paris. Simone Larrue est partie ce matin avec son père qui était arrivé depuis 48 heures pour la chercher. Hier j'ai chassé avec lui, l'oncle Emmanuel et Henry. Léon Larrue est venu passer ici la journée de dimanche, il était arrivé ici samedi soir, arrivée comique d'ailleurs car Mamoume nous avait fait croire que le procureur de la République devait venir précisément faire visite, aussi en catimini, Nalo qui était dans le secret avait costumé Léon en procureur de la République ventripotent ce qui donna lieu à des fantaisies fort drôles : Mamoume faisait semblant d'être gênée de la visite de ce personnage. Henry pour sauver la situation, faisait de son mieux. La blague était très réussie, tout le monde a marché.

La journée de dimanche fut très gaie, Nalo et M Ruau avaient organisé un rallye à pied dans les bois, que j'ai d'ailleurs gagné avec une jeune fille des environs qui faisait équipe avec moi et Doumic.

A côté des distractions, il se passe des choses tristes. Une des petites filles de la ferme qui n'a que cinq ans, a failli mourir hier soir d'une broncho-pneumonie qu'elle traine depuis un mois. J'ai été d'urgence réveiller le pharmacien de Nogent pour prendre un ballon d'oxygène. Elle a vécu toute la journée, mais passera-t-elle la nuit ??? Ce n'est qu'une question de jours, même peut-être d'heures.

Tante Henriette va partir peut-être jeudi. Je partirai avec elle, ou si Henry reste ici vendredi, avec l'oncle Emmanuel qui va à Rennes samedi. Je rentrerai avec lui. (S'il reste c'est pour aller à l'enterrement de la gosse si besoin est.)

Armelle m'a-t-elle échangé au Nouvelles Galeries mon petit nœud gris contre un plus joli ?

Nalo m'a donné quelques nouvelles de la maison. Je pense que la crise de Papa n'a pas été grand-chose.

Comment va Nane ? J'espère que ma filleule se porte comme un charme. Entre autre nouvelles, Nalo m'a transmis l'engueulade d'Alain, faites lui mes excuses les plus plates si j'ai abimé sa voiture, si j'ai roulé sans huile je suis impardonnable. J'ai abimé sa peinture mais j'ai fait ce que j'ai pu pour la réparer, mais ce sont des accrocs très respectables : faits par la bicyclette de l'abbé Rivière. Suis-je vraiment responsable de la boite de vitesse ??

Pour le pare-choc, je ne vois pas quand l'accident arriva...
Pour lui mes excuses et mes meilleurs amitiés à partager avec Nane.
Bons baisers à tous et partagez avec Papa ma filiale affection.
Cisco

Ainsi tourne le manège des années trente, de mariages printaniers en ouvertures de chasse automnales. A chaque été ses lumineux aveuglements, les hivers trop longs apportent leur lot de rhumes, d'engelures et de réflexion.

12

Nalo à ses nombreux concours, collectionne les échecs, celui du prix de Rome est le plus douloureux. Pour se changer les idées il va brancarder à Lourdes avec Armelle, et se pose de pesantes questions sur sa vocation d'architecte. Il ne cesse de s'ajouter des défis et redouble d'efforts comme on souffle en vain sur un feu de bois vert. Tante Henriette, sa confidente, exalte son exigence. La vie ne vaut d'être vécue qu'animée par un feu sacré, dit-elle, feu entre exaltation et subtilité, passion les lumières sur les volumes, invention des couleurs sur sa toile... Son credo est la beauté, son architrave le bon goût.
Nane dans ces jours-là écrit : *Je suis allée mercredi au vernissage de Tante Henriette. Je suis retournée avec Alain jeudi, il n'a pu dissimuler son admiration et son étonnement de voir tant de jolies choses. Jusque là il n'avait pas cru Tante Henriette une grande artiste, mais il s'est rendu à l'évidence.*
L'écoulement des jours et des saisons est un flot amère pour Nalo, il lui apparait trop clairement comment le temps dévore les choses et les gens. La vie de ses amis maintenant établis, entrés dans le rang et chargés de famille, ne l'inspire pas. Ce qu'il reste de son être profond se rebelle de n'être qu'un reste, l'appel du silence devient assourdissant. Le souvenir de l'oncle abbé partant pour Terre-Neuve, ses histoires de séminariste romain chuchotent dans les nuits de Nalo. Le souvenir encore, de ses lettres du front qu'on relisait en famille et charriaient un puissant imaginaire, donne corps à son exigence. En 1939, c'est auprès d'un chanoine rennais et de Dominicains qu'il prend sa décision. Sa voie est là, devant lui...

C'est une carte à bordure noire qui nous avise de son changement de cap. La tante Thérèse Godineau toujours limite vexation, vient d'apprendre une naissance, dans le journal, plusieurs heures avant

qu'arrive le faire-part. « *Encore une fille, Nane n'a vraiment pas de chance.* » dit-elle. Plus loin elle avoue avoir « *reçu une lettre de Nalo m'annonçant sa grande décision.* »
Là encore, il est mis en échec.
Mon cher Nalo, lui écrit Henriette.
Merci de votre longue lettre.
Oui nous traversons des moments très durs
Mais il faut croire qu'ils ont un sens.
Si la situation se détend – ce que j'attends – car seule désormais à ne pas y croire – Je n'y crois pas --- Je ne crois pas à la guerre --- Même s'il y a mob. générale – Même s'il y avait des engagements...
Bref – si tout va mieux dans quelques jours – j'irai faire une petite visite à Nubar. Où est Henry que j'ai envie de revoir un peu. Mais si ça devait être la guerre je ferai l'impossible pour rester ici --- avec Fafi et Doumic à cultiver ma terre et tenir une maison qui j'espère serait pleine.
Dimanche nous sommes allés le toubib et moi à Paris.
C'était effrayant.
Effrayant, Versailles surtout, surpeuplé de soldats prêts à partir. Dans toutes les rues des convois militaires. Sur toutes les places, un grouillement indescriptible, de chevaux, d'armes, de femmes, d'enfants...
Nous autres nous nous souvenons très bien avoir déjà vu ça.
Et vous mon pauvre gars – partez vous bientôt ?
Par dessus tout la campagne est magnifique et drôlement indifférente à notre terrible inquiétude.   Bien affectueusement.   HP.

Le premier septembre 39 c'est la mobilisation générale. « *Heureusement qu'Armelle était là, elle m'a bien aidé. Coudre des couvertures, laver des chemises, enfin préparer mon trousseau – j'aurai aimé qu'un autre trousseau soit préparé, moins important peut-être... Enfin – C'est demain 13 septembre que je devais partir pour le noviciat – C'est pour la guerre que nous partons* » Écrit Nalo.
Devant un tel obstacle il n'ira chercher aucune explication du côté du karma, non plus dans les aspects conflictuels de Mars à Jupiter et du Soleil à Saturne dans un thème natal qu'il ignore et qui l'indiffère, il ne parlera pas de fatalité. C'est le livre de Job qui l'éclairera. Avec le recul et notre vue sur l'histoire, on voudrait que ce fut prévisible, la guerre – der krieg – Encore une fois... Las, les peuples heureux ne s'attardent pas à envisager les drames qui les guettent.

Chacun s'en va de son côté. Henri, le lieutenant Coüasnon, dans les Ardennes ...
Il fait très chaud, les soldats sont très fatigués. Malgré cela le moral est bon, tous gais et résignés jeunes et courageux, intelligents et obéissants... ... On m'a donné hier des imprimés de compte rendu avec colonne des tués, colonne des blessés. Le moral est bon quand même... ... Notre popote est abondante et soignée, souvent du poulet et presque tous les jours du champagne. Et puis : *Je n'ai pas de prêtre dans ma compagnie mais l'abbé Poquet qui est aumônier du régiment va en faire mettre un. Il a un suppléant au bataillon, un sergent mitrailleur qui est très bien.*
Alain, l'époux de Nane fait une crise d'urticaire, il renonce à en comprendre la cause. Comme chimiste, il espère être versé au service des poudres pour être envoyé dans une ville de l'arrière où il fera venir sa famille.

Les mêmes projections recommencent... « *Les Allemands ont de très mauvaises munitions, leurs obus n'explosent pas, il n'en on pas pour six mois, ne vous inquiétez pas, on fait passer des moutons ou des cochons en avant des troupes pour faire péter les mines...* » Le temps passe... Quelque temps avant de se trouver dans la neige avec sa section sur une tête de pont particulièrement dangereuse, Henri demande qu'on lui rappelle ce que disait la citation de son oncle abbé en 1915. Quelques jours après, lui même reçoit une citation pour la croix de guerre : « *Chef de section calme et énergique, a assuré le commandement d'un détachement d'avant-poste attaqué par l'ennemi et secouru les blessés. Par ses renseignements, a permis de contre-battre l'ennemi qui s'acharnait sur ses postes* » Sa sœur Armelle qui suit le déroulé de ses lettres, avoue son admiration... « *Henri est admirable de calme d'énergie et de confiance. C'est inouï comme ce garçon pacifique, bon bourgeois et bon père de famille, fait un vaillant guerrier.* »
C'est « La drôle de guerre », la Wehrmacht feint de se replier A ce tarif là, on peut entonner avec Brassens « Mon but n'est pas de chercher noise aux guérillas, non, fichtre, non. Guerres saintes, guerres sournoises qui n'osent pas dire leur nom, chacune a quelque chos' pour plaire, chacune a son petit mérite. Mais, mon colon, celle que j'préfère, c'est la guerr' de quatorz'-dix-huit. Moi, mon colon, celle que j'préfère, c'est la guerr' de quatorz'-dix-huit...» A récompense égale, c'est faire preuve de bon goût de préférer l'oncle abbé rampant dans la boue sous les barbelés, se planquant derrière les chevaux crevés, pour cisailler sur le ventre des

macchabées qui gisent face contre terre depuis six semaines, les plaques de ceinturon destinées à les identifier...
Henri devient bientôt formateur des jeunes recrues au camp d'Auvours, il a un appartement où il loge avec femme et enfants au Mans. Sa sœur Armelle prend des cours à la Croix-Rouge et à l'Hôtel-Dieu, c'est auprès d'elle que Tante Henriette, dans la pieuse exaltation du moment, est prise du désir de faire sa mise à jour...
Hier j'ai vu Mamoume, elle était déchainée et m'a naturellement posé des tas de question sur le catholicisme en général et les sacrements en particulier. J'étais très embarrassée comme toujours mais ce qui est raide c'est qu'elle prétend que si je daignais lui dire ce que je pense, il y a des chances qu'elle comprenne ma façon de voir, et que c'est à moi qu'elle confie sa conversion. Voilà un beau sujet de me faire du souci, heureusement qu'elle a déjà bien évolué.

L'hiver 40 est froid. On patine sur les rivières gelées. Les réfugiés des régions menacées par l'Allemand affluent en nombre. Il n'y a plus ni bois ni charbon chez les marchands. Mais *« les fermiers ont apporté une corde de bois bien sec, on va en donner aux Hardoin qui n'ont plus rien. Les conduites d'eau ayant percées, Rennes a été privée d'eau pendant 48 heures sans avertissement. Le puits de la rue de la Psalette était pris d'assaut, Mamoume a fait des croquis de la foule dans la cour. »* Chez les cousins Boucly on tente de faire de la soupe avec de la neige mais on finit par venir chercher de l'eau rue Lesage. Quant à Charles, *« Papa va mieux, il est même allé à la messe de 8h ce matin. Depuis 2 jours il a recommencé à descendre pour les repas mais il se déplace beaucoup plus difficilement et a beaucoup de peine à s'exprimer. »*
Avec une amie, Armelle met en place une association pour tenter de compenser l'absence des pères mobilisés : « L'aide aux mères ». Tout de suite une quinzaine de volontaires se lancent dans l'aide ménagère. Une photo les montre prêtes à décoller, têtes nues, avec leurs chaussettes roulées sur les chevilles et leurs jupes de toile forte sous le genou. En zoomant sur ma mère je lui découvre un sifflet scout pendu à la ceinture.

Le printemps sera triste pour Charles et Geneviève qui écrit : *« Ton pauvre papa a été très éprouvé par les vilains froids et malgré le temps tout à fait radouci il ne va pas bien. Il dort toute la journée, il ne descend plus pour les repas et aujourd'hui il n'a pas voulu se lever. Il ne veut pas se soigner ni voir le médecin. Il demande la fin avec une conviction qui fait peine... Heureusement que tes sœurs amènent autour de nous de la vie et nous empêchent de*

nous absorber dans cette tristesse. » En effet Nane et ses quatre bébés les entourent, dans l'attente d'un départ pour Angoulême. Alain voulait être aux poudres, l'y voila. De la poudrerie d'Angoulême. Il écrit à Nalo : « *Je n'ai pas dit à Nane (et ne le répète pas) que je suis dans un service extrêmement dangereux, et qui saute très souvent. C'est une fabrication de nitroglycérine. Nous en faisons plusieurs tonnes par jour. Cela se fait sous terre et pour limiter les dégâts, l'atelier est dans un trou. La fabrication est intéressante et il y a de nombreux dispositifs de sécurité. Ce qui est ennuyeux c'est que le produit donne des maux de tête. Et boire du café est obligatoire.*
Printemps triste avec une campagne à nouveau magnifique et 'drôlement indifférente à notre terrible inquiétude'. Nalo après une période cafardeuse dans une infirmerie glauque, est maintenant au train des équipages...
Ici c'est le printemps, les armes sont en fleur – nous faisons des ponts de bateaux sur les canaux – on se promène en barque – on a l'impression de jouer au soldat dans un beau jardin tout illuminé de fine lumière... ... Les journées sont très pleines, chaque jour nous faisons quelque chose de nouveau. Nous devons faire ces jours ci une manœuvre de nuit avec l'infanterie : Construire le pont, faire passer une colonne puis démonter le pont pour rétablir la circulation sur le canal. C'est amusant, comme de grands jeux de construction d'enfant.
Le 17 mai, Cisco annonce que sa division « *va surement faire un voyage délicieux* ». Il conduit un camion, ils ont passé la frontière belge, les gens les acclament... Entre fièvre et abattement il a la tête à l'envers... *Ici chaque petit pays dit que son voisin a été bombardé, je n'ai pas encore vu de bombardement mais beaucoup de combats aériens... j'ai reçu une gentille lettre de Pépète, je ne pourrai lui répondre que lorsque je serai moins vaseux.* »
C'est la Pentecôte, toujours acclamé par les Belges qui leur offrent bananes, oranges et bière locale, nos gars continuent vers l'est, de nuit et tous feux éteints. « *Je conduis un camion avec un camarade, à nous deux nous n'avons pas trop de nos 4 yeux pour voir où est la route... Enfin, le jour nous pouvons nous reposer.* » Cette fois ils ont été bombardés, huit bombes, pas un blessé, « *même pas mal !* » Ensuite il y a un trou dans la correspondance. L'offensive allemande, longtemps retenue, bondit tout à coup et saute la Meuse. Les Français reculent devant les Panzers. Tout le bel idéal militaire franco-belge s'écroule. Notre Cisco refait surface en Angleterre. « *Le seul fait de ne pas être prisonnier est déjà*

un miracle » écrit-il, tout d'abord sur un bout de papier d'emballage... Quelques heures après, dans une vraie lettre, il mentionne, comme si c'était anodin, une grande pagaille mais évite les mots fâcheux comme déroute, retraite, sauve-qui-peut. La seule chose que je savais est qu'une fois en Angleterre, ils avaient pu prendre une douche. Alors un jour, j'ai demandé à mon oncle Cisco ce qu'il magouillait avec ce camion et ensuite en moto à travers la Belgique. Comment tout ça s'était-il terminé ? Partant d'un éclat de rire, il me fit une réponse assez frustrante. « Ces lettres, mon pauvre, étaient destinées à rassurer les parents » ; j'en faisais donc moi aussi et à mon tour partie !... De fait il préférait écrire n'avoir pu prendre avec lui la moindre paire de chaussettes de rechange plutôt que de parler des Stukas qui mitraillaient la plage bondée de bidasses en attente d'embarquement... Je peux toujours bien imaginer mon Cisco hirsute aux côtés du Jean-Paul Belmondo de 'Weekend à Zuydcoote'. Après tout, lui aussi était beau, jeune et sportif, peut-être même décontracté...

Dans un consensus mortifère rampant commence l'exode, peuplé de cauchemars où des sauvages aux beaux yeux bleus ombrés par des visières noires chassent, cinglant de leurs fouets de cuir, des milliers de braves mangeurs de pain blanc apeurés. Les vieux enfants de la patrie ferment leurs maisons derrière eux et s'en vont sur les routes. Nombreux suicides... Ils arrivent, fuyons ! Les Rennais accueillent bien du monde, mais la plupart visent plus au sud. Du reste le bombardement du 17 juin sur des trains de soldats anglais en gare de Rennes n'incite pas à rester là. Les Guillemot sont partis avec leurs grandes voitures chargées à crouler bas. Des nouvelles d'Henriette parviennent fin juin à Armelle, une sorte de journal, onze pages de ce papier bleu très fin qui servait à occulter les fenêtres lors des couvre-feux, curieusement reliées par deux petites boucles de fil noir.

Ma chère Armelle
Merci de votre bonne lettre. La première qui m'ait rattachée au monde civilisé... Inutile de vous dire avec quelle joie toutes ces nouvelles ont été accueillies. Sauf la tristesse pour moi de savoir Henri prisonnier, quand il me semble toujours que ça ne devrait pas être. Maintenant les lettres arrivent, et comme j'ai crié bien fort, au début, que j'étais sans nouvelles, il m'en arrive de toutes les directions, ce qui fait la joie de ma troupe. La lecture du courrier qui se fait avec un certain rituel, est le moment important de la journée. Vous avez su comment d'étape en étape, par La Roche, Les Sables,

La Rochelle, Angoulême (où nous voulions coucher chez Nane mais où on ne nous a pas laissé entrer) Lussac où nous avons retrouvé Maman et Mad.
(Je passe à une autre feuille ça devient illisible)
Comment d'étape en étape et depuis Lussac, collés au convoi Millet Tantine – nous arrivons à Aubiet où pendant 3 semaines nous vivons dans la paille – et de grandes souffrances morales.
La Tantine nous quitte pour Cannes où elle a un immeuble. Et je viens chercher un gite à Gimont (pour décomprimer un peu les Millet) et dans l'espoir de pouvoir prendre ici mes quartiers d'hiver. Nous sommes à 8 km d'Aubiet. Le pays est très joli – Ce Gimont a un très bon collège. Malheureusement le village (genre Janzé) est rempli d'Alsaciens réfugiés depuis septembre. Si le brave curé n'avait pas eu pitié de nous, nous serions toujours dans une grange...
Bref nous voila bien sagement au couvent et dans ce pays 'Toulousaing' que j'avais tant envie de connaître depuis bien des mois – C'est un coin de France que je ne connaissais absolument pas – et qui fait ma joie.
Je reçois de Périgueux des lettres navrées et navrantes... Ils sont tous les uns sur les autres, et les êtres de cette race là, ça leur convient très mal.
Madeleine dit : « Qu'a.b. bouffe les oies » et qu'elle veut rentrer à Houdan – même à pied. Je vous envoie une lettre de Pepette qui vous donnera mieux la note = renvoyez la moi.
... Je m'aperçois que je l'ai envoyée à Henri
L'ambiance est loin d'être aussi céleste que chez nous – où de la messe du matin à la prière du soir – nous pensons à la grandeur de Dieu (vous direz ceci au père Agombart) et à la vanité des choses de ce monde
Depuis que vous n'êtes plus là, la pendule a tout le temps besoin d'être remontée.
Malgré mon humilité je suis obligée d'avouer que mon auréole est la plus grande. Nous vivons ici dans une adorable oisiveté. Jeanne Boucly reconnaitrait à ça que nous sommes très près de la vérité et serait émue de nos efforts vers la perfection.
Les journées des indigènes commencent vers 10h, on fait la sieste de 2h à 3h – de 3h à 9h on tient d'interminables « parlements » assis sur le pas de sa porte... Et on va se coucher en disant que demaing on ira, je te le jure – tourner peller – son jarding nous aussi naturellement, puisque comme Fenouillard, nous voulons prendre les habitudes des pays où nous vivons.

Je pense souvent à votre « fille spirituelle » que devient-elle ... Elle a dû avoir très peur le 17 juin ? Elle serait brave si elle m'écrivait un petit mot. Elle me donnerait l'adresse de ses frères, l'adresse de Félix. Je voudrais savoir si on peut lui envoyer un vieux pâté gascon ?

Dites à Marie-Th. que son fils est bien gentil... Il travaille admirablement et fait la joie de la « bonne demoiselle » Il est très obéissant, mais il a rapporté des tristes pays du nord, un besoin d'activité qui m'inquiète souvent. Ainsi hier il avait entrepris avec une petite fille de nettoyer les cabinets de l'école (Je demanderai à Doumic une illustration) La semaine d'avant, il s'est pendu par le cuir chevelu à un fil de fer barbelé... Une autre fois en gesticulant sous une étagère, il s'est fait assommer par une boite de conserve qui était dessus. Etc. etc. Malgré tout il se porte très bien et sa bonne humeur est inaltérable.

Je ne sais absolument pas pour combien de temps nous sommes ici – Si quelqu'un a une idée là-dessus – j'aimerais qu'on me la communique.

Mad, René avec ses fils, semblent rêver d'attendre ici la signature de la paix. Maman nous invite à nous rejoindre, ceux de Périgueux, Aubert, Grimont, pour passer quelques semaines en montagne.

Faites mes amitiés à tous – en particulier à François qui en repassera un peu au père Agombart. J'avais hier une longue lettre de votre frère Henri – il est brave.

Bien affectueusement à vous et merci encore de vos bonnes lettres.
HP.

Suit une illustration.

Ceci d'après un des artistes de ma troupe représente notre arrivée à Gimont, sous la conduite du bon curé qui nous recueille et nous conduit à son école. Comme il s'agit aussi de garer l'auto, il demande des tuyaux aux bonnes femmes.

Notre caravane ce jour là a été très remarquée. Pol infatigable raille l'ennemi. Fafi est exténué. Mamoume attend avec angoisse la fin du débat.

Misère, le chien recueilli par Doumic. Il est un peu de la race du chien de M Labat à qui Doumic demandait un jour : Quand il ne marche pas, comment sait-on de quel bout est la tête. La halle est du XV°

Une autre illustration.

Fafi apprend à servir la messe, sa piété est très grande. Avec envol du calice et du pupitre de l'évangile. Dans ce découpage de Doumic qu'il recommande à votre attention, il y a des oiseaux, des cygnes et des poissons. Le tout est considéré par lui comme son chef d'œuvre.

De la chimie organique et des petites drogues de son très estimé professeur M. Delépine, Alain est passé d'un bond à la chimie des explosifs – effort de guerre. Dans la grande maison qu'il a trouvée pour sa nichée à Angoulême, avec Nane et les quatre filles, ils accueillent beaucoup de monde. Quand Paulette enceinte arrive avec ses deux enfants, elle est accompagnée de ses parents. *« Monsieur Sélonier est arrivé ici en serrant sur son cœur un petit bateau et quelques soldats de plomb »*, écrit Nane, *« mais il était très triste parce que sous-alimenté et privé de vin rouge depuis trois semaines. Ici, il a retrouvé un solide appétit et il allait bien mais voila que ce matin ils ont appris qu'il y avait des Allemands chez eux à Paramé, alors rien ne va plus. »* Contenant sa colère avec effort, il demande qu'on ferme la fenêtre, cela fait il s'écrie : *« Merde aux boches ! Merde aux boches ! Merde aux boches ! »* ... Puis : *« Vous pouvez rouvrir la fenêtre ma chérie. »*
Quand l'effort de guerre devient sans objet, quand la bâche noire se tend de Bayonne à Brest, Fécamp, et même Varsovie, les combats laissent place à la surveillance menaçante. Nane et Alain quittent alors Angoulême et rentrent chez eux, à Paris. C'est le règne de la débrouille, du marché noir, des délations. Depuis les riches terres qui sentent l'orge le blé et le fromage, ou bien la bouse, les envois vers les villes reprennent avec une intensité discrète et contenue.
Pendant qu'on a encore le droit je voudrais que vous m'envoyiez moins de 50 kg. de pommes de terre, c'est-à-dire un sac où vous aurez enlevé quelques kilos. Peut-être un jour recevrez-vous un SOS : Plus de viande ! Aussi, voulez vous nous renseigner sur le moyen le plus rapide d'expédition, soit par le chemin de fer soit Calberson. En cas d'expédition je crois qu'il serait bon d'adresser la denrée à M Horeau Laboratoire de chimie organique du Collège de France, place Marcellin Berthelot, ainsi cela n'excite pas la concupiscence... Nous bénissons chaque jour le charbon de Madame Bonneau car avec nos cartes on nous a livré en tout 50 kg. qui auraient été brûlés en 4 jours froids, et que deviendrions nous sans feu ?!...

Débarqué d'Angleterre à St Malo avec les débris de sa division, Nalo traverse Rennes, furieux de ne pouvoir s'éclipser ni quitter un seul instant son convoi. Inévitablement, après Angers la colonne est rattrapée par quelques automitrailleuses à croix gammée et tout le monde est bouclé. Mais les Allemands n'ont pas de quoi les nourrir. Nalo mène alors habilement quelques démarches, et on le laisse partir. Prisonnier sur parole. Avec 4 camarades qu'il n'a pas voulu abandonner, ils deviennent ouvriers agricole à Coudreceau. Assignés à résidence à Maurissure, « *dans le grenier du pavillon sur la paille traditionnelle, bien entendu nous n'entrerons pas dans la maison* ».

Rue Lesage, Geneviève décolle les enveloppes à l'éponge puis, avec de la gomme arabique, les recolle à l'envers pour s'en servir une seconde fois. C'est ainsi que parviennent à Nalo les douloureuses nouvelles d'un père qu'il n'a pas vu depuis Noël 39 et qu'il ne reverra plus.

Deux mois n'ont pas encore passé que les autorités allemandes enjoignent aux cinq amis de se rendre à Chartres pour être « déliés de leur parole ». Deux d'entre eux filent en douce, Nalo et les deux autres se présentent aux Allemands, par crainte de représailles sur l'oncle Emmanuel, qui jamais ne les a laissé coucher dans la paille, mais les a accueillis de la meilleure façon. A Chartres ils trouvent un camp crasseux, peuplé de Nord-africains faméliques, la captivité commence. Ils sont convoyés avec 3000 compagnons de misère au Stalag de Wildberg, un camp de l'armée allemande : chambres de six, douches à volonté, organisation germanique. Les nouveaux camarades qu'ils trouvent là bas ne peuvent croire qu'en France ils étaient libres. Fait comme un rat Nalo reste stupéfait... Coincé dans une amertume amorphe, comme un malaise de narcose... Une photo le montre sur un grabat, j'ai longtemps cru que c'était quelqu'un d'autre.

Il écrit sur des cartes réglementaires où les lignes sont comptées, tout est lu par la censure, tamponné en rouge : geprüft. Lui écrire ne peut se faire que sur le même type de pli qui devra être géproufté, pour une circonstance grave on peut solliciter auprès de la kommandantur l'envoi d'une lettre supplémentaire, ainsi en mai 41...

... La journée de vendredi que j'ai passé complètement près de lui semblait meilleure. Plusieurs fois je lui ai demandé s'il souffrait et chaque fois il me disait non, quoique souvent il gémissait et donnait son reste de force dans des prières. Il était demi conscient et hier soir je me suis couchée dans sa chambre, disant à Cisco Armelle et Marie-Thérèse que je les appellerai si je le voyais plus mal. Je m'étais levée pour le redresser et rendormie. Quand à 4h. 20 me réveillant, je l'ai regardé, j'ai d'abord cru qu'il dormait car il arrivait qu'on entende peu sa respiration mais en le touchant j'ai su que c'était fini. Il avait sa tête toute froide et ses yeux fer-

més, ses membres étaient encore chauds. Marie-Thérèse et Cisco m'ont aidé à lui rendre les derniers services et nous n'avons pas réveillé Armelle qui dormait au milieu des enfants de Nane que nous aurions réveillés.
Il est dans son bureau sur un lit américain, devant la fenêtre de la rue qui est fermée par les rideaux que j'avais fait pour ton installation de Paris. Il est beau, Cisco a fait une plaque pour toi et sa figure est si calme que tous les petits sont venus le voir et prier près de lui. Ma lettre ne partira pas ce soir, il faut la porter à la Kommandantur lundi matin...
Dans son bureau, cette pièce étroite qui fait toute la largeur de la maison, où le miroir Louis XVI avec son trumeau fait face à l'autre. Au sud, les rideaux qui tamisent une lumière colorée, dissimulent une fenêtre pour laquelle Charles, jadis, avait dessiné des vitraux géométriques. Au nord l'autre fenêtre est entrouverte, le jardin ne peut qu'être fleuri, en mai.
Armelle à la date autorisée envoie la carte réglementaire 'Krigsgefangenenpost'
Mon cher Nalo. Tu as sans doute reçu la lettre de Maman partie par la Kommandantur qui a autorisé cette lettre supplémentaire t'annonçant la mort de notre pauvre Papa. ... ... Tu sais comme il désirait la mort, il a bien mérité de goûter une vie meilleure mais il nous laisse un grand vide. C'est étonnant comme on réalise lentement. Quand j'entre dans sa chambre, je suis toujours surprise de ne plus le trouver dans son lit. Pour Maman le vide doit être beaucoup plus grand, mais tu sais comme elle est très active, se laissant peu aller aux sentiments. Elle s'occupe beaucoup de Nicole et Françoise que Nane nous a laissées, elle fait du jardinage et va souvent à St Yves voir Grand Mère qui y est toujours bien que sa santé soit meilleure. Ainsi elle supporte très énergiquement ce deuil, comme elle a du reste supporté les longues années de maladie de Papa. Mais nous sommes bien tristes de te savoir si loin et isolé. ... ... J'espère que tu reçois mieux le courrier, nous avons répondu à toutes tes lettres et celle ci est la réponse à celle que tu m'as écris le 11. Je t'ai aussi expédié un 4e paquet le 9 mai. J'espère que tout cela t'est parvenu maintenant et que tu sais le retour de Cisco, et la naissance d'une 5e fille chez Nane.

Les échanges intenses qu'occasionne la captivité d'un frère aimé nous laissent quantité de missives pleines de détails sur ces années-là.

Lundi 12 janvier 1942   Mon cher Nalo
Voila déjà 8 jours que je suis rentrée de Paris et maman est rentrée ce soir, bien contente de son séjour au milieu de ses petites filles et avec bon espoir de ta libération car Cisco s'est tout de suite occupé de faire le nécessaire rue de Friedland.
Le séjour à Maurissure à été comme tu le penses très agréable très gai, même un peu agité. Doumic et ses camarades sont une bande charmante, très enthousiastes, Henry est toujours aussi bouillant, Rosie est délicieuse toujours douce et souriante. J'ai été heureuse de ces quelques jours qui m'ont permis de la mieux connaitre. J'ai aussi été déjeuner chez eux à Paris, leur appartement est tout en vitres et plein de soleil - Type du joli appartement de jeune ménage, tonalité dominante bleu turquoise. Madame Ruaud et Pépète étaient aussi de la joyeuse bande de Maurissure ainsi que deux Capi et René Guillemot, grand organisateur des réjouissances : Chasse au blaireau – Pêche à l'étang – le soir les veillées au coin du feu, parfois calmes d'autres fois agitées. Cependant pour éviter les discussions violentes, les sujets politiques et religieux étaient exclus de la conversation. Nous avons souvent pensé à toi et parlé de toi, nous voulions t'écrire une lettre collective mais Mamoume était si occupée – 15 bouches à nourrir n'est pas un petit travail surtout quand elles ont l'appétit que tu connais à Henry par exemple. Aussi je t'assure que la bande à fait honneur aux produits de Maurissure. Nous avons aussi appris des chants pour la grand-messe de Coudreceau mais pour la messe de minuit nous n'avons pas osé nous mesurer à M. Marizy et nous avons bien fait.
Avant de rentrer j'ai passé quelques jours à Sèvres heureuse d'être un peu au calme avec Mamoume toujours si bonne – Longues veillées au coin du feu du bureau – Petits déjeuner dans sa chambre en bavardant devant la flambée. Les garçons étaient en vacance. Fafi se prend au sérieux et aime la discussion. Doumic est très très gentil, beaucoup plus vaillant. Voici l'ambiance de Maurissure et de Sèvres où ta pensé doit se reporter bien souvent.
Je t'embrasse.   Armelle

Et Nalo...
En ces jours de la fin de l'été on lit au bréviaire romain le livre de Job qui répète sans fin « Seigneur soyez béni, vous qui m'aviez tout donné, vous m'avez tout repris. » Soyons unis à la prière de l'église. Ces jours là ma pensée était souvent à Pont-Veix, l'époque, la moisson, les charrettes de blé trainées par les vaches. Simi-

litude qui mettait mon imagination en marche durant la triste journée de travail du 15 août. Tandis que les cloches des villages voisins, catholiques, sonnaient joyeusement, c'est à Conquereuil que dans mon rêve je vivais les jours d'autrefois. La messe, la voix couverte et essoufflée du gros vicaire revenu de vacances. La procession, le soleil sur la campagne. Avé Avé Maria ! Votre lettre m'arrivait le lendemain.
Vous voila tous à la Hennetière, dans la maison trop petite pour les innombrables habitants ; l'approvisionnement n'est il pas trop difficile ?

En avril 42, la direction du service de santé de la 10e région transmet par voie diplomatique la certification de Nalo comme personnel sanitaire devant bénéficier des conditions établies par la convention de Genève. Mais Nalo reste bouclé... Il a malgré tout une vie très active. A côté du binage d'hectares et d'hectares de patates, avec un matériel de fortune il réussit à produire des plans pour un concours qu'il présente avec un camarade de misère, architecte lui aussi, nommé Violette. Dans le fond, il regrette de ne pas profiter de sa captivité pour mener la vie spirituelle d'un reclus. En juin, tous attendent son retour, son oncle Jean du Saint espère que les « *fantaisies Gaullistes* » ne mettront plus un obstacle au retour de nos chers prisonniers ».
En juillet... *Chère Maman, vous m'attendez ! Que votre maternelle impatience ne s'exaspère pas trop. Ne comptez pas sur un retour rapide. Continuez à m'écrire et envoyez-moi un colis tous les 15 jours avec des vivres seulement.*
En août... *Ce n'est pas drôle d'être un libérable en souffrance. Mais ne pas recevoir de courrier est insupportable... Les prisonniers sont si fatigués de cette captivité qui se prolonge. Ils ne comprennent pas que les uns soient libres et les autres captifs.*
Rue de la Glacière, le Père Maitre espère vivement que Nalo puisse faire sa rentrée au séminaire des Dominicains pour septembre. Il dit pouvoir même l'accepter jusqu'à décembre. Un grand nombre de prisonniers quittent les camps. Nalo les voit partir avec « *une joie mêlée d'amertume* ». Les démarches hasardeuses que la famille tente en France pour le faire libérer, n'ont d'autre effet tout au long des 26 mois de sa captivité, que de faire monter et descendre le moral de chacun sur une échelle bancale de craintes et d'espoirs.
Les bonnes nouvelles données par la gendarmerie de Rennes au sujet de ton dossier nous faisaient espérer ton retour pour ces jours ci. Peut-être ne tardera-tu pas « Je ne sais... Dieu le sait. »

Cisco retournera rue de Friedland pour asticoter tout ce monde là, mais puisque ton dossier est parti pour ton camp...
Une nuit à Pont-Veix, j'ai tellement rêvé que tu étais rentré que j'ai pensé que c'était de la télépathie, et que je suis rentré à la Hennetière pensant trouver ton télégramme Hélas il n'en était rien. Il faudra pourtant bien qu'il arrive un jour.
 Je t'embrasse. *Armelle.*

A vrai dire le premier à se défaire de l'angoisse des craintes et des espoirs est Nalo lui-même... On sent son irritation dans l'écho qu'il renvoie... « *Mais puisque nous savons ne rien comprendre aux desseins du Bon Dieu, pourquoi serions-nous prêts à nous attrister de voir nos désirs non exaucés ? Nos vies sont elles offertes oui ou non ? Si oui, alors réjouissons-nous, ce qu'il fait est bien fait* »...

Nous sommes au troisième acte de la tragédie, on se pare de lyrisme pétainiste, ainsi son frère Henri... « *Nous pensons à vos souffrances dont le mérite contribuera au rachat de la France et vous donne un prestige qui vous permettra d'aider avec autorité le Maréchal à redresser notre pauvre pays* ».

Toutes ces petites lignes au crayon, écriture pâle et guindée, frappées parfois au tampon rouge « Ecrivez distinctement » ou « N'écrivez que sur la ligne », s'étire quinzaine après quinzaine, mois après mois, année après année. Et moi, lecteur du siècle suivant, j'épluche tout ; arrivant à la fin du mois d'octobre 1942, comme tous ceux qui m'ont précédé, j'attends sa libération en feuilletant les misérables « kriegsgfangenpost » dont le premier lecteur fut un fonctionnaire de la censure.

En 1943, au Camp s'est formé « *Un cercle d'information professionnel... Le chef de cercle est un jeune parisien entrepreneur en plomberie, garçon plein de vie, je suis son second. Il modère ma tendance à trop insister sur des idées abstraites, c'est bien. Tandis que je tempère sa répulsion de l'étude des idées. Je prépare en ce moment deux topos : un sur 'La vocation de servir' l'autre sur 'Les raisons de la charte du travail'... des questions que j'ignorais vraiment trop, mais je m'y trouve fort à l'aise. J'ai l'impression de préciser plutôt ce qui était en moi à l'état confus* ».

Fin janvier, à propos du retour tant attendu... « *Espérer est stupide. Le temps viendra.* » Et en février... « *Un silence prolongé rend la correspondance plus difficile. D'autant que nous souffrons d'une curieuse déficience mentale, ceci est général parmi mes camarades... la vie en commun est notre principal devoir.* »

Après le 17 février 1943, silence... Plus d'écrit... Le fameux télégramme tant attendu est passé de mains en mains puis s'est perdu. Le matin où il monte dans le train, le regard de Nalo change, il ne peut prendre de photo, ne fait aucun croquis. Même s'il ferme les paupières, tout ce qui l'entoure lui gave les yeux. Un vide presque palpable, avec le vent du nord, le sépare des grands épicéas noirs, des bâtiments austères, des nuages. Il ressent l'espace, le grand mouvement des choses enfin reprend. Il cesse de négocier sa lancinante patience avec lui-même. Cet univers d'obéissance leur a entravé l'esprit, les a figés comme un équipage dans le calme plat, un pot au noir de deux ans dans un étau d'humilité obligatoire. Maintenant tous leurs rêves vont devenir possibles, la porte, enfin, est ouverte. Quelques heures plus tard, sous la verrière de la gare de l'est où résonnent tant de cris, de voix, de chants, dans la fumée et l'odeur de goudron, avec leurs nippes élimées ils descendent des wagons, leur rien sous le bras. Les embrassades et les effusions des retrouvailles remettent enfin les cœurs dans le bon sens et tout de suite Nalo se présente au noviciat des Dominicains.

Rennes est bombardé début mars, trois cents morts... Devant la porte du jardin on a creusé un abri. Marie-Thérèse était rue Lesage, dès l'alerte finie elle se précipite vers sa maison, descend en courant le Contour de la Motte ; la fumée, les flammes et le fracas de maisons entières qui s'écroulent dans l'incendie lui broient le cœur et lui coupent les jambes... Des blessés assis par terre... Elle rentre en pleurant, ne dit qu'une phrase qui l'étrangle : tout le quartier brûle !
Voyant la proximité du danger, Geneviève s'installe à La Hennetière. Elle héberge tous les ressortissants de la famille qui s'y présentent. Pour autant les massifs de fleurs et le gazon de la rue Lesage n'ont pas été retournés et mis en culture en vain. Marie-Thérèse habite là. Elle continue de travailler au Gaz, mais aussi à la bibliothèque. Elle fait des conserves avec les petit-pois, sarcle les échalotes, plante des choux à vache et des betteraves. Elle fait remplir les cartes d'alimentation, surtout la plus importante, la carte de pain... Tout doit être bien complet et timbré même si l'on n'y comprend rien. L'ignorance fait fond aux croyances humaines...
Autant est ignorée la disparition des juifs déportés, autant on ignore la valeur de la résistance ou la fonction des bombardements alliés. Quand elle vient visiter Nalo qui a fini son noviciat, pris l'habit, et continue le séminaire à Etiolles, Marie-Thérèse dans la fébrilité de l'été 1943 admire le travail de la DCA contre la

centaine de forteresses volantes américaines qui écrasent la base aérienne de Villacoublay

Ma chère Maman. Nalo me dit vous avoir écrit, j'ai été très contente de le voir. Il a bonne mine quoiqu'un peu maigri. J'étais dans la chapelle assister à Complies et à la procession du Salve-Regina quand l'alerte a sonné, elle a duré 1h ½, on a bombardé Villacoublay. La DCA a formidablement marché. J'ai les commissions de Nane ... ... Les œufs ont fait grand plaisir à Nalo. Jeudi ils font un pèlerinage et emporteront le déjeuner, il pense qu'ils auront deux œufs durs chacun... ... Merci de toutes les bonnes provisions que vous m'avez donné. Affections à tous, tendresse à mon Pol. Votre fille qui vous embrasse.

Marie-Thérèse V.

Un beau jour de mai 1944 à Sceaux, Marie-Thérèse descend du train de banlieue, chargée de carottes, de navets, d'un pâté et de beurre dans un lourd cageot de bois de forme ovale tenu par une longue et précieuse bretelle de toile... D'un pas pressé elle rejoint la maison de sa sœur. Ce n'est pas loin de la gare, on l'attend, le portail est ouvert... Nane, Alain et les cinq filles lui font fête. Nane, qui attend sa sixième « *porte vaillamment ses espérances prochaines* ». Les filles se disputent le privilège de montrer toutes les merveilles de la maison à leur tante. Les chambres, la cuisine... La tirant par la manche, elles lui font voir le poulailler que leur père, aidé de son garçon de laboratoire, a fabriqué la semaine passée. Salutations aux deux poules toutes blanches venues de Maurissure, « *qui pondent des œufs sans qu'on ne leur demande rien !* » Tita leur ajoute une poignée de grain qui vient du surplus des rats du labo. Le grand cèdre du Liban qui domine le jardin rappelle celui de La Hennetière que les filles connaissent bien. Doctement, Tita fait observer que là-bas c'est un cèdre de l'Atlas tout droit qui n'a pas de branches tortueuses pour les balançoires. A l'écart de ce grand arbre et de son tapis d'aiguilles, elles essaient de faire pousser des bonnes choses qui sont prétexte à de longues conversations. Comme chacun sait les jardiniers vivent d'espoir, le résultat parfois est accessoire. Durant le printemps il y a eu des manques, des trous, moins graves que chez la plupart des Parisiens mais les magasins sont vides et l'approvisionnement rationné par les cartes et tickets. L'expédition des colis est hasardeuse, plusieurs se sont perdus, ils étaient pourtant adressés au labo du collège afin de les soustraire à la concupiscence générale... A chaque voyage les Rennais arrivent chargés de précieuses victuailles. Les travaux de couture et de ravaudage sont acrobatiques, car les merceries n'ont plus le droit de vendre fils et toiles qu'à ceux qui présentent les tickets correspondants. Dans de vieilles chemises on fait des tabliers. Nane vit dans une jupe grise retenue au-dessous du ventre par une épingle double. Ses autres affutiaux auraient besoin d'être sérieusement élargis car son périmètre devient conséquent, elle va tailler dans son chapeau raté de quoi arranger ça. L'une des filles n'ayant plus que des sandales à semelle de bois qui lui font mal, elle met tout son espoir dans le cordonnier rennais et écrit à sa mère.

Le ravitaillement va bien grâce à Alain qui se donne beaucoup de peine. Il a fait connaissance d'un aimable Monsieur qui habite l'angle aigu que fait la rue de Penthièvre avec l'avenue de Verdun en face du petit parc. Ce monsieur est assureur et officie dans les fermes de la vallée de la Bièvre et autres lieux pas très éloignés. Il emmène Alain chez ses connaissances. Alors que le pauvre monde se fait mettre dehors durement, eux rapportent fruits et légumes. Il fait ses petites tournées deux fois par semaine, grâce à cela j'ai fait 18kg de confitures de groseille et nous sommes largement approvisionnés en légumes verts.

Alain de l'autre côté de Chatenay-Malabry, dévale à bicyclette le bois de Verrière par un chemin de pierraille, qu'il qualifie d'assez casse-gueule. Il aime les gens dans la simplicité de ce qu'ils sont, il a l'humeur légère et la plaisanterie facile. Pour lui toutes les rencontres sont intéressantes. Au reste il a des dons de comédien et sait parler des misères du moment en restant naturel. Et puis surtout, pharmacien, il a le droit d'acheter du sucre qu'il troque ensuite dans les fermes. Il fait des contrepèteries en observant ses interlocuteurs d'un œil malicieux. Souvent il vient en voiture avec le Monsieur mais parfois c'est sur son porte-bagage qu'il rapporte pour sa nichée les haricots verts et les pommes de terre nouvelles des braves paysans. Avec cinq filles, bientôt six puis sept, la maisonnée compense ce trop de féminité en accordant aux petites demoiselles des pronoms masculin. Satisfaction grammaticale dont le prétexte est qu'au début, chacune fut un bébé – un bébé, donc masculin. L'habitude faisant le reste, on se satisfait de dire de l'une, il fait ceci, de l'autre, il fait cela, j'irai avec lui en parlant d'une troisième... Quand naitra le huitième bébé, Alain enverra à son frère un télégramme triomphant : *J'ai un fils, c'est un garçon de sexe masculin !*

Les alertes aériennes sont de plus en plus fréquentes, on hésite à se déplacer, surtout par le métro qui peut être immobilisé pendant des heures. Après le débarquement il devient impossible d'envisager des vacances en Bretagne. Les bombardements alliés ciblent les gares, les ports, les unités de production qui servent l'armée allemande. Monsieur Renault est un collabo, son usine fabrique sans cesse et aligne sans faiblir les camions et les tanks pour l'armée allemande. Il a autorisé les gars qui font les trois huit dans ses usines de l'ile Seguin à creuser des abris qui ne suffiront sûrement pas à les protéger. Fin mai les Anglais bombardent. Sur le coteau en face, à Sèvres, on se bouche les oreilles et on regarde ça tomber du ciel avec des yeux ronds. Tante Henriette habite une maison mitoyenne de celle de sa mère. Chez cette dernière, l'étage est occupé par une autre de ses filles, Madame Ruaud qu'on appelle Tante Mado. Dans la nuit violemment illuminée, le sol tremble, ça sent le fer qui brule. Par la fenêtre, Mado regarde les grappes de bombes exploser sur les hangars de métal, les produits chimiques des ateliers font un feu d'artifice. C'est dramatique et magnifique à la fois. Tante Mado appelle sa fille... Qu'elle voie ça... ! Dans le ciel éclatent les obus de la DCA. Ils ont, comme disait Marie-Thérèse, formidablement marché. Parfois un avion touché tombe en flammes ou bien largue ses bombes en catastrophe pour tenter de rentrer back home. Une bombe tombe dans la rue, en face de la fenêtre. Pépète a 20 ans, elle est tuée.

Armelle s'entend bien avec sa cousine Françoise Boucly, ensemble elles ont mis en route un jardin d'enfants rue Lesage. Françoise a une sœur, Madeleine, mariée à un jeune homme en poste dans une fromagerie du côté de Pont-l'Evêque. Au moment du débarquement, leur maison s'est trouvée entre les lignes américaines et allemandes. Avec leurs deux enfants et un bébé, ils furent bloqués trois jours et trois nuits. On a su que des soldats allemands parfois, ont pu leur apporter du lait ! Quelle étrange surgissement d'humanité... Très soucieuses de leur sort, Armelle et Françoise décident d'aller jusqu'à eux, en bicyclette. Sur la route, elles voient Saint-Lo rasé. Les ruines ont commencé d'être déblayées, seule la présence de carrelage ou son absence au sol leur laisse deviner où étaient les rues. Elles atteignent la petite famille de Pont-l'Evêque. On imagine la joie ! Elles donnent des nouvelles de chacun, partagent quelques moments de bonheur, et dès le surlendemain s'en reviennent sur leurs bicyclettes... Avant le décès en couches de sa mère Gabrielle, Françoise avait vécu une enfance heureuse à Saint-Malo. Elles font le crochet et y arrivent au soir, ciel menaçant, un orage s'arrache de la mer, les murs, les fortifications sont encore debout mais la ville est brûlée, écroulée, nauséabonde. Il reste par endroits d'énormes murs pignons retenus par de sinistres cheminées noires, tout cela fume encore... Armelle ne se souvient plus où elles passent la nuit. Le lendemain elles rentrent à Rennes. Beaucoup plus tard elle évoqua cette lugubre soirée auprès de sa cousine Françoise ; elle n'en avait gardé aucun souvenir. Pour elle sans doute cet oubli était-il indispensable.

Une lettre de Nane du 8 septembre 1944
Ma bien chère Maman
Nous avons eu votre lettre et Guy du Saint nous a donné beaucoup de nouvelles, sa visite nous a fait un plaisir fou. Il est venu dîner et coucher avant hier soir. Que de choses à vous raconter, par quel bout commencer? D'abord nous n'avons jamais souffert de la faim, tous les pauvres Parisiens n'en sont pas là. Les filles sont en bon état, les quelques jours qui ont précédé l'arrivée des Américains ont été lourds d'angoisse, des Allemands très méchants avaient pris 6 otages, le couvre feu était à 3 h de l'après midi, les fenêtres devaient être fermées persiennes closes et toutes les portes ouvertes même la nuit. Ils avaient convoqué tous les hommes de 18 à 60 ans mais personne ne s'est rendu à cette aimable invitation et ils avaient d'autres chats à fouetter qu'à les rechercher. Ces événements peu rassurants étaient ponctués d'explosions formidables dans tous les sens auxquels ont succédés les tirs de canon et le son presque continuel de mitrailleuses plus ou moins lointaines.
La bataille a été très sérieuse à Antony et à la Croix de Berny et tout près de nous il y avait une batterie qui tirait par là bas, les obus sifflaient au dessus de nous mais comme nous étions tout près du départ cela n'était pas bien inquiétant. Il y a eu des combats sérieux entre FFI et Allemands autour de Lakanal et dans le parc, ils on duré plusieurs jours dans la région surtout dans le bois de Verrière. Le soir même de cette bataille d'Antony les Américains sont arrivés à Bagneux, les cloches des paroisses environnantes se sont mises à sonner à toute volée. De nos fenêtres on voyait les feux d'artifice mais on voyait aussi les incendies de Paris et on entendait la bataille qui faisait rage car à Paris on s'est beaucoup battu, et dans tous les quartiers. Ce mélange de joie et de tragique était extraordinaire. Le lendemain matin nous avons pavoisé, les blindés Français et Américains passaient à Bourg la Reine sur la route d'Orléans. Alain y est tout de suite allé ! Ainsi que les bonnes. Ils ont vu passer le Général Leclerc. Nous y sommes allées avec les 5 filles l'après midi, ils ont défilé toute la journée. Giné a été embrassé par un soldat américain nos 5 filles avec leurs robes blanches bordées de bleu France des soc-

quettes rouges et des nœuds tricolores dans les cheveux étaient très « libération ».
Nous sommes vraiment très bas au point de vue des commodités modernes : plus ni gaz ni électricité ni téléphone ni poste ni métros, aussi n'avons pas encore eu des nouvelles de Nalo. Tous nous vous embrassons très tendrement comme nous vous aimons.
Nane

Durant l'hiver 45, Geneviève loge à Paris chez les Sélonier. Fidèle à la rue Lesage, Marie-Thérèse se démène pour trouver de la denrée. Sa journée terminée, elle s'en va dans la nuit glaciale frapper à des portes amies pour assurer la provision des jours à venir. Les boutiquiers ont fermé leurs échoppes, elle les trouve groupés en famille près de l'âtre où chuinte un maigre feu de sorcière. On lui fait fête malgré tout, tout le monde la connaît, tellement serviable ; demain elle reviendra avec des vieux journaux pour boucher les courants d'air. En fin de semaine elle fait les paquetages avec grand soin, jusqu'à un kilo par la poste, « colis agricoles » pour le reste. Haricots secs, lard, pommes de terre, arriveront-ils à Paris sans dommage ?... Il reste encore à la Hennetière des choses intéressantes abritées sous la paille, des carottes, des rutabagas un peu de patates et de longues betteraves crapaudines. Parfois on trouve du bœuf ou des œufs !... Quand on transporte la denrée, il est préférable de la dissimuler... Il faut bien sûr renvoyer très vite tous les emballages, surtout les boites à œuf et les boites en bois sans oublier les clous « *qui sont précieux* ». Dans la maison les canalisations éclatent, avec le dégel tout est inondé. Molard, le plombier toujours plein de gratitude pour la famille de feu monsieur l'architecte vient souffler le feu de sa lampe à souder sur les tuyaux de plomb.
Lors de la reconstruction des quartiers bombardés, fut attribué aux Vatar, dans la rue où leur maison avait disparu, un troisième étage dont le seul charme était la présence de Marie-Thérèse. Un jour où sa sœur admirait le talent des gens qui de leurs mémoires font un récit passionnant, Marie-Thérèse avait lâché : « Eh bien moi je n'écrirai pas mes mémoires, ce serait trop triste ! Toute sa vie elle garda tendance à conserver chaque objet potentiellement utile. Dans les années soixante, couvercles de pot de yaourt en aluminium, bouts de ficelle et bobines de fil vides remplissaient les tiroirs de sa cuisine. Dans la baignoire s'empilaient des revues pleines de photos magnifiques qu'on serait peut-être un jour très content de regarder. Mais pour l'heure les boulangeries sont fer-

mées, il n'y a plus rien pour chauffer les fours. Les mairies exigent la mise à disposition de bois coupé par les propriétaires terriens, il faut batailler pour conserver sur pied les arbres destinés au bois d'œuvre. Sous-alimentés et sans chauffage, les gens tombent malades. Les trains sont supprimés mais les michelines sur pneus, de couleur crème et brique, surmontées d'une excroissance vitrée pour le pilote, circulent encore sur les voies ferrées.

La fin de la guerre approche, la Seine qui déborde sur les champs semble tirer avec ses eaux en désordre des quintaux de miasmes mortifères. De leur grand bâtiment glacial, les Dominicains, à travers la brume, discernent sur l'autre côté de la Seine les restes du port d'Evry. Le bac qui d'ordinaire assure la traversée a encore une fois interrompu son service. Le fleuve charrie des troncs d'arbre qui brandissent leurs racines défaites au-dessus l'eau brune. Nalo étudie Thomas d'Aquin. Armelle ira rejoindre son frère pour la messe de minuit à son couvent « Le Saulchoir » d' Etiolles, où « *il y a possibilité de loger des invités mais ça complique les choses. La Seine baisse mais le bac en face du couvent n'est pas rétabli. Il faut débarquer à la gare en pleine nuit, pour arriver au couvent vers 7h ½ du soir c'est l'heure de Complies et il y a des trous partout, les ponts du ruisseau sont sans balustrade (se munir d'une lampe de poche)* ».

Après avoir été démobilisé, Cisco fait ses études de médecine à Paris, il rencontre Elisabeth, future infirmière... En juin 43 elle le présente à ses parents ; lui, tient sa mère au courant pour qu'elle n'apprenne pas l'affaire par des on-dit. *Il n'est pas question de fiançailles pour le moment, j'ai encore plusieurs années de médecine à faire et je ne veux pas l'obliger à m'attendre, je lui laisse toute sa liberté ; mais ne croyez pas que ce manque d'empressement vienne d'un manque d'attachement, nous nous aimons énormément, et si je l'aime, ce n'est pas à la suite d'un coup de foudre car si en décembre 41 quand j'ai fait sa connaissance je l'ai trouvée charmante, je ne la voyais que peu, et c'est progressivement que la voyant davantage j'ai su apprécier ses qualités et maintenant je la connais très bien, non pour quelques propos échangés hâtivement mais je connais sa façon de penser parce que je vois ce qu'elle fait...*
Mais l'affaire n'est pas si simple, Nane livre son sentiment à Geneviève : Cisco ne réussit pas à prendre sa décision. *Il a bien besoin de votre appui et de vos conseils, il n'est pas décidé et nous a même semblé, jeudi soir, qu'il était plutôt contre. Mais je crois*

que le pauvre gars est un jour contre et un jour pour... ... Je joins une lettre du Soizinet qui était bien fier d'avoir 6 ans et qui ne savait que faire pour se montrer grande et raisonnable...
Est-ce un tempérament trop différent de ceux qu'a rencontré jusque-là Geneviève, est-ce le milieu troyen dont est issue Elisabeth qui lui est trop étranger ? Des industriels, bonnetiers, filateurs... Geneviève croit voir une intrigante, elle s'en plaint directement auprès de la mère d'Elisabeth. Il faudra du temps pour venir à de meilleurs sentiments, du reste Cisco, hésitant, prend en compte l'opposition de sa mère et change de cap... *J'ai, à force d'insistance, reçu une lettre de Betho, en effet je lui demandais depuis longtemps ce qu'elle devenait. Elle m'a enfin répondu et malgré la peine que je lui fais, je lui ai écrit aujourd'hui l'impossibilité où j'étais de me marier, étant de nature trop tiède. Et en effet je m'accommode très bien de ma vie de célibataire, j'ai des loisirs beaucoup plus nombreux et je n'ai pas cette impression de responsabilité qui pèse quand on n'est pas seul. Evidemment c'est quelque chose de bien dur à apprendre pour Betho qui m'adore.*
Chez Nane on se moque un peu des aimables lettres de quatre pages que la mère d'Elisabeth, envoie à tout propos aux parents, et même au patron de Cisco toujours en son externat à qui les distractions ne manquent pas...
Comme Nane vous l'a dit, aussitôt arrivé à Maurissure j'ai eu la maladie, 36 heures de température et une évolution toute banale. Je ne crois pas que ce soit de la spirochétose, c'est plutôt une grippe, c'est-à-dire on ne sait quoi... Cela ne m'a pas empêché de passer une semaine très agréable. Le samedi Bernard Langeais et moi sommes allés en gazogène à Chartres chercher Bernadette (Pépète) Ruaud qui arrivait de Rennes. [Celle-là même qui périt quelques semaines après] *Nous l'avons accompagnée à Houdan (La ferme de Mme Ruaud) où elle allait voir sa mère, et le soir nous sommes rentrés à Maurissure. La maison était très pleine, je couchais dans l'atelier de Mamoume. Il y avait camp, de grosses vilaines cheftaines, l'aumônier et un autre abbé professeur au petit séminaire de Nogent, professeur de Doumic et Fafi...*
A l'automne 44 des renseignements sont discrètement pris par une cousine de Geneviève, les Dupont sont « *des gens charmants, bien élevés, possédant une fortune dont ils usent sans ostentation... Mais ce n'est pas dans ce milieu que j'aurais aimé voir mon fils évoluer, parce que nous ne voyons pas les choses sous le même angle* » écrit notre indic? « *... Pas sous le même angle !* » S'agit il de politique ? Avec ces gens charmants et bien élevés ce ne sont pas

les opinions mais le manque d'empressement clérical, un manque de ferveur peut-être, qui fait la différence. S'il ne leur manque que le vernis clérical, ce n'est pas franchement peccamineux. Il faut régulariser la situation « *avec ces gens que nous avons peut-être traité un peu cavalièrement* » dit Nalo, Geneviève se déplace à Paris, pour les rencontres... Restrictions et rationnements ne sont pas de nature à empêcher les couples de s'unir. En avril 45 c'est le voyage de noces...

Dans le train entre Tarascon et Marseille
Ma chère Maman
Ce voyage que nous ne faisons que commencer est déjà plein de souvenirs délicieux, j'ai à côté de moi un ange et j'ose à peine croire à mon bonheur lorsque je songe que toute ma vie se déroulera avec la présence continuelle de cet amour qui va toujours grandissant.
Nous voyageons avec des gens agréables et les relations s'établissent en 24 h. de trajet. Sur le quai des gares l'accent marseillais résonne, sur les oliviers le long de la voie le soleil brille mais ce n'est rien au près du soleil et des chansons qui règnent dans notre cœur.
Affections à tous.   François Coüasnon

Reste à marier Armelle... Dans quel rôle terrible et solennel s'investissent les mères ! La longue lettre de Nalo en décembre 1944, montre déjà ses talents de frère prêcheur mais aussi de bâtisseur quand il apporte une pierre solide pour reposer le cœur d'Armelle. Un gros pavé dans la mare !
Comme vous me le demandiez dans vos lettres, j'ai longuement parlé mariage avec Armelle, mais je crains de ne pas avoir rempli parfaitement le rôle que vous attendiez de moi. On défend mal une cause à laquelle on n'est pas gagné, j'allais dire à laquelle on est opposé. [...] La persuasion la plus affectueuse et la mieux intentionnée, mais aussi la plus tenace dans son effort me semble aussi dangereuse, illégale même, dans les questions de mariage, que la contrainte par force. Je dirai plus, contraindre les gens en se servant de motifs affectifs peut être plus néfaste que la contrainte ouverte. Pardonnez-moi ces mots sévères, mais l'essence du mariage est d'être un acte libre. Porter atteinte à l'essentielle liberté en cet acte c'est aller à l'encontre de la volonté expresse de Dieu telle que la loi de l'église nous la manifeste. Même avec l'intention de bien faire, c'est aller à l'encontre de cette volonté. Avez-vous eu besoin d'user de persuasion et d'af-

fectueuse pression pour que Nane ou Henri se marient ? Est-ce que ce ne sont pas d'heureux ménages. Quand vous avez devant vous une volonté fermement exprimée et où il n'y a rien de répréhensible ni de contraire à la morale, pourquoi de pas la respecter le plus simplement du monde ? [...] Si le mariage est à n'en pas douter une vocation commune, il y a place dans la vie humaine pour le célibat, surtout si l'on oriente sa vie, non vers la recherche égoïste de quelque plaisir personnel ou vers la fuite des soucis, mais vers une vie de dévouement à un besoin social urgent. Vous savez bien qu'on peut trouver le bonheur à consacrer sa vie à une œuvre utile et nécessaire. Tout cela d'ailleurs n'est il pas à proprement parler secondaire. Le bonheur premier, ma chère Maman, vous nous l'avez donné en même temps que la vie, par la foi que vous nous avez donnée en Dieu qui est toute béatitude. Je voudrais que vous reposiez en cette pensée. Ce bonheur, ne le ressentez vous pas tout autant dans le cœur d'Armelle ? Alors de quel autre souci vous chargez vous inutilement ?

Est-ce la question matérielle qui vous tracasse pour elle ? Il y a à ces questions d'autres solutions que le mariage. Et Armelle semble l'orienter vers l'une de ces autres solutions qui est de gagner sa vie. A l'heure actuelle, cette question de jardin d'enfants est tellement indispensable étant donné la disparition du personnel domestique, que je ne puis croire qu'une bonne volonté qui a senti ce besoin urgent et qui veut y faire face généreusement, ne puisse y trouver ce qui est nécessaire à l'existence. [...] Elle ne veut pas se marier, il vous faut accepter cette idée, mais l'accepter de bonne foi et poser les armes. Et à toutes vos petites amies de Rennes qui vous taquinent en vous faisant des remarques désobligeantes sur le célibat de votre fille, vous leur direz qu'elle ne veut pas se marier. C'est une vérité simple et acceptable qui n'a rien de déshonorant pour vous. Et c'est une position franche. On joue trop facilement avec la liberté des gens. [...] Ma chère Maman depuis des années, quelle lettre ais-je reçu de vous où il ne soit question de ce désir que vous avez de marier Armelle. Je ne puis penser sans angoisse à la tenace volonté qu'elle a du déployer pour ne pas se laisser influencer par les bonnes raisons que vous avez pu mettre en avant pour la décider contre son gré.

Pardonnez cette longue lettre, je n'ai peut-être pas au cours de ces six pages, gardé la douceur et la réserve que mon affection pour vous voudrait vous marquer. Je vous en supplie Maman cessez cette lutte inutile contre la volonté manifestée d'une façon expresse depuis des années par Armelle. [...] Elle ne veut pas se marier, respectez cette volonté. Renoncez à toutes vos combinaisons. Si François et Nane pour ne pas vous contrarier, sont prêts à dire comme vous, moi je suis désolé de ne pas pouvoir vous suivre. Je vous demande instamment si parfois vous lui reparlez mariage, de lui dire que vous acceptez joyeusement ce qu'elle veut [...] Elle souffre terriblement de ne pas pouvoir accepter ce que vous voulez pour elle parce qu'elle sent la peine que vous en ressentez. Comment vous dire la détresse que j'ai sentie chez elle. Quelle fidélité faut-il à l'idéal qu'on s'est fixé pour supporter tout ça. Je vous en conjure ma chère Maman, c'est de la joie et du bonheur pour vous et pour elle que vous trouverez en renonçant purement et simplement à cette idée de la marier. [...] Que Dieu vous aide...

A l'époque où Cisco et Elisabeth convolent, les camps de concentration d'où aucune nouvelle n'avait jusque là filtré sont libérés. Aucun écrit familial ne mentionne ces horreurs qui mettent à bas un pétainisme largement partagé. J'invite ici le témoignage d'outsiders, André de Chevigny et sa fille Hélène, grand-père et tante d'un de mes amis.
La TSF de midi et demi nous a apporté d'affreux détails sur ce sinistre camp de Buchenwald – un vrai cauchemar, et les morts, tuberculose, famine, misère physiologique se sont entassés ces derniers mois – sans parler des exécutions et des assassinats. Que le Bon Dieu ait pitié de nous, et ne nous envoie pas une nouvelle et terrible croix! [...]
Le potager est ravissant: les cerisiers, les poiriers tout blancs, les pommiers tout roses, les abricotiers déjà défleuris et les fruits noués. Hier soir nous avons mangé une omelette aux pointes d'asperges. Et j'ai récolté dans le parc les premières morilles. Dick gambade et croupionne dans le paddock en attendant Elisabeth. Le soleil chauffe, l'herbe pousse. Les conscrits classe 43 qui partent demain et les prisonniers libérés ont dansé toute la nuit. Et je suis triste à en crever. Je t'embrasse.
Hélène de Chevigny est réveillée en sursaut par quelqu'un qui frappe au volet.
C'était « La Marie du téléphone », la postière qui tenait la cabine téléphonique. « Madame Hélène, on a donné la liste des survivants de Buchenwald et j'ai entendu qu'il y avait Monsieur de Chevigny »
C'est à ce moment là que j'ai su que Pierre était bien vivant...
Ma joie était intense ; autour de moi, dans la maison, tout le monde

partageait cette joie qui se propageait jusque dans le village. Le camp a été libéré le 11 avril, et cela devait être, le temps qu'on l'apprenne, cela devait être le lendemain, c'était donc le 14 à l'aube que je l'ai appris, et Pierre est rentré le 22. Bien sûr, on ne pouvait pas communiquer, mais je savais qu'il était vivant, et cela me suffisait. On pensait bien qu'il allait y avoir des rapatriements qui seraient organisés ; mais quand et où ? Comment se retrouver ? C'était compliqué. Antoinette de Tailly courait dans tous les coins de Paris où l'on pouvait avoir des renseignements sur les prisonniers de guerre dont beaucoup étaient revenus depuis longtemps; pour les déportés, c'était autre chose, il y avait sans doute eu quelques retours des camps libérés en premier, mais les informations étaient rares. Yvonne, ma belle-sœur, était installée à Paris à ce moment-là, mais on ne pouvait guère se téléphoner parce que tous les moyens de communication étaient réservés aux contacts officiels – après tout, la guerre n'était pas finie, on se battait encore. En plus, toutes les voies de communication étaient en piteux état : trains, routes, ponts, mais aussi le réseau téléphonique. Même pour aller à Paris c'était compliqué, les trains mettaient très longtemps ; à Orléans, le grand pont sur la Loire avait été remplacé par une construction bancale, et les convois passaient sur des petits ponts provisoires ; Les Aubrais avaient été écrasés par l'aviation alliée, naturellement, parce que c'était un gros nœud de communication – tout cela fait qu'on n'avait presque aucune nouvelle.

13

Quand on se retourne sur les années de guerre, on voit passer furtivement quelques fantômes, quelques satellites... Un candélabre à la main, Consoline Pipard, veuve Lubert, sort de derrière les confessionnaux... C'est elle la fidèle servante du curé de Marcillé-Robert qui prétendait n'avait point ouï quand René et Henri avaient sonné carillonné à la porte du presbytère. Consoline réapparait en juin 1945 pour se réjouir d'un mariage, celui de Cisco et d' Elisabeth... « *J'ai l'honneur et permettez moi de vous dire que j'ai appris avec plaisir le mariage de Monsieur François...* » écrit-elle, toute heureuse qu'on lui ait fait parvenir un faire-part !
... « *Je suis toujours à Marcillé Robert et je continue de m'occuper du linge de l'église et de la décoration des autels. Très souvent je pense à vous, Madame Charles Coüasnon, moi qui avais eu l'honneur et la satisfaction de me rencontrer à Lalleu avec vous-même Madame et avec tous les vôtres à la Hennetière. Vous m'aidiez à passer mon temps plus agréablement et dont j'étais si contente de me trouver avec vous.* »

Marie Porteu, la jeune sœur de Geneviève, surgit inopinément, dans les jours gris de novembre 1942. Sa lettre atteste un fâcheux égarement. D'une écriture grasse mais toujours harmonieuse, elle remplit quatre petites pages, jusqu'à ne plus pouvoir ajouter une seule lettre dans un dernier travers où les mots se rétrécissent et se compriment.
Hospice de Morlaix le 19 novembre 1942
Ma chère Geneviève
Mr le Docteur Leyritz veut bien ajouter un mot à ma lettre pour te prier de me répondre.
Je ne saurais que te dire comme je le dis bien des fois à Pierre

Hardoin – que c'est une bonté qu'il me fait qui est un fait grave puisque c'est un fait sur lequel il ne reviendra pas d'ici longtemps. Je voudrais avoir quelques petits coli comme il le fessait avec du papier et de l'encre ; ne voudrais tu pas m'en envoyer ?
Marguerite n'a mis guère de bonne volonté à me faire plaisir.
Elle me dit que les magasins sont vide et que les tickets sont souvent nul. Ce n'est pas ça que je lui disais, je demandais 1° mes affaires d'infirmière de la croix rouge livret diplôme costume etc. Je lui demandais de joindre une 20aine de vieux n° des lectures pour tous qui étaient dans mon armoire. Ça non plus ne coute rien.
Je lui demandais comme à toi du papier que son fils comme inspecteur d'assurance doit avoir en provision, en prendre une poignée et un peu d'encre n'est pas difficile non plus, de même pour un savon qu'elle peut partager avec le sien.
J'aurais bien trouvé aussi que puisque les voyages lui sont habituels il aurait pu venir jusqu'à me faire une visite. Je n'ai eu que deux courtes lettres dont je la remercie cependant en désirant que elle continue un effort qui malgré que il est très peu est beaucoup mieux que rien.
Ma chère Geneviève j'ai reçu la lettre de Mr Guérin Mais la mère St Yves me l'a interdite de plein droit.
C'était ma volonté que comme me l'avait dit Mr Penault ma pension soit seule payée ici et que le personnel et service de l'hospice ne puissent se narguer de savoir ce que j'ai d'argent pour le mêler de trafique d'arrangement guerriers révolutionnaires ou financier. Hélas tu te rappelle de l'Abbé Demory et du Cardinal Laborie je crois que les métamorphoses dont ces curés des 2 sexes cachent sous le jupon de leurs cloches des face à face assassins et victime pour se remonter de la présence réelle du bien visé des crimes à feu – m'ont crucifié dans un canon Drefus du contacte direct du crime.
Pourquoi faire ces gens que la fatalité damna me fronde t-ils leurs affronts ? C'est parce que tu es [?] que c'est en irréalisable des sables enflammés des déserts torrides et des océans glacials polaires que je lui dois la faire en paroche paratele de m'apprendre la moindre base comme entre nous.
Je voudrais donc que ma lettre soit assez heureuse pour avoir une réponse. Je voudrais que tu me dises ce que Mr Guérin a déposé comme il le dit car la maison de la rue de la Psalette comme Mouillemuse m'intéressent beaucoup ; j'ai toujours déposé sur 300 hectares une somme de 500 000 frs avec le préfet qui était monté dans ma chambre.

J'aurais eu plaisir à avoir mon tableau de Louis XIV par Benserade du Salin de Rennes.
Le frère du Docteur Leyritz qui est président du salon d'automne est venu ici me voir et je voudrais le lui faire vendre à la salle Drouot. Je l'ai demandé à docteur Leyritz il faudrait que tu me l'envoie ici – « Toute la vie » la disait cette semaine de tableau de plus d'un million. J'avais de fort belles choses chez moi je voudrais bien que tu m'en donne nouvelle toi qui m'as connue j'ai vécu 30 ans le sous-terrain des religieuses de l'immaculée conception que j'avais rêvé dans mon enfance. J'espère donc en attendant un mot de toi Marie. La France Duchesse de Tolède. Donne moi des nouvelles de Marie-Thérèse et de Charles car j'avais été de soins affectueux pour eux j'ai versé mon sang de larme et d'être venue mourir ici – c'est ces yeux des curés des deux sexes ne pas être morte comédienne est mon désespoir
Etranges et profonds tourments, on gardait d'elle le souvenir plaisant d'une aquarelliste anglophile aux yeux vagues et au sourire innocent, cette seule lettre la projette maintenant dans le monde effrayant de la folie.

Auguste Coüasnon, le frère de Charles apparait lui aussi, à l'occasion du décès de son épouse. C'est Geneviève qui écrit. « *Je reviens de Fouillard pour l'enterrement de Louisa Coüasnon, appris par le journal où nous ne sommes pas nommés. Auguste m'a dit que cela était voulu par elle, qu'on avait tout fait comme elle avait décidé, que les Coüasnon n'étaient rien pour lui, qu'elle lui avait fait faire ses affaires, à lui aussi, qu'il avait tout signé et que la famille de sa femme était la sienne, et que tout ce qu'il avait irait aux Colliot qui auront bien soin de lui. Voila comme il m'a reçu.* »
La fratrie de Janzé, autrefois agitée par des colères et des coups qui effrayaient les petits, n'avait pu garder sa cohésion. Marie Coüasnon, souffre-douleur à qui l'on avait interdit le couvent, s'étiole et s'éteint dès 1924. Joseph, gentil bon à rien, épouse sur le tard une brave femme dotée d'un nom : Claude de la Pomelière « *C'est une assez agréable femme, la Pomme !* » écrit Marcel Proust à propos d'une certaine marquise de la Pomelière. Hélas ce n'est pas la même. Le bon Joseph disparait en 1934. Théo, monsieur le Docteur, avait épousé une demoiselle de vieille noblesse, ils eurent trois enfants. Veuf puis remarié avec sa secrétaire, à la grande honte de la belle-famille, il décède soudainement en 1936. *On avait déjà perdu René en route.* Charles s'est épuisé au travail, aujourd'hui, ici, devant mon clavier, je bénéficie encore des fruits

de son labeur... Henri, le héros, portant croix de guerre sur une poitrine détruite par le gaz moutarde, est lui aussi passé de l'autre côté. Reste Auguste, un gars un peu grossier, casquette de travers, brut de décoffrage, Il habite Fouillard et se démarque en restant un gars du peuple. Celui-là coupe les ponts, quoi d'étonnant ?

Au jeu de généalogie, on s'ingénie à aller toujours plus loin pour découvrir et nommer nos fiers ancêtres. A la belle ascendance que l'on ne manque pas de découvrir, se mêlent des figures toujours plus antiques et patibulaires, jusqu'à ceux, immémoriaux, dont la mérovingienne bestialité nous fait sourire. Très vite un seul de nos contemporains remonte à une foule d'ascendants directs, foule dont en retour, l'étendue de la descendance excède les limites du pays... C'est encore peu dire, cela reste une vision étriquée de la fraternité... Nos parents du paléolithique, une période que certains font durer trois millions d'années, n'avaient pas encore reçu l'injonction biblique « Croissez et multipliez, remplissez la terre ». Ils ont fait de leur mieux mais leur nombre semble n'avoir oscillé qu'entre quinze et cent cinquante mille individus pour toute la planète au long de ces trois millions d'années. C'étaient de très petites communautés certaines duraient, d'autres s'éteignaient, sans tristesse excessive, comme par simple savoir vivre. Des rescapés qui étaient exception surgit tout à coup une descendance qui dépasse les sept milliards. Dans l'empilement des générations, le chasseur-cueilleur du paléolithique constitue notre lien de parenté avec des primates anthropomorphes qui éructait dans une sorte de proto-langage mais dont la comprenette ressemblait déjà à la nôtre... Plus loin encore les bougres de bestioles qui se sont hardiment hissés hors de l'océan primordial sont aussi nos ancêtres, elles rampent et se redressent sur leurs nageoires à 350 millions d'années d'ici. Déjà chacun, en adaptation à son milieu, accomplissait de satisfaisantes prouesses... sur son rocher... dans son arbre... Se souvient-on du petit mammifère qui survécut à l'extinction de la fin de l'ère tertiaire, mâchouillant des racines ou boulottant ses semblables ?... En dépit de toutes nos différences ne sont-ils pas semblablement préoccupés sinon de jouir plus, au moins de souffrir moins ?... Ils ont investi la gestion de la biodiversité avec trois outils de bois et du feu, nos ancêtres ont initié de manière irréversible, une situation démographique et écologique sans précédent. Les primitifs à qui nous devons tout, nous ont laissé la lourde responsabilité de poursuivre leur aventure technologique et politique de manière intelligente. Ils nous ont aussi exposés au risque de mettre fin, par erreur de gestion, à l'aventure humaine.

Après toutes ces disparitions et ces dignes funérailles, dans l'après-guerre, Geneviève règle les successions entre ses enfants, mais aussi entre ses neveux : les trois enfants de Théo dont elle assume la tutelle. Du Solchoir, Nalo écrit... « *C'est une grâce dans une famille et le signe d'une grande unité que de pouvoir ainsi sans difficulté avoir son bien en commun quelques temps. Ma fenêtre est grande ouverte sur la nuit, la pluie tombe doucement, quel bel automne nous avons.* » Il trouve plus difficile d'étudier la philosophie que de faire de beaux dessins. Les visites sont en nombre limité, il reçoit Marie-Thérèse. « *Sa présence m'a fait grand plaisir – toujours si simple et courageuse.* »

Au printemps 1946 on délivre des permis de circuler aux familles. Nane et sa smala vont pouvoir venir en Bretagne mais ils ne passeront pas par Rennes « *pour économiser l'essence qui est très juste et qui doit nous conduire jusqu'au BdlC* ». De leur côté, en août, Cisco et Elisabeth ont « *un nombre très acceptable et prometteur de bons d'essence, nous pensons pouvoir faire de nombreuses visites à Guérande, Pont-Veix, la Hennetière étant le port d'attache* ».

Au moment de son ordination, Nalo envoie 250 faire-part, de simples feuilles tapées à la machine que l'on postait de Rennes ou qu'on faisait porter par les uns et par les autres pour économiser les timbres. Un camarade de captivité lui répond :

La vie est brodée de fils d'or ; de fils merveilleux et c'est le cœur plein d'une reconnaissance infinie que j'adresse au ciel ma louange. Et toi Charles tu es un de ces fils d'or. Dieu a permis que lors d'une épreuve douloureuse mais combien salutaire, nos routes se croisent.

Je revois ce taudis de Freistett, cette émouvante promiscuité, le canal, les poux et la choucroute aigre du dimanche... des visages renaissent dans mon souvenir ; Branet, Cahen, Usinier et tant d'autres. Je bénis le ciel de m'avoir donné cette épreuve. C'est curieux ; lorsque l'on vit ces heures sombres, on sent monter en soi un mouvement de révolte, et puis le cœur s'apaise, les mois passent et l'on se sent moins mauvais, sinon meilleur. C'est fou ce qu'il faut bruler, élaguer, trancher à vif pour accéder à l'Amour, à l'essentiel, à Dieu.

Autrefois j'étais jeune, je me croyais jeune. Je me disais que je n'arriverai jamais à rejoindre mon Idéal, la lutte me semblait trop dure et je me disais parfois que ça ne valait pas la peine ; c'était trop loin, trop beau, et j'étais si lâche, tellement faible. Le jour où j'ai été persuadé que jamais je n'y arriverai, ça a été beau-

coup mieux. Le temps a fait son œuvre ; je ne compte plus sur moi, j'espère tout de la Grâce et des horizons nouveaux se sont dessinés, je ne sais pas ce qu'est la Lumière, mais je sais d'où vient la Lumière et c'est merveilleux. Et ta promotion au plus haut titre qu'un homme puisse obtenir, est pour moi une bénédiction.

Je sais que si la vie pénètre dans tout mon être, que si je pleure de Joie en regardant le Soleil et les Feurs, les Hindous et les clochards, les enfants et la souffrance, c'est grâce à des amis comme toi ; je te remercie du fond de mon pauvre cœur d'avoir accepté cette Responsabilité toute chargée de dons, d'amour.

La dernière fois que nous nous sommes rencontrés c'était dans un champ prés de Freistett. Je te disais ma volonté de m'évader et, avec l'aide du Ciel, j'ai réussi. Déjà toi, depuis longtemps, tu avais franchi les barbelés de l'homme de terres pour atteindre l'Homme fils du Père. Et depuis ; souvent, très souvent, ma pensée et mes prières allaient vers toi. Pourquoi ? Je crois qu'il existe de ces liens, de ces ondes mystérieuses, tellement réels que rien, pas même le silence, le temps, ne peuvent dissoudre.

Mon cher Charles tu ne peux savoir tout ce que m'a apporté ton message m'annonçant la bonne nouvelle. J'étais ému et fier mais surtout heureux, vraiment heureux.

Samedi prochain je pars camper dans les Causses. Je suis chef d'un Clan routier, et je me sens tellement pauvre que j'ai un peu peur. Je voudrais tellement donner à ces garçons, et j'ai si peu. Donne-moi la main, s'il te plait. Je mendie une prière. Et puis, si tu avais quelques minutes à perdre, quelques mots de toi me feraient un grand plaisir. Ces marques extérieures d'une amitié dont je ne doute pas sont les fleurs dont la Providence enchante et parfume notre vie, et j'aime les fleurs. Peut-être aurais-je un jour, que je souhaite proche, la joie de te revoir, ce serait bon. Ici à Rouen, nous avons un petit atelier d'art. Je suis avec un camarade statuaire et nous essayons de mettre la Beauté dans le bois, sur la pierre ou dans les couleurs. C'est bien difficile. Là aussi, je compte sur toi pour tout et tu sais, il y a du travail. Je ne m'excuse surtout pas de la liberté que je prends car je sais que c'est pour cela que tu es Prêtre.

Je termine en t'embrassant dans la paix et l'Amour du Christ.
Bernard

Nane et Alain élèvent leur nombreuse famille. « Pauline est bien plus sage et facile qu'elle n'a été, par contre Bé-Louis est bien plus diable et il est tellement drôle qu'il faut beaucoup d'énergie *pour réagir. Il descend de son lit chaque fois qu'on le couche et les plus dures fessées le laissent impénitent, il parle comme père et mère et émaille sa conversation de mots difficiles qui lui plaisent comme 'd'ailleurs' ou 'aujourd'hui'. »*

Dans le même temps Nalo est fixé sur son sort. « *J'ai appris avant-hier soir que le Père Provincial était décidé à répondre affirmativement à la demande de l'Ecole Biblique de Jérusalem qui a besoin d'un architecte pour mesurer les fouilles faites sous sa direction. Les mesurer, les relever, en prendre des dessins... Ils ont demandé que je sois affecté à ce travail pour une première période de 3 ans.* »

Sait-on à Rennes que la Palestine sort à peine d'une guerre ? La famille regrette de le voir s'éloigner mais se réjouit de la destination de Nalo sans trop manifester d'inquiétude. La partition décidée par l'ONU en novembre 1947, puis la guerre fratricide des enfants d'Abraham sur cette prétendue terre sainte, n'a pas souvent fait la une de l'Ouest-Eclair. En Bretagne on ne s'intéresse pas tellement aux Arabes et aux Juifs, une sorte d'hygiène nous en détourne. Que le Juif invoque Dieu en mettant le feu chez le musulman, que le musulman loue la grandeur du même Dieu à chaque tir de son canon de 88 mm, que peut-on y faire ? Notre petit monde serait plus enclin à sauver les pierres de la Jérusalem chrétienne que les vies juives ou arabes.

Cisco et Elisabeth s'installent à Troyes dans leur nouvelle maison, les détails les plus enviés de leur confort sont contés par le menu. Geneviève continue de leur expédier du beurre très régulièrement. Godefroy envoie les perdrix qu'il tue à la chasse. Jusqu'en mars 1948 Geneviève envoie aussi des « cartes de lait ». Elisabeth revient du salon des arts-ménagers : *Quel paradis pour une maitresse de maison, j'ai acheté quelque chose qui vous plairait beaucoup, des couvercles récupérateurs avec passoire, on peut y cuire des pommes vapeur ou des petits pois ou des poissons, au dessus du potage. Je vous envoie le prospectus, vous voyez comme c'est beau...* Comme « *le prix des avions n'a pas beaucoup augmenté* » ils envisagent de faire un grand voyage en Algérie ou au Maroc. Elisabeth tient la famille au courant des réceptions et des baignades, de ses pannes de frigidaire, de ses achats de tuyau d'arrosage en plastique vert et même de brosse à dents. Les projets de vacances du couple sont méticuleusement planifiés. Ils ont une Talbot dont le moteur est fatigué, les pneus éclatent mais ils vont en changer. En octobre ils ont le calorifère qui chauffe toute la maison et 46 pots de compote de pommes. Au printemps il y a quantité de bégonias aux balcons du premier étage... Mais ils n'ont toujours pas d'enfant ! Geneviève, à la fin d'une de ses lettres, les engage à s'embrasser mutuellement ! Ils vont sur la côte d'azur en avion mais pour leur excursion en Normandie prévoient de dormir dans la Talbot où Cisco a adapté un matelas.

Le 30 juin 1950 Nalo prend le train pour Rome puis un omnibus qui trainasse à travers les campagnes d'Italie jusqu'à Bari où il prend le bateau pour Beyrouth. Le 10 juillet Damas Amman, itinéraire chaotique parcouru par de vieux taxis joufflus et cabossés, aux amortisseurs pompés et aux sièges défoncés. On roule, on tangue et on macère, on cuit des heures durant aux postes de douane pendant qu'un fonctionnaire satisfait, en uniforme déboutonné, transfère de ses gros doigts la sueur de ses moustaches sur vos papiers d'identité. Le pont de Jéricho à la tombée de la nuit... Quand Nalo arrive à destination, il est tard ; au couvent St Etienne les moines sont à table. *« Ce fut une journée fatigante, surtout que de Damas à Amman, sur 300 ou 400 km la route est très mauvaise. Le transport se fait par grosse voiture américaine, à 5 passagers payant chacun 1800 f. C'est moins cher que le chemin de fer en France en 3e classe. Ici l'accueil a été très fraternel. »* Nalo s'installe parmi ses frères, hommes souvent admirables.

La laïcité et le socialisme ont cessé d'être des épouvantails. Armelle, pleine d'enthousiasme et de sérieux, tente une immersion en milieu ouvrier. En septembre 48, elle veut travailler en usine mais ne trouve place que dans un atelier de confection. *« Pour cette année, les queues dans les bureaux d'embauche sont déjà une expérience intéressante, ainsi que l'accueil charmant et simple que j'ai reçu dans les petits ménages ouvriers de Montreuil. »*

Le jardin d'enfants va l'occuper tout au long des années d'après-guerre. Elle cumule cela avec un rôle d'animatrice qui lui demande beaucoup d'efforts, pour un groupe de garçons de 20 ans à tout le moins marginaux. On l'a vu, un jeune animateur débarqué de Bulgarie, aura ses faveurs. Quand de ce fait elle prend, chose rare, des vacances pour l'été 1951 on s'interroge sur son sort... *« Comment va Armelle ? Ses loisirs ne la rendent guère plus épistolière »*, s'étonne Nalo. Aussi discrète que possible, elle jette un flou sur ses activités comme sur son embarrassant état. Elle évoque un repos à la montagne sans plus de précision, durant l'été elle disparait chez des amis dans le nord, enfin accouche à Avranches où elle laisse son bébé pour assurer la rentrée. D'Avranches, puis de Rennes,

elle écrit à Nalo. Ses lettres sont perdues comme toutes celles que reçut Nalo à Jérusalem car son frère Henri, sollicité par le couvent après le décès de ce dernier, demanda que tout soit brûlé. Mais peut-on imaginer Armelle mentant à son frère à propos de son enfant ? En Janvier 52 Nalo répond à Armelle : *Quand tu l'auras près de toi dans son berceau, tu m'écriras comme tu m'as écrit d'Avranches ce qui m'a fait bien plaisir. Tu lui diras donc que Tonton Nalo l'embrasse et l'aime de tout son cœur, et j'espère qu'il te fera un beau sourire pour te remercier et moi par la même occasion. J'ai eu des échos par Mamoume de l'incompréhensible opposition d'Henry. J'espère que ces méchancetés ne t'ont pas trop affectée. Il ne m'a pas écrit, j'aurais aimé qu'il le fasse pour me demander ce que je pensais de tout cela. Je sais que Maman est allée à Troyes chez François. De lui non plus je n'ai rien reçu. Comme je voudrais pouvoir leur dire à cœur ouvert tout ce que je pense, et ouvrir leurs cœurs qu'ils tiennent fermés. Tout cela doit être bien dur pour toi. Appuie-toi sur ma joie qui est tout près de la tienne. Que ton cœur pardonne toutes les violences de ceux qui ne comprennent pas. Sois dans la joie.*
En Janvier 52, sous couvert d'adoption, elle retrouve son bébé avec un bonheur immense. Le tour de passe-passe est réussi. Un bébé sorti de nulle part... On l'appelle 'Le petit Jean', Geneviève l'accepte de grand cœur, ce ne sont qu'elle, ses enfants et Mamoume qui savent la vérité. Les filles d'Alain et Nane s'extasient devant le mystérieux phénomène.

Dans les années 50, quantité de lettres nous dispersent dans les aventures estudiantines de la jeune génération avec des rallyes, des surboums et quelques vacances au loin, au loin c'est l'Italie, les Baléares! Les enveloppes et les cartes postales sont amputées au ciseau car on collectionne les timbres. Dès lors Nalo devient le protagoniste des courriers, d'abord son éloignement, ensuite l'intérêt qu'on porte à son travail, font que ses échanges forment l'essentiel du tableau. Il reçoit et écrit des lettres régulièrement. Dès le lendemain de son arrivée... « *Je suis allé au Saint Sépulcre et faire un tour dans la vieille ville qui est toute en zone arabe. Il n'y a pas de lieu plus désolé que le Saint Sépulcre. L'église est énorme mais s'écroule de partout, des étais la remplissent en tous sens. Rien pour le sensible, on est dans la foi.* »
Et puis, tout de suite il commence ses relevés pour le Père de Vaux, prieur du couvent et éminent archéologue de l'école biblique. Depuis Tell el Fara'h il écrit ...

Nous sommes au camp. J'ai eu un coup de fatigue dimanche, ça va mieux, mais il fait très chaud. Le soleil brule, pendant deux jours le vent a soufflé en tempête, à ne pas tenir debout ! La poussière des terrassements nous envahissait, nos tentes gémissaient dans le vent. Les quatre fouilleurs ont bonne humeur, quant aux quarante Arabes qui piochent et transportent la terre, ils chantent tout le temps. Le Père de Vaux est très populaire et très aimé. Nous sommes allés déjà deux fois manger chez des paysans des environs, chez le garde du terrain, dont le fils est chaque nuit en sentinelle avec son fusil de guerre anglais – il tire de temps en temps, l'autre soir c'était pour tuer le vent, autrement c'est pour prévenir que nous sommes gardés. La deuxie fois c'était chez le propriétaire du terrain qui a monté sa tente dans un champ de pastèques pour le garder. Voila quelques récits de ma vie, mais c'est austère, très austère. Les fouilles ne me passionnent pas. Affectueusement...

Quelques temps plus tard à une nièce...

Le paysage est très beau, un grand cirque de collines au centre duquel se trouve le tell qui est un plateau entouré de vallées profondes où coulent des ruisseaux d'eau vive. Nous buvons l'eau de Aïn Fara'h, la source de Fara'h. Dans ces vallées des jardins : figuiers, melons, tomates, courgettes, aubergines, haricots verts. Le pays est très peuplé, cependant en dehors de quelques tentes on voit peu d'habitations.

On ne trouve guère que des pots cassés mais avec de la patience on réussit à en reconstituer, on a trouvé aussi une jolie perle d'agate. Mais les archéologues sont contents. Il parait que nous sommes dans le palais. Je veux bien, mais si tu voyais ce palais, des bouts de gros murs qui ne font pas 45cm de hauteur ; Mais enfin ils s'alignent et il semble qu'ils dessinent une cour de 7 mètres sur 12 avec des petites chambres tout autour. Moi je veux bien mais je ne trouve pas ça drôle du tout...

L'autre jour, je soulève un bout de serpillière qui nous sert de tapis dans la tente où l'on mange, un gros scorpion 8 cm de long était en dessous. Les enfants meurent quand ils sont piqués et on en voit partout se promener pieds nus. Il y a beaucoup de misère partout, des camps de réfugiés qui grouillent de petits enfants à moitié nus et très sales. On se demande de quoi ils se nourrissent car on leur donne un peu de farine mais pas d'autre secours. A côté de cela on construit des maisons partout, des autos sillonnent les routes, les cars sont bondés. Les plus misérables d'aspect parmi les habitants du village ont parfois de gros comptes

en banque. C'est un drôle de pays où la vie est rude. Au détour d'une route en lacet on voit des bois d'oranger et de figuiers avec des cyprès qui montent, mais les gens habitent en général en haut des collines à cause de la malaria. Cependant comme on ne peut abandonner les jardins quand les fruits sont mûrs car ils seraient pillés, les chacals mangeraient le raisin, etc. Alors les propriétaires viennent y habiter dans des huttes de branchages. Ils sont alors piqués par les moustiques et ont la malaria. Sur le chantier la plupart des ouvriers sont malariques et viennent demander de la quinine après le travail. Mais c'est très cher, on ne peut en donner à tous. Et pourtant le village où ils habitent est tout en haut d'une colline, presqu'inaccessible autrement qu'à pied ou à dos d'âne.
Tu diras à ton papa et ta maman ma bonne affection, et aussi à M. le curé de St Molf que je regrette de ne plus pouvoir prêcher dans sa paroisse, j'aimerais mieux cela que les fouilles !

Les Arabes et les Juifs jusqu'à novembre 1947 entretenaient des relations de bon voisinage. Le musulman rendait des services le jour de sabbat pour éviter quelque travail au juif ce jour là, le juif trouvait le moyen de fournir l'objet rare que recherchait son bon voisin arabe, la guerre a tout bouleversé. Reste qu'à Fara'h, les relations des musulmans avec les chrétiens sont tout à fait cordiales ; neuf siècles de voisinage... on s'est habitué à eux, aussi bien qu'à leur nouvelle manie de gratter dans les vieilles pierres !... Avec la division de la Palestine, et pire encore, la création de l'état d'Israël, La foule arabe avec ses quelques chefs flamboyants et anarchiques, dépossédée d'une moitié de son territoire, a tout de suite mené une guérilla intense. Dès fin 1947 les cars de la compagnie juive qui remontaient de Jaffa à Jérusalem ont du être blindés, doublés d'épaisses planches qui occultaient toutes les fenêtres pour arrêter les balles. A l'arrivée il y avait toujours des blessés, souvent des morts. Les 100 000 Juifs de Jérusalem, isolés au bout d'une unique route encaissée, ont facilement étés étranglés, affamés. L'organisation juive menait aussi des combats honteux, avec peu de moyens mais beaucoup d'habileté. Les exactions de groupes radicaux terrifiaient les Palestiniens, répandaient la panique, pour accélérer l'exode de nombreuses familles vers la Jordanie et ses misérables camps de réfugiés.

Revenu de la campagne de fouilles, Nalo s'est rendu de l'autre côté de la ville, à l'hôpital français, rendre visite à un vieux père dominicain. Ils ont parlé un peu, puis sont restés tous deux un long moment dans la transparence du soir, ils ont médité, caressant du regard les ocres et les bleus de l'horizon au-delà des vallées du Cédron et de la Géhenne. Au loin à gauche, de l'autre côté du Jourdain, les montagnes de Moab, prenaient la lumière du couchant. A leurs pieds, la piscine de Siloé dormait dans son bouquet d'arbres sombres... le mur du temple, le mont des oliviers... Silencieux à côté de ce paisible confrère, il sent bien que la peine endurée deux mois durant et les pots cassés dûment numérotés qui restent à dessiner, sont peu de peine face au bonheur d'être en Palestine... Il s'en retourne au couvent dans la nuit qui porte haut une lune du sixième jour. La joie continue de l'inonder, il marche avec souplesse, du large pas caoutchouté de ses pataugas. Par instant les ruelles sont totalement obscures, passent sous les maisons, puis s'éblouissent des coups de lumière de quelques boutiques. Il écrivait en arrivant « *Rien pour le sensible, on est dans la foi* », voila qu'il met de l'eau dans son vin !

Byblos, Qumran et Jéricho vont être alors pour Nalo de splendides expériences tant archéologiques qu'humaines. Splendides et éprouvantes, comme ce voyage de trois semaines avec l'école biblique, jusqu'à Antioche, sans un jour de repos. Tout le monde tombe malade y compris le chef de l'expédition qu'on laisse dans un hôpital de Damas avec plus de 40 de fièvre... Il n'empêche, tous survivent et sont enchantés ! Nalo fait deux campagnes de fouilles à Tell al Fara'h avec le Père de Vaux, en 50 et en 54. Entre les deux, il est envoyé à Casablanca pour construire un couvent Dominicain. Mais le Père de Vaux qui connait son monde, n'a pas l'intention de garder avec lui ce piètre amateur de tessons. Les jeunes fouilleurs sont tellement enthousiastes, il ne veut pas plomber l'ambiance avec un dessinateur qui dit se sentir « comme un vieux crouton brûlé par le soleil ». Il a bien compris que ses pierrailles n'intéresseraient jamais vraiment Nalo, que l'âpre rigueur des camps faisait ressortir son caractère irritable. Quand par bonheur il pleut, en bon Breton il revit ! Durant la période qui précède son grand chantier au Saint Sépulcre, c'est dans l'intimité ombragée du couvent qu'il s'épanouit. Il suit le rythme monacal et ajoute certains cours de l'école biblique. Mais pour le Père de Vaux, cet enragé de la fouille, le moindre tesson dans une tombe, le moindre pot cassé est chargé de sens, doit être répertorié et là aussi il y a des charrettes pour rendre les relevés. « *Je tartine les dessins de petits cailloux 10 heures par jour* »...

A partir de novembre 54, la silhouette du Père Coüasnon portant tunique, scapulaire et capuce de coton écru, barbe, béret basque et crayon, devient familière entre les vénérables murailles et sous les étais du Saint Sépulcre. Et puis très vite le pantalon de toile d'où dépasse le mètre pliant, la chemise à deux poches et la casquette blanche s'y substituent. Il commence par faire un relevé très précis de l'ensemble de la basilique avec un ingénieur qui malheureusement ne parle que grec et allemand.

En août 55 sous les grands ventilateurs du salon de l'hôtel Ambassador, onze architectes assis sur des chaises de velours rouge se caressent gravement la barbe, ils sont dépêchés par diverses nations d'un monde chrétien gravement ému par l'état misérable auquel est réduit le « plus auguste temple du monde ». Ils postulent que le retard pris un siècle durant permet d'arriver aujourd'hui, dans une atmosphère plus favorable que jamais, à une collaboration fraternelle entre les diverses églises... En fait, depuis sa construction par Constantin, l'empereur romain converti, jusqu'à l'apparition de la covid 19, le Saint Sépulcre n'a cessé d'être ravagé puis reconstruit. Écroulé à l'ouest puis au sud... Restauré, démoli tantôt par les Perses tantôt par des tremblements de terre, par des incendies, ou par le très méchant Sultan Hakim qui s'occupa rageusement toute l'année 1009 à le faire passer à la pioche et au burin par une armée d'esclaves. La basilique subit des restaurations non abouties comme celle de l'Higoumène Modeste au septième siècle. Au douzième, les Croisés construisent une grande église romane, mais en 1808, après un sérieux incendie, on a fâcheusement embousé au ciment, replâtré à tout va et étayé les voutes avec du cèdre de Chypre qui, malgré quelques débuts d'incendies ultérieurs, a subsisté. C'est dans cet état que l'oncle de Nalo, l'aumônier, l'oncle abbé, trouva le saint lieu lors de son pèlerinage de 1906. Depuis, il y eut encore le tremblement de terre de 1929 et pour finir le siège de Jérusalem au printemps 48. Miraculeusement, jamais n'ont vraiment été interrompu l'ordre des offices et les grandes célébrations des différentes communautés: Catholiques Romains, Grecs Orthodoxes, Arméniens, Orthodoxes Syriaques, Chrétiens Coptes et Ethiopiens. Chaque communauté tient ses cérémonies qui suscitent de grandes affluences ; chacune a ses autels, ses encens, ses candélabres, ses parties privatives et ses susceptibilités.

Les onze architectes guidés sur le site par Nalo auscultent le malade de pierre et tracent les lignes directrices. Fumant force pipes, Trouvelot l'architecte en chef des monuments historiques français, diagnostique...

La rotonde est complètement défigurée et privée de la circulation nécessaire au déploiement des foules venant prier au tombeau du Christ. L'édicule relativement modeste revêtant le rocher dans lequel était creusé le tombeau est devenu un véritable monument disproportionné et encombrant, détruisant l'impression de grandeur de ce saint lieu. Dans son état actuel et depuis 150 ans, l'Atanasis donne une impression péniblement étriquée... Les restaurations du XIXe siècle ne s'arrêtent pas à l'Atanasis, tout le reste du Saint Sépulcre est transformé, plutôt défiguré et encombré d'une manière des plus désagréables par la construction de piliers carrés emprisonnant les colonnes de l'abside et les colonnettes des galeries, et par des hauts murs barrant la vue du transept. Encombrement rendu plus complet encore par l'édification de hautes et massives iconostases dans un style pseudo oriental. « On est dans la foi disait » Nalo, « rien pour le sensible... » Eh bien on va voir ça !

La lettre qui vient de Jérusalem est toujours une grande joie pour Geneviève. Elle n'en finit pas de la relire, de relire l'entête aussi « By air mail – Air letter – Hachémite Kingdom of Jordan ». Elle pose la lettre sur une desserte qui jouxte son fauteuil et son lit. En 52 elle a installé son couchage au rez-de-chaussée, dans la salle à manger. Armelle a emménagé en haut avec son bébé... Elle reprend son ouvrage, l'aérogramme de son fils est pour elle un accomplissement de la vertigineuse modernité qu'elle voit tous les jours s'étendre et progresser...
J'ai vu la photographie se vulgariser rapidement, elle a donné naissance au cinématographe; les premières représentations de cinéma données à Rennes le furent après mon mariage, avec le Conseil Municipal dont faisait partie mon mari, nous assistâmes aux premières séances dites de gala où nous fûmes invités. Les séances de cinéma attirent maintenant les foules. La TSF qui date de la même époque remplit les maisons et en déborde. C'est maintenant la télévision qui s'étend de toiture en toiture. Sommes-nous au sommet ? se demande-t-elle devant son écritoire. Son voyage au Maroc en mars 54 sera son sommet à elle...
Mon frère Emmanuel, se rendait alors à Casa en train s'arrêtant à Madrid et à Tanger. J'avais pensé faire avec lui ce voyage. Ayant mis mon fils au courant de mes projets, il m'écrivit pour m'en dissuader : «Je l'ai vu arriver l'an dernier, parti le lundi soir de paris, il arrivait le vendredi soir à onze heures à Casa. Mort de fatigue, ayant trimé, changé de train, de gare, sans un instant de répit quatre jours de chemin de fer sans arrêt, couchant

en couchette, mangeant au wagon restaurant. Et il voyage en première ! Ça doit lui couter le double d'un billet d'avion ! Vous demanderiez à la gare d'Orsay combien de billets sont délivrés chaque année pour Casablanca, je suis sûr de la réponse, un seul, celui de Monsieur Porteu...»

Prise à neuf heures le matin à ma porte, conduite dans la voiture de mon fils Henry à l'aérodrome de Château-Bougon près de Nantes, nous décollions à onze heures et demi et déjeunions à Bordeaux. Là, nous quittions l'avion Nantes Alger pour prendre le Paris Casablanca où nous arrivions avant 7 heures du soir. A l'aérodrome de Casa, je trouvais mon fils, et mon frère qui m'emmenait chez lui. Emmanuel était propriétaire d'une pharmacie et avait en arrière un joli petit logement au rez-de-chaussée.

Les Dominicains, lorsque j'y étais, occupaient une jolie villa trop petite pour les contenir tous. Mon fils était logé chez l'habitant et, la clôture n'existant pas, cela me permettait de l'avoir beaucoup avec nous durant le mois que je passais au Maroc. Mon fils était là-bas pour construire un couvent dominicain.

Le petit poêle de tôle, qui ronfle près de Geneviève, maintient une relative tiédeur dans la grande pièce dont le tapis râpé et le plancher restent toujours froids. Avec constance, elle qui ne saurait rester inactive, se consacre à la couture et à la broderie. Cet hiver, de ses habiles vieilles mains ridées elle réalise trois étoles qui demandent travail long et méticuleux. Il y en a une verte pour l'ordinaire, une violette pour les périodes de pénitence, c'est sur la blanche, celle des jours de fête, qu'elle décalque un motif aujourd'hui... Certains jours, une opération petits-gâteaux occupe la matinée. Elle presse et passe au fourneau dans son gaufrier un mélange de sucre, de farine et d'une crème épaisse qu'elle prélève au matin sur du lait bouilli la veille. La fumée qui s'échappe du gaufrier beurré quand de sa louche étroite elle verse le mélange, dégage une odeur merveilleuse. Par moments, avec l'admiration dissipée d'un enfant de quatre ans, son petit-fils vient humer les gaufrettes chaudes qui s'empilent sur le torchon blanc. Elles sont ensuite rassemblées dans une boite de fer au bas du buffet où les enfants pourront en prendre, pourvu qu'ils n'en abusent pas... Au dessus de la longue table de bois noir, les tuyaux du poêle emmanchés à la diable traversent la cuisine pour entrer dans le manteau de la cheminée au-dessus du fourneau. Le bois de chauffage apporté par les fermiers, est encore un peu vert et Armelle peste contre les coulures de goudron qui perlent au joint des tuyaux. En désespoir de cause, avec du fil de fer, on accroche sous chaque fuite une boite de conserve ; mais ce n'est qu'un détail, et Geneviève ne s'en inquiète guère. Même s'il lui faut admettre que les évacuations d'eau qui gèlent l'hiver et les ardoises qui s'envolent quand grossit le vent d'ouest, ainsi que les gouttières en zinc qui se décrochent, sont les indices d'une irréversible décrépitude. Mais le parallèle avec les petits soucis que l'âge occasionne à sa propre personne la rendent sourde à ces plaintes, sinon aveugle à ces indices. Du reste, le 25 rue Lesage n'est pas seul à souffrir les offenses du temps. Cinq maisons plus ou moins mitoyennes, avec leurs fenêtres disjointes et leurs chauffages défaillants, qui aux beaux jours ont le même indéniable charme, sont dans le même cas et se jettent entre elles des regards inquiets par-dessus leurs jardins. Silencieuses comme seules savent l'être les pierres, elles se regardent avec résignation. Cinq vieilles toitures anguleuses, des vieux murs bâtis à l'aplomb de la chaussée qui étranglent rues et carrefour... Durer encore... ? Oui, pensait-on, mais à quel prix ? Armelle, Marie-Thérèse, Cisco et Henri, qui maintenant est bien sûr architecte, sont déterminés à faire aboutir le projet d'une construction neuve. L'idée fait son chemin, Geneviève n'en accepte que douloureusement l'augure. Elle laisse un petit mot, une prière, bien sûr, mais qui s'adresse aussi à nous puisqu'elle nous l'a laissée.

Comment faire taire son angoisse face au changement ? Au fond elle n'a plus pour refuge qu'une une solide croyance dans l'œuvre et la volonté du créateur qui faute d'étancher ses larmes donne sens aux souffrances et qu'elle veut attentif à ses requêtes.

Henri voit enfin la maison neuve se dessiner victorieusement !!! Et cela me fait pleurer, et avec plus d'amour se remuent en moi tant et tant ! De souvenirs, surtout de bien bons. Il y en a aussi de pénibles, mais qui furent allégés par l'amour si vrai dont m'entourait mon cher Charles si droit et si chrétien. Hélas mes plus pénibles il fallut que je les supporte sans lui. Hélas il en aurait tant souffert qu'ils m'auraient été encore plus durs. Dieu fait bien toute chose et il a su me les rendre précieux.

Tant de doux souvenirs... J'en retrouve partout, dans mon escalier que j'ai monté serrée dans ses bras, dans mon jardin qu'il aimait lui aussi, et que je parais pour la joie de ses yeux, où ils voyaient avec la vraie joie du cœur nos chers enfants par les trois baies ouvertes de son atelier, cette pièce qui devint le jardin d'enfants de ma chère Armelle qui est maintenant maitresse de mon cher vieux logis et travaille à l'édification de la grande maison neuve. Que cette maison soit pour elle l'aurore de beaucoup de bonheur, pour elle, pour son fils mon cher petit Jean Baptiste.

Oh mon Dieu écoutez les prières sans cesse renouvelées que je vous adresse pour eux. Vous savez que je vous supplie qu'elle y entre avec un appui. Un appui pour elle qui travaille toujours à se donner des allures d'indépendance et de hautes capacités mais qui, moi je le sais, est si femme et tendre, et qui aurait tant besoin d'un amour humain près d'elle pour conduire sagement sa vie et surtout celle de mon cher, très cher, petit Jean Baptiste dont l'esprit s'ouvre chaque jour et auquel la vie normale serait précieuse. Hélas, Dieu tout puissant, que votre volonté soit faite, mais si dans votre bonté, le remède est près d'elle, ouvrez lui les yeux et le cœur, c'est avec mes larmes de mère et avec l'assistance de la Vierge Marie que je le demande.

Dans les années qui suivent, les ombres s'allongent, il lui vient le désir sinon le besoin d'écrire ses mémoires. Pour cela Geneviève s'isole à l'étage. Dans le salon désaffecté dont on ouvre deux ou trois volets pour un peu de lumière. Les meubles silencieux et le paravent de sa sœur Marie sont ses témoins.
J'étais la cinquième de dix enfants: la seconde de mes sœurs étant morte dans sa première année, nous fûmes neuf à grandir ensemble: sept filles et deux garçons. Mon tri-aïeul paternel François Ramé, avait une nombreuse famille, il avait fait une grosse fortune dans le commerce. Quand il recevait de la coutellerie de Norvège, il partait de Rennes à cheval avec deux pistolets dans sa selle et gagnait le port de Calais où il recevait ses marchandises. De là il les expédiait à d'autres commerçants. Il possédait le château de Chateaugiron et habitait aussi un hôtel dans le centre de Rennes... Il assurait ses marchandises aux âmes du purgatoire, c'est-à-dire qu'il faisait des libéralités et charités aux hospices de Rennes par reconnaissance de sa fortune faite pendant et après la révolution dans des conditions difficiles... Mon grand-père de la Maisonneuve, le père de Maman, habitait Montargis. Tous ses fils, sauf le plus jeune, partirent en 1870 pour les armées. Ce dernier, attiré par le voisinage de ses cousins vint s'installer à Rennes avec ses deux filles et son plus jeune fils dans une vieille maison Louis XIV qui existe encore rue Saint Louis, presque à l'entrée du Haut de la place des Lices. C'est là que mon père et ma mère se rencontrèrent, firent connaissance et se marièrent...
Elle consigne tout cela et fait lire le manuscrit à son frère Gaëtan. Ils sont maintenant les seuls survivants des dix frères et sœurs. Emmanuel, qui avait été le petit dernier chéri, le bon docteur, après une opération chirurgicale, dans la grisaille de l'hiver 60,

passe subitement de vie à trépas. Geneviève tristement, devant sa fenêtre termine le chapitre marocain de ses mémoires... *Je passais aussi quatre jours à Marrakech chez une vieille demoiselle, amie des Dominicains. Elle habitait un vieux palais dans la Médina. Mon frère et mon fils étaient avec moi. Emmanuel est lié pour moi à toutes ces belles journées...*

Septembre 1960.
Ma chère Geneviève, j'ai lu avec beaucoup d'intérêt tes mémoires : Dans ceux cis, tous tes souvenirs de jeunesse, qui m'étaient communs m'ont fait passer quelques bons instants en revivant un temps dont je garde toujours un excellent souvenir puisqu'alors il n'y avait aucun nuage dans notre horizon et que toi comme moi, gardons de nos parents affection, estime et admiration. Tu m'avais demandé si j'avais quelque chose à y ajouter. Je ne vois rien à raconter de mes exploits qui pût embellir ton récit ! Quant à des rectifications, qu'importe que tu trouves 25 km de Mouille-muse à Traviguel quand j'en compte 16, ou que tu conserves des dragons de Dinan le souvenir d'une bande blanche à leur pantalon qui était rouge à bande noire. Pierre, le fils ainé de l'oncle Georges, était fantassin et ses deux frères Maurice et Jacques cavaliers, tout cela ne mérite même pas que je le signale car cela ne change rien à l'ensemble qui est vraiment très intéressant et bien raconté... Merci encore d'avoir eu l'amabilité de me faire passer ce travail par Doumic dont la visite m'a fait bien plaisir. Bien affectueusement à toi et à tous les tiens
Gaëtan Porteu

En février 1958 on a fêté ses quatre-vingts ans, ses vieilles cousines, ses amies, la jeune génération aussi, ont fait l'éloge de sa santé, quelques années plus tard elle fait un accident vasculaire cérébral, s'en remet assez bien. Un an passe puis, tapis de laine sur parquet ciré, c'est une chute, le col du fémur. Dans une nuit fatale de mars 63, elle s'en va, emportant avec elle une portion de la vie de chacun.

A Jérusalem, en 1960, Nalo ne rencontre pas que les murs de sa basilique, il rencontre aussi les murs qui se dressent dans les cœurs et a souvent l'impression alors qu'il prépare le chantier du Saint Sépulcre, de travailler dans un panier de crabes. *Le parvis d'entrée, la façade sud et le rez-de-chaussée du transept sud sont des éléments communs aux trois communautés. Mais pour atteindre la Rotonde, autour du tombeau, qui elle aussi est aux trois com-*

munautés, on traverse la chapelle dite des « Trois Maries » qui est arménienne. La croisée du transept et l'abside sont à l'usage de l'Eglise grecque orthodoxe. On appelle cette partie de l'édifice le « Katholikon » Tandis que la Rotonde, église de la Résurrection, s'appelle l' « *Anastasis* », le sol du grand arc qui les réunit est à l'usage des Latins. C'est le cœur où les Franciscains chantent la messe conventuelle. Mais aux grandes fêtes, quand les Grecs-Orthodoxes ou les Arméniens officient au tombeau, le cœur des Latins est à leur disposition... Le déambulatoire de l'*Anastasis* est partagé au rez-de-chaussée entre les diverses communautés. Les Coptes même, occupent deux travées, bien qu'ils n'aient pas de droit reconnu, mais à l'étage, la tribune est mi arménienne, mi latine... Le croisillon nord du transept est grec au rez-de-chaussée, à l'étage les tribunes sont franciscaines. Pour compliquer les choses, les terrasses de cette partie de l'édifice sont la propriété d'une mosquée.

En vérité ce ne sont bien souvent que de mesquines odeurs de cuisine ou les fumées grasses des voisins qui cristallisent les haines... Les années cinquante se terminent dans les tergiversations... Ces messieurs les architectes de l'Hôtel Ambassador se reposent pour l'exécution du chantier sur leurs hommes de main. Les premiers couteaux sont Nalo et son collègue grec. Ils vont devoir, dans une alternance d'urgence, d'expectative immobile et de mouvement de levier, faire lâcher prise aux verrous aux chaînes et aux grappins que cachent les respectables soutanes.

On a défini que certains travaux doivent se faire immédiatement, la question « Qui paiera » reste à répondre. Ne croyez pas le conflit soit pour éviter de payer – au contraire – car qui paie exerce un droit de propriété. Tout diviser en trois, disent les Arméniens et les Latins. Tout pour nous, disent les Grecs, sauf les petites parties communes à diviser en deux ou en trois suivant les cas. En fait ce problème des charges étant circonscrit, les plans et les problèmes techniques en ayant été dissociés, la querelle peut continuer jusqu'au jour où le juge Raminagrobis, en l'occurrence le gouvernement mettra tout le monde d'accord en dévorant les plaideurs.

Et passent les années... La machinerie administrative avance peu, elle s'empêtre dans des méandres byzantins... On remplace juste les étais coincés sous les voutes après le tremblement de terre de 1927 par des échafaudages métalliques... Quelques pierres calcinées sont bloquées en place. Aux piliers on retire les crampons de fer qui font éclater la pierre et les tartines d'enduit ajoutées après

l'incendie de 1808, mais rien de sérieux ne commence vraiment…
Nouveau sommeil, les marchés devaient être signés le 15 août – Les Grecs ont trouvé nécessaire de réfléchir à nouveau. C'est vraiment une attitude décevante. Si cela ne me mettait pas autant en rage, je goûterais le côté vraiment comique de ces perpétuelles remises à plus tard.

Pour autant, Nalo court après les heures les jours et les semaines. Il essaie en vain de terminer les dessins du Père de Vaux, qui s'en va enseigner à Harvard. Ses nuits ne sont pas non plus divin repos. Plusieurs fois par nuit il se lève pour aider son voisin, l'éminent Père Vincent, âgé de 86 ans auquel il apporte l'attention affectueuse qu'il regrette tant de n'avoir pu déployer pour son propre père.

Mon malade a besoin de ma présence… Il va relativement bien en ce moment mais reste très faible. On doit lui remettre la cravate de Commandeur de la Légion d'Honneur, ce sera pour lui l'occasion de fatigues et pour moi de difficultés.

Alors qu'enfin le chantier commence, avec des réparations et de petites reprises dans un vieux mur déchiré, un Franciscain, sans concertation aucune, se lance dans des transformations de son côté. Nalo outré, se bat pour « *parer à ses audaces dévastatrices* ». Les dignitaires de la custodie affectent la consternation. Mais comme une souris dès que le chat est parti, le Franciscain « *continue de bousiller son trou* », se moquant pas mal de Nalo et des avis de la hiérarchie.

Bientôt Nalo est à la tête d'une dizaine d'ouvriers, il lui faut convaincre les communautés d'engager un chef de chantier, elles trainent les pieds. Plutôt que de signer, on palabre… « *Ce n'est pas chic* ». Le chantier prend de l'ampleur, le Franciscain est finalement subjugué. Quand Trouvelot passe à Jérusalem, son épouse qui mitraille avec son Hasselblad peut enfin photographier tout le petit couvent des Franciscains jusque là interdit aux dames, car il est maintenant dévoré lui aussi par le chantier.

Trouvelot est venu, puis reparti pour Athènes avec l'architecte Grec. Je suis seul sur le chantier. Ça marche. Mais comme on fait bon compte des recommandations de messieurs les architectes ! On n'appelle toujours pas le chef de chantier qui doit venir… Alors le chef de chantier c'est moi. C'est une économie importante qu'on fait sur mon dos, à la longue je trouve ça abusif.

Enfin, lors d'un court séjour dans la bonne ville de Paris rafraichie par les giboulées de mars, Deschamps est présenté à Nalo. C'est un excellent chef qui a conduit le chantier de la basilique Saint Denis et du musée de Cluny pour Trouvelot. Après quelques réunions et visites, Nalo met son chef à l'avion et prend une semaine de repos en Bretagne. Il essaie toujours de passer la semaine de Pâques auprès de ses neveux et nièces, c'est la période des vacances en Palestine. Une fois revenu là bas, il reprend le travail, sous les grosses chaleurs d'un printemps desséché. Ce travail là, bien sûr, le passionne, trois tailleurs de pierre en djellaba font un concert de percussion là haut, derrière les tubes de fer, dans la tribune de l'abside. Ils reprennent les claveaux des croisillons de la voûte, ces pierres qui forment quatre arcs rejoignant la clé de voûte. Deschamps leur a montré comment rectifier la feuillure. Ils ont tout de suite compris et commenté en arabe, ils frappent avec adresse, la Judée est fière de ses tailleurs de pierre, ça sonne clair dans toute la basilique. Perchés sur l'échafaudage qui soutient leur chantier à douze mètres au-dessus du sol, ils assemblent posément les claveaux sur la savante structure de bois courbée qui a déjà servi au démontage. Elle a au sol ses appuis propres, reste totalement immobile et permet l'alignement et le scellement des claveaux. En bas, sur le parvis, on décharge des petites charrettes de pierres qui constitueront la voûte. Sur les terrasses, on a monté une toiture provisoire en tôle, le soleil par les interstices verse à l'oblique des grands traits de lumière. Un bédouin et son âne chargé de deux bidons enjambent les obstacles pour vendre du pétrole lampant aux popes, il semble tout petit vu de là haut. On entend les Ethiopiens qui ont leur autel dans une absidiole de la rotonde, psalmodier et agiter vigoureusement une clochette. La fumée de leur encens s'élève et tourne dans le chantier... Sur la face intérieure du mur d'entrée, une équipe retire de gros moellons de pierre blanche et creuse une saignée verticale qui dissimulera un pilier de béton armé. Une autre équipe, plus nombreuse, depuis les fondations jusqu'aux colonnettes de l'étage, décape et soigne les pierres aux quelles le feu à donné une couleur rose tendre. Deschamps et Nalo auscultent les piliers de la rotonde. Une équipe dirigée par deux popes tout de noir vêtus sort des vieilleries d'une remise obscure et les emporte, remontant le courant des charrettes de pierres. Deschamps les a priés de laisser la place libre pour coffrer des liaisons en béton armé entre la colonnade et le mur byzantin qui l'entoure. Dans ce microcosme où chacun a sa place, les ouvriers sont tous des Arabes Palestiniens, souvent chrétiens, certains portent le keffieh à damier des paysans, d'autres une casquette, souvent la calotte de toile piquée.

Noël 63 amène une grande tourmente médiatique, le Pape vient dire la messe au Saint Sépulcre, une foule de journalistes impatients et convaincus de leur importance envahit alors le chantier. Attirail photographique à l'épaule, ils grimpent aux échafaudages pour choisir le bon angle. Le service de sécurité est sur les dents, les flics gèrent la cohue, s'abstenant à regret de distribuer les coups de bâton qu'ils prodigueraient à une foule plus ordinaire. Nalo quant à lui, se terre dans sa cellule, il n'a rien vu de la tornade.

Quant arrivé à la porte de Damas j'avais été refoulé par la police, j'en avais conclu qu'il était préférable de me retirer au couvent. Mes frères plus persévérants que moi avaient fini par être admis. Ils ont donc vu ce spectacle incroyable et assisté parmi les quelques 150 ou 200 rares témoins, à la messe au Saint Sépulcre dont il y a tant de photos émouvantes. J'étais tristement dans ma cellule, voila comment j'ai vécu ce moment mémorable.

Nalo n'a jamais été franchement anglophone, de la méthode Assimil, si célèbre à l'époque, il a malgré tout travaillé les cent premières leçons et baragouine un peu mais il se dit « *toujours incapable de comprendre* ». Cela ne l'empêche pas de joyeusement fêter ses soixante ans avec quelques archéologues anglaises et anglais. Est-ce la gourmandise avec laquelle ils décodent son anglais exotique, c'est auprès d'eux qu'il trouve les oreilles les plus attentives et c'est à Oxford que sera édité son « The Church of the Holy Sepulchre Jerusalem. » Ecrasé de labeur et en butte à des difficultés de tout genre, le séjour de son supérieur et ami lui donne un peu de recul et de souffle, pour mieux remettre ensuite les mains dans le cambouis.

Le séjour de Trouvelot était agréable pour moi, c'était un peu de Paris près de moi. Les Franciscains étaient lointains et réticents, si réticents qu'après avoir vu Trouvelot ils ont donné l'impression d'accepter sa proposition pour le sculpteur dont nous avons un besoin urgent, et qu'après son départ ils ont exprimé par écrit leur refus tandis que Grecs et Arméniens acceptaient la proposition. C'est le genre de vacheries que la custodie se plait à jouer. Comment veux tu que je ne sois pas terriblement anticlérical ?

Le dominicain anticlérical et Collas, le jeune architecte grec, s'entendent bien, mais la douce épouse de Collas étant enceinte, le couple rentre à Athènes ; priorité à la vie de famille. Arrive son remplaçant, nouvel orage, c'est un gros frimeur ignorant... « *la catastrophe !* » Est-ce à dessein que Nalo reprend le mot tellement entendu dans la bouche des ouvriers Palestiniens qui appellent « al nakba » – la catastrophe – la création de l'état d'Israël ?

J'ai perdu un bien agréable compagnon.... C'est une catastrophe, comment la réparer ? J'ai essayé en cédant au nouveau ma place comme représentant de Trouvelot, ce que ce dernier a bien voulu accepter momentanément. Mais alors que le Patriarche, avec joie, avait trouvé très bonne notre combinaison. Maintenant il se dégonfle parce que évidemment à Athènes ils ne sont pas satisfaits et le remplaçant, très pistonné au point de vue politique a ameuté le ministre des affaires étrangères et le premier ministre. Terrorisé, le patriarche a renversé la vapeur. Tout cela est catastrophique... Il ne me reste plus qu'à m'accommoder de lui. Ce n'est pas chose facile. Si encore j'étais d'une nature patiente et lui moins ignorant... Mais il ne fait que de l'obstruction ou des bêtises, alors je pique des crises à ébranler les piliers de 2m. x 2m. Comme il ne comprend pas mes invectives en français, il me considère comme aussi fou que moi je le juge absolument nul. Tu vois l'ambiance... Comme le cœur tient le coup cela veut dire qu'il est encore en bon état.

Quelques mois plus tard :
Je suis dans le plein feu la préparation de ma conférence devant un auditoire d'illustres archéologues du monde entier réunis pour le 7ᵉ congrès international d'archéologie chrétienne... C'est beaucoup d'audace de ma part. Je présentais hier soir les plans et les photos préparées, à mes frères et surtout au père Benoit, l'impression a été favorable... Ma reconstitution du plan de Constantin avec façade et coupe de la rotonde surprend mais je suis parait-il assez convaincant.
Encore une fois, le Breton à besoin de pluie et de vent d'ouest... Sinon de l'océan, besoin au moins de l'ombre des grands arbres moussus, d'étendre ses jambes près d'un feu de cheminée, et de refaire ses amitié dans de vraies conversations, appuyées sur des silences. Après la conférence à Trèves, il a le désir de se reposer, l'intention de rester une semaine complète à Maurissure et a poussé l'impudence jusqu'à dire à son frère Henri qu'il n'irait pas à Rennes mais que toutes les visites lui feront plaisir. Leur tante Henriette, malgré son déficit chronique de personnel, accepte avec joie tout ce que propose celui qu'elle appelle « notre saint homme ».
Séjour paisible dans les collines du Perche. Les jeunes cousins de Nalo posent de nombreuses questions sur le chantier, ils comprennent parfaitement ses croquis faits sur un coin de table et ses explications. De l'architecture au relationnel il n'y a qu'un

pas et quand Nalo raconte ses altercations avec le nouveau petit coq Grec, il y met force détails, revenant sur le déroulement des drames et s'empourpre d'une colère rétrospective. Un peu comme parfois le sol tremble à nouveau quand surgit une réplique après un tremblement de terre... certains sujets sont à éviter. Doumic sans un mot met le disque de piano du moment : François Couperin, Les Barricades mystérieuses... Génial recommencement d'une humble ritournelle qui met du baume aux cœurs et aux âmes. C'est un rondeau fait de mouvements immobiles qui roulent tendrement au plus profond de l'intime... Les couplets toujours reviennent au subtil refrain, un peu comme les individus qui déroulent des destinées originales tout en restant ancrés dans une identité traversante qu'ils reproduisent à leur insu. Le balancement équivoque des Barricades le jeu serein de Marcelle Meyer et un petit verre de vin, éclaircissent aussitôt l'atmosphère.

Soixante quinze à l'heure au volant de sa quatre-chevaux, pour aller retrouver Nalo, Armelle chante. Le concile Vatican II qui se termine, s'est beaucoup appuyé sur les recherches de l'école biblique, il opère quelques clivages dans la famille. Les réformes de l'église enthousiasment Armelle, elle qui est toujours prête à déboulonner les institutions. Leurs grandes promenades dans la bruyère fleurissante et sous les chênes de l'allée d'Osée, les conversations, sont d'une salutaire fraicheur. Et puis Armelle jardine, en chantant, toujours elle chante, d'une jolie voix fort juste des chants pour les enfants, des chants de feu de camp, parfois une étude pour le piano un peu simplifiée, ou bien des allégresses bretonnes rebondissantes. Quand son esprit est ailleurs, une musique aussitôt palpite au fond d'elle, elle chante en boucle un rigodon improbable ou son interprétation d'un refrain nasillard et entêtant que dans sa jeunesse, les Bretons dansaient en cercle et scandaient en tapant du pied. A Maurissure, Doumic, maintenant architecte lui aussi, invente de découper et d'emmancher des pots de yaourt en carton paraffiné pour faire une vierge à l'enfant. Nalo a rapporté quelques bricoles « quelques bricoles ! » pour les enfants, une lampe à trois becs comme celles qu'en 1906 l'oncle abbé avait observées lors de son pèlerinage. Je garde le souvenir de cette petite lumière, de cette terre fragile, de sa couleur chaude. Il nous apprend à allumer comme le font les Palestiniens, la mèche naturelle qui reste au centre de la peau d'une demi-orange épluchée emplie d'un peu d'huile... Il a aussi rapporté cinq petits dromadaires et un âne taillés au couteau dans du bois de là-bas pour mieux nous conter les mystérieux Bédouins.

De retour sous les révérentes pierres, Nalo reprend son ouvrage avec plus de patience qu'il le prétend et continue la restauration. Début juin 67 c'est la guerre des six jours. Le Saint Sépulcre n'est pas touché mais la massive et puissante église Sainte Anne, du XIIe, qui appartient à la France, reçoit 17 obus. Le couvent St Etienne aussi est abimé, les terrasses devront être refaites, Nalo ajoute ces deux chantiers à son programme. « *Beaucoup d'observation d'étude et de surveillance.* »

Jérusalem n'est plus barrée en son milieu. Les aérogrammes ne sont plus bleus mais beiges, ils ne viennent plus du Royaume Hachémite de Jordanie mais d'Israël. Les frontières ont bougé. En Jordanie les camps de réfugiés absorbent 300 000 Palestiniens de plus. Après cette guerre éclair, les frontières du partage de 47 sont repoussées jusqu'à la ligne de cessez le feu. Jérusalem qui était primitivement destinée à avoir un statut international, après avoir été en partie régie par les Arabes se trouve maintenant entièrement sous l'autorité juive.

Dans les lettres, rien sur le conflit, les considérations architecturales passent au second plan, ce sont les questions familiales qui animent Nalo. Il est avide de détails sur la vie de chacun, les nouveaux gendres de ses frères et sœurs, les naissances, les projets de vacances... Le Dominicain dans son exil a un coup de mou. La tournure dépressive que prend tante Henriette, son égérie, déteint-elle sur lui ? Quand elle écrit de Maurissure : « *Je me retire dans ma grande maison en ruine et ne pouvant plus rien faire, je meurs (doucement) en regardant les grands horizons que j'ai toujours aimés. Voila. Avouez que c'est un programme qui ne manque pas de grandeur...* » et à Armelle : « *il me semble que vous disparaissez tout doucement dans le brouillard des souvenirs.* »

Après la guerre des six jours, la restauration du Saint Sépulcre continue, ses ouvriers palestiniens sont fidèles à leur ouvrage... A côté de ses chantiers, Nalo fait office d'aumônier à l'Hôpital St Louis qui reçoit des personnes de toutes confessions, c'est le premier hôpital du pays à assurer des soins palliatifs. Son confrère grec continue de lui occasionner beaucoup de contrariétés mais le travail avance. Alors qu'il travaille à la restauration de l'église Ste Anne et de la tour du couvent St Etienne en plus du Saint Sépulcre, on lui propose les réfections de l'église du Pater Noster sur le mont des Oliviers. Il connait son monde, sent l'embrouille et se tient à l'écart... L'ambiance est à la liberté, mai 68 renverse et agite. Quand on lui apprend que le drapeau rouge flotte sur le Saulchoir, Nalo avoue ne pas comprendre du tout. Nane afin de distraire sa perplexité, lui tape sur sa machine à écrire, une chronique dont elle donne à d'autres les copies faites au papier carbone.

Contrairement au reste de la famille, je n'ai pas commissionné. J'ai une fois essayé de faire mon devoir en allant à une assemblée de parents, il y avait tant de monde qu'on ne pouvait pas entrer et c'était très orageux à l'intérieur, très malodorant à l'extérieur, on était environné de monceaux de poubelles vieilles de huit jours, je suis partie.

Le pauvre Alain, lui, va de commissions en commissions depuis le début des évènements et sa vocation de conciliateur a plusieurs fois sauvé le collège de graves ennuis, aussi a-t'on de plus en plus recours à lui de tous les bords. Les positions se durcissent, cela devient de plus en plus difficile de mettre les gens d'accord, il a bien des soucis et est bien fatigué.

Philippe et Biline sont les plus consciencieux pour mener à bien des réformes constructives dans leurs enseignements respectifs. Fils a lui aussi été élu délégué, par deux fois il a fait partie du comité consultatif du conseil de classe pour le bac, mais le manque de métro fait qu'il n'a pas suivi les assemblées bien régulièrement. Il doit passer le bac entre le 27 et le 10 juillet, une journée d'oraux. Je ne pense pas que cette formule le desserve – Ah s'il pouvait être reçu !

Marie, elle, a réformé l'enseignement de la théologie à l'institut catholique, non seulement elle assistait aux assemblées mais elle les suscitait, c'est en bicyclette et donc en pantalon qu'elle allait trôner parmi les révérends pères et les séminaristes, seule représentante de l'autre sexe. Pendant tous ces temps troubles, Vincent a été notre seul briseur de grève, il a été le seul à ne pas arrêter le travail. Le matin, chacun en pyjama ou robe de chambre l'encourageait de la voix et du geste. Tita avait Antoine et Paul toute la journée et s'en déchargeait souvent ici pour aller à la fac, car sa jeune Suissesse prise de panique, avait rejoint son calme pays. Elle est maintenant revenue.

Ici le vestibule est transformé en bureau d'agitation culturelle, un grand portrait de Mao fait par Biline fait fond sur la porte de la petite chambre de Nicole, un drapeau noir et un drapeau rouge accrochés sur l'escalier. Des maximes couvrent les murs comme à la Sorbonne. A part des slogans comme « Il est interdit d'interdire » on peut lire de la main d'Alain « la culture est comme la confiture, moins on en a plus on l'étale ». J'avais mis un drapeau tricolore à côté de l'affiche « L'évolution c'est comme la révolution sans en avoir l'R' », un peu pour consoler Madame Boudet qui ne comprenait rien à tout ça. On espérait la visite de Monique Aumônier mais elle n'est pas venue, c'est sans doute préférable... Maintenant ici aussi tout est rentré dans l'ordre, on a fait le ménage. Fils travaille. Charles est parti aux USA pour dix jours, ce sont eux qui de beaucoup ont pris la révolution le plus au sérieux. Charles est allé dans toutes les manifestations (sauf naturellement les dernières qui n'avaient aucun sens). Quet se faisait bien de la bile pour lui, ils étaient tous les deux pâles et fatigués, Charles n'a plus que la peau sur les os, il a tout du parfait révolutionnaire. Philippe, notre conservateur a défilé pour le Général de Gaulle, aussi les discussions allaient bon train, mais sans trop de passion, il n'y a que Fils qui manque souvent de mesure et de compréhension de l'interlocuteur mais c'est de son âge et on l'excuse bien que ce soit souvent agaçant.

On rigole un peu de tout cela maintenant mais ce furent de durs moments. François P, resté évanoui sur le trottoir jusqu'au matin, les habitants de la maison l'ont recueilli, il avait une côte cassée, il a été frappé par la police alors que loin de la manifestation, il cherchait à garer sa voiture dans un coin tranquille. Une amie de Quet embarquée dans un car de police sans raison est complètement défigurée, des externes de Philippe sont encore en maison de santé, souhaitons que tout cela ne recommence pas.

L'immeuble qui a remplacé les vieilles maisons au carrefour des rues Lesage et de Fougères est achevé. Dix ans auparavant, quand le projet débuta, Armelle dans une maisonnette de gardien attenante au portail, bricola un petit commerce qu'elle nomma Papyfil, elle y vendait papeterie, mercerie et jeux éducatifs, à quoi s'ajoutait le dépôt de linge qu'une blanchisserie passait prendre deux fois par semaine et le service d'une teinturerie. Le résultat étant plutôt maigre, elle s'employait aussi au remaillage des bas, avec une petite machine pneumatique qui toussotait doucement le soir dans sa chambre. Elle peinait patiemment, à contre-emploi dans ce rôle de commerçante, le but de cette nouvelle activité qui remplaçait le jardin d'enfants, était d'autoriser la création de locaux commerciaux dans l'immeuble. En 68, au bout de neuf ans, Armelle ouvre le nouveau Papyfil : papeterie, travaux manuels et posters, la nouveauté... Pour autant elle continue de détester les gesticulations mercantiles de Noël et ne se prive pas de l'exprimer. Elle s'était déjà distinguée en traitant avec mépris son cousin Fafi qui voulait se faire un oratoire, « *préconciliaire !* » s'était-elle exclamée. Entre les diverses approches du sacré l'entente

est fragile ! Nalo tente de l'apaiser... « *N'aie pas trop mauvaise conscience d'encourager ces signes extérieurs, même si tu en profites. C'est simple charité d'aider tes clients à manifester leur joie. Tu vois ce que je veux dire, Sa naissance est quelque chose du mystère qui devient un fait visible. Il ne faut pas empêcher les bergers témoins de rigoler un peu. Alors tu leur vends des images et des pétards.* »
Heureusement les posters se vendent bien, les grands Ché Guévara et les Jimmy Hendrix pour les piaules d'étudiants lui offrent quelques satisfactions...

En Janvier 1971, pour la première fois Nalo met un petit poêle à pétrole dans sa cellule la température et son moral remontent. Un transport mobilise toutes les attentions, celui de deux, puis de huit colonnes, dix tonnes chacune, pour la rotonde du Saint Sépulcre. Nalo a cogité un système astucieux pour les faire parvenir à pied d'œuvre. Il les fait pousser, tirer, rouler et maintenir par deux tracteurs, le premier en marche avant, le deuxième en marche arrière, un à chaque extrémité. Ça se fait la nuit, quand les boutiquiers qui ont remisé leurs étals laissent place pour faire passer les gros cylindres de pierre, leurs servants et leurs élingues. Dans la vieille ville pleine d'escaliers, d'angles aigus et de faux niveaux, les gars manient délicatement rouleaux de bois et barres à mine avec force jurons. Il faut partout manœuvrer et reprendre, et bloquer et reprendre, orienter sous le meilleur angle avant de pousser et de tirer peu à peu. Bientôt les dix nouvelles colonnes de la rotonde dorment côte à côte, sagement couchées sur le parvis.

Pour ceux qui séjournent en Israël, le Sinaï a toujours opéré une fascination sans limite. Nalo fait le projet d'aller y visiter le Monastère Ste Catherine, un ensemble fortifié du IVe siècle, terre ocre et cyprès sombres, dont les murs et tours s'ancrent au sol par de larges empattements, mais finalement il reste à Jérusalem pour assurer les fondations de ses colonnes. Il ouvre donc des fouilles au milieu de la basilique, relève et archive la moindre trace de ce qui s'y trouve qui puisse être antérieur à Constantin. On a une photo de lui debout dans le trou entre les pierres, qu'il commente ainsi : « *Les problèmes commençaient à se poser, d'où cet air perplexe que le flash a surpris. Mais tous les accessoires sont là : le crayon, le mètre, le piochon, la feuille pour prendre des notes. Cette photo est un document.* » Effectivement, tous les attributs sont là et avec un visage encore jeune pour ses 70 ans, Nalo, en chemise et pantalon légers, casquette blanche sur la tête, petite moustache et bouc blanc, lève un regard perplexe. Ses trous le priveront non seulement du Sinaï mais aussi d'une visite à ses amies de la British School of Archeology qui fouillent du côté d'Amman. Devant sortir d'Israël par le pont Allenby, il n'obtient pas à temps le permis demandé. Alors, faisant contre mauvaise fortune bon cœur, il se remet au travail pour un graveur. « *Le dessin d'une inscription de six lignes qui doivent être gravées au dos de l'autel de Ste Anne. 191 lettres, c'est un travail de patience.* » Il trouve le temps d'écrire à sa tante Henriette qui lui répond. *Je suis venue me réfugier rue de la Psalette. Je suis là, dans l'ancienne chambre qu'aimait votre grand-mère, la petite chambre bleue, attenante à la chambre conjugale, où elle aimait écrire ses lettres au soleil devant la fenêtre. Il fait ici, après la campagne, un silence délicieux, seules les cloches de la cathédrale, une ou deux fois la journée...*

En novembre 74 Nalo s'installe seul à Abou-Gosh, dans les bâtiments conventuels désaffectés d'une église du XIIe siècle. On lui fournit une voiture.

J'habite une grande maison vide, je suis installé de façon assez précaire, ma chambre est la seule pièce meublée. Le grand hall a quelques chaises et une grande table... L'église est très belle, je dois réparer un mur et refaire l'étanchéité des terrasses. Les frères Lazaristes cessaient leur charge le 15 novembre ; il fallait quelqu'un pour maintenir une présence religieuse. Faire des travaux dans une propriété vide est impossible, il faut l'eau, l'électricité, ouvrir les portes... Enfin une présence... Alors je m'y suis installé... J'ai du logement, si tu as envie de venir passer un mois chez moi, je peux très facilement te loger. Je prends le petit déjeuner le matin chez les Bonnes-Sœurs, à cinq minutes en voiture, d'où l'on aperçoit Jérusalem – et j'y dîne – je leur célèbre la messe – comme je ne mange pas à midi ma journée est libre, j'ai ma table à dessin... écrit-il à Armelle.

De Rennes, celle-ci lui répond : *Tu es très aimable de m'inviter mais je n'aime pas voyager, je ne vais ni à Paris ni à Troyes ni à Jérusalem, ce qui en étonne plus d'un. Nane trouve que j'ai bien tort mais chacun ses goûts. Dès que je suis hors de mon environnement, je suis envahie d'ennui « J'ai point à y faire » comme disait la mère Michel qui habitait Kerbiquet et n'avait jamais vu la mer. Ici je participe à beaucoup de choses qui m'intéressent.*

Armelle, maintenant retraitée, commence de gérer avec son « Association des Femmes Chef de Famille » la résidence que la ville de Rennes a bien voulu construire afin de secourir les femmes qui sont l'objet de violences conjugales. Avec ses amies, elle multiplie les permanences dans divers quartiers, elle continue aussi de militer avec le 1% Tiers-monde. Dans les assemblées générales, avec une fougue brouillonne elle coupe court aux palabres et recentre les débats. Ses interventions parfois orageuses sont appréciées des jeunes militants qui s'en amusent. Elle prétend avoir en partage quelques gènes de colère, d'indignation salutaire, et de juste courroux, dit-elle.

Abou-Gosh pendant la guerre était un des nombreux lieux d'embuscade ; du chantier on domine l'étroit défilé où serpente la route de Jaffa, les innombrables carcasses de camions calcinés ont pour la plupart disparu. Pour Nalo maintenant c'est un lieu de sérénité. De sa fenêtre aux carreaux disjoints, il regarde l'âne et le chien qui se poursuivent, qui jouent et tournent et détruisent le jardin en terrasse qu'il a charge d'entretenir. Il ressent maintenant une liberté, un espace, un détachement joyeux. L'âne a déjà taillé à la sauvage les petits oliviers et les petits pruniers, c'est sans importance... Un car klaxonne sur la route... Le chien aboie... L'air est clair et lumineux... Le mur fendu qui émergeait des cruels épineux et qu'un figuier minait a été assaini et consolidé. Plus haut dans les pierrailles, sous les pins se trouve le couvent des Bonnes-Sœurs.

Du couvent son supérieur vient le voir « *Le Père Prieur est très satisfait de mon installation. Il aime à dire que depuis mon installation à Abou-Gosh, dans ma gentilhommière, il a enfin trouvé un Dominicain heureux.* »

A nouveau, au printemps, « *Jérusalem est sous tension, des morts, le couvre feu ... Les grèves, le plan d'agitation se poursuit, se développe jour après jour, c'est angoissant...* » Nalo termine son petit chantier, trois Bénédictins vont s'installer à sa place. Comme les crédits sont épuisés, c'est sur ses propres fonds qu'il achève quelques travaux cosmétiques pour que leur installation ne soit pas trop spartiate. Il passe à Paris en juin pour achever avec Trouvelot le plan d'exécution de la coupole puis prend des vacances en famille. Fin août il lance le Saint Sépulcre sur la dernière ligne droite. Début octobre la coupole est montée. L'église des Croisés, la convalescente, est totalement remise, elle a repris l'aspect qu'elle avait au XIe siècle. Cette fois Nalo tient une bonne occasion de voir le Sinaï qui l'intéresse tant.

Depuis le départ des Trouvelot je suis allé à Ste Catherine, au Sinaï. Les experts Grecs pour le Saint Sépulcre Chatzidakis et Milonas y avaient à voir des icônes et des travaux. Ils m'ont proposé de m'emmener, l'occasion était bonne de voir le Sinaï où je n'avais jamais mis les pieds. Je les menais jusqu'à Eilat avec la voiture du couvent, et là un gros GMC carrossé en car de 7 places nous conduisait à Ste Catherine. Partis de Jérusalem à 6h du matin, nous étions à Eilat (300km) à 10h. – Lambiné à Eilat jusqu'à 11h. – 80km le long du golfe d'Eilat – Déjeuné sous les palmiers au bord de la mer - Acheté du poisson – Repris la route à 14h30 pour faire les 80km de piste à travers le massif du Sinaï – Arrivés à Ste Catherine à 17h. La piste est dure mais le cadre, les groupes de blocs verticaux qui dominent le Wadi où l'on se faufile, c'est minéral, écrasant, sans vie mais grand ! Je suis très satisfait de ce premier contact avec Ste Catherine. Chatzidakis est le grand expert des icônes, et conversant avec lui, j'ai pu voir des icônes que d'autres ne voient pas. Les moines sont sur la défensive vis-à-vis du touriste, même amateur d'art. Il est difficile de franchir les portes de l'iconostase pour voir la très belle mosaïque du VIe siècle qui décore l'abside de l'église construite par Justinien, une Transfiguration.

Le 12 octobre 1976 au volant de sa petite 104 Peugeot, Nalo ne se sent pas bien. Il demande à son chef de chantier qui l'accompagne s'il veut bien prendre le volant, s'arrête sur le bas côté et lâche dans un soupir « Ah mon pauvre Popol... » Popol sort, contourne la voiture, s'étonne que Nalo n'ouvre pas, ne sorte pas. Il ouvre la portière... Nalo ne bouge plus. Il sera inhumé parmi ses frères au couvent St Etienne... C'est l'automne, les feuilles mortes du calendrier commencent à tomber.

Les Barricades Mystérieuses
© Jean-Baptiste Coüasnon - 2023
203 Chemin de la Terre Pointue
Castergirou
 24580 Plazac

Édition : BoD – Books on Demand,
info@bod.fr
Impression : BoD – Books on Demand,
In de Tarpen 42, Norderstedt
(Allemagne)
Impression à la demande
ISBN : 978-2-3221-1460-3
Dépôt légal : Février 2023